2020 中篇小说

人民文学出版社

「青春文学」
QING CHUN WEN XUE

图书在版编目（CIP）数据

2020青春文学／人民文学出版社编辑部编．—北京：人民文学出版社，2021

（"岩层"书系）
ISBN 978-7-02-016999-3

Ⅰ．①2… Ⅱ．①人… Ⅲ．①中国文学—当代文学—作品综合集 Ⅳ．①I217.1

中国版本图书馆CIP数据核字（2021）第033260号

责任编辑　樊晓哲　曾笑盈
装帧设计　崔欣晔
责任校对　李义洲
责任印制　任　祎

出版发行　人民文学出版社
社　　址　北京市朝内大街166号
邮政编码　100705
网　　址　http://www.rw-cn.com
印　　刷　三河市鑫金马印装有限公司
经　　销　全国新华书店等
字　　数　307千字
开　　本　710毫米×1000毫米　1/16
印　　张　24　插页4
版　　次　2021年4月北京第1版
印　　次　2021年4月第1次印刷
书　　号　978-7-02-016999-3
定　　价　53.00元

如有印装质量问题，请与本社图书销售中心调换。电话：010-65233595

出版说明

我社多年来坚持出版各类年度文学选本，在文学界和读者中具有广泛影响。这些选本，视线多集中于成年作家队伍，在青年作家、青春文学这一领域，一直较少涉及。21世纪以来，"80后""90后"群体的创作渐成一股引人注目的潮流，从中发掘新人力作，为富有潜力和才华的作者搭建展示平台，成为我社亟待完成的工作重点。基于此，我社决定推出"岩层"年选，以便及时总结年度青年文学创作的成绩，向读者集中推荐优秀作品，也为21世纪的文学积累做出贡献。

"岩层"年选拟每年出版一本，以小说为主。所选为年度最具代表性的青年文学作品，力求反映该年度青年作家队伍最主要的创作流派、题材热点、艺术形式上的微妙变化。更多关注成名作者以外的新人，探索青年文学新现象、新发展、新风貌。坚持精品至上原则，不排斥网络作品。

"岩层"年选的编选工作得到许多著名文学评论家和编辑家的支持和帮助，他们应我社之邀，对当年的青年创作状况进行深入、广泛的研讨，提出许多极有价值的选目。我们在广泛阅读的基础上，充分参考专家们的意见，严格进行编选。在此，谨向诸位专家深表谢忱。

人民文学出版社编辑部

荒原上 / 索南才让　　003

潮间带 / 王占黑　　073

鱼丽之宴 / 颜　桥　　097

山顶上是海 / 三　三　　117

万物简史 / 薛超伟　　135

兔与鸭 / 慕　明　　155

猎捕一条热带鱼的步骤 / 李嘉茵　　185

黄牛皮卡 / 焦　典　　207

目　录

目 录

邪　门 / 杨知寒　　223

破零——破碎—— / 童　莹　　243

巨鹿坡一号 / 梁宝星　　257

萤之光 / 林为攀　　273

福　报 / 谈衍良　　291

莱布尼兹的箱子 / 李维北　　327

礼　堂 / 董夏青青　　361

索南才让

1985年生于青海省海晏县德州草原。小说家。游牧人。中国作家协会会员。鲁迅文学院第34届高研班学员。在《收获》《小说月报》《青年作家》《民族文学》《作品》《红豆》《滇池》《青海湖》《文学港》《雨花》等发表作品。曾获第六届青海青年文学奖、青海省"五个一工程"奖、青海省政府文艺奖。作品入选《小说选刊》《中华文学选刊》。著有小说集《存在的丰饶》《我是牧马人》,长篇小说《野色失痕》《哈桑的岛屿》。

荒原上

第一章

　　紧急召开的村委会上，村长气急败坏，既自责又别有用意地说：造成这种后果的除了那些该死的老鼠，还有我们自己……我们赶紧行动起来。

　　会议决定派遣一个"灭鼠工作队"进山去，利用这个没有畜牧的冬天对整个牧场进行一次彻彻底底的清理。"灭鼠队"有工资，所以父亲第一个报了名，然后叫我顶上去。第二天一大早，我就背着行李，提着吃食，站在路边的小广场等乌兰的拖拉机。我是第四个上拖拉机的人。除了说话疯疯癫癫的确罗和肉墩墩的金嘎，还有一个穿着已经很少见的红毪毪的中年大叔，我后来才知道他叫兀斯。等人都接齐后，乌兰兴致很高地检查了轮胎和车厢下的钢板，说哦呦，钢板压弯了。他有一个肥大的屁股，和整个身体极不相称，好像他吃三顿肉其中两顿都跑到屁股上去了。但他并不因此而显得笨拙。他坐回驾驶座又站起来，跟确罗讨烟。他的脖套上有一个小洞，烟嘴从洞口进去插在他嘴里，这样他就不用因为要抽烟而把脖套抹下来了。离开315国道不久，进入山区。拖拉机在山路上吃力地爬着，一连串黑烟喷向低空，不及散开便被阴云吞噬。沿途一片荒芜，一眨眼，前方白茫茫一片，大雪飘然而至。我们几个人痴坐在拖拉机兜箱里，车厢最底下是十几个大尿素袋子，里面装着足以毒死几百万只老鼠的麦子。这些"鼠粮"上面是我们的行李和伙食。我们就在灰扑扑的行李上抖动、摇摆，追着时间奔来的疼痛从骨头里溢出来。这条路被无限拉长了,我们仿佛一遍又一遍地重复在时间里。

确罗终于忍不住了,骂骂咧咧地跳下车去。我们也都下了车,顶着风雪疾行,不一会儿便将拖拉机抛在身后。走了几公里,兀斯突然说等一会儿等一会儿。确罗问,怎么了?兀斯说,听不见声音了,怕是出事了。确罗说,不可能。兀斯说,还是等一会儿。确罗说,真麻烦,我都快冻死了。兀斯说,万一拖拉机坏了怎么办?确罗说,你这乌鸦嘴,要是车真坏了就怪你。兀斯说,你这年轻人,怎么一点教养也没有?确罗说,去你妈的教养。兀斯这下气得不轻,沾满冰雪的白乎乎的胡子颤颤巍巍,他拾一块石子砸向确罗。确罗避开。兀斯还要再打,被南什嘉拉住。但兀斯不甘罢休,越劝他越来劲,看样子只要扑上去就会把确罗撕碎。确罗一边嘻嘻哈哈地看兀斯出洋相,一边点了一根烟,乐呵呵地吸着。他今年二十五岁,他更小的时候又乖巧又老实,分外讨人喜欢,但随着年龄增长,他的张狂劲儿也长了。他红彤彤的脸上以双眼皮为代表的相貌组合,常常让人错误地认为他还像原来那般又傻又可爱。这一路上他以欺负金嘎打发时间,他还想从我这里找点乐趣,但他每次想和我说话我都装着睡觉,所以他和金嘎说得更多了。

金嘎粗着嗓门喊,来啦,车来啦!

拖拉机来了。乌兰从驾驶座上跳下来,在我们面前蹦跶,一个劲儿地喊冻死手了,冻死脚了,冻死脸了。因为直面寒风,他的脸冻得像一块青坨坨的石头。他让南什嘉帮忙点了一根烟,一边吸着一边跳着。等他烟抽完了,我们又坐上了拖拉机。每个人都累得心慌意乱,盼着早点到达目的地。我旁边坐着南什嘉,自从在十一道班上拖拉机后他很冷漠,一副死气沉沉的模样。他穿一件崭新的绿军大衣,竖着领子,用冬帽和围巾把脑袋裹得严严实实。他想瞅瞅外面的时候,眉毛一扬,眼睛就忧郁地露出来;一缩脖子,眼睛又给蒙上了。他身形魁梧,有一个大脸盘,上面安着一个大鼻子,乍一看不怒自威。他念过几年书,算是一个有

索南才让 | 荒原上

点文化的人,所以他被村长指定为灭鼠队的队长。但刚才他只是心不在焉地劝了几句,没有发挥队长的作用。因为他的心思根本不在这里。他站着的时候,一点样子也没有,我觉得好身板被糟蹋了。

终于到了桑赤弯口。这里是京巴的夏季营盘,现在我们要住这里,因为这里是洪乎力夏牧场的中心,从这里去任何一个地方都是最近的。

我的手套没起多大作用,手指头都冻僵了,卸车的时候连绳子都解不开。东风像牙签一样在露脸的地方戳个不停。雪花硬如沙子,渐渐积厚,已经没过鞋帮。才过五点,天已黑了。毡包下好了,一个用水桶做的铁炉子安在毡包天窗底下。生了火,大伙儿围着炉子伸着手取暖。

来到昂冷荒原的第一个夜晚我们吃了糌粑、锅盔馍馍和浓浓的酥油茶。来的时候乌兰买了两瓶青稞酒,天气这么冷,正适合喝酒暖暖身子。我说我不会喝酒,确罗说你怎么不喝?我没理他,转身去铺被褥。确罗一把抓住我的手臂说,不要睡觉,喝酒。我告饶说,我真不喝。确罗说,你凭什么不喝酒?

兀斯说,卡尔诺不喝就不喝,你干啥强求?

确罗说,我就喜欢让他喝。但兀斯已经闷头睡下不理他了。确罗讨了个没趣,就放过了我。他又去缠着金嘎,金嘎很快喝醉,失声痛哭。确罗说,我又怎么你了?金嘎哽咽着说,没事,我就想哭。南什嘉说,酒也喝完了,哭也哭完了,睡觉吧。他封了火,躺进铺好的被窝,舒舒服服地哎哟一声。

确罗没有醉,但他装作醉了的样子盯着金嘎,一直盯到他睡下,把头埋进被子里。然后他又盯着乌兰。乌兰是真的有些醉了,他说,你干吗瞪我?确罗说,我什么时候瞪你了?乌兰说,你现在就瞪着我,你什么意思?确罗说,没酒了,我们应该再喝一瓶。乌兰说,我们为啥就买了两瓶酒,谁买的?确罗说,你买的。乌兰说,哦对,是我买的。你们为什么不买?你要是买了我们就有酒喝了。确罗说，我本来要买，但买了方便面后忘了。乌兰说，忘了？你忘了吃狗屎吗？

我以为他们会打起来，但没有。他们很奇怪地相互瞪了一会儿，睡觉了。

第二章

东风吼了一晚上，毡包的骨架们吱吱呀呀地跟着叫唤。骤然换了又冰又干的空气，我难以适应，战战兢兢的睡不踏实。到了早晨，大地白净一片，让人觉得来到这里，显眼地踩踏在这片雪原上是犯罪。可真正的罪犯藏在雪下，生活在纵横交错、宛如迷宫的地下世界。它们绞断草根，囤积草根、草籽，囤积一切可以吃的东西，舒舒服服地过着小日子。如果没有大雪，它们就吃地面上的草。早晨太阳刚出来时，它们全体出动，一边用光补充热量一边用草补充能量。所有的平地，所有的河谷，所有有土地有草地的地方，它们无所不在。而现在，它们仿佛不曾出现过。因为它们不需要出来受冻，它们囤积食物正是为了应付这种局面。它们破坏整个草原的生态系统得到的食物，足够轻轻松松地过一个冬天。它们不会觉得破坏了什么，它们在为生存而奋斗。正如我们为了生存来到这里。真是棋逢对手！

面对这片异乎寻常的白色大地，连不着调的确罗也感叹，真干净啊！

兀斯马上哼一声，全是假的，就像人一样，外面看着干干净净，其实心里脏得吓死人。

老家伙我今天可不想和你吵架。

我说你了吗？兀斯蔑视确罗，我说的是人。

我们都没想到兀斯居然这么机智，都笑起来。确罗也笑起来，兀斯，看在你这么机灵的分上我让让你。

索南才让 | 荒原上

我们上完厕所的第一件事是检查带来的"鼠粮",虽然都放在毡包里,整整齐齐地码在毡包一角,还用一块帆布严严实实地包裹着。但昨晚太冷,怕冻上,一旦受冻,毒性会减弱,我们就真的给它们送粮食来了。所以村长千叮咛万嘱咐,绝对不能被冻上。只要最关键的前三天不受冻就没事。而因为大雪封原,我们来到昂冷草原的前三天,是没法工作的。

我们在惨蓝的烟雾中商量由谁来做饭的事。当务之急就是要选出一个做饭的人,免得饿肚子。可没人愿意干,都说干不好。问到我,我傻乎乎地愣神,他们以为我愿意,就高兴地说卡尔诺你真是好样的!但兀斯嗤笑道,卡尔诺会做馍馍、会和面吗?会揪面片吗?

乌兰瞧着兀斯说,我看,最合适的人就是您呐!为什么呢?因为您年纪大了,腿脚又不方便。您要跟我们这些年轻人走远路肯定是吃不消的,也不合情理,我们怎能让您去忍饥受冻呢?所以,您一定要留下来给我们做做饭,烧烧茶。我想,大家一定会同意的。我们连连点头,都说好。

兀斯沉思了一会儿说,这个饭我可以做,但是,做得不好你们不要嫌弃,出门在外,吃得饱就行啦,填坑不要好土。只要不饿肚子,就算是好的。他冷冷地乜斜一眼确罗。确罗故意把脸转开。

大伙儿表示就算他做的是狗食都不会说什么。兀斯生气地说,能有那么差吗?你们放心,肯定没有难吃到那个地步。

于是兀斯成了我们的厨师。他烧了一壶茶。毡包里茶香缭绕。喝了暖心暖胃的茶,兀斯烧了一锅开水,我们泡了方便面吃。这是路过甘子河乡的时候买的,本来想多买几包,但那家商店里的方便面仅够我们每人买十五包。兀斯没买,他说一吃就胃疼。

南什嘉、确罗、乌兰和兀斯抹了嘴开始打麻将。我从装衣服的枕头里摸出

《白鹿原》，刚翻开金嘎就靠过来，笑嘻嘻地瞄一眼书。

你看的是什么书？

我给他看封面。

他缩着脖子说，我不认识字。

你没念过书？我记得你好像上过学。

念了十天，后来不念了，我一个字也没有学到。

我调侃说，那你可真厉害。

唔，就是学校里的那些心疼姑娘一个都没忘。

敢情你有很多初恋情人呐。

啥？

你喜欢的姑娘有几个？

你是说学校的时候吗？

除了学校，还有吗？

金嘎腼腆一笑，有啊，怎么没有？难道你没有？

我也有啊。

学校里有三个，后来都变得不好看了。

现在呢？是谁？

我先问你一件事。

你说。

你睡过女人没有？他眼睛一眨不眨地盯着我。我说还没有。他"哦"一声，明显轻松了不少，低声说，他们笑话我这么大了还是个"娃娃"。

该有的时候你自然会有的，这得遵循一种神奇的规律。说完，我被自己惊了一下，觉得这句话充满了经历、创伤和明悟感，还有那么一点神秘。金嘎不认同

索南才让 | 荒原上

地撇撇嘴,邀我出去散步。

太阳低低地悬在离地平线两尺的高度上,稳稳当当向西移动着。但只要稍多留意,就会发现太阳其实远比想象的要移动得快。就是说,脚下的这颗星球远比我想象的要转动得快,而人们却没有丝毫不适,仿佛快啊慢啊都是一天,没什么大不了的。

我把这感受跟金嘎说了,他疑惑地、木然地点点头,然后去提水了。过了半个小时,他像拎着两个空桶似的拎着两桶水回来了,然后坐在确罗身边看他们打麻将。兀斯把炉子烧得红旺旺的,火苗从茶壶和炉口之间的缝隙中蹿出来,毡包里的温度在兀斯的得意洋洋中急速上升。他们把场地换了又换,最后挪到了门口。南什嘉提醒兀斯要节约烧柴。兀斯说不用颇烦①,吃完饭咱们背牛粪去。

背牛粪要到三四公里之外的一个牛窝子。那里的牛倌令人诧异地把每天的牛粪都拾出来堆成一个大大的牛圈,这样连圈牛的铁丝网都省了。而且牛粪圈还有抗风御寒的作用。他把自己的地窝都用牛粪墙给圈起来了。

牛倌和牛群早已转到冬牧场去了。

我们惊叹地观赏了一会儿壮观的牛圈,找了一个缺口,张开麻袋开始往里揽牛粪。我们用皮袄的带子或者绳子把两袋、三袋的牛粪装好捆在一起背回营地,一个个排立在毡包外面。有了这么多烧柴,兀斯就更不会节约了。毡包里的温度简直跟烤箱似的。我觉得根本用不着这样。但他们却一边夸赞兀斯是个顶呱呱的好厨子,一边冒着汗大呼过瘾。可我实在受不了,就出去透气。等在外面挨冻挨够了,再回到里面。我刚坐下,金嘎又来了。他挨着我坐下,笑嘻嘻地说,垭口那边有一个惹人心疼的藏民姑娘,你想不想认识?

---

① 颇烦,青海方言,麻烦的意思。

我瞥了他一眼。你怎么知道，你见过？你们都见过？

当然啊，每年转场的时候，运气好就能见到。我已经见过好几次了。他脸上露出那种我比你运气好多了的得意劲儿。

我回想了一下仅有的几次转场的经历，没有一点关于一个"心疼的姑娘"的印象。她住哪儿啊，我怎么一点印象没有？

金嘎嘿嘿一笑，你的运气可真够差的。她家就住在大垭口那边啊，最后一个牧道拐角过来不是有好几户人家吗？就在那儿。

他这么一说我就知道了，那里的确有几户人家。

你到底去不去？金嘎十分笃定地说，不去看看你会后悔的。

不去。

去瞧瞧也没什么，对吧？

不去，你自己去吧。

我要是有机会就不跟你说了。

你怎么就没有机会了？难道……

我跟她搭不上话。

她那么跩呀？

他接过书一页一页地翻动着，羡慕地说，她跟你一样。

什么一样？

她和你一样会看书。

你怎么知道？

乌兰告诉我的。

哦，他去约会过了？

哈，他才不行，你看他那娘娘腔的样子。说完他笑了，又担心地马上结束了

索南才让 ｜ 荒原上

高兴，他怕乌兰听见。他在小心翼翼地讨确罗的欢心，以期得到平常对待。他的那副样子我不喜欢，所以我不想搭理他。没想到他反而纠缠不放了。此刻他目光炯炯有神地盯着我，誓不罢休的样子，我被逗笑了，说你怎么这样子？他疑惑地哦一声，说，我怎么了？真的是一个漂亮女孩。

毡包里乌烟瘴气，人人手不离烟，我被呛得咳嗽不止，嗓子眼一阵阵胀痛，眼睛又疼又痒。掀开门帘，让一股股冷风挤进来，烟雾像潮水一样往外涌去。但过不了多久又会被烟雾占据，所以几乎整整一下午，我都在忙着兑换空气。

兀斯要做饭，他叫金嘎再去提两桶水。金嘎一脸不情愿，低声嘟囔为什么不让别人去，没想到兀斯耳朵贼灵，一下子就听见了。他严厉地看着金嘎。金嘎不敢吭声，灰溜溜地去提水了。兀斯很满意金嘎这么听话，干巴巴地笑了一声。他在一个铝锅里淘洗大米，又黑又粗的手在米中搅了几下后把水倒掉，而后端盆进来，把早就切好的小块牛肉倒进锅里，舀了一盆水"哗"地泼进去，粗粗的大黑手指搅动了几下。最后，他盖上锅盖，把锅端起来，"咣"地放在炉子上。他搓了搓手，拿起几块牛粪填进炉膛里。他从裤兜里摸出一包"花好"香烟，麻利地抖出一根来，又从另一个裤兜里摸出打火机"啪"地打出火苗，叼着烟猛猛地吸了两口。至此，他的午饭大功告成。兀斯的厨艺既不卫生又粗暴，几乎没有美味可言。但我们谁也不说，大伙儿都机灵着呢。

金嘎回来后又悄悄问我想好了没有，到底去不去？

我觉得这样冒冒失失去见一个素未谋面的女孩子是一件特别不靠谱的事。何况还是晚上不怀好意地去。人家给好脸色才奇怪。但金嘎的兴奋传染给了我一部分，于是又想，去一去也无妨！权当凑个热闹。

金嘎说，太好了，我就知道你会去，咱们九点钟出发。

吃过晚饭，还没到九点，金嘎已然按捺不住，他和乌兰过来说，咱们走吧。

眼看就到点了。

还是不去了吧？这天也太冷了。看见乌兰也要去我就不想去了。

冷怕什么，还能冻死我们不成？乌兰嘴一撇，说你真矫情！

我有些恼怒，但又不能发火，让他们觉得我是一个开不起玩笑的人。我默默承受了这句颇有分量的评语。

确罗也走过来了，你们鬼鬼祟祟干吗？

乌兰说，我想让卡尔诺认识一下银措。

确罗斜视着我，阴阳怪气地说，那你叩别厌啊，你软塌塌地说话不行，你得硬邦邦的。他咕咕地怪笑，一脸卑鄙的样子。

我不去了。说完我不管他们回到毡包里。他们几个随后也进来了，嚷嚷着打麻将。金嘎终于按捺不住，也学着玩起来，他们玩了一个晚上。到清晨睡觉的时候金嘎脸色灰暗难看，输得很惨。但他难过是因为整个晚上他像玩具——更像某种可以提神的东西——被确罗他们玩来玩去。我觉得金嘎在他们心中已经形成了一个不怎么光彩的形象，想要扭转改变可不容易。为什么会这样无从得知，但他唯唯诺诺小心翼翼的样子的确使人来气。我甚至觉得他卑微得让人压抑。

第二天上午十一点多醒来后，我趴在被窝里继续看书。睡在我旁边的确罗也醒了，好奇地陪着我看了一会儿，说，你真他妈能看，有那么好看么？

我说，有啊。

那你讲个故事吧！

我可不会。

你看的这书不是故事吗？

是啊。

那你讲个故事吧，干吗那么小气。

不是小气，是不会讲。

我们不挑不拣，只要有女人就行，哈哈。

正在盛饭的兀斯插话说，有野狐精的故事吗？

他一边把一碗一碗的面片摆放在矮桌上，一边无限感慨地说，我小时候听过一些好故事，年龄大了忘掉了，真可惜！

确罗嘲笑说，或许你还想着有一个狐狸精晚上来你的被窝里呢。我们都笑起来。兀斯听了也不计较，只摇头。老啦，早就不想了，剩下的全是颇烦了。年轻的时候，就多想想，老了就想不动了。

第三章

暴躁了一天的狂风终于歇息了，夜世界静默安然，星空凛冽，雪原敞亮。我们说话的声音轻巧地跑出去很远。

确罗咧着嘴，看着我。我就爱听漂亮女人的故事，来一个。

我拿起《白鹿原》说，这里面有个人娶了七个女人，娶一个死一个，就娶了七个……一个叫小娥的女人，又漂亮又……

好好好！就讲这个。确罗催促我快讲。乌兰也精神抖擞地说，你可不要随随便便糊弄我们。我说，我脑袋里装的故事三天三夜都讲不完，连外国的都有很多。乌兰说，多才好呢，最好天天都有，就像单田芳说书一样，那人最气的是说得太短了，刚听得舒坦他就哑着嗓子一声"欲知后事如何，且听下回分解"，我最气这句话，天天说，烦死了。确罗捏着嗓子学了一遍后说，卡尔诺你可别那样，你可以讲几个小时。南什嘉说，每天晚上十二点收音机里有一个叫姚什么的女人讲故事，那女人的声音又甜又柔，那是永远都听不过瘾的……可惜这里什么也听不到,要不然我就带收音机来了。

第一次做这种事,我有点小兴奋,迫不及待地想享受把自己欣赏的故事分享给别人后所带来的那种喜悦和成就感。酝酿了一下后我开始讲述起来:

白嘉轩后来引以为傲的是一生里娶过七房女人。

娶头房媳妇是他刚刚过十六岁生日。那是……

我讲了两个小时,讲得很慢很投入,讲到白嘉轩费钱费力救出和尚那里,我说明晚接着讲。可大家意犹未尽,恳求我再讲一会儿。而我口干舌燥,不复开始时的激情,于是坚持明晚讲。

确罗啧啧称奇道,真是不敢相信,那人的老二怎么那么毒?是真的吗?不管怎么说,反正他很厉害,你们说是不是?大家哈哈大笑着说那当然。

我们胡天胡地地聊天,消磨着时间。但冬夜的时间被冻得走不动了,只能一点一点地向前挪动着。南什嘉站在炉前,神色犹疑不定。一根烟吸完,他说,卡尔诺,陪我走一趟吧?

干吗去?

别问,快起来。

黑漆麻糊的,我眼睛不好。我知道他要去干吗,但我一点都不想起来。

就这一次——

我不干,我要睡觉……

最终我还是跟着他纵身跃入了白茫茫的、冷酷的寒流中。我拿着一根木棍,他握着一把忽明忽暗的手电筒,我们深一脚浅一脚地走着。靴子在厚厚的积雪上踩出"吱吱"的老鼠叫一样的声音。大约一个钟头后,我再也忍不住了,怎么还不到……你不是说很快吗?

转过这个山嘴就到了。

你刚才就这么说,这都第几个山头了?

你看,拐过去就到了。他指向前方说。

我就不明白,你怎么在这儿找了一个。

冬天放牛的时候认识的。

她没有男人?

大多数时候没有,一回来就打她。他沉默了一会儿说,一天晚上,我们一帮人喝罢酒,麻京要我给介绍一个姑娘,我就答应了。她那时候住在恰乌日。

他停下来撒尿。尿液浇在雪上发出一种有质感的声音。

那你为啥不娶她?

他猛地加快了脚步,却不说话了。

终于听到狗的吠声,在快速地靠近我们。他说,到了。我握紧了棍子,南什嘉打开手电筒,孱弱的光里出现了两个敏捷的黑影。两只大狗!我说,好大的狗!南什嘉早已从怀里摸出打狗链,恶狠狠地冲上去,呼吼着,打死你狗日的……

冲我来的是一只花斑狗,它龇牙咧嘴朝我大腿咬来。我一闪身避过,手里的棍子砸向它的脑袋。一声闷响,大狗惨叫着倒向一边去;而缠着南什嘉的那只狗却格外机灵地逃之夭夭了。

我们又走了一阵子,朦朦胧胧地看见了一堆物体。一片房屋出现了。有一栋羊棚接连着羊圈,对面是一个很大的有土墙的牛圈,它们中间是土平房,约莫有三四间并排着,有两扇门,三扇小窗户。南什嘉让我去最东边的那间屋子。你先去那里眯一会儿,里面有被子,走的时候我叫你。他说完便不再理我,径自走向西面的那个门。

这屋子的炕上铺着一条牛毛毡,一床被褥和其他乱七八糟的杂物一起堆在毡上,其余的地方被两副马鞍和垫子占满了。我把那些杂物清理一下,腾出一个可以睡觉的地方，披着被子躺下，侧耳倾听。夜阑人静，只有大花狗在似泣似吠。我望着窗外的星空，吸着凛冽的空气进入梦乡。

南什嘉把我摇醒，我迷迷糊糊地跳下炕，就跟着他走。狗已不知去向。刺入骨髓的寒风飕飕地响着，我哆嗦着打了个喷嚏。东方的启明星格外耀眼，远方的群山依稀显出暗淡的轮廓。天快亮了。

我好奇地问他，怎么样？美不美？

他用一种冰冷语气说，不是所有的恋人都像你想的那样腥膻。

我一听也生气了，反驳说，怎么，你大半夜拉着我过来，就是证明自己的高尚的？

南什嘉一怔，说，她心里苦，那么难过，我却给不了多少帮助。

世界上不是只有你们一对苦命鸳鸯。我犹自不解气地说。

他苦涩一笑，默默走在前面。

瞧他哀伤的样子，我也说不出气话了。

难道你们就没想过私奔？

私奔？别跟我提什么私奔。他突然对我大吼起来，我他妈恨私奔！我他妈恨私奔！

为什么？你还不让我说话了？你什么意思？

为什么？南什嘉仿佛听到了世间最好笑的事，他咬牙切齿地说，因为我父母就是私奔的，那对狗男女就是私奔的！

怎么会？没听说过呀。我真是太吃惊了，想不到他那个吝啬至极的父亲还有这壮举。

你不会以为我是在说老抠吧？

你说的呀。

他不是我父亲。

啊？我更吃惊了。这是什么意思？

你不知道我的事？

你的什么事？

南什嘉把烟蒂弹出去，冷冷地说，他们生下了我就死了。不，是一死一逃。女的死了男的逃了。他们把我丢在了这里。

我怎么从来都没听说过？

谁又在乎这些？

这么说你不是乔合柱的儿子。

你说呢？

我哑口无言。

第四章

　　雪还是很厚，但地面上已经出现了数不清的拳头大小的窟窿，老鼠爪印和踩出来的道路也越来越多。我们制订了灭鼠计划。计划将整个牧场分成六片区域，河那边是两片，河这边四片，大小都差不多。这样一分，很具体，效率也更高。我们先从毡包这一带开始。这是第三片区域。东到热力木出口，西至大肖兴出口。南面到河边，北边到隆瓦山脚。这片区域长八公里宽两三公里，一个长条形状。其实牧场比划出来的六片区域大得多，但这场大雪帮了我们双方的大忙，因为山里雪更厚更结实，除了正宗的大阳坡，其他地方的雪会一直保持原样到春天。这些地方我们不用去，老鼠出不来。所以我们减少了工作量，它们保住了性命。等到了春天，平地上的老鼠灭亡大半，它们就从山上迁徙到平原。我们从来没想过要灭绝所有老鼠，这是不可能的事情，能够灭杀大半老鼠就心满意足了。

我们每人背二十五斤左右的药，投药的工具是2L的百事可乐或可口可乐饮料瓶。削去瓶底，用铁丝将瓶子两边穿起来（像提水桶一样可以提在手里），瓶口盖子上弄出一个小拇指大小的洞，将瓶口在老鼠洞口一戳，瓶子里的麦子十几粒二十几粒撒出来；再一提，麦子堆挤在小小的瓶口，等待下一次碰到地面。这是为了自己的腰着想而发明的。我们不用弯下腰去放药，解放了腰，更节省了弯腰放药的时间，提高了效率，时间越久越明显。因为你可以坚持一天弯腰触地一百次两百次，但你无法坚持一千次两千次，你更不可能天天弯腰两千次。

投药第一天我们地毯式地前进了四公里，几乎每一个出现的老鼠洞门口都撒上一勺子青稞，请它们吃。下午返回的时候，已经可以看到很多老鼠倒毙在雪地上，而看不见的洞内会有更多。死了这么多仇敌，我们感到满意，心情特别好了。心情一好，确罗开始胡来。他用一根树枝把这些老鼠像肉串一样穿起来，血淋淋的十几只老鼠在树枝上排列整齐，十分恶心，但确罗玩得不亦乐乎。他还将脚底下碰到的也一脚脚踢出去，有的囫囵地飞向远处，有的就在他脚下烂开。

我们劝他别这样他不听，兀斯一说话他更来劲了。我就爱玩你管得着吗？我又没踢你家的母羊。

你怎么一点敬畏心都没有？死了的亡灵你干吗要这样欺负？

我为什么要对老鼠有敬畏？要是其他东西我才不这么做，正因为是老鼠我就有气，死老鼠我也不放过怎么了？确罗理直气壮地看着我们，我才不管死老鼠活老鼠，所有的老鼠我都不在乎。

你别乱来啊！兀斯终于意识到跟确罗对着干实在行不通，他转变态度，几乎是哀嚎地说道，这也是跟我们一样有气的东西，是命，死了就还给你了，都算清了……你不能这么干……老天爷看着呢。

确罗果然吃这一套,好好好,我丢掉了,你看。他把手里的一串老鼠远远地扔出去。然后闻了闻自己的手,说有一股酸臭的味道。他用雪搓洗了手。

越接近毡包,死掉的老鼠越多。已经冻得硬邦邦的死老鼠成了动物的餐点。野狐几乎成群地溜达,老鹰、兀鹫、鹞子和隼等飞禽频繁地出现,盘旋俯冲不止。自从有了不会二次中毒的毒药,它们的小命就有了保障,不会出现十年前的那种惨事。兀斯说十年前因为一个失误,成群成群的野生动物吃了死老鼠而中毒死亡。那景象百年不遇,惨不忍睹。但奇怪的是没有谁为此事负责。

到现在没人再提这件事,它们就那么可怜,死了就死了,没啥大不了的。但不是这样的,我们跟一个狗一个牛一模一样。兀斯难过地说。

这两年还是有点不一样了,保护动物的政策多了。

你懂个屁。乌兰说,上有政策下有对策,那些人照样啥也没损失。

我气愤地瞪乌兰,他说话太不客气了,不拿我当回事。那些人是谁,没有一点头绪。我刚要问,他诡异地笑了,说了你也不懂,而且饭不能乱吃话更不能乱说。你问我也不说。你问南什嘉去。

连续几天的高强度劳作使得身体快吃不消了,尤其双腿,疼得厉害,晚上睡不着觉。而感到累的不止我一个,大家的意见都一样:把强度降下来,把工作时间缩短。南什嘉从善如流,下一个十天的工作时间从九个小时十个小时缩短成六个小时。

这样过了三天,身体缓过来了。我决定去看看那个女孩。金嘎已经提过好几次了,而确罗无论如何也要跟着。他们要求我认真对待此事,因为这是男人和女人之间的较量。这让我感到可笑,我只是想去看看而已,没有想那么多。

天擦黑的时候,我们四个人踩着冰面过了昂冷河。一阵疾行,走得浑身热乎乎的。一个小时后我们停下来稍作歇息。

乌兰拍着我的肩膀说，翻过垭口就到了，从现在开始小心一点，她们家有两只狗，一大一小，她们家有两个帐房，一大一小，大的住着她阿爸阿妈，小的里面才是她。

帐篷？她住帐篷？

确罗撇撇嘴说，她家的冬窝子在三公里之外呢，就是我们每年转来夏牧场的那个大拐弯那里。这儿是她家最远的一片冬草场——

我挥挥手打断他说话。我已经明白是怎么回事了。她家是临时在这片草场住一段时间，把草场吃完了就回去，不然每天赶着羊群来回六七公里谁家的羊能吃得消？这种情况我们村里也有，只不过我平时并不注意。但这么冷的天气里要住帐篷，我开始可怜这个还未谋面的姑娘。

我们几个人悄悄移动着。翻过垭口，沿着山坡向下走了几百米后，隐约看见几个黑影。确罗捅捅我，轻声说，到了。

我们猫腰继续往前，走到能模糊地看见帐篷时停住，有一只狗从帐篷后面跑出来发出警告，紧跟着另外的一只也叫起来。

乌兰看着我，我摇摇头。他说，要不，我进去说说？

说什么？

就说你大驾光临呀。他捂住嘴嗤笑。

我就是来看热闹的。我说，我真没想要干什么。

确罗说，我去看看。

金嘎说，我们来是陪卡尔诺的，就让他自己去。

确罗说，你少跟我来这套，难道我不知道？我是担心他，他有点悬。

我去探探风。乌兰抢在确罗前面，弯着腰溜了过去。狗叫得愈加欢实了。我

索南才让 ｜ 荒原上

们几个瞪着眼一眨不眨地看着那边。乌兰在帐篷门口探头探脑许久，然后一闪，没了。我缩在了大衣里，想着事情会怎么发展，突然间紧张起来。

高原寒夜里的星星最是明亮，深邃的天空给挤占得满满当当。我一口口吸着冷气，冻得浑身发抖。金嘎频频抬头朝帐篷张望。后来，他干脆翻身趴下，目不转睛地盯着帐篷门口。狗不叫了。大地静下来，时间仿佛停顿了。我在金嘎的嘟囔中，在这仿佛永不歇息地闪烁着的星星底下，呆呆地出神。不知过了多久，背心一痛，然后听到金嘎兴奋地压着嗓门说，出来了出来了。

乌兰无声无息地过来，几只狗这回却仿佛看不见他一般，连半点声音也没发出来。乌兰一脸不高兴，连骂狗屁。

金嘎咂咂嘴，把要问的话吞了回去。

别怕，你怕个啥？我就不信，她看书，你也看书。你们会没话说？你去。乌兰怒气冲冲地对我说。

我很不情愿地朝那边走去。这种事完全超出我的经验范围，不知道该怎么做。而且那个大帐篷里虽然静悄悄的，但里面可是住着她的父母。我总是胆战心惊地朝那里看，生怕她阿爸突然冲出来，把我打死。

到了门口的时候，我的心都快跳出来了，我在门口伸长了耳朵听，但帐篷里静得可怕。身后那么多双眼睛推着我，我来不及多想什么就掀起帐篷门的一角把自己送进去。里面黑乎乎什么也看不清。我定定地站了一会儿，发现前面有一团东西，青蒙蒙的。本能告诉我这是一个活着的东西。心一下子提到了嗓子眼，几乎下意识地……我又向前走了两步。这时，这东西突然动了，接着我的脑袋里轰然一响……

在倒下去的时候我想，这是怎么回事？我挨打了？我摸到一条被子，暖烘烘的。我使劲呼吸，脑袋嗡嗡响得厉害，疼痛难忍。于是我一动也不动。她也一动不动。过了许久，"嚓"的一声火柴燃了，点了蜡烛。眼前是一个直挺挺的背影，披着满背黑发。有一股说不清的香味，好像是从她头发里散发出来的。她突然转过身来，粗粗的眉毛紧紧地揪在一起，眼睛比我想象的要小，但很有看头。我不由得多看了一会儿。她的嘴唇有点厚，但唇线非常完美，给人的感觉是她说话吐音是极为准确的。她穿着一件紫色的毛衣，上面套着深红色缎子的羔皮马甲，一条蓝色的牛仔裤，脚上是一双棕色的高帮马靴。她的穿着异常干练，仿佛一夜都在准备着对付我这样的人。她一言不发地盯着我看，我想站起来，但几次都没成功，不由得惨呼一声。

"嘘！"她怒气腾腾地把食指竖在嘴前，示意我闭嘴。然后一边侧耳倾听，一边用嘲弄的眼神斜视着我。我觉得什么也不用说了，于是牙一咬，站了起来。头上被打的地方疼痛欲裂，吸口气都头晕目眩，伸手一摸，黏糊糊的，鲜血从来没有如此腥气肆虐，刺激我的神经。我走出帐篷，难言的羞愧涌上心头。我朝他们走过去。我不想放弃最后一点可怜巴巴的尊严，但眼前一阵阵发黑，已然难以控制的身子颓然摔倒了。金嘎跑过来，惊讶地问这是咋了？我黯然沉默。他们几个咧着嘴，白晃晃的牙齿格外醒目。他们想笑又不好意思笑。都安慰我说没事没事，这次不行，还有下次。但我连回头看看的勇气都没有。

第五章

灭鼠工程卓有成效，随着地面出现得越来越多，老鼠洞越来越多。一天下来前进不了多少但放药的速度却更快了，到处都是老鼠洞，一亩草地的所有洞都放上药得好一阵子。二十五斤药以前能放八九个小时，后来是五六个小时，现在四个小时不到就能放完。增加到三十斤也不到六个小时。我们早晨好好吃一顿早饭，

索南才让 | 荒原上

九点半出发，下午四点就回来了。第三区域一个星期前投放结束，现在是第四区域，比第三区大，而且有两条河谷，隐秘的地方多，增加了难度。但再难也被坚决的行动解决了。药投放得越细致越精准——尤其是看到放过药的地方出现了大量数目惊人的死老鼠——心里获得的满足感便越充实，甚至欣慰变成幻想，仿佛经此一役，鼠患永绝，草原的毒瘤成为历史，草原的身体重获新生！

心中有执念，投药的积极性和态度从不懈怠。

因为死去的老鼠太多了，多到野生动物们吃不过来。我们会尽量把这些尸体收集起来，堆成一座尸山烧了。那味道有时候散发着烧烤的肉香味，有时候又难闻恶心得要命。有时候会遇到一些刚刚死去身体还软塌塌的老鼠，确罗还有穿起来玩的冲动，都被我们严厉制止了。

每天，投放老鼠药无聊的时候，我那晚的经历就可以让大家开心起来，我像一瓶酒一样被他们传来传去，我想着等他们的新鲜劲过去，这件事也就过去了。我一直在等，可我太天真。在他们看来，没有比这个更加有趣的事了。他们越说越精彩越说越离谱，到后来，这件事就成了一个非常非常有说头的故事。

我不想和他们说话。只要我开口，他们总会把话题引到这件事上来。最可恨的是确罗，他因为没有亲眼目睹我被打的场景而耿耿于怀，嘲讽我最带劲，说我根本就不是谈情说爱的材料，说我以后有了女人也会被别人抢走。他公开表示，他要和我争夺银措。他果然行动了，利诱乌兰陪他去了一次，也被赶了出来。更有意思的是，他被狗追咬，撕烂了裤腿。在那个格外寒冷的夜里，他就晃荡着已经扯到大腿根的布条回来。乌兰说，确罗的裤子宛如一面投降的旗帜在风中飞舞。但确罗誓不罢休，总是央求乌兰去给他做伴挡狗。乌兰说，你以为你是谁？还要我来做保镖，有本事自己去，没本事一边去。

确罗说，你也会有求我的一天。乌兰说，我不在窝里干缺德事儿！确罗说你把话说清楚，我做什么缺德事了？我和他公平竞争，看谁有本事，我有什么错？乌兰说，那你之前干什么去了？确罗说，畜生！两人打起来了。一会儿工夫确罗已经在乌兰脸上落实了好几拳，乌兰被打得毫无还手之力。

我们拉开两人后，确罗骂骂咧咧地把金嘎带走了。

南什嘉看事情平息也去约会了。

我又感激又惭愧，向乌兰表达感谢。但他说这不关我的事。

乌兰的脸到晚上才彻底肿起来，惨不忍睹，痛得直哼哼。我给他几片去痛片，他就着茶咽卜去，把自己捂在被子里，不再出声。我把小小的蜡烛挪到眼前，趴在被子里读《平凡的世界》，但心烦意乱，心思跟着确罗走了。一个小时一个小时，一点睡意没有。

到凌晨三点，确罗和金嘎披着一身寒霜归来。确罗看我还没睡，就寒气森森地说，看书也能让人不想睡觉？

那当然。书中的女人……书中自有颜如玉。我观察他们的表情（尤其是金嘎），看不出头绪。心里既羞愧又愤怒，又瞧不起自己。可是我从来没说过要怎样怎样，一直以来我都是被动的，我把自己弄到了一个窝囊的尴尬的处境上。

你神经病吧？确罗说。

你又不是去跟母狼约会，干吗发这么大的火？

她是火气不小但又如何？她缺的就是一个我这样的男人降住她。

我倒是羡慕你的厚脸皮。

他得意地哼着调子，有意无意扫过乌兰，开始脱衣服睡觉。这会儿金嘎早已躺在被窝里，把自己严严实实地包起来。

我又装着看了一会儿书，怀着一种灰败的失落感睡了。睡也睡不踏实，有无数梦的碎片组成一个巨大的场景，旋转着，揪着我的心。

索南才让 ｜ 荒原上

早晨，嘈杂声中闻到了酽茶和酥油融合的浓浓茶香，肚子就感到一阵阵饥饿。困意也浓浓的像一壶酽茶，但我还是坚持起来。他们都已经洗了脸，这会儿正吃着早饭。不知什么时候回来的南什嘉在穿裤子，他的裤带是一根牛皮绳。黑乎乎油腻腻的。他的鞋帮上有冻干的血迹。我惊异地多看了几眼，认不出是狗血还是人血。

每人背半麻袋老鼠药，途中休息了三次，差不多一个小时才到了桑赤弯。休息了一会儿，就各自在饮料瓶里装上老鼠药，一只手提着，另一只手将药袋子背在身上。然后大家一字儿排开，间隔十数米，缓步向前，一个洞也不放过。因为只要漏掉一个洞，可能就会有一家老鼠逃过一劫。我们把目标定得高高的：每一窝老鼠，都要全家死光光。

放完药，几个小时过去了。小心翼翼地将药袋卷起来塞进饮料瓶里，我们坐下来休息。天气晴朗，无风、暖和。周围的老鼠慢慢多起来，不知死到临头的它们欢天喜地抱着麦子就往嘴里送，一边观察我们一边飞快地嚼食。

老鼠中毒后在多长时间内死亡，我们起了分歧，有的说是两三分钟，有的说十几分钟。不管多长时间，只要它吃了麦子，那就是死路一条，这点大家有目共睹。头一次对草原站的"专家们"说了好话。兀斯尤其觉得今年有盼头，因为这么多年，今年的药最劲道。他说，千辛万苦来放药但没死多少老鼠的洋相，我们也出过，今年是个好年份。你们看这地，湿度满够了，今年是一个多雨水的好天年。

我们开始往回走。走着走着兀斯指向右方，语气沉重地说，你相信这里曾经是一大片可怕的沼泽地吗？

一点不相信。我说。眼前是一片干燥的荒野，哪有什么沼泽。

别说是你，就是我也不信。要不是我心里装着整个草山，有时候以为自己老糊涂了呢！

可不是。我说。

兀斯说，退化得太厉害了，真可怕啊。

人越来越多，牛羊也越来越多，加上气候原因，退化是必然的。

明明知道身体不好还要往死里折磨，是不对的。

我向四处看了看，老鼠踩出来的道路四通八达，犹如一张密集的渔网，顿时心悸不已。但马上又抱起希望，因为我意识到如果不这样做，满心满肺的担忧会淹没我。我怕重新认识这片草原，一个和眼前不一样的、更加悲惨绝望的草原。

我们年年整治，就不怕治不好。我大声说道，功夫不负有心人，还有我们人办不到的事情吗？

兀斯没好气地说，我已经参加了四次灭鼠了，我不知道年年灭的好处吗？村长书记不知道吗？但有的人心没有，光知道喝酒、耍，吃啥吗喝啥吗一点不知道，草山好吗不好一点不知道，老鼠多吗不多一点不知道。

去年没有灭鼠，前年也没有。

兀斯颓然地叹息一声，灭个鼠都这么难，其他再别说了。哎，要不是我这个腿子攒不上劲道，我才不愿意做饭呐，我自己放药才踏实。

但今年我们干得不差。我说。

今年是最认真最好的一年，今年的效果夏天你看着，肯定大不一样。

我听说了，明年的灭鼠是大规模的，好像每一家都要来人。

他疲惫的脸上总算露出笑意，一瘸一拐的身子也好像轻快了一些。

第六章

营地上停着一辆白色皮卡。村长来了，和草原防疫站的人等着我们。他们都全副武装，把自己搞得严严实实。我们差点没认出村长。

草原防疫站来了两个人，其中一个还是南什嘉的姐夫。那个姐夫说事情麻烦了。内蒙发现了鼠疫。他说，已经有很多人被传染。

虽然现在青海还不知道，但是这个事情可不得了……你们都没事吧？村长担忧地观察我们。

我们面面相觑，鼠疫？

你们的身体有没有不对劲的地方，比如发高烧、咳嗽、恶心、浑身疼这样的症状有没有？那个姐夫说。

我快速地确认了自己这些天的状态，好得很。除了熬夜有些瞌睡，并没有他说的那些反应。然后我回忆他们的情况，也好像没有。

等到我们一个个确认无事后，那个姐夫说，我们北部地区暂时应该还没有鼠疫，所以灭鼠的力度更要加大。而且还要做好个人的自我保护工作。这次我们带来了手套、防护口罩、消毒酒精、消毒液这些除菌的工具，以后出去灭鼠，你们要严格按照我们的要求工作。

然后他详细地讲了一遍以后工作的流程。再三叮嘱，一定要搞好个人卫生，做到万无一失。

回来后一定要用消毒液洗手，一定要喝开水，外出一定要戴口罩……

尤其是死在外面的老鼠，全部烧掉。村长说。

烧的时候远离。另一个人说，车上还带来了一百斤汽油，每天出去的时候带上一点。不要用手去抓老鼠，用我们带来的钳子。

……

村长自始至终没有说过你们谁不想干的话。那意思就是我们必须得干到底。事实上我们已经被隔离了。我想到这点，盯着村长。但他全神贯注地盯着南什嘉，一遍又一遍地交代注意事项。

傍晚之际他们终于说完了，卸下了带来的东西走了。

这场突如其来的鼠疫事件完全打乱了我们的阵脚。尽管事发区域远在千里之外，但明显感觉到所有人的心情都变得沉甸甸的，一场随时有可能会爆发但我们不得不面对的危机在等待着我们。

将那些防护消毒用品搬进帐篷安顿好，然后用消毒液将毡包里里外外仔仔细细喷洒了一遍。我们闻着消毒液怪怪的刺鼻的味道开始讨论这场突发事件。

我认为没什么大不了的。确罗首先说，我从来没听说过这种事。

没什么大不了？你没听说过？你知道什么？兀斯突然对确罗大吼起来，他凶巴巴地恶狠狠地盯着确罗。确罗被兀斯的乖戾吓得不敢出声了。

兀斯瞪着确罗一会儿，颓然坐下，自言自语又像是在跟我们说：这种情况不是没有发生过，而且还不止一次，每过几十年就会出现一次。上一次的鼠疫，就到我们家里来了。我的阿爸、我的妹子，就死在了鼠疫上。

我们这里有过鼠疫？我们面面相觑，谁也不知道这件事。

你们不知道我也奇怪，我不知道你们家的老汉们为啥不给你们说。但是这件事情是真的，我们村的人死了一些，好像是四个，两个就是我们家的。这也活该，因为鼠疫就是从我们家出现的。

你们家的人得了鼠疫？确罗问道，你们家？

先是我妹子。兀斯沉默了一会儿，仿佛在回忆自己的妹妹。那时候我才十一岁，我妹子才九岁。我妹子本来不在家里，她可怜……五岁的时候就抱养给别人家了，在那个人家里生活了几年，好好地活着，可没想到得了鼠疫，那个人家看着人不行了，就送回来了。送来的时候她还知道事情着呢，还高兴地说回家了回家了……可是第二天就昏迷了。阿爸搂着她骑马走了一天才到县医院里，一进去就再也没有出来，两个人都死在里面了。

毡包里静悄悄的，兀斯沉浸在遥远的家事中不能自拔。

金嘎打破沉默说，我们来的时候，一只死老鼠也没看见。我们放药后才出现死老鼠。

不管会不会出现，先预防起来，先把老鼠全弄死准没错。我说。

我们的工作量成倍加重了，没有灭过的地方要尽快灭，灭过的但还是有老鼠的地方还要重灭。要把死掉的老鼠毁灭干净……就我们几个人，离完工遥遥无期。

确罗你以后再不要把老鼠用棍子穿起来，更不要朝我们身上扔老鼠，你太不像话了。南什嘉训斥确罗。

想起确罗犯过的"罪行"，我们不寒而栗，齐声讨责确罗。他保证再也不那么干了。

"鼠疫事件"第十天，我们的心态看上去平复了。我们没有畏首畏尾。

但是不行，做不到像从前一样了。至少我不行，有两种奇怪的感觉在交替扰乱我，支配我。一种是勇敢，一种是懦弱。勇敢说没什么大不了的，至少认认真真去做，小心谨慎就不会有事；懦弱说赶紧想办法回家，这里有无数老鼠，有无数感染的机会，你再防范都无济于事，因为活在危险中，你还每天碰几百只老鼠……

恐惧太真实了，一刻不停地证明它的存在。每次出门工作穿戴得严严实实，轻易绝不脱去手套和口罩，装老鼠的袋子绝不挨到身上，在地上拖着。回来后第一件事是洗手，一遍又一遍，用滚烫的开水，用洗手液用酒精……还是不放心，端着碗胆战心惊，看着手仿佛看到可怕的东西。

我以为就我是这样，但他们都这样。只是不说，只是默默地干自己的事。晚上睡觉戴着口罩。毡包每天三四次喷消毒液,味道越浓郁越觉得安全。

这种情况持续了近一个月,大家才真正地正常了,或者说是懈怠了,疲惫了,麻木了。

兀斯瘦了,沉默了,眼睛更大了;金嘎的裤裆扯得越来越宽了(但他就是不补);南什嘉频繁地夜不归宿;而确罗呢,隔三岔五去垭口那边,后半夜披霜戴寒地回来。

只要他去了那边,我就烦躁地睡不着觉,我一分一秒数着时间等他回来,我从他脸上看不出异样的情绪来。他是得逞了吗?他在失败着吗?

又过了一段时间,我们不是傻子,就都知道是怎么回事了,但谁也不提。我也开始打麻将,但从来没赢过。输光了兜里的几十块钱,欠了一百多块。确罗天天跟我讨债,让我烦不胜烦。为了还债我玩得更加勤奋,赌得越来越大了。到后来我输了三百二十六块,我的债主又多了乌兰和金嘎。确罗威胁说,再不还债就把我的狼皮褥子拿走。

我对此嗤之以鼻,想要我的狼皮褥子,没有五百想也别想!

确罗意有所指地说,咱们走着瞧!

后来他和乌兰达成协议,乌兰要我把欠他的钱转给确罗。于是我欠了确罗五百多块,我的狼皮褥子被他拿走了。我只能睡在牛毛毡上,半夜里三番五次冻醒。金嘎竟然也不客气,他把我的东西搜索了个遍也没发现什么值钱的东西,最后,他拿着《平凡的世界》问,这个多少钱?

你又不识字,拿它干啥?

多少钱?

我心里一动,说,要不,我教你认字吧?识了字那就可以看这本书了。

我真的开始教他认字,每个字一块钱。这样,他可以识字,我可以还债,一举两得！事实证明这件事是非常明智的。十天后他掌握了五十个汉字。而我也还了欠他的三分之一的债务。他的学习兴趣大增，麻将也不怎么打了。《白鹿原》被他翻了一遍，几乎每页都能找到一两个他学过的熟悉的字。这让他感到很骄傲，不厌其烦地猜测那些还不认识的字的意思。他总是问我，我烦不胜烦，就给他讲故事。虽然我以前照着书念，但不曾想没有书我照样把故事讲得声色并茂。他听得津津有味。大家都听得入迷。于是我说这个故事免费，我还有更多特别好听的故事。《白鹿原》好听吧？还有更精彩的。如果你们想听，我给你们讲。我不多要，每天晚上一个人就一块钱。我告诉你们，我的脑袋里，男人和女人的故事可多了，而且一个比一个好听。

讲个故事还要钱这让他们不高兴，觉得我不知好歹。

确罗说，上次《白鹿原》完了后让你讲你推三阻四不答应。

我说，你们到底要不要听？我的水平你们是知道的。

确罗说，便宜点，太贵了。

一块钱还贵？世上哪有这么便宜的故事？

确罗说，故事我们也会讲。

能一样吗？土种马和纯血马的速度能一样吗？

确罗说，你有多少好故事？

我说，那就要看你们听故事的水平了，有些你们不会懂。

乌兰说，你这是什么意思？我们当然听得懂。

最终他们都同意了。

我从《西游记》开始讲。这本书我从七八岁开始读，读过不下十几遍，早就烂熟于心了。又是整整两个小时，毡包里安静得只有我一个人的声音，所有人都不出声音，害怕破坏那种气氛。

往后的多少天里，我为他们讲了许多故事，我讲故事的能力日新月异，他们听故事的水平层层提高。我给他们讲《鲁滨逊漂流记》《飘》《平凡的世界》《藏獒》《堂·吉诃德》《高老头》《穆斯林的葬礼》等等我读过的书。

我的记性真好！我讲故事的才能真好！我都开始佩服我自己了。每天晚上讲完了故事，我们在讨论哪个故事好笑哪个太悲惨谁个让人心里湿湿的谁又使人想起许多往事的时候，我们本身也发生着许多故事。我对他们说我讲了这么多别人的故事但是我们自己的故事讲出来也是一样的精彩。他们不赞同，说我们哪有故事我们没有故事。我说我们现在的生活就是故事。我以后就写这个故事给别人讲这个故事。他们说你写的时候别忘了写我们每个人，讲的时候别忘了讲我们每个人……

金嘎已经认识了五百多个汉字，他的聪明和记忆力让我刮目相看。至于学了这些字金嘎该给我多少钱，这个早就不提了。他已经没有钱了。而且我也相信再过一些日子，他们所有的钱都会在我身上，他们会连一分钱也没有。

在这期间，乌兰几次三番地要大家跟在确罗的后面去看个究竟，他说他敢打赌，确罗根本没有去约会，是死要面子活受罪，傻兮兮地去外面挨冻。我虽然怕事情的真相不是我想的那样，可我还是去了。因为我又渴望见到她。即使见不到，我也想看看她的小帐篷。

那天晚上，乌兰对确罗说，你该出发了，时间不早了。

今晚不想去。确罗说。

你已经好多天没去了，难道你忍心让你的情人失望吗？

确罗没说话，他眯着眼斜靠在被褥上，仿佛魂游天外。

你不去我们去了？乌兰说。

确罗说，去啊，干吗问我？

索南才让 | 荒原上

乌兰说，你不会是吃了门板吧？

确罗抓起皮袄离开了。乌兰看着确罗的背影再次强调，我敢打赌他有问题，没有才怪哩！

半个小时后我们也出发了。我默默祈祷，但愿乌兰的猜测是正确的、唯一的答案。不久以后，眼睛渐渐开始适应了黑暗，脚下的小土坎都看得清清楚楚。很多地方被狂野的大风吹得露出了草地，更多的地方是厚厚的积雪。我们和确罗保持着距离，等他过了垭豁之后我们加快了脚步。站在垭豁上，对着下面的斜坡观察了一会，没有发现确罗的身影，我们一溜儿下了坡。一有风吹草动就立即趴下。整个山坡上都没有发现任何可疑之物。金嘎的眼睛最好使，因而走在最前面，我们落后二十多米跟着。这样走了一会儿，金嘎突然蹲下，然后敏捷地跑过来。我们头挤在一起，金嘎低声说，前面一个东西，看不清。

有多远？

一百多米吧。

你再去仔细瞧瞧！

金嘎爬去十几米后，我们也跟了过去。没多久就见前面出现一个人，看样子是确罗无疑。他走到金嘎前面十多米处停下，金嘎一动不动地趴在地上，仿佛死了一般。过了一会儿，他开始向金嘎扔石头，接着就听金嘎喊道，别扔别扔。

确罗说，金嘎，你在这里干吗？

还有我！乌兰一下子跳起来。我也站起来。确罗干笑两声。乌兰佩服地说，确罗，你是怎么熬过来的？不行就不行，你死要面子活受罪啊。

我心里高兴死了，我几乎欢叫出来了。要不是我还有一些理智，我真就高兴地跳起来了。

确罗说，卡尔诺你去，银措不讨厌你。

你怎么知道？

第一次来的时候她说的。

她怎么说呀？

让挨打的那个有本事再来。

乌兰转而看着我，你去，这回她肯定不打你。

她也不知道我——

快去，就算她生气你也要去。男子汉大丈夫别怂。

帐篷的门被堵得严严实实，有两道系住门的绳子是从里面扣住的，我弄了好一会儿也没成功。这时听到里面有动静。

谁？她的声音让空气更冰寒了。

我屏住呼吸，不敢说话。我想缓缓，我想叫她多注意身体，想让她知道鼠疫的事情。我一直都在担心她。但我太紧张了，说不出话来。她已经开始骂了，我知道你是谁，滚！快滚！！

第七章

早晨，洗脸的时候南什嘉说，今天投药的那片地范围大，我们早点去。

今天是二号区的最后一片地吧？我也去，争取早点放完。兀斯说。这是兀斯第十次还是第十一次跟着我们放药了。自从鼠疫事件之后，兀斯对灭鼠的态度有了转变。以前他总是找机会对我们这些看着不怎么上心灭鼠（他坚持说我们吊儿郎当不认真）的年轻人进行说教，一套接一套的理论，而且头头是道。我们并不喜欢听，甚至很烦，但他不为所动，一有机会总是说上两句。但现在，他不说了，他开始行动了。他沉默寡言地拖着瘸腿自己行动。这么一来反而让我们感受到一股压力，工作得更认真了。当然和鼠疫的发生有关，但兀斯的举动是另一个原因。我们要不好好干活，好像既对不起自己也对不起兀斯，更对不起他死去的妹妹和阿爸。

现在我对兀斯也颇有微词，形势是很严峻，但他连气氛也搞砸了。要不是有我的"故事"和我的"爱情"调节调节，相信大伙儿更不好过。

我的事情他们现在格外关注。他们兴致勃勃地打算帮我渡过这次感情危机。不知是谁提到了写情书，于是他们认为这是一个具有高度可行性的计划。一上午，他们都在为这个计划而热切磋商。他们当然知道归根结底还是要看我，他们给我打气，让我振作起来。用我的才华写情书，写一封不成就写两封，两封不行就三封五封，一直写，直到打动她同意见面为止……我意动了，觉得这样的交流方式可能更适合打开我们之间的障碍，这种书信的来往本身就有一种诱惑性。可是送信是一件特别艰苦的事儿，谁愿意大半夜的跑那么远的路？

我把主意打到金嘎身上，他不同意，但在我的威逼利诱之下还是答应了。

既然有人送信，就差写信了。对此他们踊跃提出自己的真知灼见，乌兰甚至说要教我怎么写情书。我一笑拒绝了。我觉得在这方面还是我比较在行。那天下午的全部时间，我都花在了这封情书上面。我足足写了两千字，写了很多废话，我不知道说什么，就从见她第一面的遭遇和感受写起，我写着写着，就觉得仿佛干了一件见不得人的事情；写着写着，就觉得写下的这些字怎么看都糟糕透了。我从头开始写……我像小学生写作文那样先打草稿。等又写了五百字，这天的下午时光就过去了。晚上，躺在被窝里我没有别的心思，只想着怎么写。我以前不怎么写东西，因此没有意识到写字的艰难。尤其是写出让自己满意的文字更是意想不到的难。我是一个字一个字斟酌，一个字一个字写的。我去掉了"亲爱的"这种太暧昧的词，改成了"叫人难忘的银措"，也不满意，又改成"亲爱的朋友"。

朋友？这不成。我划掉了。决定先不管了，先写内容。我趴在被窝里打草稿。金嘎和确罗一左一右老是偷看我写的内容，虽然他们认不出潦草字体，可也很烦人，搅得我不能认真写。于是就发了一通脾气，他们便不看了。但这样一闹，我心情糟糕，什么头绪也没有了。气呼呼地蒙头躺下，一会儿生他们的气，一会儿生自己的气，不知不觉，睡着了。

次日一早，天还没亮，我醒来。终于想通了，干吗要纠结于形式呢？我们交流的不是感情吗？只要真心真意地写心里话就好了，只要她知道我的真诚就好了。

这下我浑身感到轻松了，立即翻身从枕头下取出纸和笔，在新的一张纸上写：

银措你好！我叫卡尔诺，就是那个第一次被你打、第二次被骂"滚"的胆小鬼。我说自己胆小鬼是对的，因为要是第一次我胆子再大一点可能根本不会挨到打，同样第二次我要是胆子大点也不会被骂一声就灰溜溜地离开。我也觉得自己的脸皮不够厚，我的朋友说一个男孩子要是没有锻炼出足够厚的脸皮是追不到漂亮女孩子的。这话让我感到很吃惊，但一细想，也觉得有些道理。在他之前，从来没有人跟我说过这些，我也不知道怎么去追女孩子，尤其是像你这么漂亮的女孩子，别说去追，我甚至都没怎么见过。

我第一次见到你就喜欢上了你，应该说我从你可怜兮兮的背影喜欢上了你，从你好闻的长发喜欢上了你，更从你转身的那一刻喜欢上了你。你一定要相信我那天晚上不是来干坏事的，我就是好奇。他们把你说得像天仙一样，我就想，这么美丽的女孩子有么？于是我就带着强烈的好奇心想去看看，我对自己说，去看看又怎么了？我甚至都没有想到别的可能。

但显然你误会了，你把我打了。这活该，我觉得你打得好！回来之后我

索南才让 | 荒原上

好些天都神情恍惚，恨不得打自己一顿。我真的打自己了，有一天晚上，我想你想得痛苦，就到外面去，在寒冷的野地里流了一点泪，给自己的脸上来了两巴掌，以惩罚自己对你的冒犯。可是，随着时间越久，我对你的思念就越深沉，我真想再见到你。

你可知道我们这儿的一个叫确罗的人叫嚣着说也要追求你，那会儿我吓坏了，我担心得不得了。可我不知道该怎么办。你那晚的态度让我失去了再去找你的勇气。我只能心被刀割一样地看着确罗去找你，心里默默祈祷你也像对待我一样对待他。那天晚上我一点也没睡着，我一秒一秒地数着，我一分钟一分钟地等着，终于把他等回来了，他一点伤都没有，那一刻我的心都碎了。我以为你喜欢的是他。你知道那是一种怎样的毁灭的感觉吗？可是，我又高兴起来，因为第二天晚上他没去，第三天晚上他去了，可回来得更早。于是，凭着男人对男人的直觉我知道他在撒谎，你同样也把他拒之门外了。那一刻，你又知道我有多开心吗？

后来，我们跟踪确罗，他果然和我想的一样，我都快高兴死了，所以当确罗说你说了，叫那个挨打的人来的时候，我就来了。我想那天晚上你肯定不知道是我，要是知道了就可能不会骂了。但我脑子里一阵迷糊，一听到你骂就伤心欲绝，稀里糊涂地走开了。

现在给你写这封信，我是听了他们的建议写的。不是说我不想给你写信，而是我觉得你可能也会讨厌。自从受了两次打击后我的状态确实出现了问题，我自己也知道。他们其实也是为了开导我，也确实给了我一点勇气，就像乌兰说的，我不写，又怎么知道你讨厌我给你写信呢？

那天我虽然没怎么看清但一定不会看错，你的帐篷里有书。说明你也喜欢读书。我想如果你不反对我们用书信的方式交个朋友，就给我写一封回信吧！明天晚上十点半，会有我的朋友带着我的第二封信来。到时候你把回信放在门口（记得用石头压住），我的朋友取了信，也会把信放在门口。或者，如果你觉得这样不太好，就在回信里说一下我们在哪里交换书信。

另外你知不知道鼠疫的事情？据说很严重，但我们并不知道更多，这里没有外来的消息，即便有也是一星半点，不足为信。但肯定的是这件事对我们都有影响，你们那里有没有什么措施？

祝你睡个好觉，做个美梦！
永远都这么漂亮！

真奇怪，写这封信我有一种酣畅淋漓的感觉，仿佛一口气将这些字写在纸上，把精气神都调整好了。我甚至感觉到要是再次见到她，我一定不会惊慌失措。同时也感到遗憾，我拐弯抹角地提出想带去一些消毒防护用具，遭到他们异常强烈的反对。这不能怪他们，是我的不对。乌兰说她们村里肯定也会发这些的。我不太相信。

我认认真真把信修改了两遍，然后规规矩矩地抄写在一张崭新的纸上。我精心叠制了一个信封，将信装好，用一点面糊封了口。信封上写：银措亲启。

本来可以不封，但我怕金嘎偷看。如果以后常常写信他就知道我们的所有事了。他的进步太快太恐怖，以至于现在我都感到害怕。现在他翻看一页书，认识的字更多了，有很多词他能读写，虽然还没有完全搞清楚意思，不过我想这种情况要不了多久就会改变。而且我也相信再过一两年他会毫无疑问地超越我。如果他有一本字典，他的成就将不可限量。因为他帮助了我，所以我答应回去后将我的一本字典送给他。他这两天一直念叨着。我对他的这种恐怖的天赋既羡慕又嫉妒，如果说以前是带着玩笑心态的话，那么现在我是认真的。我怀着强烈的好奇想知道他会走到哪一步，会不会创造一个奇迹？

吃过晚饭，金嘎带着我的期望和他的保证一头冲入夜色。

他走后，确罗唆使我说说信的内容。我不说，他便骂我小气。

金嘎走的时候是八点过一刻，回来时快到十一点了。我等得心急如焚，以为他被狗咬了。他对我的担心嗤之以鼻，喷着寒气说，我看见一只受伤的小狼，就追了去，没想到跑远了。

你有病吧？ 大半夜的你追什么狼，碰上狼群怎么办？

我才不怕。他犟嘴道，再说哪有什么狼群呢？

你怎么知道没有？

这里又没有羊群，它们会跟着羊群走，它们都在冬窝子上呢。

孤狼也不好对付，你可不要大意。兀斯吓唬他，有的狼会悄悄跟着你，找一个好机会把两只前爪搭到你肩上，这时候你可千万不要回头，你一回头它就轻松地把你脖子咬断……

老掉牙的故事当然吓不住金嘎。他根本就没好好听，又捧起书看。我的《白鹿原》被他霸占着。我给过他一个旧本子，现在他快写满了。从这个本子上就可以清晰地看出金嘎的进步有多快。刚开始写的时候每一个字都扭扭捏捏，东倒西歪，而且奇大无比，每个字都有他自己的大拇指那么大。写了几页，变化开始了，首先字变得小了，做到了在一条格子里勉强框住，再过几页，连字的整体形象也统一起来，也就是从那个时候开始，他的字再也没有出格过，到现在，猛一看，我们的字还真没多大区别。他很快就会超过我，我坚信这一点，因为他是天才，而我不是。

夜已经很深了，我叫金嘎快睡觉。

我要吹灯了。我说。

你睡你的，我马上就看完啦。他煞有其事地说。

你看个屁！确罗怒气冲冲地说，不灭灯我睡不着，快点……

金嘎不敢犟嘴，气呼呼地睡觉。煤油灯刚熄灭，他还是忍不住"哼"了一声。

你"哼"啥？确罗马上就问道，你想骂我？

金嘎翻来覆去地折腾，一会儿便轻轻发出叹息，一会儿又把牙咬得咯咯响。他肯定是恨死确罗了，却又不敢反抗。确罗把他吃得死死的。

夜阑人静，我睡不着。我想她想得睡不着。她的容貌是那么清晰，以至于把原本有些模糊的样子轻轻松松补齐了，她的影像活生生留在脑海中，只要我愿意，我一天到晚都可以看着她。而且我也由此坚信我已爱她爱得深沉，我相信切身感受到的才是真实存在的，为此我不断地去触及我灵魂里那块柔软的地方，不断地接受我对她的爱所带给我的折磨和疼。

第八章

翌日一大早，我趴在枕头上，点了一根烟，静静地抽着，一边思考今天要写的信。想了半天也没有头绪，只觉得越想越乱，怎么写都不对。我又担心昨天的信，当时觉着挺好，但现在拿出草稿一看，心里就凉了，这都写的什么呀？看看这语气，这滔滔不绝的架势，她一定会觉得我是个自大狂。一个自以为是的家伙。

去放药之前我们照例检查了自己的装备：胶皮手套、有一股子干燥刺鼻的气味的口罩、轻便的钳子、汽油，都带上了。南什嘉照例问我们有谁觉得不舒服？于是我们就嘻嘻哈哈地都说不舒服，要求休息一天。南什嘉说在这里待着有什么意思，赶紧干完了回家休息去。但我们都知道不会那么容易让我们回去的。自上次村长走了后，这里再没人来过。他说过如果有事会有人来通知，没人来就是没事。但南什嘉说并不是如此，鼠疫事件现在闹得沸沸扬扬风声鹤唳。

我们千万千万不能马虎大意，你们一有不对劲马上报告。南什嘉警告说。

他怎么没来通知我们？

所以我们要尽快干完，然后撤离。

尽快？怎么个尽快法？还有老大一片呢。确罗说，干脆我们马上回去，剩下的爱谁来谁来。凭什么是我们？

这能怪谁？你要是不贪图那点工资也就不会出现在这里，既然来了，那出了事就不能逃避。

南什嘉你这是什么意思？

要么别来，既然来了就得有始有终。这不仅是我的意思，也是村长他们的意思。

你觉得我会在意他们和你的意思吗？

那你想怎么着，想离开？

确罗沉默不语。眼下的处境他清楚得很，只是心里愤愤不平，觉得上当了，被抛弃了。

路上金嘎一口气背了五首诗，把他们惊得够呛，因为我教他这些诗的时候他们都不在场，现在金嘎突然来这么一手，他们就感到不可思议。确罗既嫉妒又愤怒地说，你光背有屁用？你知道意思吗？

金嘎得意地说，现在我当然不知道，但我以后绝对会知道。我的将来一片光明，简直是金光大道。他终于从确罗这里找到些许优越感，幸福得脸都红了。

兀斯对金嘎的表现相当满意，昨天下午还让他写一写他的名字，金嘎写对了后一个字，前面的兀字他没学过，以为是无或五，他把两个都写了，让兀斯挑一个。兀斯掏出身份证，原来是吴斯，连我都弄错了。但我觉得归根结底还是当初登记身份的人弄错了。兀斯说那时候根本就是随便写，才不会考究名字的字义，户口上添名字是要看运气的，要是那天填写之人的学识不咋地，他就随便弄一个字了事；有时候就算有学识也靠不住，他不想动脑筋，也随便填写，于是兀斯就成了吴斯，好像一个汉人的名字。

金嘎信誓旦旦地说他的名字绝对没弄错，他老子对这类事可是很认真的。

确罗说你有种再背五首。金嘎说行啊，我明天背给你听。说完他看着我。我点点头，金嘎就再次得意地朝确罗一扬眉毛。

确罗讽刺我说，你既然那么想当老师，就连我也教一教吧？不过我想你除了写字也没什么可教的，我是不会学字的。

孺子不可教也！

你啥意思？

说你无知还真没错，连骂你什么都不知道。要不我教你一些骂人不带脏字的话？

他哼哼唧唧地跑到前面和南什嘉走在一起。我趁机叫金嘎再把昨晚的经过好好地详细说一遍，好让我知道接下来的信怎么写。金嘎苦恼地抠着头，说也没啥呀，就是去了后把她叫醒，然后把信从帐篷的缝子里塞进去，然后说明晚来取回信，然后就走了。

我连连点头，不知是错觉还是真的，反正我觉得仿佛得到了点什么。我说难道她连一句话也没问？

没有。她连一声都没出。

不行，今天晚上我也去，我要亲自感受一下才能写出好的情书来。

那你自己去吧。

我……还是我俩去吧，我们可以在路上学习。我没说我害怕走夜路。金嘎支支吾吾，显然不想去。但我不给他找理由的机会，说就这样定了，以后我们一起去送信。

金嘎说我还没同意呢。

我是你老师，你是不是应该帮助我？是不是应该尊重我？是不是应该听我的话？

可我给了你钱啊。金嘎反驳道，那就是学费。

哪有那么美的事，哪个老师会因为那点钱就教你那么多？你老实说，我这些天来教给你多少知识？你有没有想过，等我们回去的时候，你可能就是以一个知识分子的身份回去的，那些中学生在某些方面也不能和你比，你想想。

金嘎自豪地笑起来，说你说得对，我果然要以知识分子的身份回去。他兴高采烈地同意奉陪到底。他对天天夜里走路受冻这种小事不屑一提，因为这对他强壮的身体而言根本就没啥好说的，所以他一点也不在意。

放药的时候我心不在焉，一门心思想着信的事。真是书到用时方恨少！我自以为读书多，有见识，写几封情书理当不在话下，但只有真正写了才知道有多难，需要考虑的问题太多了。而一封糟糕的情书起到的作用是灾难性的。难道没有这种可能？不不不，这种可能性太大了，大到我不得不一次又一次地揣摩要怎么写。我越想，就越沮丧。眼看下午开始返回营地了，但我还是没有想出来。这让我意志消沉，和谁也不说话。兀斯和我走在一起，他说你觉得她怎么样？

我想了想，不知道该怎么形容她。她很霸道。但我不想这么说。

那你是怎么打算的？

我想了想，还是不知道。

你不知道，你没有好好想过，这就是问题。兀斯说。

我一直在想，我会好好想的。

你白天想的和晚上想的是不一样的，你也没有往长远里考虑。

回到营地，兀斯问我们晚饭吃什么。

金嘎说吃面片，确罗说吃拉条。兀斯说，那就吃面片吧。然后就开始做饭了。

我吃了两个馒头，喝了三碗茶，趴在铺盖上展开皱成一团的草稿，看了一遍，暗想也没那么糟糕，然后我在空白处写下了以下这些句子：

亲爱的银措，我在想你会给我什么样的回信。我想了半个夜晚，今天又想了一天。此刻我在写第二封信，之前焦躁的情绪消失了，我的世界安静安详了，我的世界只剩下你了。由于没有更适合（我是说适合于我们之间彼此的称呼）的名称，我暂且这样称呼你，希望我们能够建立起一种相通相融的阅读方面的关系，以一种我们的"亲昵"的称呼来区别我们与别人的关系。我是说如果我们的阅读和现实的符号一致，那么是不是意味着我们归根结底都是在虚幻着？我觉得我们应该想办法建立实质的根基……

另外，还是"鼠疫"的事。刚开始几天把我们吓坏了，连最不知天高地厚的确罗都吓得不知所措，却还装作一副无所谓的样子（他就是这副德行），但我们都看得明明白白，没有揭穿罢了。我们都担忧，担心外面的情况，这是最可怕的，我们不知道外面发生了什么，到底怎么样了。真觉得我们被抛弃了，自生自灭。你知道些什么，请告诉我。

我想我又写了一些幼稚的、不知所谓的东西。世上有这样欲盖弥彰、自以为是的情书吗？但我不想改。我觉得我正是用这种有毛病有缺陷的方式在和她构筑我们的关系，所以这封信的意义就不是单纯的情书，而是一个沟通我们之间的某种氛围的东西。我感到一丝满足。虽然我在她面前头破血流，没有一点用处，但

索南才让 | 荒原上

在文字交流中我预感到我一定会占据主动,找回尊严。

兀斯在面片饭里放了好多肉,因为我们的肉多,菜少。我们有土豆、甘蓝、大葱、洋葱、红薯粉条、土豆粉条、菜瓜等,大部分菜已经吃完了,剩下的土豆和粉条最多。牛肉和羊肉还各有一条完整的大腿。这顿面片里的羊肉就是那条羊大腿的新鲜第一刀。兀斯把冻得跟铁一样的大腿放在案板上剁的时候我看了一眼,按照他的用量,这条腿吃不了几天,但他肯定不担心肉不够,因为除了两条大腿还有别的肉。

我和金嘎一起帮兀斯揪面片。金嘎来这里学到的第二个本事是揪面片,揪得很不赖。每做一次面片,兀斯就使劲夸他一次。这样一来,金嘎成了兀斯的助手,干了很多本应该兀斯干的活儿。有几次我还替金嘎打抱不平,但他自己说十分愿意,就像他现在愿意识字一样愿意,那我还能说什么呢?

我吃了两碗面片,想了想,又硬是多吃了半碗。金嘎已经吃第四大碗了,白瓷瓷的大碗里好像装的不是食物,而是空气。其实我们所有人都能吃,做饭用的是直径有四十厘米、深达五十厘米的大铝锅,兀斯要做满满一锅才能满足我们一顿吃喝。为此兀斯已经抱怨过无数次,但最让他感到吃不消的是蒸馒头。我们吃得太狠,他辛辛苦苦蒸出来三四锅馒头不够我们吃一星期,而且是馒头做得越好我们吃得越快,后来他耍心眼,做得差了,但也只是多吃了一天,他还是每过三四天就要花费大半天蒸一次馒头。我猜他想方设法把金嘎搞定,多半是为此考虑的。因为自从金嘎愿意帮助他以来,他就没再和过一次面,所有做馒头的面都被金嘎玩儿似的弄好了。所以他现在是越来越喜欢金嘎了。

饭后金嘎说要睡一会儿,他果然睡着了。我是无论如何也睡不着的,于是就坐在门口,眺望远方昏暗中的群山发呆。我意识到关于银措的一切对我层层叠叠(几乎是突然)的追加的影响,这是始料未及的。我有时从乱糟糟的脑海中努力提炼出一点意象，那些小火苗一样的念头似乎足以燃烧我，让我更能感受到爱。

九点钟我叫醒金嘎。我们穿戴好，走出毡包。遵照我们的协议，我得教他点什么。他说要背诗，明天给确罗背。我就勉强凑出五首教给他。他仅仅听了一遍，就背会了，然后就不怀好意地把我抛下，眨眼间消失了。我喊了几声，又惊又惧地加快脚步。他等在上次我们窝过的凹地里，嘿嘿地朝我坏笑。我稍作歇息，怀着某种激荡而壮烈的情绪朝那边走去，信已经被紧紧捏在手里。我听见那两只可恶的狗叫起来，但没有冲过来。

我远远绕过大帐篷，从那门缝里仿佛有一双冷酷的眼睛在盯着我，我走一会儿，就觉得有人悄悄地出了那帐篷，悄无声息地跟过来了，一回头，却什么也没有。我走到帐篷门口，静默地看着帐篷外面厚厚的门帘，我似乎还记得当初我推开里面的木门时的那种沁人心脾的冰凉，那种令人感到镇定的错觉。如今，我又觉得人生奇怪的历程其实在很久以前就有迹可循，只是人们没有能力把它抓住。我们时常以麻痹自己来渡过劫难，而且还会找一些方式来弥补这个伤痕。我的伤痕，就需要情书来弥补。我低下身去，很顺利地在一块宝贵的红砖之下摸到了一片纸。是一个信封。我像幽会成功的少年一样愉悦起来，我甚至有一种探险完成后庄严的仪式感。我把信揣好，把给她的信连袋子压在红砖下，在红砖四下里摸了摸，确认没有暴露出来。我站起来，再一次屏住呼吸，努力延伸听觉，试图得到一星半点她的动静，但我失望了。我站立五分钟，一点声音也没有。

好像她的不出声更让我感到幸福。终于我带着满足的心情离开了。回去的路上我几次都忍不住想看信，但每到最后关头都硬生生忍住了。就在快要回到营地的时候，我突然想到要是进去了再看，他们也会来凑个热闹，我不知道她到底写了些什么，要是她把我绝情又狠辣地臭骂一顿……

我和金嘎找了个避风的地方，他掌着手电，我拿出信。信封还是我的那个信封，她没有封口。我哆哆嗦嗦地抽出一张折叠的纸，凑着一束白光盯住纸面：

  卡尔诺，你还真有意思。我确实没有想到你会给我写信，所以当我被你的朋友叫醒，然后接到信的时候半天都没回过神来。首先我要说明一点的是，我并不是特意针对你的，我这几天心情不好，因为和一个算是朋友的人闹别扭，不过现在好了，今天我去把她揍了一顿，我把她打倒在地……算了，不说这个了。能收到你的信，这封平生第一次收到的信还是让我很开心的。你说的很多话我一时半会儿还没想明白，但有一件事你说得对，我爱读书，我的帐篷里有一些书，但不是很多。而且你不知道的是我还在写诗歌。我很早就知道自己有这方面的天赋，我的诗歌也得到过一些人的好评。虽然我写得并不是很好，但时间和阅历、感悟和沉淀会慢慢把我磨砺成一个优秀的诗人，这一点我相信就足够了，不需要别人的认同。

  写信交流我乐见其成，觉得可以把很多话都写上去，可以写得肆无忌惮，可以写得天马行空。我们总是不能好好地随心所欲，越是长大了越受束缚，越是变得笨重木讷。所以一旦有机会就要抓住。写在纸上就是这样一种机会，所以当然要珍惜。

  关于鼠疫……老实说我不在意，生死有命，真要是来了，我们这些和老鼠生活在一起的人，又能逃到哪里去？不过你放心，我们也有那些东西。而且好像有人死了（我真的没怎么在意），但不知道多少人，我会打听打听。我们家和外面的人不接触好一阵子，简直和你们差不多。我阿爸出去过，到乡里去了，回来说乡上忙得紧，啥事也办不了。好像已经到来了似的。我只知道这么多。

我五味杂陈地读完。然后又一字一字地读了一遍。一个性格开朗而果断的形象就套在心中那个女孩身上，直到这时，我才真真切切地感受到了她的气息，她在我心中彻底活过来了。我不由自主地呻吟一声，完了！看看她写的信，看看她字里行间的飞扬的霸气，看看她理所当然地掌握主动权的意识。我的脑门一个劲儿地突突跳。

金嘎陪我看完了信，咂着嘴夸张地嚷道，哇哇，你女朋友好厉害！居然在写诗？连你都不会写吧？

我猛然一惊，对呀，她在写诗，她是一个诗人！

你会写吗？金嘎用胳膊撞了我一下。

当然会写，但……但要写出好诗是很难的。

我知道不容易，所以我才觉得她好牛啊！

我无法反驳了，而且我为什么要反驳呢？他说我的女朋友好，我应该高兴，从她回信的那一刻就已经算是我的女朋友了。可让我感到难受的是她远比我想的要有才华。我之前自以为是地认为她虽然读书，但也只是限于读书……人总是在顾着埋怨而忘了防备的时候遭遇袭击，我就在毫无心理准备时被她刺了一下，我没有把这件事展开分析的勇气，急匆匆地遮盖掉了。

第九章

金嘎大嘴巴一张，就把银揩学问好还会写诗的事情说了出来。他们惊讶、兴奋、感到不可思议。他们以为她回复的信是一首情诗，怂恿我念给他们听。我一拒绝，他们便强行把我摁倒，抢走了信。他们让南什嘉念。南什嘉看着我，我说你要是敢念你就走着瞧！他龇牙一笑，就开始念了。

索南才让 | 荒原上

他们听完了个个都张大嘴巴，和金嘎一个样呱吧着嘴，一个劲儿地说厉害厉害，真他妈厉害。因为没有诗出现，所以他们也就没有深入探讨到底厉害在何处，只是觉得一个女孩子能写出有条有理的信，还能写更高级的诗，这就不是一般的厉害！他们对她打人的事情只字不提，仿佛没有这段叙述一般。不理会他们各种古怪的想法，我又要烦恼回信的事情了。这回又要说些什么呢？

思来想去，觉得还是得从她喜欢的诗歌上谈，可是怎么谈？我对诗歌了解多少？我想了想，我对诗歌几乎可以说是一无所知。那么又能跟她说些什么呢？她的水平一定是超过我的，我说得不好等于是在自找死路，不说又显得和她不是一路人……太纠结了。这天晚上我又失眠了，自从认识她以来，我没睡过一个好觉，我时时刻刻都被她折磨着，有时候我想，难道她是我前世的仇家，今世来复仇吗？

亲爱的银措：

以前，我从来没有想过缘分这回事，但现在这个东西活生生出现了，出现在你我之间，我用炽烈而明净的态度拥抱住缘分，不让其轻易离去。我有时候感到一阵阵惊悸后怕，我不知道要是我没有认识你会是一件多么可怕的事情，我浑浑噩噩地一天一天过活着是一件多么可怕的事情……可是，幸好，你出现了，你来了，你在我毫无准备的时候来了。幸福来得太突然，我猝不及防地接住，难免感到手足无措，并且愚蠢地伤害到了你，我真恨自己！

读了你的信，知道了你是一个诗人，这几乎再次打垮了我，我感觉和你的差距这回是明显地拉大了，但我很快也调整过来了。因为我觉得自己用不着去妄自菲薄，我也有自己的长处和优点，我也有优秀的一面，所以，我才这般从容地给你写这一封信。这是我写得最自在的一封信，也是最自信的一封信。可我不知道自在在哪里？又自信在哪里？不管你看了后是什么感受我都可以坦然地接受，期待你的回信。我喜欢读你的信，哦，不！事实上是我喜欢你的一切东西！

　　关于读书，想必我们因为读的书的不同而有着自己别样的观点，但你是诗人，读的文学书籍应该多一些吧？我也是。我尤其爱读小说。但要我在这里说出个一二三来我也不知从何开口。哎，这可就让我有点尴尬了，本来在写信之前是想写一写的，但现在，我的笔变得无比僵硬了，索性算了吧！

　　想了想，还是忍不住说，昨天晚上来送信的是我。

　　这封信会带给我什么样的"命运"？我觉得自己以一种隐蔽的方式挑战了命运。为此我既高兴又悲哀，不愿意考虑后果了。

　　晚饭前，兀斯又骂金嘎了。兀斯老是骂金嘎，但这种骂是父亲对儿子的骂，所以金嘎有时候一顶嘴兀斯就特别生气，这回他也是气呼呼地说，你以为你是谁？要知道我们都是孽障的人。你也是一个孽障的人，你想乱来，那能有啥好处？没有！

　　原来金嘎异想天开，想要努力学习知识，然后离开草原去城市生活，他还想找一份好工作。大伙儿一听这话就笑得很欢实，七嘴八舌嘲讽金嘎。兀斯认为金嘎学了几个字就不知道天高地厚，简直可笑至极。

　　金嘎很不服气，他认为只要他把所有的字都学会，只要他有学习的强大能力，就可以去试一试。他说，我才不信，凭什么我不行？你们又没有试过，你们也不识字。等我到了可以像卡尔诺一样看书的时候，我就会去的。他说得信誓旦旦，态度也十分严肃，和以往判若两人。

索南才让 | 荒原上

　　兀斯又气咻咻地骂了几句，无奈地看着我。意思很明显，就是让我去劝劝。可我觉得金嘎是好样的，我支持他这样想也去这样做，于是悄悄地给了他一个鼓励的眼神，他就高兴起来，把晚饭的面团揉得十分起劲儿，再也不管兀斯对他的横眉瞪眼。

　　兀斯没有从我这儿得到想要的，就对我也生气了，把锅瓢弄得噼啪作响。以前兀斯做饭，尤其是做面片的时候，还会把肉块啊葱啊先在锅里炒一下，等到肉变色了，烧焦的葱散发那种特有的香味，他再把水倒进去。但现在他不这样，他已经懒得那样做了。这段时间他常常说的一句话是上当受骗了，他说他没想到我们竟是如此能吃，而做饭又是如此辛苦，比起去放药简直不知道辛苦了多少倍……尤其是蒸馒头的时候，尽管有金嘎帮忙和好了面，但他还是累得够呛，而我们又没人愿意帮忙，每当这时，他的脾气就异常火爆，稍有怠慢就会哼哼唧唧地骂起来。他的辛苦我们看在眼里，所以倒也没谁去抬杠，只当是一阵带着噪音的风，吹一会儿也就过去了。就连和兀斯闹过矛盾的确罗也缄口不言，一点不给小心眼的兀斯找他麻烦的机会。

　　面片饭里没有了烧葱的味道，便降低了不止一个档次。结果就是原来吃四大碗饭的人，现在只吃三碗，或者两碗半。兀斯对此结果非常满意，做饭做得更加随意了。要是有谁抗议，他就会说，行啊，那你来做，我去放药。我又放药又做饭，你还弹嫌起来了？

　　好在他有分寸，而且极好地掌握着，一直都没有超出我们忍受的底线。现在大家都对兀斯敢恨不敢言，那滋味，难受极了！即便这样，兀斯还是时不时闹一些小情绪，他会让我们自己凑合着吃一顿午饭。因为每天放完药回来已经是两三点钟，有的时候都四点了，很快就会吃晚饭，所以大伙儿也能接受这个，但也不能天天的午饭都是茶和馒头啊，连吃几次，胃里直冒酸水。直到南什嘉用组长的身份提出抗议，兀斯才不情不愿地炒了两天土豆片，但到了第三天他又不做了。后来形成的默契是每隔两天，他会炒一大锅菜。由于没有什么蔬菜，所以不是牛肉土豆就是甘蓝粉条，这两种菜轮换上阵。不知道兀斯是不是故意的，自从这种规矩形成后他炒的菜不是没放调料就是咸了，要不就像一锅汤水。但我们只能乖乖地吃了，而且不能表示不满。如果再说他的不是，他就会指责我们得寸进尺，并理直气壮地拒绝再做饭。所以谁和他说话都要小心翼翼，也就金嘎能够顶撞几句。

　　因为心情不好，兀斯早早就睡下了。他这段时间情绪低落，不愿意说话。兀斯并不老，但年龄和身体像一条洪水一样把他分开了，时间越久他越害怕，现在他更害怕，因为鼠疫来了。事实上他已被恐惧牢牢套住，他一直在挣扎，这我们都看得出来，他活得艰难。

　　他提到的另外一次鼠疫他不愿意说，我问了两遍才告诉我。原来那不是鼠疫，是另外一种瘟疫，发生在他的祖父祖母身上，那已经是差不多八十年前的事情了，那时候都是部落。那场瘟疫在信息、交通都落后的那个年代毫无征兆地降落到部落里，短时间内就有大量的牧民死去。直到死了很多人，部落才知道瘟疫又来了。部落与部落之间不再走动，需要交流他们就约定在一个地方，隔着山谷站在两个山头对话，若有更重要的事就写信，然后用抛石绳将绑着信件的石头打过去……来往的信件都要从两堆火之间穿过，然后用柏香熏，把一切不干净的东西除掉……

　　为了消毒，人身上、衣服上、毡包里、家具上、被褥上、马具上、马身上、牛羊身上、牛羊圈……所有看得见用得着的东西都熏烤，还在整个部落里撒上牛粪灰，因为牧民们相信，牛粪灰会把看不见的那些魔鬼淹死。

　　兀斯说，我们家一直以来都多灾多难，我的祖父祖母在那场瘟疫里死了，到了我阿爸这一辈，我的阿爸和妹子死了，现在是不是轮到我了？但我想不会，因为我这一辈已经死了人了，虽然不是瘟疫但反正是死了，而且我的下一辈也死了。我们家里，每一辈都要死几个人，其他的才能活着。

他在年富力强的时候，在一个无风无月的夜里杀死了三只同样年富力强的草原狼，那是他人生最辉煌的时刻。但这不久之后，他妻子就死了，莫名其妙地死了。顺便带走了腹中的儿子……他坚持认为他的家族背负着巨大的罪孽，所以他不会停止对自己的谴责，他手上的佛珠长久以来从未停止滚动，他嘴里若有若无的经文仿佛与生俱来，永远成了生命的重要部分……

我同情他，但每个人、每个家庭都有磨难。他身上发生的事情，同样会发生在别人身上。我不会太在意他的祖辈他的父辈和他的妻儿和那三只狼，不会在意那串佛珠磨平了他多少指纹，磨掉了他多少指甲，更不会在意他嘴里的经文是为了忏悔还是为了祈祷……但我和金嘎出门，我去追求爱情、他去追求知识的时候，我由衷希望兀斯能够拥有安稳安心的日子。

路上金嘎迫不及待地问我对他的想法有什么想法。我说挺好的。

挺好的？他提高嗓门质问，那是怎么个好法？你在耍我？

不要说耍，可以换成敷衍。

嗯，你在敷衍我？

没有，我得想一想，我刚才觉得你有魄力，既然有那个心，有那个决心就去干，你才二十多岁，有时间犯错和挥霍。但现在又觉得还是得慎重一些。

我就是想出去看看，我觉得出去走一走总比一辈子待在这里强一些。

当然强多了，所以我支持你。而且我觉得你一定会生活得很好，因为你有强大的学习能力，只要有了这个，你在哪里都会活得很好！

一说到他学习好，他就高兴。走路更轻快了。

> 黄河远上白云间，
> 一片孤城万仞山。
> 羌笛何须怨杨柳，
> 春风不度玉门关。

他特别喜欢唐朝诗人王之涣的这首《凉州词》，总爱用那半生不熟的普通话大声朗诵。他还喜欢王昌龄的《从军行》，就因为里面有"青海长云暗雪山，孤城遥望玉门关"。诗中有青海，所以他也常常挂在嘴边。

他最自信最豪迈就是在念诗的时候，那些诗仿佛根本不是我教给他的，而是他与生俱来的。他在读出来的时候自然而然气势十足，他才是真正的诗人。我对银措写诗这件事不再忐忑了，因为我突然明白不是只有写诗的人才叫作诗人，有一种诗人是不用写诗的，他会让诗用灵魂的声音诵唱天地间，永不消散。只有那些一遍一遍、一次又一次用灵魂写诗读诗的人才是真正的诗人。只有他们才能将诗歌永远流传下来……

我激动地说，金嘎，你才是真正的诗人你知道吗？你才是诗人！

他得意地哈哈大笑。

我径直朝帐房走去。我已经不再害怕她家的狗了，也不担心那个大帐篷了。而奇妙的是自从我不怕它们以来，它们就再也没有出现在我眼中。这个夜晚仍然静悄悄的，我借着月牙儿的微光摸到砖头，摸到了下面折叠的纸张，把怀里的信用砖压好。当我站起来准备离去的时候，我听见她在里面喊了我的名字。这声轻微的招呼是如此清晰，我根本就不怀疑是自己听错了。我的心又不争气地怦怦乱跳起来，我颤抖着轻轻地叫了一声她的名字。里面是一阵沉默，然后她说，你进来。

索南才让 ｜ 荒原上

我脑后的筋脉仿佛要从皮肤里鼓胀出来，那鼓起的筋线一点点地延伸着，很快头皮就开始疼起来，我双手摁住头，惊恐地不知如何是好。我呆呆地站立着，我又听见她在说，快进来，你——

但我的耳朵也不听使唤了，嗡嗡地响着，后面她说了什么我听不清。我头昏脑涨地进去了……我的嗓子眼被一大团东西堵住，张了张嘴，喉咙里便一阵刺痛。我甚至有一种小腿要抽筋的感觉，我觉得会晕死过去，这样一想我就有了一个古怪的感觉，仿佛自己真的会晕过去，接着我居然真的晕过去了。

也许是我自己不愿意醒来，也许是我真的醒不过来，反正应该是过了很久，我看见了眼前的一片漆黑，我第一次看见黑暗中的黑色，像空气中的呼吸一样自然地出现在我眼前。我动了动，好一会儿才想起来在哪里。于是我发现自己躺在床上，我听见了旁边的呼吸声。我不知道自己该不该坐起来，我不是特别紧张了，仿佛一个昏晕把所有的紧张都带走了。我想咽一口唾沫，但嗓子太干了，一点水分也没有。我很自然地，连自己都没有意识到地说了一句，有水吗？我一怔，在打火机的光亮中接过水杯。我不敢看她，可这杯水真凉啊！凉得进入喉咙时仿佛一条流焰倒了进去，那是一种撕裂的融化的痛，旋绕着将我的咽喉摧毁，我吐出半口气，终于可以确定喝了这杯杀伤力十足的水，我是要受罪了，因为嗓子眼正在以一种飞快的速度肿胀起来。我再次咽一口水，嗓子眼里感冒严重时的那种熟悉的疼痛和艰难就出现了。我怀疑她是不是故意的……

她就躺在我身边，我看不见她。但我坐起来的时候，她也赶赶咐咐地起来了，她点燃了蜡烛。她披着她阿爸的大皮袄，面无表情地看着我。

我在想……我得有多可怕，才会把你吓晕过去？我有多可怕？她好像极为愤怒我的表现，所以声音冷得就跟那杯水一样。

我是因为紧张才晕过去的，可不是怕你。我沙哑着声音说。

那你紧张什么？怕我打你？

你再打我多少次我都不在意，我就是因为太喜欢你才……

她突然吹灭了蜡烛，你喜欢我喜欢得晕过去了？

我是因为太喜欢你，所以激动得晕过去的。我几乎是一字一句地说。

她扑哧笑了，说，你确定真是这样？她戏谑的语气让我感到不舒服，但转眼一想，她这是在以这种玩笑的方式缓解尴尬吧？不然我们怎么交流呢？

于是我就高兴起来，也嘿嘿地笑起来。去捉她的手却被她避开了。

我晕过去多久了？

十分钟吧？我没注意，反正有些久。

你可不要嘲笑我。

她咯咯地轻笑起来，我没嘲笑你呀！

那你笑什么？

我……我就是觉得好笑……

那不就是在嘲笑么？

没有。我就是……今天很高兴见到你。她用这句话表明了她没有看不起我的意思。

我得意起来，多大的进步啊，写信果然是好办法，这回她可比上次好相处多了，而且还笑个不停，这是好兆头啊！

你快走吧，不然你同伴要冻死了。

明晚我再来看你，我担心的是这一天一夜叫我怎么熬。

她的脸一红，胡说什么，不要来。

我来给你送信。我说着，从帐篷探出身子，取了砖下的信递给她。我握住她的手，舍不得松开。我更舍不得离开，赖着和她又说了好多话。我不知道说了什么，反正我们都在说着笑着。不知过了多久，我恋恋不舍地在她的再三催促下轻飘飘地走出帐篷。我浑身滚烫滚烫，连嗓子也不怎么痛了。

金嘎冻得直哆嗦，但很兴奋，一个劲儿地追问是不是搞定了。

我说，嗯，搞定了。

你真的睡了她？金嘎一把拉住我的手，一双眼睛都快要冒出光了。

胡说什么呢，我们只是聊天。

少扯淡，你进去一个多小时了，快说说怎么样？你摸她了吗？

我都说了只是聊天，再说她是那种随便的人吗？

金嘎遗憾地叹息一声，仿佛我没有做一些事情，是他的损失似的。

我们在前一个晚上看信的地方停下看信。这回她的信比较长，我俩忍着冻挨着冷一连读了好几遍。

可爱的卡尔诺，你的第二封信在我看来只说了一件事：我们的发展。

你果然听话（感觉怪怪的），这封信写得云山雾罩，让我不明所以。我连猜带蒙，不知道对不对？但这样一来就更有趣了，至少不是一封干巴巴的信，显然我们以书信交往现阶段是成功的。哎呀，你可知道在寒冬深夜，哆哆嗦嗦地给你写信可不是一件容易的事儿，但有趣极了。我的过去平平淡淡，甚少发生有趣的事情，不知道为什么，我很少有朋友。女性的更少。上学的时候总有几个女的看我不顺眼（大概是我长得比她们好看的原因吧哈哈），我对她们也是如此。因此倒是没少打架。你见过女人打架吗？可比男人凶恶多了去了，仿佛都是仇深似海。这点让我特别感慨，我甚至有一段时间因为自己是个女人而了无生趣，开始恨自己的身子了。但后来一想，他妈的，这是我懊恼就能解决的吗？于是也就想开了。

前天——还是昨天，我忘记了——阿妈拐弯抹角地侦查了我，他们俩好像知道夜里的动静了，心里肯定担心死了，但嘴上不明说，还装作若无其事的样子，好笑死了。改天我想吓吓他们——就说我已经怀孕了哈哈……

再过一个月就可以回到冬窝子去了，好怀念家里的火炕啊。真是冻死我了。每天夜里至少要被冻醒两三回，每次一醒来，鼻子和耳朵都要掉下来似的。我仿佛听见它们可怜兮兮地在哀求我好好照顾一下它们，不要没心没肺的不管。我现在在锻炼自己闷在被窝里睡觉的本事，但困难在于呼吸，闷一会儿就受不了了。而且一旦睡着，我的脑袋自己就钻出被窝去了。真烦恼啊！我问过阿妈该怎么办，她奇怪地看着我（仿佛不认识似的，又好像在怀疑我是不是她的孩子），估计在她看来一个在高原上土生土长的孩子，居然会害怕高原的夜晚，实在荒唐。

说来你也许不信，我这会儿是脖子里夹着手电，跪在被窝里写信的。这样比刚才好多了，至少手指灵活了一些。写的字嘛是丑了一些，但和真实水平没关系，我写得忘乎所以的时候才不管那么多呢。

行啦，我的脖子都发酸了，就先到这儿吧！

至于"鼠疫"的事，抱歉啊，我没打听到什么有价值的消息，我阿爸知道的不比我多，应该没什么事吧。管他呢，先把眼前活好，我可没有那么多脑子想很多事情，我劝你也不要管，我特意调查了一下，我们草原人，就是几乎天天和老鼠打交道的人，从古至今好像都没有因为它们身上的什么东西而死了人。这一点实在奇怪死了，但又好像在情理之中。我阿爸说魔鬼只会找害怕它的人，所以啊别担心，还是多想想怎么给我写好玩的信吧。

我一连读了几遍，鼻子发酸，心头涌起强烈的怜爱，恨不能将她的寒冷统统都揽到我身上来。她写得真好！我炫耀似的问金嘎，怎么样，厉害吧？

金嘎满口佩服，她写的比你的多多了。以后你也写长一点。

我答应着，但觉得以后似乎不用再写信了。我每天晚上都要去见她。

而事实上我确实每天晚上都去和她幽会。我晚上七八点钟离开，早上五六点钟回来。我像一个上班和回家的人一样行走在一个垭口的两边。这点山路对我来说已经不算什么，我乐此不疲，不怕寒冷侵袭，不怕黑暗世界。我们每天晚上聊奇奇怪怪的话题，然后做爱，相拥着沉睡。早上她像一个温柔的妻子轻轻地摇醒我，说你该出发了，于是我就离开温暖的被窝，迎着寒风翻过垭口奔向工作。而她忙着家里的事，等着我晚上回来……

第十章

日子一天天过去，我们工作的范围越来越小。再困难的事情都有结束的一天。大家都挺高兴，离家都三个多月了，想家想老婆想孩子想坏了。想睡热乎乎的炕，想吃热乎乎的家里饭。再不用忍冻挨饿了，不用担惊受怕。但我们没有接到通知，南什嘉说没有接到通知就不能回家。但他又保证说工作全部结束后，顶多三五天我们一定可以回家。

可是我不想回家，我感到难过。我不想离开她。我们才刚刚开始。我觉得漫长冬夜变得越来越短促了，几乎一眨眼，天就亮了。我说到我们的未来，她笑而不语。有几次我见她欲言又止，但最终这些话语在做爱中消耗了。

这天午后，南什嘉说他又分手了。可他还是一如既往地去约会。在我之后，确罗成了他的跟班，我不知道确罗跟了几次了，但我知道他心甘情愿并且乐此不疲。据说狗都被确罗包了打，并且越打越上瘾。南什嘉承诺回去之后从某处给他借一把枪。他之所以答应给南什嘉做保镖完全是看在那把枪的分上的。他常常用质疑的口气问南什嘉那把枪是不是八成新，会不会哑火之类的问题。南什嘉再三保证枪绝对不旧，而且也绝对不会发生哑火之类的问题。但他还是不放心，必须要每天问一次，仿佛一天不问那枪就会出现那种情况。

这几日南什嘉跑得格外勤快，他说时间所剩无多，机会一瞬即逝……

我听着心里慌，说我也是没多少机会了。

不一样，你和我不一样！他说，我再也没有机会了，但是你有机会，好好把握！

我说，你舍得吗？

我就这点好，从来不留恋任何女人，所以往往关键时刻毫不犹豫。

你真舍得？

又不会马上死掉。他说。

我办不到。

今晚我陪你去。

不用。

没事，就是想跟你聊聊，以后可就没时间了。

翻山的途中他跟我说他要去玉树了。他再也不想待在这里。

玉树？

我招女婿去了。

这是干吗？我感到很诧异，他突然这样说，好像一去就是永别似的。

我和他不对路，像仇人一样很没意思，与其这样不如远远分开。

我就不明白，这么多年你们兄弟就一点感情没有吗？

有什么感情，一直都是我在家放羊干活他上学。我很早就知道，我只不过是他们家的一个仆人，他把我领养的时候大概就是这么打算的吧。

南什嘉说得让人心酸，让人不由自主地去想象他遭受过的困苦。我实在不知道他对自己现在的家庭到底持有一种什么样的态度，是恨呢，还是无奈？

我觉得他当初领养你大概没有想那么多。

你不知道，你不了解。我的养父啊，别看平时里一副老实样子，主意多着呢。

你这是打算离开，还是要彻底断绝关系？但毕竟，他把你养大……

南什嘉苦笑着摇头。就因为他把我养大，我才为难，要不然你以为我会忍气吞声受这份窝囊气？

远走高飞，也好。我在想，我要是去她家招女婿的话会怎么样……我回头望了一眼亮堂堂明晃晃的月亮，那清光把我打了个激灵。我把皮袄往紧里拉了拉。我俩的影子就在眼前晃动着，清晰得难以置信。我的围巾松了，寒气扑到脸上，直透骨髓。远处灌木林里一只孤狼在长啸，那悲戚的声音把我的心绪搅成一团绵绵的伤愁。我紧跑几步追上他。

走完长长的下山路，他朝四处看看，挥挥手，转身离去。他远去的身影悲戚如那匹孤狼。我用衣袖擦了擦眼睛，转身走进帐篷。

我没有见到她。但奇怪的是我一点儿也没有惊讶，我一点儿也没有感到意外。我惊讶什么？我又意外什么呢？我早该料到这种结局了。我看到叠得整整齐齐的被子，上面是一封薄薄的却沉重如山的信。打量整个帐篷，一切如旧，只有她的消失留下了巨大的空间。我突然感到这个帐篷里的陌生和冰冷，把最后一丝暖意也吞噬了。我坐在熟悉的小床上，熟练地点上了蜡烛，抚摸着我们共同枕过的枕头。我拿下那封信。在打开信的时候，我双手沉稳，我知道如果一抖，我就会嚎啕大哭。而我，却不想在一个无情的夜晚，流淌没有用处的眼泪。

看见这封信……也许不用打开这封信,你就明白发生了什么,就已经有了预感。我们现在这样子,这真是讽刺又可笑。也许这就是命中注定,我不会为此去改变什么。请原谅,可能我当初就不应该去搭理你,不应该把你引来,可是,我也有不能控制自己的时候,我对你充满好奇和愧疚,还有一种说不出的感觉。正是这些东西害了我也害了你。让我们无端地受了一次爱的伤害。请不要怀疑我们拥有这一份美丽爱情的真诚。回想我们在一起的每一个夜晚,我们写的那些情书……我一生都不会忘记的……

　　我很快就会结婚了。不是我不在乎我们的感情。我就是想给你留下一个坦白的心。我知道这样做会使你伤心悲痛,但所有的爱情都会有伤心和悲痛的,不是吗?

　　我永远不忘记你。把我好好地放在心里。

你的女人,写于冷夜。

看完信,我把信揣在怀里走出帐篷。我揣着仿佛还有她的温度她的气息的诀别信踏上归途。

　　我的围巾又被风吹开了,在脖子后面迎风飘扬。天地间只有我一个人。雪,又开始飘下来。

第十一章

　　当我从一种浑浑噩噩的状态中冻醒的时候,大雪纷纷扬扬,天地一片朦胧。云层低沉沉地压在头顶,强风横扫每一寸雪地,轻盈的雪花有了箭一般的速度和力量。空气冷酷得令人窒息,呼出的每一口气被毫不留情地封杀在了围巾上,形成一层坚硬的冰布。我的眼睛和额头赤裸裸地见证着这一场恶劣的大风雪。

我发现一匹老狼威风凛凛地站立在不远处。它饶有兴趣地凝视着我。过了一会儿，它朝周围看看，仿佛在寻找几个同伴，以便一起来分享我这个大餐。可是当发现除了大雪和呼啸的大风之外什么也没有的时候，它无比留恋地望了我一眼，夹着尾巴摇摇摆摆地走了。而我身后的脚印，飞快地消失。自我离开小帐篷，山的那边，山的这边，所有我存在过的痕迹都被抹除了。

我悄悄回到营地，异常疲惫地躺进被窝，流了几串眼泪，然后昏昏沉沉地睡去。

我被乱哄哄的喧闹声吵醒。我听见麻将声，听见他们在争论着吃什么。有人说吃好一点，反正快要走了。有人反对说不行，大雪封山，这些剩余的东西可能都吃不了几天。大家都七嘴八舌地说着。

我拉开被子，见南什嘉也在被窝里。他看着我笑，事情怎么样了？

我下意识地摸了摸信，说，我们也结束了。

很好，这下你可以重新开始新的生活了。他毫不惊讶地说。

我也这么想。我强迫自己这么说。

今晚你陪我吧！你说得对，我们要做个了断。

我接过一根烟，默默地吸着。

下午，确罗说他发现了一个秘密。

金嘎这家伙，他在弄这个，你们说有意思不？他的手做了一个手淫的动作，夸张地嚷嚷道，这天气……他就不怕冻掉……哈……他一个劲儿地说着。

兀斯说，你这是吃饱了撑的，你管那些干啥？你没干过？

确罗理直气壮地说，我当然不会干，我需要就去找女人。我就想要问问他，冷天里的感觉怎么样?

谁信你的鬼话,我就不相信你从来没干过。南什嘉说。

我就是没有,你们爱信不信。

乌兰乐呵呵地说,确罗你做了也要承认,在前些天你去"约会"的晚上有那么多时间,你做什么了我们也没看见,你的怎么没冻掉呢?

确罗说,乌兰,你是不是又想挨打了?

乌兰站起来说,你试试。

确罗沉着脸,突然一笑,开个玩笑,玩笑。你们看,金嘎来了。

金嘎一进来,确罗就笑嘻嘻地说,金嘎,你哪去了?

我去哪儿了?金嘎本能地感到不对劲。

对呀,你去了哪里?你不会连自己去了哪里都不知道吧?

我去上厕所了。金嘎结结巴巴地说。

你紧张什么?难道还有什么事?确罗不依不饶地追问。

确罗你想干什么?你什么意思?兀斯第一个阻止,你要是吃多了就滚出去。

就是,确罗你过分了。南什嘉接着说,他去哪里干什么跟你有什么关系?

我和乌兰也指责确罗多管闲事,破坏团结。

确罗成了众矢之的,气得哈哈大笑,态度更强硬了。

你们不让我说,我偏要说,金嘎你说,你干什么去了?你说不说?

金嘎摇着头,茫然地站着。

你不说是吧?好好好,你不说我替你说。确罗激愤地嚷嚷,我刚才看见一个人,在那里……有个人在那里干这个……

确罗夸张地挥动右手,皮笑肉不笑地冷冰冰地盯着金嘎,你说说,你在干什么?

索南才让 | 荒原上

金嘎痛苦地闭上眼睛，眼泪滑下脸颊。

你说啊，确罗没有开玩笑的意思，恶狠狠地说，你那家伙是不是已经被你训练出来，已经很抗冻了？

金嘎大叫一声，你是魔鬼神。他哭嚎着跑出去，一直跑到冰面上去了。

确罗撇着嘴，摇摇晃晃地躺到自己的毯子上。金嘎的表现让他很失望，他继续玩下去的兴致没了。

毡包里一阵沉默。气氛诡异。确罗越来越能搞事了，而且还不愿意改正，他铆足了劲儿找茬儿，谁也拿他没办法。南什嘉是个失职的队长，几乎什么都不管。但也不怪他，他有自己的事情，他连自己都管不好。我们都什么也不是。我突然感到难过，金嘎年轻，我也年轻。乌兰、确罗、南什嘉都年轻，但我们仿佛经过了一百次年轻的时候，仿佛现在厌倦了年轻。

我不明白。首先，我不明白发生这些事的原委，到底哪里错了？然后我不明白为什么时间一长，我们就开始仇视彼此，鼠疫来了不是我们任何一个人的错，可我们不着痕迹地提防别人。是个人就能感觉到那种不正常的交流。

我们竟然都变得凶巴巴的。

一个小时过去了，金嘎还不回来。我磨磨蹭蹭地走过去，和他站在一起。我不敢看他，摸了摸裤兜，掏出烟。在给他点烟的时候打火机几次被风吹灭。我偷偷地瞅了一眼，他已经不哭了，很平静。看不出任何表情。我不知道该怎么劝他，任何劝解都显得无力。

你说，我窝囊吗？风一来，他的话被吹散，像是从遥远的地方飘过来的。

什么？窝囊？这有什么窝囊的？我赶紧说。

其实我一点不窝囊，你相信不相信？他看着我。

我当然相信，这跟窝囊不窝囊没关系。我不由自主地躲避开他灼人的目光。

你也不相信吗？我该怎么办？

我真的相信。我怎么会不相信？我是了解你的。而且这也不是什么大事，你想那么多干吗？

他们都会知道的，所有人都会知道的。我家里人也会知道的……她们也会知道的，谁还会看上我？还有谁会瞧得起我？

金嘎终于崩溃了，蹲在冰上呜呜地哭。

我站着，一句安慰的话都说不出口。

他哭了一会儿停下来，冷冰冰地说，我不会就这么算了的，我会让确罗后悔死这么做。

他的确不像话。我说，说明他吃的亏太少。

他把我当小狗一样。老天怎么不把他劈死？

他就是那么个不长记性的人，不知道分寸的人。我顺着他的话说着。

他会有报应的。

迟早的事。我说。

我想一个人坐一会儿。他说。

我点点头，走开了。

金嘎傍晚回来了，回来后去提水。然后帮兀斯做饭，很正常了。我松口气，这件事这么过去是最好的结局。金嘎对这件事的反应是有些出乎意料，但也情有可原。女人是他的一道深渊一道坎，这谁也看得出来，但这是因为他年轻，我相信很快他自己会解决的，或许若干年后，他会怀念地把这段经历讲给别人听，因为时间会把一切改变掉。

金嘎总有一天会为今天的行为感到好笑，并顺便怀念青春的。

第十二章

  我和南什嘉出发了。四野白茫茫一片，一如我们刚来的时候。坚硬如砂的雪粒子还在空中飞荡，时不时地打在脸上。南什嘉沉默而伤感，他再不能克制自己的情绪了。走着走着，我们身后那已然被悲伤晕染的圆月突然光芒大盛。月光清清爽爽地照耀雪原，大地就在那一瞬间燃烧了一样红亮了，夜色也在这一刻动了一动。

  我们身后逶迤的脚印，仿佛爱情的符号，断断续续。

  我承认，我到现在一直放不下她。南什嘉喃喃自语，我承认我说的都是假的，可我没有其他的机会。

  那天夜里有哭哭啼啼的声音锲而不舍地烦恼我，我在梦境与现实之间的地带茫然无措，不知该往何处去，只觉得面向何方，都是一条绝望的路。黎明之际，他来叫醒我，我们走出低矮的木头门，一起远眺黛青色的山峦。天地肃穆，没有因为一对恋人的分手而多出一丝变化。悄然出现在门口默默相送的她和大步流星离去的他都承受着难以释怀的悲伤，我见证了一段五味杂陈的爱情的终结，心里像被割了两刀。

  天色刚刚亮起来，昼夜交替，正是一天中最冷的时候，呼出去的气还没消散便成了冰，冻结在围套上，眉毛上。雪地不再反光了，变得灰暗，即将到来的阳光让一切物体都做出了迎接的准备。

  迎着第一缕阳光，我和南什嘉几乎同时看见毡包门口的热闹。我们隐隐约约听见哭喊。

  他们在干什么？南什嘉停下，变换视线的角度，极力想从迎面而来的强烈光线中看清楚发生了什么。

好像有人在哭。我说，出事了。我有很不好的预感，是那种大难临头的预感。

南什嘉跑起来，一边跑一边说，肯定出事了，要不然他们不会这么早起来。

走近了，确罗呼天抢地的嚎哭清晰了。

再近一些，看见他们站着。乌兰、兀斯，木桩似的站着。在他们前面，是跪倒的确罗。确罗的前面是金嘎。

金嘎盘腿坐着，披一身霜雪。

金嘎一动不动。

金嘎结结实实冻住在雪地上。

不久前他还活蹦乱跳地读诗念字，如今已经从头到脚冻死了，嘴巴、眼睛、手，还有心灵都冻掉了，甚至连灵魂也冻死了。

确罗他把头深深埋进雪里，哭声渐渐变得哽咽，最后只剩抽搐。他跪在金嘎面前，一遍又一遍地把头撞在地上。

我不敢靠近，浑身剧烈颤抖，恐惧。我试图让自己发声，可是我失语了，我只能看着。我觉得这一定是一场噩梦，我还在那间冰冷的小屋里睡着，等着南什嘉来叫醒我。

一只手来到我鼻子底下，南什嘉应该是想抓住我站起来，但没抓住，他的眼神错乱了，比我更不堪。他再次一抓，抓到我手臂上。我把他扶起来。

他冻死了。南什嘉喘着粗气。和我一样，他的目光不敢停留在金嘎身上。他冻死了。他自言自语地说。

他就是这么个人。我终于可以说话了。话一出口，泪水横流。

南什嘉也哭了。

他狠起来比谁都狠，他把狠用到自己身上了。是的，我早该想到他会有行动的，但他往日的懦弱麻痹了我。我忘记了老实人狠起来才是真的狠。他真的报仇了。他把有自己精液的碗放在了确罗的头顶，他让自己结束生命。他报仇了！确罗得到了一个一辈子也无法洗脱的报应。

金嘎，这世上只有你最有尊严。

第十三章

金嘎走了。

我们把他抬上车，南什嘉和乌兰送他回去。

我们剩下的人，躲在被窝里，谁也不说话。炉火灭了，没人点。

我感受着白天和黑夜的轮转，仿佛经历着什么。在这种经历中长了十岁，我从一次死亡长大成人了。我明白了生活就是这样。我身边的一个个人，就是一次次死亡。我明白了如果没有死亡，无论是现实还是精神，我们都将有一个完全不同的人生。我们从死亡的一边出发，走向死亡的另一边。

为什么感受到风吹和雪花？因为我们在死亡之间的人生里。

兀斯沉睡了两天，脸庞浮肿，眼睛充满血丝。他时而发出沉痛的呻吟，时而大声念出长长的、包含情感的经文。

两天后，兀斯起来了，把确罗踹起来，将水桶踢给他。

确罗蓬头垢面地去提水了，这是以前金嘎的活。两天前南什嘉让确罗出山，他不敢。他的胆子被恐惧和愧疚包裹起来了。他成了一具行尸走肉，但这不是我们愿意看到的。逝者已逝，生者向前。我们原不原谅他无关紧要，他得自己走出来。兀斯是过来人，他知道仇恨是最没有用的，最会害人的，所以他才打确罗。

南什嘉和乌兰回来了，带来了消息。鼠疫终究没能得逞，这片草原保持了原有的平衡。该怎么样还怎么样。兀斯终于可以放心了。

金嘎走后第七天,我们可以回家了。这是一个世纪般漫长的七天。

来的时候满载而来,沉甸甸的,走的时候轻车简行,空荡荡的。

来的时候是六个人,朝气蓬勃;走的时候却成了五个人,死气沉沉。金嘎留在了草原上,他所向往的大世界……

我们绕道去了那卡诺登,登上了敖包山。在敖包跟前,我们跪倒磕头。确罗呜呜嘤嘤地哭泣着,强劲的东风吹散了他的哀声,吹得他像狗一样匍匐着向前爬。南什嘉也哭了,轻轻地、无声地流泪。这是我第一次,也是最后一次看见他流泪。

当我们再次坐上车,朝遥遥在望的家驶去时,我说我们念一首诗吧,金嘎经常念的那首。于是,我们一起大声地、歇斯底里地喊道:青海长云暗雪山,孤城遥望玉门关……青海长云暗雪山,孤城遥望玉门关……

选自《收获》2020年第4期

王占黑

1991年生于浙江嘉兴,已出版小说集《小花旦》《空响炮》《街道江湖》。现居上海。

潮间带

一

我常常觉得，这世上并没什么真正惊心动魄的事情。历史的一波三折，完全可以被拆解成更多的一波三折，最后渐趋于平。这是从几款不争气的理财产品中悟出的，将年化走势缩小了看，每日的跌跌涨涨算得了什么。我甚至敢说，人的生活也绝不像大多数传记或采访所呈现的那样，总有什么至关重要的转折点，什么不可逆的巨大影响。戏剧可以被提炼成两小时，活着不行，上天没空为谁勾描过于工整的曲线，你得一秒一秒地熬，迎头等着各种事情自然而然地出现，消失，再出现时，你得毫不尴尬地继续望着。

比如拗分这件事。长相不够凶狠的少年大多碰到过，场面并不紧张，更谈不上暴力，也就不足以践踏少年最珍视的尊严。无非是一个年纪或身高略胜你一筹的人走过来，不大声地说一句，哎。你一眼认出他是附近哪个小区的，甚至想得起他好赌的父亲在乱糟糟的阳台上抽烟的样子——他比他父亲嫩多了。你看他一眼，他身后的人紧跟着说几句，哎哎。于是你从口袋里掏出一张皱巴巴的五块或十块，他伸手接住。这过程如同一场熟悉的交易，干脆利落。你从对方手里买到了一样东西，比如他们收到钱后反馈给你的满意微笑，比如他拍拍你的肩膀，比如他问你一个问题，交女朋友了吗。再不济，至少买到了一段时间的庇护。一次如此，往后大多如此。他们从不翻我的书包，也就不会知道，我摸口袋时甚至会产生一种优越感，觉得自己在大发善心，家人喂养我，我分一点给街上的混子。但也许他们感到这种难堪了，所以愈发少地说笑，走过来就伸手，而我迎上去就给，默契十足。从来这样，没什么校园欺凌，也构不成心理阴影。

比如单亲家庭这件事。小学几年级，我记不得了，思想品德老师毫不忌讳地当堂提问，哪些同学的父母离婚了。教室四面都有人毫不忌讳举起了手，甚至有人很激动地站起来抢答，老师，我我我！其他人非常新鲜地看着，就像看一个被国旗下讲话表扬了的人，看一个率先解出难题的人，静候老师宣布：你答对了。我同桌也举了手，下课后她说，我奶奶想要孙子，我妈妈不想要，我爸爸做不了主，我就跟我妈过。我明明没问，她还是讲个不停，说她心里更喜欢她爸，他肯花钱给她买球鞋，买蛋糕，最重要的是，他对成绩的要求不严。我没打断她。她一边讲话一边喝酸奶的样子很好看，酸奶流过她的下巴，因为太浓厚而停住了，刚好覆盖一颗黑色的痣，像小山上落了雪。然后我说，我也和我妈过。她骂我，那你不举手，敢骗老师！她是个好学生，什么委员吧。我忙解释，不知道离没离，但他们真不住一起。她哦了一声，上课铃响了。我打算下课再告诉她，我爸在牢里，虽然我不懂原因，妙华不说，我从不问。但我第一次花了整整四十分钟去想象一个男人，打架、放火，还是偷窃，高大威猛，还是猥琐恶劣。铃一响，同桌冲了出去，我才想起饭点到了，再无可讲。有些事发生了，有些没有，一切都是这么自然。就像当我要填初中新生家长信息表而真的问起时，妙华说，空着，不用写。我也并未追问。

比如妙华的再婚。邻居们常说，妙华靠男人的钱养活自己，我靠妙华的钱长大。我想她们应当把话说得更敞亮些，男人养活了我。我记不清这些年来过多少男人，分别长什么样，反正各取所需，不必感恩戴德，这一点上，我和妙华总是有心照不宣的默契。小时候我在一个房间，他们在一个房间。后来我住校，他们在家，进进出出，偶尔打个照面。有时妙华身上会多出一样东西，手镯，项链，或是新烫的头发。有时家里会多一样东西，不实惠的水果篮，DVD，按摩椅，或是被修好的热水器。男人们以各种各样的方式在家中留下印记，或早或迟，又会被下一位的印记取代。在邻居眼里，这不过都是钱的印记，因此她们留意着同妙华行走说笑的每一个身影，讨论哪一位来得勤，哪一位出手大方。而我只当他们是水在墙上的印记，终究要蒸发的。除夕夜，谁也不会出现，家里永远只有两个人。她负责烧，我负责吃，我放鞭炮，她负责看。

　　这些年来，我对妙华情感上的关心，就像过去她对我的成绩一样，从不指望突破。可是这个冬天，她超常发挥了。两周前，我说起按最新的排班表，除夕可能回不来，妙华说不要紧，小厉陪我，然后宣布了她的决定。我在电话那头由种种情绪所引发的失语，被妙华以平静的口气打了一记闷拳而消散。她说，超超，你饭碗有了，房子也摇到了，我不欠什么了。我匆忙挂下电话，怕自己再不识趣地说些看似理智的蠢话，当即命令自己积极畅想一番，可以的，从此她可以像别的女人那样，因为男人的出轨而哭泣或控诉，反复犹豫要不要冒着风险再生一个，她可以把喜糖一一送到邻居面前，不经意露出戒指，一洗多年的指指点点。尽管，小厉只比我大了十岁，也就是比妙华小了十一岁。

二

　　我只见过小厉一次，是在我的卧室。上个月吧，临时回家找东西，妙华正在灶间忙碌。开水呜呜响，夹在碗柜缝隙的手机播着电视剧，"皇上、皇上"地喊着。我脱了鞋进去，见到书桌前一个深深埋头的背影，肩不宽，背不厚，勉强撑起一件灰白色羽绒背心，如同见到另一个自己。我停住，等那个"自己"转身，发现他前额微秃，双腮略鼓，显示出更为老迈的正面时，我竟寻回了一丝喘息的余地。他站起来，你好，厉建彬。头一个字发音黏腻。我伸手，田于超。脑中便浮现起那个曾被邻居们火热讨论的男人，湖南人，年纪不大，在快递公司上班，坐办公室的那种，同妙华好了小半年，在她的情感中实属难得。我和小厉相对站着，似乎都想要从这个房间里退让出去，而妙华倚着门框笑道，已经认识啦。小厉点点头，加个微信？他将手机留下，把妙华的围裙系到自己身上，走了出去。妙华问，来拿什么？我说，考单位的编制，要复印毕业证书。妙华就从床底拉出两只纸箱，一边翻找，一边说，我洗菜，小厉烧菜，他喜欢烧的。我点头。

那片亮着的屏幕渐渐逼近，定睛看时，我脑中被激起一个久违的游戏ID，双木三刀，以0808结尾，高中沉迷魔兽那会，我常常碰到这样一位高手，头像是穿8号球衣的科比，定格在二〇〇六，湖人对太阳，经典绝杀，王者的头颅当年还很茂盛——我愿意相信，我们早就认识了。妙华掸了掸身上的灰说，蒸了玉米，你先去吃，我再找找。灶间的辣椒气味冲得人无处可躲，我几乎是忍着眼泪对小厉说，加了，你通过一下，叫鱼潮。他转头笑。我愿意相信他也将认出我来。第一次注册虚拟账号后，我再没改过名，头像永远是那只戴透明浴帽的翻盖垃圾桶，盖翻到一半，撑破束口，像快窒息的人头，初二暑假在家拍的，用我人生的第一部手机，那时叫小灵通。小厉冲着锅问，你在工业园上班？不回家住吧。我点头。他笑道，吃过再走，正好尝尝我的手艺。排气扇呼啦啦地在我和小厉的头顶响起，空气浑浊，刺鼻的香料令我清醒又迷困，我感觉两个人时隔多年再次跨入同一战壕，赤手空拳，乌云密布。然后我说，我吃不了辣，先走啦，游戏闪退。

我不清楚妙华看上小厉什么，照邻居们的说法，妙华的眼力一向是不行的。所幸看上妙华的人眼力也不一定行，因此这些年来，妙华孜孜不倦将自己投身进去，有时一手好牌打成垫底，有时手气极差却能全身而退，浪里来去，并未落得满地狼藉。好了伤疤忘了疼的脾性，让她看起来过于轻松，身心皆不像近五十的人。可是这种微弱的年轻，到了小厉这里又毫无优势，小厉能看上妙华什么呢。我想不出。毕竟活到二十五岁，我还没正经谈过恋爱。最近的一次，确切说，距离恋爱最近的一次，是大学毕业前。

那天我走进食堂，被一个年轻女孩拉住，你愿意参加新生舞会吗，她望着我问。据说她是被一时兴起的室友捉弄，下一个进门的人只能连带被捉弄。我说我没有礼服，她说她会准备，于是我被拉进小树林练了两个星期的基本步，并等来了一套毫不合身的行头。当天她看起来挺后悔的，疏于理我，也不主动和别人打招呼，也许是我实在太拿不出手了，方方面面上。可我觉得她自己也挺一般，身材比较松散，长相比较模糊，某种程度上，这和我们的穿着十分一致，平庸且廉价。两个小时内，乐曲不断，她看着我的时候满是煎熬，望向别处的时候满是遗憾，我明白她不尽兴，可我无能为力。几周后，我去还洗好的衣服，她说，拖这么久，老哥，你不会想叫我还你一次毕业舞会吧。我说并不，没及时是因为面试。事实上，我没想参加任何毕业活动。她又问，那工作找到没。我说找好了，在老家。她说，那就祝你也能在老家找到女朋友吧。说完谢谢，我们再没联系过。直到去年，我在同学朋友圈的婚礼照片上见到她，去当伴娘，比以前好看很多，不知道是不是修过。

除此之外，我认识的女性只剩下妙华和邻居了。阿姨们向来亲昵，总是超超、超超地叫着，夸我懂事，也借机打听我家里的事。近两年，她们开始频频暗示我，超超，你也要抓紧了噢。这件事我仔细考虑过，发现要么是喜欢，要么是需求，否则生活中并不必要。小厉对妙华属于哪一种，还是如邻居所说，小白脸碰到老女人，一开口，能骗几钱是几钱的那种？在被骗钱和骗感情的大循环里，妙华这辈子的损失可以说是一半一半。

三

妙华上一次结婚,是二十一岁半,小姨婆告诉我,那始终被娘家认定是一个骗局。但妙华不承认,也就始终没能与娘家人和好。照姨婆的说法,镇上的年轻女孩碰到大篷车歌手,听不进劝,是常有的,但头脑发昏,直接跟着走了的,少有少见。等到大篷车散伙拆账,一场群架,几块红块砖将人拍废,妙华的靠山就进去了。消息传回来,姨婆叹道,我晓得,不听命的人,命是不会顺的。那时还没断奶,妙华去婆家,婆家不收,回娘家,娘家不认,她接下姨婆半夜送来的一沓钱和一只手镯,进了城,从此单过。往后的事,姨婆不知,我也记不清了。但她说忘不了我那些咿咿呀呀的回答,漏雨、晒月亮、被人赶出去之类,害她掉眼泪了。而我忘不了的是另一些零散而快乐的地点,酒店,超市,洗浴厅,养老院,百货商场,以及别人宽敞的家。妙华在哪上班,我就去哪里找她。放学后要去的地方,大概是我认识世界的起点,认识到世上有很多个妙华,很多个我,还有很多个我和妙华的生活中不曾有过的角色——他们不是在家里,就是在离家的路上,他们总要回去的,但妙华和我更喜欢外面,酒店的马桶干净,商场冷气充足,澡堂的热水器从不会突然跳闸,一切比家里好。我渐渐看懂妙华对这类工作的偏爱,她擅长清理打扫,也擅长把各种物品走私回来。自从固定于几间酒店,一次性生活用品就渐渐占据了家里的大小抽屉。我想妙华的朋友,大概也是从这些地方带回来的吧,他们来了又走,如同对待他们的酒店。

我就像一只蟑螂,一只蚊子,静静停在房间角落,什么都听见了。我听出那些情愿把钱花在妙华身上的人,过一阵就会花到别人身上去了,也听出妙华把钱借给那些声称手头紧的生意人,人就跑了。她再去跟别的生意人借,就等于又有人把钱花在了她身上。似乎她总会搞砸,又总有办法消化。好多次我开门,妙华在客厅里哭,我倒一杯水,她喝完,就开始骂人。无需谁来多嘴,骂一会,她就好了。不忘补上一句,姨婆问起,什么都别说。这样的下午并不少见。也有过偶尔几次,她坐在客厅里笑,超超,我们要搬家了!最后仍是伤心下午的情景再现。直到高中毕业,我勉强挤进二本线,妙华快乐极了,夸我给她省下一笔大钱。半年后她买下这套二手的两室一厅,对着房产证大哭大笑。她说,超超,等你毕业,我再给你攒一套,讨老婆用。最近想起邻居的话,我才反应过来,"也要抓紧"的意思,是妙华在和我共同赛跑。可她们不知道,妙华只有为我铺好了路,才肯全力为自己冲刺。

  我曾在电话里问起,不怕又叫人骗去?妙华说,有啥好骗的?房子摇到号了,交完,我身上一分没有。我表示受之有愧。妙华笑,这有啥,你的事我解决,你负责解决你小孩的事。那你的事谁负责?我问她。她顿住了。许久再开口,话又绕回去了,有经济适用房就好了?赚钱换套大的,不要叫对方娘家人看不起。说得好像要结婚的人是我一样。

  这次,妙华依然没有娘家,姨婆死后,她再没回过镇上;也没婆家,小厉说老家早没人了,不知真假。这倒给了她最大限度的自由。她说,什么照片啊,酒席啊,统统不要。她只想去上海,跨一个美满的新年。至于会选择外滩还是豫园,我没问,只告诉她,元旦我要值班。意思是不会来打扰二人世界。但妙华主动叫我请一天假,她说,喜糖要当天带到,叫姨婆开心一下。我答应了。姨婆的坟在镇外的竹林里,靠近余杭,据说那是她丈夫的老家。于是我买了一张去杭州的火车票,妙华也将开启她的蜜月之旅。候车时,我看到妙华发了一条朋友圈:2020,新生活!配的是家门口一树新芽。我想,春天来得早了点。

四

火车上挺挤的。今年春节早,很多人开始拎着大包小包返乡了。包里藏着棉被,藏着小孩,竟然还有藏着一棵半人高的树的。老头护着箍桶在狭小的过道里边走边喊,让开让开,碰坏我的发财树,你们赔得起吗!众人明明在言语上吃了亏,却叫这滑稽的场面逗笑。有好事者故意撩拨顶上漏出的叶片,好说好说,借我也发发财嘛!被老头打了手背。我拎着妙华吩咐的各色供品,松糕、酱鸭、自制腊肉,还有喜糖,踏进车厢的一瞬间,我也成了返乡的一员。陌生人十分自在地拍我肩膀,小兄弟,这腊肉几钱一斤,仿佛我若指个地点,他还来得及下车去买似的。

那棵树最终停到了我对面,结实的一声,箍桶落地,我的脚尖隔着鞋面触到一丝冰凉,立刻缩了回来,树冠刚好挡住我去看老头的脸。他旁边坐着一男一女,各玩各的手机。我旁边则是一位戴金项链的光头大叔,一落座,大呼挑错日子,乘了部民工专线,然后开始讲电话。四下吵得他像在演哑剧,手脚钳起,表情总是卡在一个"啊——?"字上。发车后,车厢渐渐安静,一些本地人不得不随之听到了事情的轮廓,光头刚出门,老娘就发热了,父亲要他带老娘去医院。他显得非常急躁,不说自己回不回,只反复质问明明早上还蛮好,怎么吃过中饭就发热了。兜来兜去,人们渐渐听出他常年和父母同住,而父亲腿脚不便。他说话时,金项链一直在太阳底下发光,头顶也有个神奇的光晕在晃,挂掉电话,嘴上仍旧骂骂咧咧。直到发财树旁的年轻女人用北方口音问起,真的要回去吗?我才明白她身边那位专心玩手机的年轻男性,不过是同我一样毫无关系的路人。我立刻想到了妙华和小厉。他们会被人猜出是一对吗,会尽量避免被人看出有什么关系吗。我想不出妙华会用怎样娇嗔的语气对小厉说,不要回去了嘛,然后被厌烦且粗暴

王占黑 | 潮间带

地打断，火车都开出了，怎么回去啦！我突然想问妙华，出发了没，但没点开手机。她给了我房子，我不该过问什么了。

很快，光头又接到了一个年轻男人的电话。他的听筒开得比免提还响，车厢愈发安静，所有人都在等着听他的后续。光头说，去问你妈借。并反复强调自己在外地，不知道对方要用车。而对方不容辩驳，坚称让爷爷转告过了，明天一早必须拿到车钥匙。光头抿紧嘴唇，一时说不出话，这叫我意识到不去打扰妙华是明智的，甚至是慈悲的。此后半小时，光头反复打给大哥，还是没能协商好代送老娘去医院的事。又打给酒店，要求提早退房，却与客服争执起来。我在他愈发急促的语气中感受到结成块状的愤怒，整个车厢都感受到了，只他的小女友还没，反复说着要买皮衣什么的，丝毫得不到理会。光头的话破碎凌乱，不妨碍车厢里的耳朵知道得越来越细，他团购了周末酒店，违约退订，房费却不能补。车票改签，已错过了规定的时间。电话来来去去，像一次次定点密集轰炸，光头以机关枪式的凶狠口气回击，却显得节节溃败，颅顶冒汗，面部扭曲，而在电话的间隙，女人若无其事地划着网购软件，反复声明，皮革城是一定要逛的。我突然想起听到过光头父亲在电话里的一句埋怨，大冷天的，看潮有啥看头啦，发神经啊。我为他感到难过。

我转而去想象妙华和小厉吵架的样子，妙华会让着小厉吗，小厉会当众人面不给妙华台阶下吗。旅行总是很考验人和人之间的权力分配，我从不和同学同事一起出游，化解冲突的最好方式，就是不去制造冲突。小时候和妙华去过几次近郊，都是她提议的。遇到要做选择时，我说，随便你，她说，我都行，我们就点兵点将来决定。可是光头没有机会决定了，他面前的每条路都和他背道而驰。发财树老头试图安慰，老弟，出来了就好好享受，人嘛，样样都要管，是管不过来的。光头顺着这话，扬起的无名火渐渐衰弱，化作一摊苦水，不是我要管，是样样事体倒逼进来，有啥办法？不出来是坐牢，出来是受罪，有啥讲头？广播响起，他从包里取出鸭舌帽，抹掉汗，盖上自己的光头。年轻女人继续划着手机。海宁到了，发财树，光头，和他的女伴，在站满人的过道上杀出一条小缝，依次从车身剥落。空气沉静了些，叶子留下一两片，喧嚷之间，空出的座位又有新的乘客进来填补。我暗暗希望光头能看到他想看的潮水。否则，我想不出他要用什么样的心情原路返回。

这时妙华发了一条，你到了吗，我要出发啦。我看了看窗外，景致与家附近无异。同为一小时左右的车程，妙华向北，我往南，我感觉自己正在进入一场与人分道扬镳的仪式，每朝前一寸，身后就断裂一寸。

五

小学暑假，妙华带我坐火车，转汽车，到镇上停下，她放我在姨婆家东面的菜地里，自己就先走了。姨婆家西面是外婆家，我从没进去过。听到过几次泼水和对骂，但不懂两家在吵些什么。后来我在电视剧还是地摊杂志上看到了什么过继，什么白养，什么倒贴，觉得熟悉，并没找谁细问。譬如一道白天解不出的数学题，忽然在梦里解出了，似乎也没有讨回作业本重写的必要。从那时起，我悄悄观察姨婆和妙华，年纪越长，两个人就越像，瘦小的身材，眼睑下的黄斑，说话时故作轻松的语气，走路一定要拉着我，以及千方百计向对方隐瞒自己的事。

比如妙华的丈夫何时出狱，何时离婚，妙华不说。姨婆来套我话，我一问三不知。她就骂，一个屋底下，你妈的事你一点不上心！我很委屈，连第一集都没看过，你让我怎么讲第十集。姨婆笑了，就给我讲大篷车歌手的故事，唱"年轻的朋友来相会"，跳"路灯下的小姑娘"，讲了几句，她手一甩，算了，都过去了，

王占黑 ｜ 潮间带

还讲来做啥。于是我永远只看到第一集。

比如姨婆晚年的病，她瞒着妙华，妙华又因我住校，也瞒着我。腊月里，镇上来了一个电话，妙华去了一趟，几天后，她给我打了电话，姨婆从此在我生活中消失了。譬如床底下少了一样旧物，本不占地方，也就谈不上有多舍不得。隔出半年，我陪妙华回去，走进竹林，我恍然想起，也曾有过这样一个女人带着我，大包小包，兜兜转转，停在一块石碑前，菜肉摆好，倒酒，点香，烧纸。那时姨婆低着头说，看一眼噢，阿姐头当年送出去，现在小囡送回来了噢。她叫土里的人别哭，自己却哭哭啼啼。要让一些土、一些灰去代替一个人，在年幼的我看来毫无道理。我只能朝天看，竹林茂密，像一阵箭雨倒插入土，很牢固。如果地里真的有人，他们应当会为此而受苦。

这次从镇上走去竹林，沿途几乎无法相认，粉笔小路和零散的矮房子隐没了，两三层高的小红楼成群出现，铁栅栏，玻璃房，处处力求着同城市一样的工整。游戏如果进错一个房间，后面的体验会完全不同。当我没能从姨婆家后院出发，穿过小树林，沿着一条往南的溪，而是自一堆破屋乱石中钻进竹林时，就再也无法找回记忆中那些字迹模糊的土堆。我感觉竹林在缩小，竹子变得稀疏，冷风一吹，要去的地方凭空消失了。

我犹豫着要不要打扰妙华，甚至想随意找一处石牌，把好东西大方留下，乡里乡邻的，也算完成任务了。可转了一圈，什么都没找到，只好先回镇上填个肚子。这时节，外乡人开的饮食店大多歇业了，剩几家规模稍大的本地饭馆，门外还挂着征订年夜饭的广告。手提一些俗气的特产，若被问起，总不好直说是要献给死人的，我便把东西放在门厅。走进去，靠窗坐下，几十张圆桌空无一人。直到酒水柜前的人发现了我，喊道，自己过来点菜噢，看啥吃啥。我听这声音，平心静气，不像招待人的喇叭，倒像竹管里吹出来的，总觉有些耳熟。渐渐走近，那面孔迎上来，我们几乎同时在彼此脸上识出了一个只有彼此能识出的印记。那人说，你是，叫斌斌？……还是超超？

我看着点菜板一角的"德红酒家"四个字，想起了这个叫阿德的人。

六

有过一个伤心的冬天，及要谈婚论嫁时，对方跑了，妙华人财两空。此后很久，我家没来过新的客人。妙华成天躺着，不做饭，不出门，哭哭笑笑，很快耗完了一个春节。那日我放学，见到家里难得敞着大门，她和一个陌生面孔坐在客厅里聊天，吃着瓜子，看看电视，有一句没一句地接着，好像是关于剧情，也好像是关于共同认识的人，大大方方，十分沉静。此人穿着考究，衬衫外面套一件背心，挺括长裤，皮鞋在门外工整地等候。两个人见到我，妙华喊了一声，超超回来了啊。她晓得我不喜欢喊人，并不管我。我关上房门，外面依然清静，电视剧的声音时轻时响。中途妙华进来，说阿德买了桃酥，给我拿几片尝。我才得知这个名字。

没过多久，妙华重新上班，每到休息天下午，阿德就称一斤点心过来，偶尔附几袋熟食。两个人很少进房间，阿德总是那一身套装，头发清爽，腰板笔挺，吃吃茶，聊聊天，妙华的情绪渐渐稳定。唯独一次，我回家拿作业，客厅没人，房门溜开一条细缝，隐约露出半截身体，一片黑色，以及掉在地上的背心。我冲出去，脑子里全是前一秒见到的黑乎乎的东西。很多年后，我看到高架的水泥支柱上爬满了野草，绵延的，须状的，仍感到一阵惊恐的熟悉。

邻居们从未停止过侦察，相反，她们看起来比往常更兴奋，又更谨慎。而妙华的开门，像一种底气十足的挑衅，让对手想近而不敢近，远观又不甘心。她们

王占黑 | 潮间带

中有人沉不住气了,索性跑来问我。当头一棒,我被打得不知所措,于是我开始努力寻找这个问题的答案。

阿德生得很白,个头高,上身宽阔,喉咙却很细,像竹管里来的,自带一种清凉的温度。我仔细听阿德小便,听不出是站着还是坐着,我跟踪阿德下楼,没见到转进公厕的一瞬间。很难相信这么近的距离内,我判断不出一桩大是大非。那时,学校要求所有女生剪齐耳短发,有人还没发育,正面背面都与男生无差,无论如何只是乍一眼像,细看就恍然大悟了。可阿德让我摸不着头脑,正如我从没见过哪个叔叔能让妙华安心坐着,以聊天度过一下午,我也从没见过这样一个不知如何去称呼却丝毫不感到危险的人:一位体面的男士,一位和善的女士,一个看起来绝不会临阵脱逃的相处对象。邻居们的猎奇渐渐在我身上发芽,我越看越看不明白,甚至梦到过阿德的身体,是漫画人那样扁平的,身上除了两个黑点和一个肚脐眼,什么也没有,阿德的气质是那样的气质。

有一次,妙华临时出去,阿德照常带着点心来敲门。我不知出于什么原因,私自把人放进来了。阿德坐下,我说我妈过会就回来,然后泡了茶,一壶一壶地冲。阿德去完厕所,我也去了,马桶盖安然无恙,也对,这样有礼节的人,怎么可能像我毛手毛脚。我坐下来,看阿德的脸,白,长,眼角和眉尾上翘,下颌是一个清晰的直角。阿德打给妙华,问在哪里,何时回来,语气中毫无焦急,反而满是关心。讲话的时候,好像有喉结在蠕动,又好像没有。我盯着阿德的裤裆,然后是阿德的腿,很细,裤脚管空荡荡的。我盯着阿德的背心,觉得从来不换,又好像从来不脏。在找不同游戏里找不到不同,失败令我难安。

于是我跟阿德聊天,你叫什么,住哪里,上什么班。阿德的回答一板一眼,像对待一个成年人,使我感到平等。原来阿德老家也在镇上,很早就进城了,做餐饮生意。我又问年龄,属相。阿德讲,比你妈大一点,伊属虎,我属猫。我说我早就过了听猫被骗上树错过生肖的年纪。阿德却说，真的，我有一只养在家里，其他的散养在外面。饭碗还没伸出屋顶，十几只野猫就围过来了，野猫吃起来快，地上抢完了，就爬到我手上来舔，身上来舔，晓得我围裙上全是油腻。说起猫，阿德就笑开了，我看到阿德的瞳仁以极小的幅度左右晃动，鼻翼轻微地一伸一缩，脑中便出现了这样一只猫，轻巧，安静，披着背心，远远立在檐上，分不清公母。我又问，你结婚了吗。阿德点头。有小孩吗？阿德点头，比你大一点。你小孩也属猫？阿德摇头，看你喜欢呀。我说那我选鱼。话题越扯越远。我从没想到，一个问题如果不能直截了当地问，就怎么也无法旁敲侧击地获取答案。最近这种感觉出现，是苦于不能当面问小厉，对妙华到底是真是假。成年人的忌讳是直来直往，而我当时太过急于模仿了。

那天我问了很多问题，阿德总是点到即止，那副沉静的笑脸甚至让我怀疑，对方明明知道我最想问的是什么，却稳稳地守在底线，绝不主动向前。像压在石缝里的一只老头蟋蟀，你出草，它不动，你只能一脚踢掉石头，但它知道你不会，你也知道，因为石头底下很可能还藏着有红脚蜈蚣，甚至是蛇。那天阿德没等到妙华，我看着阿德起身，穿鞋，离开，始终没能踢开那块石头。我安慰自己，东西丢了过几天自然会出来，谜团也是。但很快，妙华找到新朋友了。大门紧闭，一切照旧，阿德再没来过。

七

老了以后的阿德成了一道开卷题。像整容失败的脸，不是皱纹，不是黄斑，是各处的劲道都用错了。下巴垂落，颧骨耸起，原本硬朗的轮廓被松弛的皮肤拉得模糊不清，五官陷落于膨胀的面颊，眉眼尤为挤兑，气势尽失——她比妙华

王占黑 | 潮间带

显老多了。我脱口而出一句阿姨好，瞬间在心里吓了一跳，明明从没把阿德当成阿姨过，而现在，她浑身都是阿姨的样子了：穿着最普通的高领毛衣和黑色羽绒背心，微卷的红色短发，身形在虚胖和魁梧之间不定，成了另一款没有性别的人。

阿德笑着解释，一见到，名字就在嘴边，可惜记性不好啦。

我说没记错，是叫超超，便问起竹林的事。阿德说，前一阵搞郊外绿化带，靠马路的竹林全砍了，靠河的竹林划成好几段，用水泥马路隔开，她猜我只走了其中一段，等我吃好，要陪我一道去。然后推荐了几个招牌菜，荤素都有，我说吃不了那么多。

这有啥啦，吃点酒就开胃了，我请客。阿德从身后选出一瓶黄酒，叫人拿去后厨温。

我穿过包厢和门廊，见到了另一栋房子。和此前看到的小红楼格局类似，空阔明亮，院里有两个小孩蹲着玩耍，年轻女人陪护。墙上挂着全家福，正中心的中年男人旁边，依然是微卷的红色短发，正式而保守的连身裙，体面富态的笑。见到这个也许叫德红的中年女人之后，我忽然想不起阿德原来的面貌了。

找卫生间吗？年轻女人抬头，笑着给我指路。我走过去，见到附近矮棚里有鸡，有鸭，有不拴绳子的土狗。我在动物的叫声和屎味中放出一泡，抬头看了看屋顶，没有轻跃瓦片的身影。

回来时，桌上已有几碟开胃小菜。阿德走过来，问合不合口味，又问几岁了，在哪工作，结婚没，就像当年我问她一样，简单且密集。我一一回答。我们借此扯了些无关紧要的话题，比如我上大学的那座城市，养老金的交法，镇上关门的小店，即将要来的春节，然后她问起了妙华，我猜到了这一步。

我说我妈很好。话落定，心里仍犹豫着要不要多加几句，关于结婚，关于结婚的对象，主动将话题引上某条猎奇的路线。阿德却问，怎么今朝来上坟？

我顿了顿说，冬里没的。

阿德讲，亏得你用心了。出了镇的人，除开清明，没几个想到要回的。自己来的？

我说我妈在上海，过不来。

阿德没有追问，只感叹，多少年没见了，见到也认不出了。

我翻了许久，找出几张手机照片给阿德看。最近的也是夏天了，妙华穿着半身裙，齐肩发，刘海被风吹得很乱，脸笑得有点僵。那天我们走到桥上，远处是住别墅的人的屋顶花园，妙华说自己穿着小花，正衬大花，无论如何要隔空合一张影。

阿德说，啧啧，真真一点也不老。

我只好礼貌一句，德红阿姨也不老。

阿德叹道，我是，没啥讲头，真真变一个人了。然后起身去端菜。虽是谦虚的套话，我却觉出了她诚心诚意的失落。

阿德端来一碗蛤蜊汤，菜齐了，我邀她坐下一起吃。她说，店里人都是午后一顿，晚间一顿，这时段不吃的。我笑，你是老板，可不是店里人。阿德也笑，这年头，老板莫不是混得顶差的那一个。我便问起是何时回镇上开的店。

阿德说，人嘛，总归要回归家庭的，有了小孩，总要以小孩为重。你看你妈，不也是……我便夸她孙儿成双，好福气。

阿德摇手，养了一儿，就要准备好养一孙。旧年又添一个，还是男的，这下是开银行也不够用了。她说起儿子在镇上当民警，忙起来全脱手，我们就闲聊了几句她儿子办过的案子，传销、诈骗、老人遗产、婚姻纠纷之类。阿德突然说，当时你妈日子也是蛮难过的。

我只当她说的是妙华独自带我的那段时间，不愿多聊，闷头吃菜。阿德却跳

王占黑 | 潮间带

了进去，再绕不出这个话题。她说，妙华的路子，人家是看不懂的。在牢里一直没舍得离，总觉得还有感情，出来了，见了面，反倒离了。人家都讲傻，讲闹笑话，我倒是蛮理解，人一定要亲自死心，才能真的死心。我愣了一会，追问这是何时的事。

阿德说完，给自己倒了一杯酒。我才明白妙华失魂落魄的那个冬天，并非为了某一桩感情。当逃兵的男人她见多了，怎么会毫无心理准备呢，她把自己锁在家里，是在犹豫更要紧的事情。但她一定不会找我商量，也不会告诉姨婆，她就这样一天天闷进被子，醒醒睡睡，想到想不动了，或许用点名点将法，逼自己做个了断。至于阿德是在这过程中，还是在一切落定之后出现的，我不确定。阿德只说，落子无悔这种道理，从来不必别人关照，自己心里都是有数的。

日近傍晚，客人渐渐多起来，阿德忙着招待，她的声音沉稳清亮，听不出过分谄媚，也丝毫不显冷淡，落落大方地安排好每一间包厢，每一桌散客，频繁在前厅和后厨走来走去，在客人和家人之间走来走去。我也开始喝酒，很少尝到这么鲜的菜。妙华的手艺一直平平，她不喜欢厨房里的事，厨房要一一摆开，她擅长的是收拾规整。我看了眼手机，才想起回复一句，已经到了。

阿德坚持要陪我去。我说你忙你的，她说预订的都来了，散客让伙计去管。我们离开酒店时，她带了几包东西，一路走一路撒，我回头，已经有几只猫蹿了出来。我问她，你现在养了多少。阿德笑说，镇上的我都认识，不比家里的鸡少。我就提起当年她教我选生肖的事。阿德大笑，选来选去，选了簿子上没有的，就过不上本命年了，吃不吃亏？我问，那你现在是选回来了？她说，我马上就轮到啦。我想了想，是鼠年。

在熟人的陪伴下边走边说，周围随之少了一丝陌生，见到竹林时，我竟完全不觉偏僻，只像散步到了家附近的公园。阿德问我坟墓的位置，我简单复述了妙华的话，她领我几进几出，头顶的天色渐渐稀疏。很快，在最茂密的一片林中，我认出了姨婆带我去过的坟，然后是姨婆自己的坟，光秃秃的，什么也没有。阿德从包里拿出一束香，我这才想起，供品还在酒店门厅放着。只好点上三支烟，从口袋里摸出一盒喜糖，我对姨婆说，我妈叫我带的，你吃一粒，开心一点。

阿德说，妙华结婚了？很快又说了一句，妙华一直没结婚啊。

我点点头。

阿德又问，你妈在上海？

我点头。

阿德将香凑近烟口，一把甩亮，插进土里，白色细线从她的脚边升到腰身，渐渐散形。她说，两个人下了班，老是跑到厂办公室看地图，我讲要去大上海，上东方明珠，看外滩。妙华讲，要去川沙。我找了很久，没找到呀。妙华就讲，同东方明珠一样，也在浦东。我笑，你真想得出。妙华讲，川沙有一条妙华路，自己没有娘家，那条路就算娘家，要到妙华路上去开汽车，穿婚纱，放炮仗，还要给路上的人发喜糖。这句话多少年了。

我用手机查了查，这条叫妙华的路细细窄窄，和此处的竹林一样，沿着一条河而动。我忽然感到快乐，仿佛已经看见妙华在这条路上走来走去，脸被西北风吹得发红，她的喜糖撒在地上，撒进河里，像炮仗屑一样满。人们走过，没留意到小厉，只当是一个女人在拍电影，纷纷停下来看。

妙华真真厉害啊。阿德说这话时，神情有些难以形容。也许是竹叶太密，也许是天色渐暗，也许她僵硬的面容早已不足以传达自己的情绪了。

阿德问我讨了支烟，她一支，姨婆三支，风渐止，烟丝上逸。我总觉得她想说什么，但她什么也没说，觉得自己应当说些什么，又想不出要说些什么。我们的沉默，和土里的沉默，让竹林轻晃起来更像人的呼吸，它们沙沙，簌簌，如同第三个人在努力弥补言语的空白,然而一开口,又让空白变得更加明显。

阿德突然打破了沉默,当时我以为小田会带你妈去的。

我说,我妈离了婚,为什么不让我改名叫于超。

阿德说,改不改掉,你都是你妈和你爸生的。

八

阿德让我带鸡蛋腌肉之类的给妙华,还要开车送我去火车站。我说不麻烦,回程打算坐大巴。心里明白,为的是一种前后分割的仪式感。告别时,阿德提出加我微信。你扫我,我扫你?她这么说,我突然想起来,那天小厉并没有通过我的好友申请,我扫了码,他不通过,我这里便是毫无印记的,如同从没做过这件事。也许我和小厉的交集,只能在妙华的话语中产生,也许小厉根本不是那个我早就认识的游戏玩家。世上这么多人,头像和 ID 同时重合的也不奇怪。我瞥了一眼门厅,东西还在,突然决定假装再次忘拿,希望阿德的伙计能在打烊时看到,悄悄带回家,然后带上返乡的火车,被陌生的同路人热情询问。

在酒店里,在竹林里,我有些模模糊糊的想法始终难以结成语句,关于那件马甲的去向,曾经开在城里的餐饮店,关于我所不知的妙华的年轻时代。阿德似乎会错意了,只当我的拘束是为着另一件事。也对,谁都觉得血缘是无法断绝的。于是回来的路上,我们聊几句什么,她就主动把话题扯到一个男人身上,努力以一种最不经意的表演方式,尽可能多地将信息释放给我。阿德说,小田是北面人,出狱后一直没回老家。小田又结过一次婚,不清楚和谁,后来听说离了。他们在棋牌室见过一次,急诊大厅见过一次,还在电动车修理店见过一次,小田都是一个人。问起做什么生活,小田不是说在工地上,就是在看大门。阿德叹道,估计连这些也是骗骗人的,做不长的。语气处处透出一股不屑,好像小田的不中用,是早就被她看穿了的。直到重新聊回酒店和春节,我才意识到,阿德已把她所知道的小田全部告诉我了,而我依然拼凑不出一个足够清晰的形象,除了姨婆曾提过的那首歌,正渐渐嵌入其中。再过二十年,我们来相会。美妙的春光属于谁?属于你,属于我,属于八十年代的新一辈。

我在一位本土导演的故事片里看到过,也是小镇,也是音响,也是一些青年男女在欢唱,他们把歌词改成不雅的句子,被领导批评了,脸上还是嘻嘻哈哈。那堆篝火旁围着的人里一定会有妙华,小田,阿德,还有别的什么人,但没有小厉,更不会有我。他们有一个属于自己的竹林,遮挡天色,隐于外人,最后消失在城乡道路的灰尘里。

大巴发动,我坐在一群刚从附近厂里下班的工人之间,目睹他们一天下来的疲劳和昏倦。好几位上了年纪,车一颠,仰起头鼾声激荡。我不免想象他们的过去,其中会不会有人认识小田,会不会有人就是小田,或从我脸上看出小田。关于这点,妙华也好,姨婆也好,从没提过。也许是不够像,也许是太像反而成了忌讳。我们会不会如妙华和姨婆那样,年纪越大,就越活得像同一个人。如果是,我们见面的时候大概无法拥抱,无法落泪。如果是,很快我意识到,我们就不会碰到对方,认出对方:这成了一件无从实现的事。

但我还是停在了阿德有意提起的那个镇上。夜已深了,有钱人家在屋外放新年的鞭炮,没钱的继续守望几周以后的新年。这是二〇年代来临前的最后一夜了,一个歌里没畅想过的时间悄然而至。一些人走在路上,喝酒的,打电话的,走到半路被朋友的摩托车载走的,我来不及仔细去看。远处是大面积的黑暗,更远处是银河般耀眼的灯光,城市的集体狂欢,让此地显出过分的冷清和老迈。大多数人已睡下了,一觉醒来,有些想当然地以为自己和时间的节奏保持高度一致,有

王占黑 | 潮间带

些则遗憾地认识到自己还是慢了几拍。小田呢，大概会同往常一样，没留意到什么日历，也没留意到梦里的卡车和音响被一泡蜡黄的晨尿无情冲走。

路牌告诉我，这里离光头下车的地方不远。一天结束了，不知道他后来去逛了皮革城，还是如愿看到了潮水，不知道他母亲的病和儿子的车解决了没。我想我的担心是多余的，即便白来一趟，他也不至于就此崩溃。活到那样的岁数，难以实现的东西见过太多了。过去的一切像雪球一样越滚越大，好的，坏的，叫他统统背在身上，他早就习惯了。

听说冬天的早潮是很凶的。人们无条件崇拜八月钱塘江的暴力，却很难顶住一月的刺骨和昏暗。天还没亮，人哪里能看得清潮水呢。潮水也知道来早了，只好尽力发出最大的声响让自己被听到。它们翻过丁字坝，不断上升，上升，然后爬坝，抓住堤岸，向铁丝网奋力冲去，潮头如万马奔腾，如舞龙舞狮。在黑暗中见不到黑夜，反可以暂时忘掉黑夜的恐怖而彻底释放。它们凭直觉朝前扑，扑向那些快要干涸的地方，虾蟹贝壳们等了很久、几乎要放弃的地方。那片土壤松软潮湿，有着最为丰富繁杂的生态，反反复复上演着拯救与遗落，绝望和希望。大部分人只见过退潮后的潮间带，他们以为此时的裸露意味着安全与平稳，他们以为所有生物都像他们一样，觉得上了岸就是劫后余生。事实上，那也是一场无比漫长的焦躁的等待。

妙华打电话来，超超，今天不结了。语气中听不出任何波动。我明白今天不结的意思，是明天、后天都不会结了。我竟有一丝放松，似乎再次得到确认，任何男性都不可能与妙华发生长久的交集，除了我。按她的话，我是她身上掉下来的一块肉。这种联结不可能在我和小田身上出现，这是男性之间无可驳斥的软肋。

我问妙华，你人在哪。她发了个定位，我见到那条熟悉的路名，便主动说起今天见到一位熟人，她托我带些鸡蛋腌肉回来，还没来得及讲名字，妙华就说，蛮好,蛮好,过年正好有货了。她开始清点今年除夕的安排,八宝饭有了,鱼、草鸡和走油蹄髈还没,哦哟,早晓得不送给姨婆了,还要排队去买,年底肉价不好看了……她的声音听起来像一阵小的涟漪,以精准老练的力度制造出常规的急促,底下冻结着不知多大多深的浪头。我说不要紧,一样一样来。我们约定明天回家见。

  我挂了电话,决定继续朝前走,如果彻夜步行,也许能在四五点赶到光头要去的那个地方。天一定还没亮,那段中间地带也没什么人,我站上去,一定能听到潮水在黑暗中的呼喊,我若躺下,潮水会带我走。

选自《小说界》2020年第3期

颜 桥

创意人,作家,毕业于山东大学电子工程系。曾在《人民文学》《收获》《十月》《上海文学》等刊发表过作品,有长篇小说数种。

鱼丽之宴

鱼丽于罶，鲿鲨。君子有酒，旨且多。

——《诗经·小雅·鱼丽》

我看着窗户上的那块玻璃，其他玻璃都是透明的，只有这块，是"毛玻璃"。玻璃纹理上，填满了无数多边形，像多孔的岩石，挨挨挤挤、粘连，让你有点儿密集恐惧。我住的是老小区，板楼。原先的玻璃坏了，房东临时找块补上，全然不顾风格是否统一。她把房租给我的第一句话：别动屋内任何装修。好在我不是处女座，看着这块突兀的"补丁"，并没有敲碎换新的冲动。

我想想，今天要干啥来着。我习惯早起后，把一天要做的事，在大脑里预先演习一遍。假如大脑空荡荡的，偶尔也会躺下，睡个"回笼觉"。切断外界的连接，对我，就像拔掉电话线那么简单。

我打开窗户，清冷的空气涌进屋里，鼻腔黏膜随即扩张。
"马姐，在吗？"我连续叫了几声。
马姐探出半拉脑袋："今天要什么？"
"韭黄有吗？还要点鸡蛋。"
"有。柴鸡蛋，红心的，不过，有点贵。"

"贵不怕，要好！上次鸡蛋，坏了俩。"我抱怨道。

她伫立我窗下，侧着耳朵，认真了解我的购买需求，"坏了？这次给你补。没想到，天天宅家，还是美食家嘴儿。"

我住二楼，马姐在我楼下租了菜摊，小区里不愿意去菜市场的懒人们，都去马姐那儿买菜。马姐服务热情，待人周到。唯一缺点就是"手脚有点不干净"，遇到生客，总喜欢把过期卖不掉的菜，混在新鲜的菜里，试图蒙混过去。

每天要下楼买菜，对我这样的资深宅男，是种莫大的痛苦。这就好比蜗牛离壳，形如裸奔。我的原则是：能不下楼就解决的，尽量不下。

为此，我在窗外钉了一枚粗大的钢钉，挂上挂钩，挂钩连着的是一个动滑轮和一个定滑轮构成的"滑轮组"。只要你具备初中文化程度，就知道我在说什么。中学物理老师告诉我们：定滑轮不省力，但可以改变力的方向；动滑轮省力，但很费距离。

你把二者组合起来，就是"懒汉二轮组"。这个名字是我瞎起的，这意味着，我在窗边把篮子，用滑轮慢慢放下去，里面放着买菜的钱，马姐只需要把菜搁进去，我再拉动滑轮组一端的绳子，这是为采购蔬菜准备的"缆车"。

当然，理论实践之间，还需反复调试。最初马姐在篮子里放进十枚鸡蛋，由于篮子重心不稳，还没到二楼窗台，篮子中途就翻了，马姐看着一地鸡蛋黄，皱着眉，啧啧道："作孽！你确定要这么干？有工夫安装吊篮，不如下来走几步。"

我的原则没变，能不动，就不动。

我总结"缆车"翻车原因：滑轮是没问题的，但菜篮子装着的菜，长短不齐，导致篮子重心不稳。解决的办法，多角度固定。我找了个细网兜，从底部罩住篮子，这样东西就不会溜走。再用铅笔画一张工程图，这是广告公司工作养成的创意习惯。再简单的概念，也要视觉化为草图。

颜　桥 | 鱼丽之宴

　　马姐看着篮子从天而降，稳稳当当，张大嘴巴，嘟囔："啧啧，你们小年轻，把时间都浪费在发明偷懒上了……"

　　我在篮子里搁了两张一百的人民币，我告马姐，假如给我便宜，我就充值"VIP"。

　　她问我啥叫VIP，我说，就是把这个月的买菜钱，先给你，慢慢扣。

　　马姐没想到，卖菜生意，居然还可以这么做。几天下来，她就迅速发展了一批小区会员，根据充值多少，依次享受九折、八五折及七折优惠。为了感谢我这个"智囊"，她时常会送我一些小恩小惠。

　　篮子缓缓拉到窗台边，我从挂钩上取下篮子，拉开网兜，把手伸进篮子，摸出一颗红皮鸡蛋，对着阳光，一照，喊道："马姐，不是红心的。这鸡铁定不吃谷子。"

　　马姐蹦跶出来，"这年头哪有铁定吃谷子的鸡，不毒死你，就要感恩啦。"

　　"有点小。"我还是不够满意。我这人，对食材很挑。

　　"白送的，你就别挑大小了。"

　　好吧，我勉强同意，想想还没蒜："再送俩蒜吧。"

　　马姐撇撇手，表示无奈："好吧，你下篮子。"

　　"直接扔上来。"我把两扇窗户都打开，"这点蒜，不值得老子专车接送。"

　　马姐去到店，一会儿，她抓了一把蒜，扬手抛上来，两颗大蒜，分别带着漂亮的抛物线，最终落在我屋里。我拾起蒜。

　　"你真懒到家了，找个女友吧。人会变勤快点。"她叹口气，去店里忙了。

　　她说对了一半，实际上，我前女友原来也住这儿，比我还宅。我们时常会为谁下楼吵架。最后，只好锤子剪刀布裁定。她总是输。后来，她一口咬定，下楼是男友应尽之义务。每次下楼买生活必需品，她都在窗边给我打气，用右拳击打左肩，表示 Respect，然后用咏叹调说："为了联盟。"我也如此效仿："为了联盟。"其实只下楼买菜而已，却犹如壮士出征。我至今不知联盟叫什么，她就退出联盟了。我们在一起，快两年。她从不下楼买菜。整天窝着打游戏。

作为自由设计师，我一周只出一趟门，见到阳光，犹如救命恩人。我也爱阳光，只是单纯不喜出门。我怀疑，我大部分人生，是被别人浪费掉了。世上本没太多值得促膝长谈的人。除必须见的，一律都不见。当然，这不代表我不在微信上或电话里，同他们热络聊天。尽管社交对我毫无意义。严格说，我不需社交，我只对自己的世界，怀着无限好奇。

家里座机是一部墨绿色老电话，我特意从古董店淘的。我喜欢一切机械键盘与拨号器，为此特意收了一台诺基亚 E72 做纪念，2010 年的机型，市面快见不到了。大凡能手指触碰的机键，远比触屏要实在。触屏世界，虚幻得像黑客帝国。

我用旧电话，还因为我迷恋它的拨号声，当你每拨动一个号码，透明的号码盘转动，到头，回转。顺时针，逆时针。就像人生，无论你如何移动位置，只要到了尽头，转盘便会回转，你又回到起点待命，等待下一个号码。那回转声，像一艘船正在起锚，从水底徐徐收起铁索……

我拨动母亲的电话：区号＋8751＊＊＊＊4，假如你用智能手机拨打，几秒就能接通。但换了老电话，你每拨一个号，都必须等轮盘归位，屋里安静得只剩拨号声。在拨最后一个"4"时，我决定挂断电话。这也是拨号电话的好处，你随时可以反悔。

母亲有好一阵不接任何人电话，包括我。她沉浸在阳台种菜的乐趣里，在几平方米的阳台上，种一堆莫名其妙的东西。有豆苗、南瓜、韭菜、大蒜、茄子、

颜　桥｜鱼丽之宴

丝瓜……她是属于阳台的辛勤的农夫，一天大部分时间，都待在那儿。她甚至把电饭煲和小锅，都搬到阳台，在那儿做饭。就差夹带被褥，这样，吃住睡都在阳台了。我时常打电话给她，无人接，她总说没听见，也不知道是不是故意的。

母亲之前酷爱打麻将，一张麻将桌，昼夜颠倒。她不但自己打，还殷勤张罗，呼朋引伴。大舅也被她拉来，三缺一。大舅自此爱上搓麻，比母亲还要疯。他心脏本就不好，加上总熬夜，凌晨才回，乐此不疲。舅妈有天凌晨开门，发现大舅躺在门口，没了气息。人送去医院，医生说是心梗导致猝死。医生发现尸体手攥着拳，死死握着。两名医务人员使劲掰开他的手，手心藏着一张"發"。

怪不得那天夜里，母亲觉察麻将少了块，有种不祥的预感。也不知道大舅走时，痛不痛苦，听医生说，大舅被送到医院时，脸上还带着一丝微笑，那是麻友得胜的得意。他一连数周没胡过牌，百爪挠心。尽管那张"發"，恐是作了弊，但无疑，那晚，大舅赢了自己的亲姐姐。

舅妈看到那张"發"，冲到我家，大吵一架，家里能砸的，都被她砸了。母亲坐在地上，一边号啕，一边回想舅妈的话。舅妈固执认为，是母亲害死她的丈夫。有"發"为证，无可抵赖。你想想，一个在单位里不苟言笑的人，突然在麻将桌上眉飞色舞，仿佛变了个人，这正常吗？总之，大舅已经死了，死无对证。那副麻将被母亲扔了，麻将桌也卖了。母亲从此不碰牌，变得和大舅一样寡言少语，只窝在阳台种菜。

她不和人说话，偶尔打电话，说的也是种菜的细节。譬如如何栽土，如何培植，如何剪豆苗，剪下一大把，放油一炒，只剩下半盘，如同你的人生，看起来貌似丰茂无比，过油一炒，还不够塞牙的。

我有时听着也心烦，告诉她："他只是心梗时，正巧在搓麻。你不用愧疚，划不来的。"母亲在电话那头沉默了，淡淡道："这茬豆苗长高了，又该剪了。"她把电话挂了。

实际上，我不知该如何安慰她，很多事，根本没道理可讲。母亲虽然把那副麻将扔了，那张"發"，她舍不得扔，她还在用它折磨自己。舅妈对孩子说，大舅是被我妈拉去搓麻，活活累死的。大舅的孩子在街上远远遇见母亲，也会刻意躲开，这令她更加痛苦，背负精神的枷锁。

我搬出家住，已经第八年了。租的房子是一居，七十四平米，不太大，房东特意在卫生间装了一个乳白色的大浴缸。看着浴缸，我不禁幻想能做点儿什么。

人在陆地上，大抵有三种基本的身体姿势：站着、坐着、躺着。无论你在世界的任何角落，你的身体语言，只有可怜的几种，一旦去到水里，身体漂浮在水中，你就彻底自由了，你可以做一切微细的姿势，蜷缩、舒展、佝偻、扭曲、绷直、S曲线……就像胎儿悬浮在母体的羊水里，你离开"大陆"，才能真正解放自己。而离开"大陆"，去到水里，你本质上和一条鱼，没什么不同。

是水包围了鱼，还是鱼溶解在水中——这像个哲学命题，我之所以这么想，乃是受到一位咖啡师朋友的启发。他曾潜心研究一种"咖啡液压装置"，可以把柠檬气味，用气压压进一杯咖啡里。为什么不直接把柠檬片丢进咖啡里，这样不就有了"柠檬味"，我也曾问他。他摇摇头，柠檬片泡在咖啡里，非但味道不会溶解到咖啡里，你喝到的咖啡还发酸，根本没法喝。只有把柠檬水汽化，用滚烫的吹风机，吹进咖啡溶液里，你给的气越足，咖啡里溶解的柠檬气息就越和谐。一杯咖啡，是极其精细的。

这个类比，换到鱼和水的关系，也是适合的。鱼之所以在水里，不是因为鱼

颜　桥 | 鱼丽之宴

简单"在"水里，而是鱼本质是"属于"水的。打个比方，假如我是那杯咖啡（水），我妈是丢进咖啡的那片柠檬（鱼）——结果是，咖啡再也没法喝了，水也变了味。这世界，很多貌似在一起的东西，其实压根没在一起过。他们只是"印象"里在一起。我和我妈，和女友，别人看，都是鱼水关系，其实，她们只是被丢进咖啡的柠檬片。

我盯着浴缸，最近总是幻想浴缸或可以用来潜水，我也不知如何定义，曾看过一部老电影，有个桥段：一位侠士被人追杀，他钻进芦苇丛，拔下一根芦苇秆跳进水里，只露出一截芦苇。敌人四处搜查，却没察觉，他其实潜在水底。等敌人远去，芦苇秆喷出一柱水花，侠士从水里冒头。他藏在一个无人发现的水下世界。

反正泡在浴缸里，是我最惬意的时候。我在想，要是我是一条鱼，水底呼吸也可以，因为鱼用的不是肺，是鳃。侠客要是有鳃，面对敌人追杀，躲藏在水底，静候敌方远去。我曾想设计一个水泵装置，可以躺在浴缸喝葡萄酒，用一台微型水泵，从酒瓶抽出酒，像从深井里抽水，通过一条细管，流进嘴。炎热夏季，你可以在浴缸搁几块冰，就像调鸡尾酒，只是你努力做一缸"冰镇的自己"。

我泡在浴缸这会儿，隐约听见楼下有人叫我，我从浴缸里坐起来，擦擦身。耳朵进水了，我侧着耳朵，希冀把水倒出来。是谁叫我，我三步并作两步，走到窗前，一看。我前女友小钱。

"喂，敲半天门，聋了。"她可能在楼下叫了好一阵，她见我露出头，"你在屋里，干吗戴着泳帽泳镜？"她从不叫我名，只叫我"喂"或者"那个谁"。

"在努力淹死自己。"我回答。

"在没淹死前，能把化妆包给我吗？里面有几支口红，落你家了。"

"扔了。"我把泳镜扯下，这下更清楚，她穿着一双男版拖鞋，要大一号，没准这鞋是另一个男人的，我想来就有气，"分了俩月，这儿不存包。"

"快给我，不然上去踹门了。"她生气了。

我把她的化妆包放进篮子里，小心用"电梯"降下去，她从篮子里掏出包，仔细检查了下里面的东西，仿佛那包是被我扒了去，现在物归原主。

"我走了。"她看了我一眼，"不会再来骚扰你。"

"等等。"我叫道，"戒指，还我。"

"What？"她不能相信自己的耳朵，一抬手，揸开手指，看着中指上那枚亮闪闪的戒指，"这不是两周年送的，你也好意思要回去，真够渣！"

我顿了一下："还差五天两周年，你还不配拥有它。你给我摘下，放篮里！"

毕竟是一枚一克拉的钻戒，她迟疑了，最后还是褪下戒指，朝地面一砸，戒指绷飞了。我朝她吼道："你混蛋！"

她像没听见似的，一甩腿，一只拖鞋飞出去。她单脚站立，朝我竖中指："咋不淹死在你妈的羊水里！"她光着一只脚，外勾着，跳到飞出的那只鞋边上，套上拖鞋，走了。

我立刻下楼，身上还是湿漉漉的，泳帽也没脱。我要下楼找戒指。

马姐的店就对着一片草丛，我扒开草，看看戒指是不是掉落草丛，摸了半天，没有。她那般狠狠地一摔，戒指比我想的弹得更高更远，我视线又转移到马姐店面里，一堆蔬菜堵在门口。马姐迎上来，发现是我，"哇，下楼买菜了。"她见我这身装扮，奇怪地问："刚游泳回来？"

附近不远就是小区泳池，硬是说游泳回来，也说得过去。

她问我找什么？我刚要说要找戒指，转念一想，马姐只是一个卖菜大婶，假如我说丢了戒指，岂不是提醒了她，何况人心隔肚皮。她真找着了，并不告我，不是更糟？我故作淡定，只说随便看看，视线却流连于一捆捆蔬菜的缝隙，只

颜　桥 | 鱼丽之宴

要任何闪闪发亮的东西，都会让我瞳孔变大，然而，戒指并没出现。菜摊的边上，放着一排蓝色的塑料鱼槽，我指它们："怎么……"

马姐补充道："哦，这两天刚上的，小区有人说喜欢吃鱼，进了一点。"我从进店开始，已经地毯式搜查几遍，并没发现戒指。现在唯一的可能，只有这群鱼了。我大脑里浮现慢动作回放：那一刻，小钱把戒指除下，以45—50度交角，砸向地面，戒指触地弹起，落在鱼箱里，下沉这一刻，一条不知名的鱼，马上游过去，一口吞进肚里。

"这鱼怎么卖？"我问。

"你要哪种？每种鱼都不同价。"

"这些鱼当天都能卖掉？"

我怕万一真是这些鱼中的一条，吞了戒指，被人买走了，戒指就绝无找到的希望了。

"就这点鱼，当然卖得掉。"

"全要了！"我下了决心，干脆拿下。

"全要？这可十二条呢。"马姐很高兴，虽然搞不清我要做什么。

"我打算养在浴缸里，慢慢吃。我吃鱼，不喜欢单吃一种，什么品种，都要来上一条，亲自养几天，炖出的汤，才鲜美。"我已经语无伦次了，这算一种解释吗，我不知道。但马姐不住点头，觉得我说得对。

我还是要问问她："你可有看到店里落了顾客什么东西？"

"什么东西？"她被我问得有点不安。

"我的一个朋友，说在你楼下丢了东西，已经报警了，好像是一枚戒指。小区有摄像头……"我觉得提提摄像头，至少可以吓唬下马姐。

"什么样的戒指？"马姐问，"是刚站在楼下叫你的姑娘吗？只打了一个照面，那会儿我刚回，上厕所去了。"

我示意她不要大声，让她留意下。她看着我，又看了下我买的鱼，她并没推理出我为什么买它们。

她把鱼倒进我的浴缸里，眼神不时四处瞅，可能她以为宅男住处，总是一堆脏衣服，一股发霉味，我的屋子却井井有条，一尘不染，她嘟囔："这整得像女孩子住的，怪不得你不出门，屋里还有香味。"

我打发她走，看着那一缸鱼，什么鱼都有，哪条吞了戒指，要是鱼能主动坦白，就好办了。我并不打算集体"屠杀"它们，一个个剖开肚子，掏出内脏，逐一检查。这工程量巨大。我甚至想过，能否带这些鱼去医院拍个片子，找出肚里有阴影的鱼即可。但拍片的费用，远比这缸鱼奢侈了。

虽然我是美食家，但从小到大，对鱼，又怕又爱。在我的直觉里，鱼是由无数"刺"构成的，那些刺，随时会钩挂在你的食道里，一旦遇到鱼刺，我本能是用两根指头，探进喉管深处，刺激喉头，直到干呕出来。这样做，通常是无效的。母亲会让我不停喝醋，直到觉得自己像泡在醋坛子里的花生。

总结一句话，鱼肉是好吃的，鱼刺是令人反感的。荒诞的是，为了找到一枚戒指，我居然要强迫自己吃掉十二条鱼。这让我有点不知所措，这缸鱼，就像一群外星人降落到我的领地，我还没想到如何对付（烹饪）它们。万一戒指没被其中任何一条吃进去，我岂不是白白浪费了这一缸鱼。我既恐惧吃鱼，又怕浪费食材。何况，这十二条鱼，花了不少钱，其中最贵的是一条石斑鱼。

我给母亲打电话，这回很快通了。我不能告诉她，鱼吃了钻戒，照我妈的性子，一定火速买张机票飞过来，要帮我杀鱼。

"妈，是这样，有个广告客户，送了我一些鱼，一般怎么吃……"

"都什么鱼？鱼不同，做法也不同。"我妈带着一丝欣喜的口气。

颜　桥｜鱼丽之宴

"鲫鱼、草鱼、鲈鱼、武昌鱼……"我一面归类，一面幻想着浴缸中，那群快活游动的鱼。

"客户为什么要送鱼给你？"我妈还是发现了可疑之处。

"别问那么多。你只需告诉我怎么做。比如，草鱼或鲫鱼，一般怎么做。"

"清蒸焖炖红烧，水煮鱼也有用草鱼的，但底料要好。鲫鱼呢，炖豆腐比较好。"

"鲫鱼豆腐汤，那不是催奶用的？"

"呵呵，算你知道。鲫鱼豆腐汤的做法，鲫鱼去内脏，洗干净，假如鲫鱼比较大，要切成段。豆腐切成丁。中火加热锅中的油，将鱼放入锅中，煎两分钟，加入葱、姜末煸一下，随后加入少许水，水开后，加入醋，再转小火煮，大概十分钟。将豆腐放入锅中，汤色转白后，放盐，撒上香菜……"母亲很详细地介绍，语气里还有一种回味感，仿佛某年某月有一锅热腾腾的鲫鱼豆腐汤，正摆在她记忆的餐桌上——

"你再复述下，我录个音。"

"不说了，自己查查菜谱。我有七八年……没做过鲫鱼豆腐汤了。"

"这么家常的东西，要做还不随时能做。"

母亲今天特别有兴致，她告诉我她吃过最美味的鲫鱼豆腐汤是插队时，有次去水库溪流边。很多知青摸鱼儿，溪流里有许多鲫鱼，正好有人买了一大块豆腐。于是用砂锅慢炖，柴火烧得很旺，火苗乱窜。豆腐漂浮在乳白鱼汤里，香气缭绕，嗓子里又腥又甜，鲫鱼不多，每个人只能分几小块。母亲那碗，都是豆腐。她用筷子翻开，却发现，底下藏着一条完整的鲫鱼，尽管鱼不大，却是几个人的份，把鲫鱼藏在豆腐底下的"厨子"，就是我父亲。

母亲说，男人会把心思藏得很深，就像一条躲在豆腐底下的鱼，我父亲从不说"爱",也不打情骂俏,嘴上比起其他男人,要笨很多。他唯一的温暖,就是递给你那碗汤,你就知道他一定在碗底下,藏了一份特别关照。

"怎么和我印象中的爸,完全不同?"

"结婚后,你爸就变了,他不再正眼看我了,只会重重把碗摔在桌子上,脾气也坏透了。对我也没了耐心,我再也没吃过那次那么鲜美的汤了,也没有兴致做了。"

父亲在我高中时,就和母亲离婚了,独自生活。我跟母亲过,总共见父亲只有几次,现在母亲言谈里,那个做鲫鱼豆腐汤的男人,离父亲给我的体感温度,很远。父亲是冰冷的,脸上见不到笑,你总有点惧怕他。你不太能想得出,他端着鱼汤,在溪头,脸上洋溢着暖意。至少,这不是我眼里的父亲。母亲或许还沉浸在过去,我已急不可待地挂断电话,看来自己动手比较麻烦,还要找菜谱做,我又是极怕麻烦的人。

我最不能忍受活鱼的腥臭味,最好的方式,是别人做,我只负责吃。我突然想到一个主意,在朋友圈发一帖#吃鱼达人英雄帖#,碰碰运气。

> 本人现有一箱活鱼,种类若干,求吃鱼达人,指点迷津,您可凭一道鱼主题的私房菜,免费加入本人私宴。有兴趣私聊。

朋友圈最不缺乏的是矫情的男女文艺青年,一时间,我收到了许多报名的。有提供自己拿手好菜的,有咨询家宴各种配置的,还有问我家位置交通的,一个个迫不及待,摩拳擦掌,跃跃欲试。

他们根本不知道,我的目的只是要找到鱼肚里的戒指。

吃鱼,只是我的副产品。

颜　桥 | 鱼丽之宴

食鱼谱：法国浓味炖鱼

W来我家前，告诉我这次要做的菜是"法国浓味炖鱼"。据W的说法，浓味炖鱼是一个经典的法国菜谱，起源于马赛。吃的时候，需配上一片烤面包，一匙橄榄油，如有大蒜、辣椒等香料做的鲁耶酱，就再好不过了。我事先便告诉她，作料须自己备，她给我一个哭脸的表情。

材料：

橄榄油180毫升；洋葱2个，切薄片；

韭葱2棵，切碎；西红柿3个，去皮，去籽，切碎；

蒜4瓣，剁成蓉；

新鲜茴香叶1株；

新鲜百里香1株；

香桂叶1片；

橙皮丝5克；

贻贝340克，清洗，去须；水2100毫升；

盐和胡椒粉适量；

鲈鱼2300克；

干藏红花数条；

鲜虾340克，去壳，去肠泥。

做法：

1. 要略深一点的锅，火上预热。倒入橄榄油，把洋葱、韭葱、西红柿、大蒜放入。炒几分钟，至蔬菜变软。

2.加入新鲜茴香叶、百里香、香桂叶、橙皮丝，炒匀。把贻贝加进，炒匀。加水、盐和胡椒粉，转大火，待汤烧滚后，再煮3分钟，将香料味道煮出后，融合到汤里。

3.将鱼放进滚汤里，中火煮12—15分钟，直到鱼肉初熟，要求肉质应该是软嫩不透明，但鱼肉还紧附鱼骨上。再将藏红花加进汤里，混匀。加入虾仁，煮2分钟。

4.品尝鱼汤的味道后，决定是否需要多加盐和香料，最后把汤分到每个碗里。

这菜谱是她整理后发给我的，我想无须反复申明，本人对鱼类烹饪之类的菜谱无丝毫兴趣。在W君在厨房杀鱼的那一刻，本人时刻高度关注鱼肚里是否有戒指。在她取出内脏那一刻，我用手捏过，内脏松软无余，连结都不曾有，更别说戒指了。剖空的鱼肚，像撕开的口袋，空空如也。既然没戒指，这条鲈鱼于我的意义，也就瞬间归零。

W独自在厨房忙碌好一阵，鱼汤端上来时，W用汤匙舀起一勺，送到嘴边，吹了口气，尝了一口，对我说，鱼汤不错，可惜不是法国味儿。

我端起碗，抿了一口，啧啧嘴："这不是挺好的，鲜美。"

"只剩下半小时，我得出发了。"她看了下表，"我早知你根本不是为了做鱼，你的神色根本不在，你对鱼汤要求并不高。可惜这一锅汤。"

这么说让我很尴尬，我不得不掩饰下："鱼汤好极了，真的。"

"这周辞职了，憋得慌，要离开这个城市了，今天是最后一天，下午三点的飞机。做鱼那阵，突然觉得自己在这个城市，什么也没留下。房子，租来的。家具，处理了。恋情，没发生。工作，辞掉了。好歹要做碗鱼汤犒劳自己，又没时间喝了……"

我不知该如何作答，我总不能说："你好歹吃点再走。那一大碗浓味炖鱼，可惜了。"

"咱们其实也没说过几次话，我一直连你住哪、干什么的都不知道，那天看你发的帖子，我就是想玩一把，平时根本没空下厨房，今年头一回。"

"谢谢你。"每次有女生向我袒露痛楚，我唯一的感觉就是尴尬，甚至有点恐惧，有的人夜晚对你哭得死去活来，第二天宛如不相识一样，我们太需要人格面具，来保持距离。一旦袒露，就像无底的黑洞，你会被孤独吮吸进去，撕成碎片。换句话，我只想简单喝一碗鱼汤，并不想了解一个马上离开的陌生人。心太累。

"不，是我要谢谢你。正因为和你不熟，我才敢告诉你，我要离开这狗日的城市。"她把汤匙放回碗里，"该走了，鱼汤就留给你，不谢。"

她来的时候，拉着一个小箱子，我才明白，那是她在这个城市，唯一的行李。她走后，我才想起这人是谁。某年在一个招商会展里，加的她，只聊过几次，都是工作咨询，纯然是业务需要。早忘了当时聊什么了，她貌似是某会展公司的销售经理。关于她，我知道的，只有这么多了。

原来她还会做鱼，我喝了口汤。确实不是法国味儿，橄榄油放多了。

食鱼谱：花胶石斑鱼羹

关于H，我只见过一回，握过一次手。只记得他唯一的对白：你好。

他是我客户的老板，我们本该属于不同的圈层，照理说，他不会对我的朋友圈活动，有任何兴趣，连微信，我也是因默认通过电话搜索，加的他。我们从没说过话。

朋友圈有一段流行过"拼家宴",每位朋友都出一个菜,拼起来一桌菜,也算一种共享经济。所以当我晒出一浴缸的鱼,报名的人很多。H主动给我留言,他见到我有一条石斑鱼,他家有花胶,他说可以亲自为我下厨,做次拿手的"花胶石斑鱼羹"。不过他有个条件,只有两人份,希望除了我,只有他一人。这正合我意,我特别注明"私宴"的意思,本就是一对一,这样能确保人不多,手也不杂。

H这次没开豪车来,只是打的。他带着食材箱,专门用铁盒装了盒花胶,这花胶又名鱼肚,是从深海鱼腹中取出鱼鳔,切开晒干。H给我介绍,花胶也分级别,顶级鱼肚排名依次为:金钱鳘鱼胶(黄唇鱼)、白花胶(大白花鱼)、黄鲟胶(鲟鱼)、黄花胶(非洲鲈鱼)、鳘鱼胶(大鳘鱼)、门鳝胶(大门鳝)。

H告诉我,有句古话,十斤鱼一两胶,一条10多斤重的深海鱼,取出的鱼鳔也就大概一两重量,这是鱼身上的精华。这次,H带的是白花胶。花胶要提前泡发,他先用纯净水泡发一天,每十二小时换一次水,再煮上一个小时,等它晾至常温后,换水再泡发一夜,这样,才可作为食材。

H不让我进厨房,菜谱也保密。可能当老板的,都喜欢卖关子。他要是发现那枚戒指,倒不至于占为己有,毕竟是成功人士。这点,我倒是放心。

大约过了一个小时,H端出花胶石斑鱼羹,老实说,看上去,并不美味,色泽上,全无食欲。H给我盛了一碗,说,尝尝。我礼貌地喝了一口,美味极了,比看上去好多了。H看到我开始嫌弃的眼神,就说:"看起来确实不够好,缺点火候。"他给自己也盛了一碗,一点一点回味,忽然抬头看我:"知道我为什么要来你家吃鱼羹吗?"我摇头。

颜　桥 | 鱼丽之宴

"因为，你用浴缸养鱼，这点我们很像……"

H说，他最初创业那阵，因为很爱吃鱼，公司在一家居民楼里，租了三居室，找了一个阿姨做饭。每周买鱼太麻烦了，干脆就一次性买了一些，养在浴缸里。那是九年前了，公司只有八个人，每次做鱼，都是H亲自下厨，也算保留节目。

"所以，你晒出那一口浴缸，我忽然感触良多，尽管你我不曾深聊过，我突然有做鱼的冲动。"H说到这里，问我，"你喜欢吃鱼吗？"

我老实说："谈不上喜欢。我喜欢鱼肉的滋味，但很讨厌鱼刺。鱼要是没有刺，就完美了。"

"鱼和女人一样，带刺的玫瑰。你吃鱼的时候，舌头要随时提防被鱼刺扎到，就像走夜路的人，总是提着一颗心，害怕脚下有坑。"H用筷子夹起花胶，闻了闻，"假如美食没提防之心，美味也就没有意义。我很怀念那段苦日子，它像花胶一般，吸了石斑鱼的鲜味，在晒干时，花胶什么也不是。人本质上也是一种胶，幸福，只是你吸收了世间的味道而已。"

H这话太深奥，也有点鸡汤，我未能一下理解他说这些的本意。

H却不介意与我谈论私人事情，我本就是一个吃鱼的陌生人。今年，他的公司经营不好，濒临破产，好像奋斗了好些年，钱只是流水，进进又出出。

现在，他的公司又回到起点，或许，又得搬回写字楼，又或许要搬回居民楼。

"或许，我又可以在浴缸里养鱼了，又得重新奋斗一次，有点怕。"H告诉我，"看到你的那只装满鱼的鱼缸，我瞬间有了勇气。最近，我连一个安静吃鱼的地方都没有，各种要债的、起诉的、打折收购的，我一到你家，就关掉手机，我只想安静喝上一碗鱼羹……"

"你做的鱼羹很好，这里也很安静。"我告诉H。他开心一笑："我的车抵押了，今天第一次打车，无意叫了司机的名字，人都走了，公司清算了。只有名字还在。"

H可能只需要一块干净明亮的地方,安静地喝上一碗汤,我没敢打扰他。

他喝完,就向我告别,还有好多事等他。

我去厨房,内脏还没收拾,像一具尸体躺着,戒指不在那儿。

实际上,预约来我家做鱼的人,还有几个。有的一看我家逼仄,借口要走,以我之前的脾性,让人见到我日常作息的"洞穴",心中便会升起无名恐惧,像山羊让狮子发现巢穴。

马姐在楼下叫我,我探出头。她让我下来,我让她有事直说,她坚持让我下去。我见到马姐时,店里正巧没人。她犹豫片刻,问我:"那天楼下的女生,是你什么人?"我瞪了她一眼,她见我脸色不好,就马上改口:"是这样,前几天,有个女生找我,说丢了戒指。我见到她有一次在你楼下等你。正巧,我在店里发现一枚戒指……"

"戒指? 在哪?"我着急问她。

"别着急,这位姑娘就来到店里,说自己掉了一枚戒指,并详细说出戒指的样式,连钻石颜色、大小,都对。我想是你的朋友,你也和我提起她曾丢过戒指,那这戒指,铁定是她丢的了,就还给她了……"

我感觉自己的脑袋要炸开了,头脑像一个浴缸,那些鱼在我的大脑里的浴缸,横冲直撞,想要从里面蹦跶出来。

马姐伸出一只手,对我说:"她很有眼光,挑了一条最好的石斑鱼,说你给钱。"

我感觉那群鱼,从我的鼻子、眼睛、耳朵的孔穴里,游走了。

选自《十月》2020年第4期

三 三

1991年出生，毕业于华东政法大学，知识产权律师，作品发表于《花城》《收获》《钟山》等杂志，曾获"钟山之星"年度青年佳作奖，著有短篇小说集《离魂记》。

山顶上是海

她做好一切精打细算。孩子过完生日，她就和丈夫提离婚。存款已尽可能转移，剩下只需打包现金、首饰、重要证件。除此以外，找一份工作，静候两年时效过去。接下去的事不劳她操心，法律将以最专业的方式接管烂尾。她上网搜索过许多案例，这个流程完美无瑕。难道不可悲吗？ 妻子这个岗位那么辛苦，从提出到正式离职还要拖两年。

事到如今，讲述婚姻的恣虐已毫无意义。她不是谋求复仇，如果那样，大可以采取更恶毒的方式——他们两个只要在一起，就是一种慢性自杀。现在，她只想快速抽刀断水，让生活改头换面，一笔勾销失败的痕迹。尽管决断果毅，得出结论的过程却很审慎，最麻烦的问题在于抚养权。

他们棘手的共有财产是小米，一个八岁的女孩，刚升二年级，相貌实在说不上好看。从前有人说，女儿和爸爸妈妈都不像，她不由得松了口气。她不是一个轻易言败的母亲，就送小米去少年宫学跳舞，再几年又送去学奥林匹克数学。那些酷暑，她挤在汗潮里等小米下课，最后无非只证明了小米在各方面都没什么天赋。"别要孩子，你以后就知道了。" 假如有人要她提建议，她会这么讲。不过也没人问她，她没交上什么朋友，并把这归咎于婚姻的巨额内耗。

今天是女儿的生日，她订了蛋糕，准备再做几道菜。她自忖并非冷酷的母亲，如果她真的对女儿一点爱都没有，现在也不至于如此失望。她一边想，一边把东西从环保袋里拿出来：卷心菜、西红柿、秋葵、洋葱、猪排、鳊鱼。这时，她听见阳台上传来一记闷响。也许是楼上高空抛物，反正生活够糟了，谁再投点垃圾进来也不算什么。她冷静地抓住环保袋，一个黑色波点的袋子，超市做活动的赠品，从中取出六个水蜜桃。

她拿起其中之一，闻起来不错，是那种亲切的、典型可食用的气味。所有水果里，女儿最喜欢水蜜桃，她曾因此讽刺女儿是猴精投胎。这个嘲讽挺经典，还囊括了对女儿外貌的评价。事后，她为自己的刻薄内疚，却不知道向谁道歉才合适。每逢这种时候，她只要独自站一会儿，像电脑清空回收站似的，回过神来一切都好了。她又可以运作了，谁说人类体内没有黑科技呢？

这个下午和平时没什么不同，她整理东西、擦茶几、洗衣服。拖完客厅的地板，她忽然想起刚才的响声，就把拖柄搁在一侧，匆忙闯进阳台。

一只鸟，似乎是鸽子——她很快锁定了不速之客。浑身羽毛如乌云贴片，到脖颈处才亮起来。她用手机搜了半天，屏幕里跳出各种鸽子彩图，但没一只有这么宽阔的羽翼。鸟显然受伤了，被捧起时无力挣扎。她干脆进屋打开电脑，根据热心网友的建议，她用一块毛巾蒙住鸟的眼睛（以防鸟受到惊吓），又从药柜里找出红药水，倒在棉球上消毒伤口。尽管她被自己莫名其妙的耐心逗得发笑，还是认真完成了收尾步骤。她翻出一个快递箱，侧面印有她前几天买沐浴露的牌子，这将是鸟的新家。

三点钟，她惊觉自己在鸟身上浪费那么多时间，她又不是什么慈善机构。再过两个小时，女儿就要放学了，她还得去接。厨房里一片剑拔弩张，各种食材躺在那里，发出无声挑衅。根本来不及做菜，可今天是女儿生日，不是什么可以蒙混过关的日子。况且一旦她实施离婚计划，这就是以家庭为单位过的最后一个生日。

三　三 ｜ 山顶上是海

　　接小米的返程恰逢下班高峰，地铁非常挤。冬令时节，雨水惹人生厌，却不时来访问这片陆地。她们挑了个角落站立，躲开滴水的伞。周围大部分人垂着头，迅速滑动手机。小米不停喊她，像章鱼吸盘企图牢牢吸附她的注意力。

　　"妈妈，问我一个英文单词。"小米尖叫。

　　"嘘——"一车厢人的关注使她脸上发烫，假如医学允许在孩子嘴上装个拉链，她会毫不犹豫地申请。想到是小米的生日，她勉强克制不耐烦，"学校？"

　　"School，s-c-h-o-o-l，再来一个。"准确无误。旁边有个年轻女人望着小米笑，是那种出于好意而非发自内心的社交性笑容。

　　"作业？"她心不在焉，对这无聊游戏实在提不起兴趣。

　　"这个不算，重来。"小米沉吟后说。

　　"鸟。"

　　她忽然想起什么，精神一振，不顾女儿叫嚷着颠倒错乱的字母。地铁开到人民广场，大量人流进出如同换血。小米看到两个位子，急不可耐地跑过去。她们成功入座，又一场日常生活的小小胜利。这种世俗的胜利比比皆是，它的存在带不来什么快乐，但它若缺席，却会引发焦虑，令人遗憾。原来乐趣是减分制的。

　　地铁再次启动时，她对小米说起信鸽比赛，"其实就是放鸽子比赛，专门有人把一群信鸽带到几百甚至几千公里以外。第一只飞回主人身边的鸽子，即获得冠军，主人也会因此得到很多奖金。据说冠军鸽子贵得离谱，一只至少抵得上一套房子。"

　　"每一只都飞得回来吗？"小米问。

　　"大部分都回不来。"她想，这是显而易见的。就连一颗精心研制的卫星都不一定回得到目标轨道，更别说鸽子了。

　　"那为什么要参加比赛呢？如果我养了鸽子，肯定舍不得送去比赛。"

她思索着怎么解释才好，这不是一个纯粹关于失去的问题，取决于你怎么看待它。如果看到的是鸽子归巢无望的风险，这就成了一场赌博；但有些人不这样想，他们把比赛看作一场考验。

"这些比赛很好玩，有一场从河南到上海的信鸽比赛，你猜冠军鸽子怎么作弊的？它一路搭高铁回来的。"为了图省事，她逃避话题。

她们很快到家，每天都走同一条路，不快也难。她用干毛巾替小米擦头发，安顿她做功课，自己折回厨房。油锅爆起来，肉与配菜依次跳进去，然后添水淹匀。她看了一眼挂钟，猫头鹰造型，很多年前旅行时买的。秒针有条不紊地前进，配上机械利落的声音，构建出一种浓烈的倒计时氛围。

丈夫今天应该会准时回家，出门前她特意叮嘱过。他们的婚姻维持近十年，有一个女儿和一套无贷款住房，和同龄人相比，进度不至于落后。偶尔，他们受邀参加朋友聚会。她记得烈日下烧烤炉的火焰，郊区公园里索然无味的骑行，自驾两个小时只为拍几张照片的池塘。她没法抱怨生活不充实，巨型迷宫让她晕头转向。有一次，她在一部BBC纪录片里看到一个蜂巢，摇摇欲坠，内部空荡荡。她恍然大悟，这就是他们的婚姻。

她把菜端上桌，小米循气味而来。她告诫小米，等爸爸回来再吃。小米一声不吭，伸手从碗里捞起一块肉。她竟然连筷子都不用，尼安德特人都比她文明。

"作业做完了吗？"她把小米揪到水池边，迫使女儿洗手，一边问道。

"我饿了，不想做作业。"小米一副快哭的模样。

她还是妥协了。事已至此，最大的困境在于她看不顺眼的东西越来越多，一个简单的选择都被视作妥协，带有强烈的屈服意识。她们到客厅坐下，两人赌气似的一言不发，她忽然有些不知所措。

三 三 | 山顶上是海

外面暴雨如注，城市涌出与夜晚相匹配的晦暗，仿佛四处悬浮着火山灰。幸好他们在一栋楼中拥有一个小格子，感谢屋顶和墙，让她不必直面恶劣的气候。然而，她想要的不仅是这些，此时她非常确信这一点。

她打开久未触碰的电视机，调响声音。大部分频道都在播放新闻，一群西装笔挺的人正进行某种磋商，满屏幕专有名词；一个骑自行车的男人被警察拦下，为其不遵守交通规则而受教育；接着，一对夫妇拐骗了房东十岁的女儿，三人从南方走到中部，最后夫妇在一座港口城市跳海自杀，而女孩不知所踪……各种各样的事情正在世界上发生，对她而言都很遥远，她所手执的不过是意义全无的信息碎片。

"妈妈，爸爸怎么还不回来？"小米小心翼翼地问。

"再等一下，快到了。"

二十分钟前，她给丈夫发消息，现在仍未收到回复。她站起来，到窗边打电话，无人接听。闪电起落，一匹磷光四溢的骏马在天边驰舞。接踵而来的是雷声，剧烈，理直气壮。她想起小时候，打雷时她总躲在桌子底下，祈祷这种崩裂的自然现象快点过去。那些日子近如昨日，她发现，记忆是私人感情的加工品，它根本不按时间的规律运转。

房间里冷得出奇，她重新坐下，皮沙发的凉意刺痛了她。她试着按空调遥控器，但没什么反应。空调已经坏了近一个月，她嘱咐丈夫加点氟利昂药水，他满口答应却一直没行动。她每天出门，看见小区门口零星几个举着牌子的男人，"家电维修，上门服务"，但她偏不要叫他们。她不曾料到，固执的代价巨大。十二月已经能滋养出如此严寒，没有暖气无异于身处冰窖。

"我能先吃点水蜜桃吗？"小米问。

"不行，马上就要吃饭了。"让小米对饥饿稍加隐忍没什么坏处。她知道动摇的后果，小米靠水蜜桃填饱肚子，而稍后的生日正餐黯然失色。

"就半个，剩下的明天吃。"小米不依不饶。

她没理睬女儿的讨价还价。坦白说，她对这一切感到厌烦。

她又一次站起来，朝挂钟的方向张望。她环绕餐桌一圈，探测菜的余温。又去打开冰箱，确认蛋糕没有问题，脆弱的奶油并未因为气温、湿度发生形变——粉红色的糖霜底座，左侧立着一只火烈鸟，标注"生日快乐"的巧克力片贴在中央，字迹笨拙。她不知道还能干吗，就顺手又给丈夫打电话。一个，两个，她拼命按"重拨"，好像她跟那个号码有多大仇似的。无济于事，电话始终无人接听，天知道那个男人在哪里。

"这样太浪费时间了。"她突然放下电话。

她闯进小米的房间，从写字台上一堆课本里挑出《数学》。她问小米，口气严厉，她就像一个兼职的老师，"乘法口诀表背出来了吗？"

小米把脸从电视机前移开，摇头。《新闻联播》早已结束，此时黄金档电视剧正在上演，一群警察在城市中寻找某种痕迹。小米解释说："还没有，前面在做英语卷子。"

"你先自己读三遍，然后我给你背。"她把书丢在小米腿上。

小米还没到有足以忤逆她的年龄，只好端着书窃窃私语起来。她四处巡视，查看还有什么事情没安排好。极勉强地，她想到丈夫。担心或愤怒，她不确定自己更倾向于哪一种。他们本可以相安无事地吃一顿生日大餐，以吹蜡烛许愿作为高潮。尽管她深信愿望大部分都不会实现，她还是会问许了什么愿，图个气氛。她准备把碗浸在水池里，当然，洗碗、摊牌等糟心事都可以放到明天。她擦干手，施展耐心，教小米背乘法口诀表。更晚一些，她和丈夫还要躺在一起。她将给他一个怎样的暗示，紧紧握一下他的手，像共同鏖战多年的战友。她或许还能面朝

三 三 | 山顶上是海

着他睡，最后一次，近距离观看他多年来的外表变化……然而，那个失踪的男人毁了一切。在本该体面告别的路口，他竟然还给了她一顿迎头痛击。

"怎么样？"她低头问小米。

小米胆怯地递过书，示意她可以接受测试了。她随便抽查几个，小米一个都没对，连三乘以三都答成了六。她不由得火冒三丈，对一个客观事实的认知都如此费劲，人和人要达成共识就更难了。她真想把女儿的头锯开，看看里面究竟有多少神经短路。如果条件允许，她会用一根烙铁棒把小米脑子里的东西搅得均匀，无助而顺从地，晃动手腕。最让她奇怪的事情是，她已经很久没有伤心过了。难道她不应该躲进房间，为眼下的状况掉一些眼泪吗？眼泪确实没什么用处，但发生问题时，这是大家通常的做法。没有人像她这样，一边发火一边冒出古怪的念头。就在刚才，她甚至想到，要是岳飞母亲生活在当代，保不准就往岳飞背后文一组乘法口诀表。

她想，不如继续自相矛盾下去吧，反正她早就投降了。

她走进厨房，没有开灯。外面雨停了，灯火上不再有湿漉漉的马赛克，城市似被擦亮。她显然想过一些坏结果，比如出车祸、暴毙、被绑架、和别的女人私奔、犯罪被捕，幻想险境好像是人类的天赋。即使知道坏事已发生，也比这样悬而未决好。她深吸一口气，这时，手机屏幕被来电点亮。

"喂。"尽管是熟悉的号码，她接电话时仍然很谨慎，仿佛嗅到了即将被宣布的厄运。

也不是什么不可挽回的事，更糟糕的她也经历过。这样想时，她和小米坐在 ICU 病房门口。医院里暖气供应得很慷慨，这一点让她满意，但缺点也实在恼人，不时有病人家属出现，爆发骇人的哭泣。一些人追着医生哀求，好像医生真的能说了算。

她的丈夫运气不错,病发前察觉到身体不对劲,自行来到医院,不久陷入昏迷。这家医院离他们老房子不远,来此问诊是他们的习惯。此刻,她又发现这家医院的另一个优点——她可以让小米在老邻居家暂住一天。过去,两家人关系很好,搬家后逐渐失联。由于这次意外,他们又通上了电话。

半小时后,小琪气喘吁吁地跑上来,"天冷死了啊。怎么回事,人还好吗?"

小琪比她大七岁,一头短卷发,大眼睛连带细纹,话说到一半经常撇嘴。小琪穿一件黑色羽绒服,五年不见,她总算添置了新衣服,过去她曾把一件格子呢大衣穿了整整一个冬天。

"医生说,命是捡回来了,具体要等检查报告出来再说。"她说。

"总算不幸中的万幸,一般心脏毛病,说去就去的。"说到死亡时,小琪故意用了含糊不清的词语。

"是啊。"她应和。有时候,命运之神拿着一堆刮奖券走在马路上,塞到谁手里算谁的,有好有坏,唯一的共性在于都是意外事件。

"所以我一直对人说,身体最重要,别以为年纪轻就可以肆意妄为。"小琪说。

她抿起嘴,难道她现在想听的是这些话?小琪一向如此,热情又喜欢规劝他人。他们还是邻居时,隔壁男人常跑到小区门口抽烟,问起来就说,小琪又唠叨个不停,女人一辈子要讲多少话啊?

"还记得阿姨吗?"她拍醒小米,小米揉揉眼睛,皱眉望着周围陌生的世界。

"都这么大了呀,真的越长越漂亮了。"小琪伸手去摸小米的脸颊,又转向她,压低声音说,"我说过会变的吧。"

她点点头,伸手到小米的衣领间,却发现没什么可以整理的。小琪牵过小米,她们往前走的时候,她还在后面叮嘱:"自己背乘法口诀表,早点睡觉,明天我来

三　三　｜　山顶上是海

接你。"

　　下行电梯的门缓缓合拢，现在只剩她一个人，她浑身如被抽丝般顿时松散下来。医生、护士、家属或其他不相关的人从她面前走过，有时，人群紧追的是一辆升降抢救车。输液袋悬在架子上，一床被子呈蓝色，捂着某个生死未卜的患者。在某个瞬间，失落轰炸了她内心深处某一片良田，她再也无法乔装成一个戏谑的角色。

　　她抓住一个医生，询问丈夫的情况。医生摆手，说有消息一定会通知她。她也想跟着医生跑，那样做总比在原地白等好。犹豫不决时，医生早就拐进了某间病房。她只好坐下，护士站台的灯光罩住她脖子以下的部位，她偶尔改变坐姿，看影子发生细微的变化。

　　一个多小时后，小琪又一次出现在病房门口。

　　"我想你一个人肯定害怕，过来陪你，英英会照顾妹妹的。"说话之间，小琪从手提的塑料袋里拿出一捆毛线。多年未见，她的手艺毫无生疏。她的手指有规律地翻动，像攀登一座小山，而雏形已现的围巾正慢慢向下延伸。

　　"英英明年高考吧？"那女孩在她印象中有些乖张，清晨常在楼道里背单词，一旦有人路过立刻闭嘴，双眼紧盯对方直到看不见。她有时从女孩面前走过，感到一盏难以揣测的探照灯正瞄准她的背。那已经是六七年前的事了。

　　"是的，能进一个本科我就满足了。现在还说不得她了，一说她就顶嘴，说我们家里读书没一个好的，凭什么对她要求这么高。"小琪感叹。

　　"时间过得真快。"她说。

　　"你还记得五楼那个皮阿姨吗？"小琪忽然眼睛中放出异样的光彩，"信佛的那个，家里常年供奉着观音像。"

　　"怎么了？"她试图回想那个五楼住客，脑子里出现一个矮胖的老女人，戴一副金丝边眼镜，看上去斯文相。她们见过几面，一次是有一年人口普查，那个女人在社区做临时协查员。还有一次是交什么费用，皮阿姨收下钱后又退还给她，为纸币的缺角耿耿于怀。争执起来的那股凶狠劲头，根本看不出她信佛。

"她呀，两年前上吊了。你不知道多热闹，大家都跑去看，警察最后把五层楼封锁掉了。"

"为什么上吊啊？"她多少有些惊讶，皮阿姨看上去一点都不像会自杀的人。

"没人知道。"小琪摇头，"说来奇怪，皮阿姨死在秋天，年底前接连三个老人跟着去世。葬礼一场连一场，好像在发一副扑克牌……你相信那种事吗？"

"我不信。"她想了想，觉得自己什么都不信。

"唉。"小琪叹一口气，把手中深红色绒线摆在旁边椅子上，人突然站了起来，"现在腰椎越来越差，坐久了不舒服。"

她独自坐在那里，夜已过半，眼皮渐渐酸胀。没有人来向她通知任何消息，从某个角度来说，在ICU病房里没消息是好事。一个男人此时正陷在一张病床里，仪器罩住他的面孔，点滴快速从管道里跳落。她每想到这幅场景，都无法把病人和丈夫联系在一起，好像那只是电视剧里一个无关紧要的人，他可能随时死去、被绑匪劫走或进化成生化武器，但那和她有什么关系。她潜意识里难以接受，这是一个不可切换的频道，唯一的解决方法只有和时间比拼耐力。就在不久前，她还因为各种琐事厌恶他，比如汤放隔夜、买水果被骗、抹布没放回原处、偷懒不洗澡。如今，病危状态使那具躯体变得陌生，厌恶也突然失去了着落。她再次向四周张望，似乎还不确定，当下的处境是否只是一场梦。

小琪张开手臂，宛如一只野心勃勃的风筝。又左右旋转，做了一组拉伸。她无所顾忌地把医院当作清晨的公园，运动的同时，还向她传授保护腰椎的诀窍。她听得晕眩，心想小琪不知不觉已踏上了下坡路的台阶，很快她会成为一个真正的老人。

　　是时候面对那件往事了。尽管事情与她无关，但在她搬离老房子的五年中，一些片段不时出现在她脑中，像海面上神秘的红色救生圈，或一位不定期来收账的债权人。这么多年过去，事情应当已经过了保质期，如今它能激发的伤害不过是一圈微弱的涟漪。她一度权衡多次，最后都由怯懦占了上风。然而，她总不能一辈子闭口不谈吧，以后可能再也没有机会了。

　　"小琪姐，有件事情我想了很久，你听了不要生气。"她用了一个平淡无奇的开头。

　　"嗯？"小琪收住肢体，坐下来凑近她。她从小琪紧绷的大眼睛里看见自己的倒影，一张苍白的面孔，头发扎得散乱。

　　"那大概是七年以前的事情了，我也是听小唐说的。你知道的，男人之间讲话有时候会夸大，为了一时的面子，他们什么牛都吹得出口。"她稍稍转了方向，避免视线接触，但她还是瞥见小琪脸红了，衬得鱼尾纹像老式温度计中的红水银线。

　　"阿鑫哥那时告诉小唐，他和英英的一个老师在一起。那老师也有家庭，所以他们肯定只是玩玩的。"她顿了顿，又说，"我知道这件事的时候非常气愤，但是小唐说，劝和不劝分，我没必要来搬弄是非。何况如果我告诉你，小唐相当于背叛了阿鑫哥……你千万不要生气，回去也不要骂他，这真的是很久以前的事情了。"

　　小琪沉默不语。她试图拍拍小琪的手臂，修补自己造成的灾难。小琪并不知道，为要不要向小琪坦白这件事，她和丈夫曾争吵过多少次。一开始只是讨论，后来分别进化到立场、三观的分歧。她一口咬定，小唐会在婚姻中累积无数谎言，只是为了简化问题。那时她弄不明白，他们自身什么过错都没有，一股接一股的惊涛骇浪到底怎么掀起来的。

"其实，这些都不要紧。"小琪缓慢地说。

"真对不起，只是始终觉得应该让你知道。"覆水难收，这种时候除了不停道歉也没别的可做。

"我和阿鑫前年就离婚了。"小琪说。

她猛地望向小琪，红潮已从小琪脸上退却，此时反倒泛着一种冷白色调，使她看上去就像一座汉白玉雕塑，没有情感，稳固得不同寻常。她想找一台时光机，回到还没联系小琪的时候，她根本不该打这个电话。也可以回到更久以前，她早些提离婚，或干脆下决心换一种方式和他相处，接受即将到来的一切。不过在这个时代，时光机尚未被发明，所以她只好继续向小琪道歉。只是她已经拉开了天鹅绒，看到陌生包厢里狼狈的一幕，退出去道歉又有什么意义呢？

"不是因为那个老师，是别的原因。反正后面也想清楚了，离婚对大家都好，干吗非要凑在一起呢，你说是不是？"小琪朝她笑笑，好像反过来要鼓励她。

"你有没有假想过，如果你是别人，或者如果在某个时刻你选了另一种生活……"

"没有，我不想这种事。"小琪截断了她的话，"现在我总算明白了一个规律：世界上任何事都没有必然性。"

第二天傍晚，她接小米回家。同样的行程，同样破碎而不过脑的对话，又一个日常循环。最后抵达终点，旋转钥匙使之匹配锁孔，门打开了。房间里飘浮着一股腐烂的气味，恍如闯进一座甜腥的冬日墓穴。

微妙的不同寻常使她困惑，她本是一列疾速前进的列车，因沿途的风景过于熟悉而不再思考，但现在某种原因迫使她紧急制动。她环视房间，突然察觉到一些变化。桌面上有淡淡几道刮痕，一本常年放在茶几内层的杂志已生出霉斑；她很久都未注意到那张结婚照，它的背面曾被小心地写上日期，放进精挑细选的相框，摆在卧室的一侧，如今玻璃片上落了一层灰。脱排油烟机后方的墙被熏得发黄，再往里走，罪魁祸首出现了——腐烂还在感染，六个桃子无一幸免。她昨天就隐隐感到不对劲，或许她根本不该买反季的水蜜桃。

昨天走得匆忙，菜没放好，她不得不重新做。也没来得及买菜，只好勉强凑一点食材。她开始新一轮的煎炒，在汤羹上，她花了很多时间。她坐在椅子上等汤慢炖，短暂地睡了一会儿，但什么都没有梦见。

"真好吃。昨天那个姐姐煮的面，一点味道都没有。"吃饭时，小米抱怨。

"姐姐没把你赶出去已经很好了。"她想开玩笑，可笑容力度不够大，并没有从她脸上绽开，最终她只是空落落地盯着面前的菜。

"今天的鸽子汤怎么这么好喝？"也许是食物让小米显得活泼，她又迅速盛了一碗汤。

"这不是鸽子。"她伸出一根筷子，把整只捣碎，禽肉炖得酥烂入味，不负所望。她补充说："它比鸽子有营养多了。"

她当然记得自己怎样从纸盒里把鸟捡出来，在雷雨与霜夜之后，鸟已闭上眼睛。她抚摸它，这既是试探，也是一种自欺欺人的弥补。鸟向她展示柔软的身体，仿佛刚死去不久。当时她还在回味昨夜的重逢，她的手指嵌入羽毛深处时，一种似曾相识的畏惧攀上她。她想起很多年前英英的模样，突然领悟到为什么她有那样警惕而冷漠的眼神——可能她早就洞悉了父亲的秘密，在所有人都未知觉的时候，秘密是泥沼中探出的一只手。她想象那些人如何被一步步摧毁，如何被迫变得丑陋又鳞甲重重，不再抱有期待。

"妈妈，爸爸今天还是不回来吗？"小米问，好像对什么都不知情。

她把碗筷收拾到水池里，擦桌子，弯腰时明显感到脊梁骨受到压迫。她转回厨房，想到自己在这个狭小的空间里度过多少时间。刚搬进新房时，她曾经那样满足，对快乐将逐渐淡出毫无心理准备。她的记忆不断回溯，像一颗局势大好的跳棋，终于她想起最初的事。

很多年前的冬天，她和小唐去香港。临行遇傍晚，飞机上腾，在层云中咬开一粒洞。钻过迷雾隧道，耳鸣如抽绳拉紧全身，然后光线凭自由辐射拓开空间，天空重归漫无边际。日球仍然鲜艳，但其亮度不再具有攻击性。惯性把她牢牢压在椅背上，她干脆放松，抬头平躺。穿过窗的队列，明晃晃的夕烧四处蛇形，偶尔染上她的眼镜镜框。那时他们恋爱不久，第一次远行，她在短暂气流颠簸时抓住小唐的手。

在香港的最后一天，他们计划去石澳。从酒店坐地铁到柴湾，顺人流漂行，搭乘9路巴士。他们坐在双层巴士的上层，具有更受风景优待的视角。恰逢春节假期，游客饱和，车里流散着呼出的湿气。汽车缓慢行驶，在城市中越过几个序曲站点，不久就滑进山道。同属亚热带季风气候，这座南方岛屿却常年温热。两侧树木葱郁，密叶吐出黯淡的绿，是将春日嫩片熬熟后的哑光色。绕过一些弯道，落在下方的城市呈现于一侧。晴光刮花了建筑布局，高楼剥落一片片暗箔，倾倒在地。他们惊叹这秩序分明的景色，一方面也为高屋建瓴的视角而满足——但很快，城市完全被山路取代。

行至深处，枝叶从头顶交错，汽车穿越一道道木拱门。他们不得不持久地观察树群，懈怠与困倦似浪潮此起彼伏。就在经过一座足球场后，终点站石澳到了。广播冒出带港腔的普通话，催促所有人离开。

他们踩过吱吱作响的台阶下车，石澳村口的几家排档迎向他们，往里前行则

三 三 | 山顶上是海

是民居。路并不宽敞,她闻到一股汗水的气味,但无法判断它来源于对方还是自己。他们途经一座派系不清的庙宇,几幢刷成彩虹色的房子,盆栽林立,无数次充当游客的照相背景。爬四十五度斜坡时,他们几乎耗费所有体力,扶弯一段又一段下垂的树枝。

最后,隔着细软黄沙,海终于扑簌而来。即便是晴天,海水也未见澄澈。灰蒙蒙的猎场之中,浪如霰弹枪不时打出零碎白沫。他们沿沙滩步行,很快又折返,远远坐下。到处是鲜艳的花,似有一个巨型调色盘曾在这里跌碎,她能辨认出大丽花与瓜叶菊。

他们休息许久,树荫都移了位置。她忽然意识到一个问题,这片海位于山顶,其下方有一座接袂成帷的城市。她把这个发现告诉小唐,生活在城市中的人会怎样感受,当他们将自我从日常中解禁,仰头望见云雾,又会如何看待缭绕背后的那一片海。他们是否也将海当作一则非理性的奇迹。

他们重新打量海水,察觉它深藏不露的美,一种暗含激越后劲的力量。

有一些年,他们时常想起那片山顶上的海,日落以后、争执和好之前、对镜拔完一根白发时,或事业瓶颈期、轻度抑郁服药阶段、一个冻裂尊严的冬日午夜。那片海是他们回忆中的楔子,是他们这段漫长关系里的一粒暗扣。每当提起山顶上的海,某种失而复得的东西便在他们心中缓缓复苏,但那已经是很久以前的事了。

选自《湘江文艺》2020年第5期

薛超伟

1988年生于浙江温州，现居杭州。2014年毕业于复旦大学MFA创意写作班。曾获全国新概念作文大赛一等奖。作品散见于《上海文学》《青年文学》《特区文学》等刊物。

万物简史

一

七岁那年，许丰年第一次上体育课，在操场上跑步，喘不过气，去医院做了检查，被诊断为室间隔缺损。这病随着年龄增大，病状加重。小时候没发现，大人对他嘴唇发紫有过疑虑，只当是体虚，没想过是先天性心脏病。许丰年这辈子都不能跑步，只能慢走。他休学，几年后直接读的五年级。九岁那年，他去龙港一家疗养院学了气功里的静功。早晚五点，许丰年在家门口放一条板凳，盘坐在上面练功，用吐纳法参与天地间的能量循环。有时，父亲许善会把手放在许丰年胸口传功。疗养院的人说，普通人的气，对心脏病人有帮助。

那阵子，宁古村还流行跳什么操，说是练功，妇女们聚在一个大院子里一起跳操，许丰年的母亲玉梅也在里头。这么一个妇女团队，某天开始，突然混进了一个中年男人，他半边脸有青色胎记，村里人叫他青面兽，久而久之，就叫成了阿青。阿青年轻时做木工，很勤奋，后来熬坏了腰背，心性也有变化，闲散下来，就接些小活，做完一单休息很长时间。他平日到处游逛，逛到玉梅她们的跳操团里，就跟着练，顺便治腰伤。阿青四十出头还没结婚，旁人都笑话他，但阿青不以为意，坦坦荡荡的，他喊女人们"姐姐"，有些比他年轻的说，阿青你把我们叫老了。阿青说，我随孩子辈喊呢。女人们催阿青找个女人，说你是不是看上我们团里的人了，没事，说出来。阿青就摇头，就笑。

阿青常来玉梅家串门。玉梅在铡凳上铡笋干，前院里泡着一缸笋干，泡发了，空气里弥漫着一股臭气，路过的人总掩鼻。玉梅说，有人说我家闻起来一股猪圈味，是这样吗？阿青说，我闻不着臭味。两人有一搭没一搭地聊，无话时，就听铡刀铡笋干的脆响。阿青给许丰年带礼物，有发条汽车、自制木偶等等，许丰年把它们摆在墙角，列成方阵，正对着木地板上的老鼠洞。阿青看到，笑着说，这些小兵有没有抓到老鼠呀？许丰年说，没抓到，摆着好玩的，叔，你不用学小孩的语气，不像。阿青说，嘿，你这孩子。他们下象棋，阿青说自己常胜，他每步能考虑很长时间，做木工养成的习性，有的是耐心，对手往往等不了，主动投降。遇到许丰年，这招不管用了，两人可以对坐一整天，有时许善从南门卖完笋干回来，他们还没分出胜负。许善邀阿青一起吃晚饭，饭后就着杨梅酒，两人把剩菜吃完。有一天，许善说，我挺羡慕你的，一个人游来荡去，有时候，我感觉活着真累。阿青说，人和人不一样，都有自己的命，没有谁值得羡慕。许善说，有一年我带丰年去广西找一个气功大师，大巴到半路突然停了，车屁股冒烟，有人说车子要炸了，大家都很慌乱，偏偏车门打不开，大家就蜂拥着跳窗跑。那时我跟丰年坐在一起，心里挺平静，我想，可以了，就这样结束也好。后来司机用灭火器把火苗扑灭了，虚惊一场，换了一辆车继续走。阿青没说话，跟许善碰杯。

两年里，跳操团办得热热闹闹，吸引了一些粉丝跟学，还去县里表演。后来跳的人越来越少，过了小半年，团散了。阿青与团里的姐妹少了串门的由头，又游荡去别处。

他去了红楼。说是红楼，实际上是普通的三层砖瓦房，里面聚了几个女人做针车活，平时也接客。有个女人叫芸香，带一个女儿，女儿出生时两斤半，取名一个"巧"字，跟着自己姓宁。人们背地里喊芸香老虾皮，她的价最便宜。芸香的恩客中就有阿青。他来红楼总能待很久，跟芸香聊天，然后慢条斯理脱衣服，

薛超伟 | 万物简史

女人们都说他的钱花得值。

  宁巧上小学，寄宿在班主任家里。有一天回家，宁巧说能不能不去老师家了。芸香问她为什么，她说一同寄宿的人，晚上拽她被子，全裹在自己身上，她常常冻醒。大家说她是蠹蟲生的，有个同学把那两个字在字典上翻出来给她看，两个字的意思都是害虫。芸香把宁巧领回家住，也有很多问题，男人们无论是不是有特殊癖好，都爱逗宁巧。有个男人经常捏捏她，把手伸到她后颈咯吱，说，小巧长得很雅致啊。说，你爸爸是谁啊？说，我做你爸爸啊。他牵着她，把她带去买零食吃。那天芸香冲到街上找女儿，看见男人抱着宁巧在人群里看耍猴。芸香走到他边上，说，你把孩子放下。他说，怎么了？芸香说，你先放下。他放下了，她扇了他一巴掌，说，我女儿都多大了，是你该抱的吗？你抱着不累吗？男人丢面子，回了一巴掌。芸香跟他厮打，被男人按在地上揍，街坊把他俩拉开了。芸香对着众人说，谁敢动我女儿，我跟他拼命，我这条命不值钱。芸香牵宁巧回家，在路上，芸香说，除了妈妈，别人不能碰你，知道吗？宁巧说，那他们都碰你。芸香说，妈妈不一样，妈妈没有被欺负。人不能被欺负。谁欺负你，不要憋着，跟妈妈讲，妈妈去打他。宁巧摇头说，妈妈会被打的，打不过。芸香说，妈妈怎样都没事，你是小孩，禁不起打。

  许丰年在家门口放一条板凳，坐在上面盘腿练功。他会双盘，两只脚掌都放在自己大腿上，盘出一个五心朝天。他闭着眼运功，听到小孩的脚步声，走近了，停在他旁边。等了一会儿，没走。他睁开眼睛，一个小女孩盯着他看，比他小几岁，七八岁的样子，散着头发，背上有个大书包。小女孩说，你会飞吗？许丰年以前听人这么问过，不觉得惊讶，只是说不会。女孩说，电视里那些人做了一套你这样的动作，就飞起来了，我想学。许丰年说，飞起来要干吗？女孩说，打人。许丰年说，不飞也能打人。女孩说，飞起来，我打得到别人，别人打不到我。许丰年说，我练的是治病的功法，跟飞没关系。女孩有些失落，说，阿青骗人，阿青说这条巷子里有个哥哥会飞。许丰年说，你跟阿青什么关系？女孩想了想说，不知道算什么关系。许丰年说，早点回家吧，我继续练功了。女孩说，好吧。她转身往巷子外走，走了几步又回头说，那你能放出气功波打人吗？许丰年说，不行。

芸香去骨科做了包扎，休息一段时间，伤好之后，也继续休息着。她找出存折，看着上面的数字，宣布不干了，要做点小生意。客人背后说，老虾上岸了，这回真得晒成虾皮了。芸香在县里公园摆了个打气球的摊位。刚开始不熟练，进货也出问题，从别人那买来两把气枪。客人拿着气枪打气球，把板子都打坏了。芸香吃过几次亏，逐步上了正轨。阿青经常光顾，一坐几个小时，枪法越来越准，有时芸香充气球的速度都跟不上。久了，阿青成了帮忙的伙计，跟芸香一起看摊子，一起推车回家。有一回阿青请母女俩去市里的动物园玩，还去豪客来吃了顿牛排。宁巧不会握刀叉，阿青手把手教她，宁巧挡开了，自己慢慢切牛排，说在故事书上看到，吃西餐的时候，女人把男人扎死了。阿青哈哈笑，说，那真的危险，我们以后不吃牛排了，吃炸鸡。回家路上，宁巧趴在芸香背上睡，他看她背得累，又不好接手，脱下外套给芸香绑了个简易背篓，兜住宁巧屁股。芸香说，你对小姑娘有没有那方面的兴趣？他说，有啊，你就是小姑娘。芸香说，我说认真的，我背上这种，还在读小学的。他说，哦，那不行，我这人不咋的，但基本道德还是有。芸香说，读中学的呢？他说，就你背上这个，读博士我也不会怎么样。不久，芸香带着女儿住进阿青家里。

三个人住在一起，宁巧不喊爸爸，她讨厌那些被称为爸爸的男人，她也跟着叫"阿青"。芸香责怪她没礼貌。阿青说没事，喊什么都一样。会有以前的客人找上门来，碰到芸香一个人在家，就动手动脚，说别装，又不是没看过。他们并

薛超伟 | 万物简史

非特别眷恋芸香，只是觉得自己该有这项权利，闲着也是闲着。以前芸香待在红楼，村里人觉得正当，现在住近了，还过上了平常日子，邻人就感觉不舒服，时时动怒，把走路摔跤的霉运也归因于芸香。阿青跟芸香商量，不如搬到别处去。芸香说，哪有钱，住自己的房子多好，那些人过过嘴瘾而已，也都是正常人，能说得通；忍过去就好了，过个十年二十年，谁管你做过什么。阿青说，也怪我，之前闲散惯了，要是存下点钱，就没这些事了。之后，阿青除了接些木工散活，还去家具厂找了事干。就这样过了几年。

二

2001年蛇年有闰四月，闰四月兆年荒。元宵夜，宁古村的人都跑到沙河边放河灯，祈求新的一年平安顺遂。蜡光纸折成莲花形状的灯托，里面点上蜡烛，走下河埠头，把莲花放在水面上，轻轻一推，宁古村的河面上一片明亮。阿青和芸香带着宁巧出来放河灯，他们让宁巧托着莲花。宁巧问，莲花漂走了，最后会怎么样呢？芸香说，就漂很远，一直漂，纸做的，也不会枯萎。宁巧看着前面的人过去了，笑着说，阿青，你陪我下去，帮我点蜡烛。她往前走了几步，旁边一个女人也托着莲花走来。女人看了眼宁巧，又看了眼她身后的阿青和芸香，变了脸色，说，哎哟罪过，你们等一等可以吧，别挨着我家。芸香招手让宁巧回来，退到人群边上，想着等人少了再下去放。身后有人说，我们两家一起放吧。他们转头看，发现是玉梅，旁边站着许丰年。阿青说，姐，好久不见了。芸香让宁巧打招呼，宁巧喊阿姨好，看着许丰年，说，我知道，这是练气功的哥哥。两个小孩走下河埠头放河灯，看着莲花漂远，脸上有烛火闪烁。走回岸上，两家大人在聊天。许丰年问宁巧读几年级，宁巧说三年级，许丰年说他读五年级，但是应该比她大四岁。她问为什么，他说有几年出去玩了，去过很多地方，她拉着他，让他讲讲。这时，先前的女人经过他们身边，嘀咕了句，真是鱼对鱼，虾对虾，卖臭笋干的和蠹螽玩一起了。阿青喊，死人，讲什么呢？芸香扯他袖子，对女人说，大姐，今天是好日子，不好说这些的。大家来这里都是为祈福，祈福的时候，不好带怨心，否则不灵了。女人撇撇嘴，走了。

那之后，两家人又开始走动。阿青的家在河对岸的纵横巷里。谁家做了好吃的，会盛一碗，走过桥，送到对面去。下次，河对岸的人就用那个碗盛了东西送回来。久了，芸香就让宁巧跑腿，叮嘱她，丰年哥哥学习好，多跟他学。宁巧往桥对面跑，进巷子，老远就哥哥阿姨叔叔一通喊。玉梅总说，小姑娘家，好吵啊。玉梅给她梳头，抓头发里的虱子，扎辫子，今天羊角辫，改天小马尾。许丰年确诊先心病那年，玉梅想过再生一个，想要个女儿，政策上也允许。许善说不行，不公平。这事就没再提了。芸香来家里，玉梅跟她说，要把宁巧当女孩养，女孩要养得好好的。芸香不好意思地笑，说，以前在红楼里头嘛，男人来来往往的，故意让她邋遢一点，习惯了。不过，姐说得是。宁巧后来再来，就是干干净净的，扎着马尾了。

许善私下说，意思意思就行了，别搞得好像多亲热。玉梅说，怎么了，哪里不顺你意了？许善说，劝你少来往，这些吃腿儿饭的，到最后没几个有好结果。玉梅说，你见识过？许善说，不用见识。你没听鼓词里唱的吗？李香君，杜十娘，都是脾气很倔的人，一遇上什么就要以死相争。这些人如果心地不好，很可怕，冷不丁背后捅你一刀。如果心地好，更糟糕，容易被人骗，哪天怎么死的都不知道。玉梅说，你讲得怪吓人的，可别在他俩面前乱讲。许善说，没那闲工夫。

两家小孩经常一起写作业。宁巧会开小差，学校里学了什么，就要展示给许丰年看，一首歌，一段舞。或者缠着他，让他讲故事。他说，顺序是这样的，你

薛超伟 | 万物简史

写完作业,我给你讲故事。她摇头说,听完故事,我才有心思写作业,不然心里痒痒。许丰年说,那我给你讲一个小孩不听故事也会写作业的故事。许丰年讲了囊萤映雪的典故。宁巧听后两眼放光,说要去抓萤火虫。许丰年说,讲话要算数的,听完故事就要写作业。宁巧点头。有一天许丰年看书,宁巧在旁边学着许丰年的样子打坐,她不仅会双盘,还能把脚伸到自己头顶上去。许丰年看完一个章节,抬头,宁巧不见了。他四处找,找到阳台上去,只听宁巧说,我在这儿呢。他抬头看,从屋顶上探下一个脑袋。宁巧说,厉不厉害? 许丰年说,快下来,危险。宁巧说,不危险,丰年哥哥跟阿青一样,这不让那不让。许丰年说,没有不让,是让你爬下来看看,爬下来更厉害。宁巧笑,从屋顶下到与邻居家相连的阳台栏杆上,又跳到他跟前,许丰年看得心惊。宁巧伸出脏污的手,手里有一株棕褐色的植物,像花又像草。宁巧说,向天草,送给你。许丰年收下了,问,这草是长在屋顶上的吗? 宁巧说,对,长在瓦片里。许丰年笑说,人家躲起来,还是被你摘了。宁巧说,哼,你不要,我插回瓦片上去。许丰年说,要,我很喜欢。他摸摸宁巧的头,让她继续写作业。

有个晚上,阿青从百工床的暗格里掏出一本破旧的古书,叫《转天图经》,展示给家人看,说,在这呢,我就记得有这本书。芸香问他,这书有什么稀奇的? 阿青说,这是预言书,我爷那辈传下来的,很灵,说中过大灾年。听长辈说,书里讲了,我这一代,还会碰到灾年,也许就是今年,闰四月兆年荒。芸香说,就算说中了,能怎样呢,不还是得受着? 阿青说,可以做准备。我爸那年藏了几枚清朝的银币,不知藏哪了,不告诉我,怕我偷了去。乱世里,金银铜铁还是有用,拿银币找大户换粮食,可以保命。但我爸死得突然,大家都不知道银币藏哪了。所以,我吸取教训,我要是藏宝,会告诉你们地点。宁巧凑到他身旁,说,那你要藏哪呀? 阿青说,凤尾山上。我在山上见过一个防空洞,挺隐蔽的,用来藏宝合适。宁巧说，你也有银币吗？阿青说，没有。宁巧有些失落。芸香拿过《转天图经》，放在抽屉里，说，别想太远，过好眼下的吧。

三

这一年没有发生什么灾难。

后一年，阿青家里发生一件大事。

早上，芸香出门去商城进货，按往常来说，中午就该回来了，可那天到了傍晚也没回来。阿青出去找，没找到，等到夜深，不见芸香回来。第二天阿青去派出所报警，警察说，有消息通知你。终归没有消息。地方上的人笑阿青，说芸香跑了，这种女人怎么可能守着你过日子，安分两三年就够本了。阿青知道不是这样，芸香是出事了。每天醒来，他就出门打听，也找了芸香以前的客人。有客人说，你怎么知道你老婆跟谁睡过？你列了名单？阿青说，没空跟你扯，我问你最后一次见芸香是什么时候。那人撇撇嘴，跟他说了行踪。阿青口袋里备着纸笔，跟人谈完话，会记上几笔。村里人时常看到他走着走着，定在路中间，在纸上写写画画。

家中少了芸香，宁巧改叫阿青"叔叔"，希望这样不远不近的称呼，可以保护自己。有一次宁巧说，书里讲，国王没了老婆，就娶自己女儿，我以后不会给你当老婆的。阿青说，什么书？宁巧说，童话书。阿青从她书包里找到那本书，撕了，说，现在没童话书了。阿青收拾芸香留下的货品，在玩具枪里发现了两把气枪。有时心烦，他就拿气枪出门打鸟。宁巧说，叔，别打了，鸟很可怜。阿青说，这就对了，世上可怜的多了去了，不只你过得苦，少愁眉苦脸的。

这天晚上，玉梅到阿青家里，看到阿青坐餐桌前盯着调查笔记，宁巧就着豆芽在扒饭。玉梅对阿青说,孩子正长身体,你就给她吃豆芽? 阿青看看桌上,只有一盘豆芽、一盆饭,就问宁巧,怎么不做点别的菜? 宁巧说,菜金不够了。玉梅看着阿青那张颓唐的脸,配上半边青,跟鬼一样。她端起桌上那盘豆芽,走到门外,倒进泔水桶里。宁巧拿着筷子,愣愣地看着她。玉梅说,阿青,你就好好破案,宁巧我领走了,你不爱养,我养。玉梅带宁巧到自己家里吃饭,宁巧大口吃着笋干炒肉,玉梅坐边上看着,叫她慢点,别噎着。她让宁巧在家里住下,睡在自己身边,让许善到许丰年房间睡。

宁巧跟从前不一样了。那阵子正放暑假,宁巧就在房间里陪许丰年安静地坐着,他看书,她出神。从二楼窗口望出去,能看到凤尾山的轮廓。宁巧说,哥哥,那座山你去过吗? 以前阿青说,要藏东西的话,就藏到山里,你说,妈妈会不会躲在那? 许丰年说,那是坟山。别想这事了,不想的时候,容易发生奇迹,也许妈妈哪天就回来了。宁巧"嗯"一声,一会儿,又给自己立志,说要用功读书。妈妈读过半年书,常常以此为傲,红楼的阿姨们没读过,连自己名字都不会写。说着说着,宁巧躺在地板上睡着了,醒来,恍恍惚惚,说,阿青一个人在家,会不会孤单? 我是不是太坏了,玉梅阿姨牵我走,我就走了。阿青一个人是不是就不吃饭了? 宁巧偷偷跑到河对岸,又跑回来。许丰年问她怎么样,她说问过邻居,阿青有吃饭,这会儿出去了。

宁巧从玉梅的抽屉里翻出两本相册,其中一本里都是许丰年的照片。她坐在许丰年身边,翻着那本相册。幼时照片多是在照相馆拍的,一年三五张,画着腮红,眉间点上朱砂,宁巧边看边笑,说很可爱。随着他长大,会有一些户外照片,是在各地景区所摄,穿红戴绿,站在牌匾前,骑在马背上,面色阴郁。有一张照片,许丰年穿着蓝白条纹短袖,脚踩红色凉鞋,抱着大可乐,笑得特别开心。宁巧说这张好看。许丰年说那天父亲准许他喝可乐,以前都不让喝,说糖对心脏不好。翻到近几年的一些照片，照片里许丰年的表情变得平和，不忧愁，笑容也淡。在上海拍了很多张，是专门租的相机，父亲拍的。有一张在电车上，父子俩靠在一起。许丰年跟宁巧介绍，那叫辫子车，跑在路上，顶上两条辫子贴着空中的接触网，时不时冒火花。还有一张在愚园路，两旁法国梧桐向中间簇拥，形成绿色拱廊，许丰年站在路边微笑。

宁巧很喜欢上海拍的照片，问他哪年去的上海。许丰年说，去年，待了半个月。宁巧说，怪不得有一阵子来找你，阿姨都说你不在，我还想你什么时候喜欢往外跑了。是去看病吗？许丰年说，嗯，去做手术。宁巧问他在医院的细节，他找别的话题搪塞过去了。他不想讲，怕讲了会让宁巧害怕。全身麻醉，穿刺股静脉，插入微型导管，一路把导管送入心脏，最后将封堵器顺着导管送到患处。手术没有失败，情况没有比以前更糟糕。他躺在医院观察了十几天，出院，回去的车上，父亲说，没事，还有气功，咱们接着练，不能荒废。父亲把手放在许丰年的胸口传功，后来父亲睡着了，手还在他胸口。许丰年的嘴唇和指甲常年乌紫，父亲总问他，冷不冷啊？他就说不冷。嘴唇发紫是因为血氧浓度低，父亲是知道的，一个常问，一个常答，是个默契的游戏。包括气功，从不同的医生那听说，气功没用，气功有用，后来他已经知道正确答案了，谁又不知道呢？只能练下去，一直练下去。

宁巧在许丰年家住了两周，阿青来了几次，做了很多承诺，玉梅才同意他把宁巧领走。阿青说，姐，谢谢你们。玉梅说，早点找份工作去。阿青去原来的家具厂，想重新上班，对方轰他走，阿青喜欢用以前的木工理念给自动化生产挑毛病，老板早就看不顺眼。回到家，阿青给宁巧看笔记，字迹潦草，写着日期、人名和事件，还有很多简笔画。翻完，划一根火柴把笔记烧了，他对宁巧说，妈妈的事，有眉目了，但没用，没有证据，只有一些传闻。这事就这样，不找了，明天开始我去挣钱。妈妈不会回来了,告诉你一声。宁巧抿着嘴哭。阿青说,你不要觉得,玉梅阿姨会真的把你当女儿养,她哪天烦了,完全可以把你丢了,她不用负责任的。人永远是自己一个人,不能指望别人,懂吗? 宁巧点头。阿青说,我小时候有个弟弟。弟弟得了病,家里没什么吃的,营养跟不上,死了,死的时候才六岁。裹了席子,用板车拉到破窗坟。破窗坟你没见过,石头堆起来的,没有门,只有一个窗形的孔。谁家有小孩夭折,抱过来,从窗口丢进去。那个窗很小,我弟已经挺大个人了,只能横着进去。我不愿意抬弟弟的头,我抬的脚,我爸抬的头,头先进窗,我手上一用力,我弟的身体掉进去,整个没了。我到现在还记得那个手感,一推,手上的重量就消失了。现在破窗坟也推倒填平了,什么都不在了,不知道你理不理解。宁巧愣愣地看着阿青,被吓着了。阿青说,我自由散漫,这辈子本来想做个"独自人","独自人"是什么呢? 就是山上的百鸟不栖树,长得怪模怪样,什么鸟都不搭理。没想到,人生走到一半,我也有了家庭,那就努把力挣钱,担起责任。虽然没做多好,但也算没搞砸。现在家里出了问题,就不是以前那套规则了。书你照样读,房子你也住着,但你不能再把自己当孩子,我们是合作伙伴,需要互相帮助把这日子过下去,明白吗? 宁巧用手背抹掉眼泪,点点头。

　　阿青打几份散工,铲墙、刮腻子,也出体力活。因为有老腰伤,他用竹片自制了一个夹板,穿在衣服里面,做工时用巧劲,绷紧臀部,不用腰部发力,就能坚持下去。宁巧包揽家务,还买了几只雏鸡养在院子里,用纸板箱做窝,放学后就舀一杯米粒,撒到地上,看它们一粒粒啄,能看很久。后来不看了,她克制内心的喜爱,想那几只雄的,年内就会上餐桌。宁巧做菜时,把书摊在灶台上,看着锅,背几句课文,卡壳了,转身去书上找,那边锅里油蹦得高。阿青回家看到,小小的人在锅灶间跑来跑去的,就接过活,让她去写作业。他取出番薯淀粉,锅里煮上开水,倒进番薯粉,边煮边搅拌,做成羹。他说,以后顾不上做饭,就做这个,这羹快手,能顶饿。宁巧吃了一口,说,蛮好吃。阿青笑说,头一回是好吃,天天吃就受不了了。没活儿的时候,阿青经常会消失小半天,不知去向,宁巧也不问,怕被骂。她得做个大人,大人的厉害就是想说什么话,可以忍住不说。她觉得,阿青可能去了红楼,虽然红楼里的人都散了,但总该还有别的红楼。

四

这是宁古村的旧事。

宁古村的日子跟沙河的流水一样,缓慢、均匀。多年后,宁古村整村拆迁,发生了很多事,房屋面积纠纷,补偿款纠纷,暴富和破产的故事,出轨和离婚的故事。骸骨是其中一个插曲。拆迁队从一户人家的墙洞里,掘出一副骸骨。事后警方调查,是以前住在隔壁的青年人,家属曾经报过失踪案。死者生前长期吸毒,进过戒毒所,更是拘留所常客。那天他在家中复吸,家人气不过,打电话报警,他逃跑,从二楼阳台翻到邻居家里,躲在楼梯顶上的架空空间,木质腐朽,他掉进墙洞里去,没爬出来。

拆迁后几年,宁古村所在的地方,变成了繁华的商业区。沙河边起了几排别墅式住宅,叫作"望湖名府"。四处是高楼,遮蔽了凤尾山。安置小区里的旧时村民,逢祭扫日仍去凤尾山上坟,少数人家把坟迁进公墓。许丰年葬在公墓里。墓碑上嵌的是彩照,许丰年温和地笑着。许善和玉梅每次去看他,都要在墓前墓后打扫很久,可以忍下很多话,叮嘱许丰年的时候,不至于太啰嗦。

阿青不知去向。

宁巧毕业后留在上海工作,工资水平令人歆羡。小区里的人讲起宁巧,都称奇，这孩子从小就聪明，从小就勤奋。也有不好的地方，他们说，这囡儿不想结婚，过年回来，我们说帮忙介绍，嘻嘻哈哈糊弄过去。哼，她个人条件优秀，但家庭不行啊，没我们帮忙介绍，嫁不出去的呀。迟些也会想嫁人吧，她爸四十多才结呢。

时间倒回十二年前，离芸香失踪过去四年。

夏天放榜，宁巧考上县一中，她跑去找许丰年，喊他学长。许丰年很高兴，跟她聊了很久，一起列了暑期计划。他送她两本书，《社会性动物》和《万物简史》，又跟她聊了很久书里的内容。比如他很喜欢《万物简史》里的原子章节，作者用原子解释了轮回。万物，包括人类，身上的原子都来自大爆炸时期的恒星。几十亿年流转，这些原子曾组成不同的生物、不同的人类，前人的原子在后世人类身体里延续，包括历史上那些璀璨的明星，比如李白，比如牛顿。许丰年说，我们身上都有一部分伟大的灵魂，所以，不能辜负了。她说，好啦好啦，书我自己会看，你这么讲，把书都讲薄了。许丰年挠挠头。

那些日子里，阿青每次出门，都有人跟他搭话，说你家女儿真行，考上一中了。这天晚上阿青回到家，说，现在地方上的人都羡慕我阿青，说谁谁家孩子报补习班有屁用，阿青的女儿养养鸡干干活，就考上了重点高中。宁巧说，他们捧你你就开心，你以前可不这样，咱们家什么水平呀，还是得戒骄戒躁。阿青到后屋，从抽屉底部掏出《转天图经》，书背后捆着一叠钱，看厚度是一万多块。阿青说，你考上好学校，奖你的。宁巧说，你几年才存下这些，奖给我干吗？不要。阿青说，你帮我保管，不然我忘了。你爷爷把银币藏起来，就忘了。宁巧说，又是这个故事，行吧，我帮你收着。阿青说，我在这《转天图经》里画了藏宝图。宁巧说，你真的藏啦？阿青点头，说，藏好已经有的东西，才能去找新的。

阿青盛出一杯杨梅酒，让宁巧坐，分了一点给她，说，你少喝点，后劲大。

宁巧说，怕什么，我常喝的。阿青说，哎哟，以前不知道是谁，吃了两颗杨梅就醉了，哭到半夜。宁巧说，那是因为伤心，跟酒没关系。阿青说，嗯，哭一哭也好。囡儿以后会读博士吗？宁巧说，读什么博士，喝几口杨梅酒，美死你。阿青说，我感觉你能读博士，我跟你妈还没结婚的时候，带你出去玩，就觉得你聪明，能读博士。宁巧说，很难的，大学也难，我得早点挣钱，一步一步来吧。阿青说，都好。你程度比我高了，以后你想走什么样的路，都可以自己做主。宁巧说，说什么程度不程度的，你是我爸，厉害着呢。阿青说，早几年还不是你爸呢，哪天开始叫我爸的？那一声"爸"，把我开心的哟。宁巧说，哎呀，哪天不重要，别说这个了。阿青点点头，端起酒杯抿了一口。宁巧去夹海带丝，海带丝掉到桌上，用筷子夹了几下，没夹起来，她伸手抓，放进嘴里，嚼了几口，发现阿青一直看着自己，她忍不住笑了，说，爸，你看着我干什么？阿青沉默了几秒，说，我想起那天，你妈在收拾桌子，用手在桌上抹了一把，把什么东西塞进嘴里吃掉了。我就笑话她，说她像九弯巷的春华娘一样，掸桌子的时候把桌上残渣都抹过来吃掉，有一次抹了一把什么放嘴里，黏糊糊的，原来是鸡跳上桌子拉的一泡屎。你妈那天跟往常一样，笑骂我几句，这事就过去了。阿青说着，把脸捂住了，眼泪从手里流下来。宁巧摸摸他的肩膀，陪他坐着。阿青平静下来，又讲了很多芸香以前的事。宁巧说，我记得几年前你出去找她，有一天说有眉目了，有传言说我妈失踪那天有人看到一个男人跟在她身边，但没有证据。我妈到底怎么了？阿青说，有这事吗？宁巧说，有，我记得很清楚。阿青说，大概骗你的，也骗自己，什么都做不了，不甘心。对不起。宁巧说，爸，没事，又不是你的错，你尽力了。饭后，两人收拾完，上了二楼，宁巧关门的时候，阿青喊了她一声。宁巧问，爸，什么事？阿青停顿了一会儿，说，你早点睡。宁巧说，明天早饭你要在家里吃哦，我要做清汤米面。阿青说，好。

薛超伟 | 万物简史

第二天早上，宁巧醒来，去阿青房间喊他，发现人不在，床已经整理好了。她走到楼下，没人，有些失落。洗漱完，准备做米面，她突然觉得有点奇怪，上楼梯，走回阿青房间，打开窗帘，让房间里明亮一点。她看到桌子底下有一个大袋子，捡起来看，是登山旅行包的外包装。她打开衣柜，衣柜里少了好几件衣服。

那天，宁巧找到许丰年，说阿青买了个很大的包，收拾好行李，一声不吭就走了。她说，为什么他们一个一个跟商量好一样，都不见了，是不是我做错了什么？许丰年说，他背着包，兴许出门办事，兴许去旅游呢？别往坏处想。宁巧说，你不懂，我知道的，他不会回来了。许丰年说，他昨天有说要去哪儿吗？宁巧说，没有，聊了很多细碎的事。许丰年说，没说什么特别的？宁巧想了想说，哦对，他给了我一本书，说书上有藏宝图。

他们到她家里找出《转天图经》，薄薄的册子，有几页稀稀松松的，快掉了。他们翻到有图的那一页，画着一棵树，还有一幅简易地图。树叫百鸟不栖树。许丰年说，去凤尾山找找看吧，兴许他远行前，要去藏宝处收拾一下。宁巧说，行，我马上到山上找。许丰年说，我陪你去。宁巧说，你能爬山吗？许丰年说，慢慢走就是，你带着我，也慢一点，别急。宁巧说，那我们去跟阿姨讲一声。许丰年说，不用讲，又不是小孩。宁巧说，出门就应该跟家里人讲一声。他们回到灵水巷，跟玉梅说要去登山。玉梅点头，嘱咐许丰年，走山路的时候，要舌顶上颚，要藏气调息。玉梅还拿双肩包给他，里面放上饼干和矿泉水。许丰年说，妈，行了，就对面那座凤尾山，不是喜马拉雅山。玉梅说，对你来说就是。

两人坐公交车到山脚下，开始登山，山路的前段有台阶，走一会儿歇一会儿。一路看到很多坟地，新坟旧坟相杂。不是祭拜日，山里显得特别冷清，整座山似乎只有他们两个人，宁巧能听到许丰年的呼吸声，好像一种特别的虫鸣。看许丰年满头是汗，宁巧说，算了，回去吧，我觉得阿青不会在这山上。许丰年说，都到这了。宁巧说，图上作了注释，说看到百鸟不栖树就到了，但你知道什么是百鸟不栖树吗？许丰年说，按字面意思，是一棵特别丑的树。宁巧说，会有一棵树，让人一看就知道叫百鸟不栖树吗？我感觉这是阿青的玩笑。许丰年说，找找看吧，找不到，我们再下山，这一天还长着呢。宁巧点头，扶着许丰年继续走。

走到一条小溪，两人停下，宁巧脱掉鞋子，光脚踏进小溪蹚水。看许丰年杵在原地，她催他快点下来。许丰年脱鞋，小心翼翼踩进溪水，发出一声叹息。宁巧看着他笑。他们踩了一会儿，走到一片树荫下坐下，把脚伸进阳光里晾晒，两人喝水、吃饼干，像一场郊游。

休息了一会儿，他们穿上鞋袜，继续上山。走到吴家沟，拐过废弃的老山庙，走在东边的山道上，按阿青的意思，从这里一直走就能看到百鸟不栖树。左边是山壁，右边是悬崖，某处有鸟叫声，辨不清方向，好像在天上，又像在林中。宁巧说起阿青打鸟的事情，以前他拿着气枪，打过很多鸟，打了也不吃，只是为了消磨时间。太阳悬在中天，云如幻象，近而远，薄而绵密。阿青背着登山包，走在牛岭的山道上，往山下看，田地里有很多白鹭，在觅食或者休息。白鹭安静，上百只里面就几只是多嘴的，且叫声短促，不动时像影壁上的图案。

走了一会儿，许丰年停下了，捂着胸口喘气。宁巧说，休息一下吧。许丰年说，不是，我好像看见百鸟不栖树了。他们往回走，站在悬崖边看，底下三米处伸出的山岩上，有一棵孤零零的树，周身黑色，树干上长着眼睛一样的斑点，每只眼睛上都有尖刺，整棵树光秃秃的，没有叶子。宁巧突然笑了。许丰年疑惑地看她。宁巧说，居然真的有这样一棵树，一看样子就知道它叫百鸟不栖树。两人在树周围找了一会儿，爬上一处缓坡，走了一段路，在一垛用作遮挡的茅草堆后面，发现了洞口。宁巧打开手电筒，两人走进防空洞。

洞里保持入口处的拱门形状，顶壁是弧形，往里走的时候洞穴大小没有变化，

薛超伟 | 万物简史

等高等宽。两边墙上打着很多钉子，不知道是本来就有的，还是阿青钉上去的，可以用来挂一些东西。手电筒四处照，洞壁上面写着一些旧时标语——"一不怕苦，二不怕死""深挖洞，广积粮"，也有小孩的涂鸦，可能当时挖洞人家的小孩有玩耍的心态，也可能是后世的小孩上山探险时画的。洞内有一个井口大小的通风口，阳光从通风口渗进来。阿青跟在男人身后，走进竹林。竹林茂盛，细长竹茎撑起顶上的翠绿华盖，浓墨中有几处留白，阳光趁隙而下，也从空缺处漏下几只白鹭。几名游客举着相机，追着白鹭，追进竹林深处。阿青闲谈似的说，他们在打鸟。男人说，啊？阿青说，他们把照相机称作长枪大炮，拍鸟就是打鸟。男人说，哦，年轻人的新词。阿青说，这里确实适合打鸟。他放下旅行包，拉开拉链，从里面掏出一把气枪。男人说，牛逼啊哥们，有这玩意。现在管控了，不让用了吧？阿青点头，给气枪装上铅弹，举枪瞄那些白鹭。男人说，哎，可别打白鹭，国家保护动物，打了要判刑的。阿青说，有些人就是奇怪，对动物特别有爱心，对人，却什么都干得出来。男人一愣，随即哈哈笑说，是我多管闲事了，你等等，我走远点你再打。

两人走到防空洞深处。电筒照见一只只大木桶，数了数，有九个。许丰年打开大木桶的盖子，里面是几个装满东西的编织袋，手指戳在袋子上，感觉里面是粉状物。许丰年说，是面粉吗？他解开编织袋，宁巧用手电筒往里照，伸手抓了少许粉末，放在嘴里尝了尝，说，是番薯粉。他们打开所有的木桶，都是编织袋，都是番薯粉。这些是早年放粮仓里的那种储粮桶，一桶能放三百斤粮食，或许五百斤，他们不知道。这洞里藏着几千斤的番薯粉。番薯粉能存放很久，保质期因人的选择而定，灾年的番薯粉没有保存年限。两人看着这些木桶，久久不说话。阿青对男人说，咱们镇上，今天有个人被打死了，你知道吧？男人说，有这事？阿青说，被人拿气枪打了，眼珠爆了，铅弹卡进脑子里。男人站住了，回头疑惑地看着阿青。阿青把气枪对准男人头部,扣下扳机,男人应声倒下,半身被草淹没,抽搐着。阿青走近了,又补了三枪。那人不动了。他把气枪胡乱塞到旅行包里,抓起包,往竹林外跑,往山下跑。

  两人走出山洞,走在来时的路上,看到百鸟不栖树,宁巧停下来抹眼泪,许丰年握住她的手,两人都不说话,静立许久。山间有长风。倏忽间,鸟鸣成簇,成群的翅膀穿过枝叶,一片喧声,像落雨一样。

选自《雨花》2020年第9期

慕　明

本名顾从云，1988年生。毕业于北京大学智能科学系、宾夕法尼亚大学计算机系。小说散见各期刊与网络平台。曾获未来科幻大师奖一等奖、全球华语科幻星云奖年度新星银奖及豆瓣阅读征文大赛科幻奇幻组数个奖项。

兔与鸭

一

资质认证，审批手续，专家的评估意见，包括前期结果，家长反馈，都在这里。请问你还想要什么？

可她很特别，从小就是。

哪个家长不觉得自己的孩子特殊？你只有一个孩子。我们见得多了。三五年，什么都会磨平。剩下的，是心性、机遇，最后，很大可能，达不到你们现在的高度。中产中产，不就是过得不错，但没有好到能保证孩子也能一直过得不错的人吗？

那您说，我们该怎么办？

这就好比一个剧场，大家都坐着看戏。忽然有一个人站起来看。到最后，所有人都只能站着。都是过来人，不用我多说了吧。

可是我还是担心——

你当然可以拒绝。别浪费大家的时间。我们每天收到几百份申请。

不，您说得对，我们没有选择。

新学期开始一个月后，刘天祺得到通知，进入实验班。消息是前一天李亚男在饭桌上告诉她的。那天她提早下班，给保姆放了半天假，切切炒炒弄了四菜一汤。刘天祺正在宫保鸡丁里一颗颗挑花生，听到这个，筷子微微抖了下，花生掉了。

有没有信心把他们比过去？李亚男问。

她不说话，慢慢掭起花生。李亚男炒的宫保鸡丁，花生先炸酥过，滤干油，最后再和滑炒的鸡肉回锅，味道跟保姆炒的、外卖盒里被汤汁泡得软塌塌的都不一样。

你不是小孩儿了，知道这个名额有多难争取，妈妈花了多大精力？我像你这么大的时候——她没听见后面的话，放下筷子，伸手去摸太阳穴附近。什么也没有。明天早上，将有一支微型探针从那儿刺入，释放出一个个纳米级可编程微网，落在视觉皮层上，控制神经信号的生成和传导。她见过示意图。

害怕吗？李亚男继续给她夹菜，不疼的。她其实并不太怕。怕也没用。钢琴、舞蹈、编程、数学……从记事起，李亚男就把一切安排得井井有条。三岁时，为了考进市里的天才班，她就开始训练逻辑推演和才艺展示。李亚男还按照跨国公司高级人事经理的标准给她准备了简历。她记得自己在评委面前答题，口齿清晰，微笑甜美，回头一看，妈妈也在笑。那时她们的笑容还同步。如今她十三岁，十年老将，身经百战，仍然几乎完美地执行着李亚男为她制订的规划，只是常常听不见李亚男在讲什么。实验班对她来说，不过是另一场必打的战役。无非是另一道题目，另一种考试，无论表面规则如何不同，本质全部都一样。

班里的人数比她之前所在的班级都少。她站在讲台上默数，六行五列。人少，教室大，没有同桌，座位间的距离都拉得很远。所有人都低着头做题，没人抬头看她。

班主任把她安排在靠窗倒数第二行的位置上。她坐下，赶紧抬头看教室前方的显示屏。她个子矮，又遗传了李亚男的近视，从来没有坐过这么靠后。身体素质检查中的视力一项都是她最害怕的考试。第一次因为视力没能评上三好学生后，她蒙在被窝里哭了。那是她第一次发现，李亚男关于努力的哲学似乎也有用

慕　明 ｜ 兔与鸭

不上的地方。李亚男没说什么，只是在她的哭声渐渐转化为抽噎的时候，拿了块热毛巾进来。

哭有什么用。没评上就是没评上。想要的东西，自己努力去拿。

第二年她花了一晚上，查询了视力检查表的各种版本，把首行模式缩记为每个版本的辨识符，再采用分块记忆和谐音联想，背熟每个版本的每一行，在校医怀疑的眼神中流畅应答。她如愿以偿，但是从此开始讨厌视力表上那些模糊的山形符号。

现在显示屏上的字迹清晰可辨。她再也不需要眼镜了，这和荣誉一样也是努力的结果。她的，她们的。她松了口气，低下头，又忍不住去摸太阳穴。皮肤细软光滑，好像什么也没发生过。工欲善其事，必先利其器。李亚男的哲学无懈可击，实验，就是磨刀。

有轻微的嘶嘶声响起来。

她装作没听见，对付显示屏上的矩阵变换。优胜劣汰，她本就进班晚，得证明自己有留下的资格。

椅子也开始轻微震动。

她皱着眉头转过去。

身后的男生无声笑了。脸上潦草地点着几颗粉红的青春痘，眼睛眯得看不见，只有白色的门牙在阳光下发光。像某种动物。她皱眉，食指按在嘴唇上。男生笑得更厉害了，刚发育的喉结上下滑动。他用手指比出两个圈，套住眼睛。她明白他指的是谁，这里没人需要眼镜，除了班主任。男生拉长脸，嘬腮，嘟嘴，她想起来了，是花栗鼠。她笑起来，忽然看到有人回头，赶忙低头。

她也曾经是坐在前排的好学生。除非以九十度角趴在桌子上，投影屏和老师就是能看到的全部。教室后面的事情，她不知道，也不太关心。可是现在她在后排。前面低伏的头颅整齐划一，她想象着从背后看着自己的样子。他到底在笑什么？忍不住回头，他依然是满不在乎的神情，嘴一张一合，好像要告诉她什么。她努力辨别着口型。

没事儿，他们看不见的。

二

所有的学生都能适应实验吗？

当然不是。这是实验。实验必然有失败案例。

那怎么保证我家孩子不失败？

没人能给你这个保证。你还是没理解。我们只是给学生提供一种新的工具，一种新的学习方式。能达到什么程度，还是看她，也看你。

我懂。我对她的学习能力有信心。她的一贯成绩，包括我们的学历背景，您也清楚。就是怕她分心。数据洪流井喷，增强现实覆层，还有那些个微型信息接入点，我担心。大人尚且经常得信息过载综合征，何况孩子？这可不像我们小时候，只需要没收手机。

我们说过很多次了，现在关键不是接受了多少信息，而是聚焦。视觉信息占人接受总信息量的百分之四十二，看清该看的，拒绝不该看的，是时代对人提出的新要求，也是我们想要帮助学生达到的。这些已经沟通过了，所以李女士，你到底在担心什么？

毕竟是侵入式的技术，会不会损伤了……天性？

天性？孔夫子都说，绘事后素，你以为天性是什么，教育又是什么？

一个月后刘天祺迎来第一场战役。发布考试结果是周五下午，她在座位上一

慕　明　｜　兔与鸭

手托腮，一手在平板上乱划。这一个月，有什么变了，又好像没变。课上的内容虽然比之前有拔高，但还在能力范围之内。语文，她从小喜欢阅读，比较轻松。科学、历史、政治都只考察记忆，比背视力表简单多了。唯一稍微头痛的数学与计算，无论是线性代数还是程序设计基础，思维方式和以前都不太一样。她花了很大精力去准备，习题册用各种颜色的记号标注得密密麻麻，却还是在最后几道大题上出现失误。现在她已经不会为没拿到一百分哭泣，她知道分数只是一个相对标准，由出卷人设定规则，控制极限与分布。她要做的，只是在这分布曲线里找到属于自己的位置。

考试后她打听其他人的感觉，尤其是学习委员身边那几个人，可他们见到她都只像是没看见，她脸上的微笑也凝固。她曾经也是考试后众人围拱的对象。她努力回忆，却发现自己记住的只是有限几张面容。

他们就那样儿。张一鸥说，唏哩呼噜地吸方便面，这班里都一样。

你怎么就不一样了？她心不在焉，还在琢磨着学习委员的眼神。她没过多久就知道了他的一切，成绩中等偏下，唯一的特长是画画，有时给班上出板报，因为不守纪律，不太受老师喜欢，但也没人真的批评他。她知道，能把孩子送入这所中学、这个班级的家庭，都不会太简单。

我不一样。他们会因为成绩好，看得上你，可是这班上，成绩不好还能跟你做朋友的——只有我。他抹了抹嘴，打了个充满添加剂味道的嗝，又拆开一袋牛肉干。她皱眉：你就不能好好吃饭吗？每天一到中午，他就跑出去打球，临上课才回来，面桶来不及倒就放在课桌抽屉里，她受够了那味道。他忽然来抓她的手：你看。她吓了一跳，一把甩开，赶忙转过去。平板电脑上有一条讯息亮起。她犹豫着点开，是一张简笔画。

下面发布考试成绩。她猛然抬头。

勉强挤进第十名。在语文、英语上都拿到前五，被数学和计算拖了后腿。她安定又失落，基本符合她的预期，但也没有奇迹发生。老师平板的声音仍在继续：参数调整将在今晚进行。请确保家里无线信号畅通。现在，下课。她的心里忽有鼓声。

激励机制不只是源于家长的压力，更不是虚无缥缈的荣誉感。少看不该看的、看清楚该看的，就能做得好。能做得好，就奖励看得更清楚、更透彻、更深入。

当天晚上她在床上翻来覆去，想象着小小的纳米触角在视网膜后延伸，交缠，折叠，舒展。注入时几乎是一瞬间，毫无感觉。她抬头看对着床的小书柜。纸质书，爸爸从前的收藏，如今已不多见。在他们争吵的时候，她不敢去客厅的覆层接入点，只好一遍遍翻那些书。直到最后一次，他离开她们，李亚男把柜子锁起来。

她没有太大感觉。比起一手包办了她衣食住行的李亚男，爸爸给她留下的最深印象就是他曾经给她读过书上的故事。眼泪化成珍珠的鲛人，用蓝宝石做双眼的王子，她隐约记得。比起覆层里栩栩如生的全息图景，声音平淡而模糊，就像他本身。孩子的遗忘比大人更轻易，更不用说那之后没过多久，她的日程表就充实起来，让她无暇顾及这柜子，没发现那把锁不知道什么时候不见了。

她站起来打开柜子，指尖在磨损的书脊上划过。书名似乎有些异样。她使劲儿眨了眨眼睛。仍然不清楚。说不清楚并不准确，每一个字形仍然清晰可辨，但是合在一起，在她的视觉皮层上、意识之海里，激不起任何涟漪。慌乱感只持续了几秒钟，随之就被一阵极其轻微的眩晕感替代，像是一阵无可抗拒的睡意。

来了。她闭上眼睛，并不恐慌，而是压抑不住的兴奋。她等了好久。努力没有白费，视野将会更专注，更敏锐，更清晰，看见更多应该看到的东西。模糊的童年旧梦早已不在她的优先级列表中，她才十三岁，等着她的是无数个崭新的世界。

慕 明 | 兔与鸭

睁开眼睛似乎一切如旧。她抽出平板，调出讲义，一行行看。柔和的阅读背光中，眼前枯燥的空间定义、复杂的矩阵理论呈现出前所未有的和谐。像是一首交响乐，每一个声部都各司其职又通力合作，每一个符号都恪守本位又连接全局。她好像是跳出了原有的维度，站在另一个层面，通观一首宏大而美妙的乐章。她看到了原本的模式。

她屏住呼吸，开始解题。笔下的推演与变换就像枝叶一般绵密地生长，每一步都简洁优美，每一步也极其自然，仿佛这些枝叶原本就是如此生长，她所做的不过是揭开覆盖其上的薄纱。写下 Q.E.D 的时候她双手颤抖，理性之美从未像现在这样在她眼前展现，在她手中流转。她甚至开始理解那些漠然的脸，看到了这样的世界，谁不想要更多，谁还会甘心把带宽浪费在没用的地方？

早点休息。李亚男端着牛奶进来。把柜子上的锁拿掉的时候，她还有些担心。

刘天祺没说话。屏幕上，漂亮的手写证明仍然泛着柔和光线，余光里有一个不起眼的光点，略微刺痛神经。是屏幕右上角的缩略图标。那张简笔画。她看了一眼就不敢再看，却忘不掉。那画上是个女孩侧脸。圆脸、齐刘海、戴发夹，是她。眼睛涂成全黑，像是只有瞳仁。面颊上流淌黑色泪滴，从颅顶中心，没了头发骨骼，生生露出柔软大脑。红色虚线连接眼与脑，纵横交错中隐约有问号显现。她闭上眼。

三

教育是什么？

这话该我问你，李女士。你们可都是传统体制的胜出者。就看咱们外面这条学府路，随便撞上个人，不是名校教师就是科技企业高管，说是全国平均学历最高不为过吧？再看学生父母，哪个不是几十年前的学霸、千里挑一的尖子？你倒是说说，教育是什么？

　　教育是一种全方面的准备，让孩子在步入社会前，能有资本，资源上的、能力上的，也是心理上的，去面对挑战，尤其是现在。注意力带宽就那么多，干了这么多年人事，沉迷覆层里那些垃圾自暴自弃的年轻人我见了太多了。

　　说到点子上了，不过没透。

　　怎么讲？

　　为什么会沉迷？

　　不知道。

　　没有过类似体验？小时候？

　　记不清了。

　　那我来告诉你。所有能令人沉迷的覆层媒介，都是认知工程学的结果。树立目标、设置合适的障碍、提供持续不断的反馈。关键在于建立反馈。本来是中性的技术框架，被媒介商人用来赚钱，只消奖励点儿虚拟金币，可是就是这个拙劣手段，就能比传统体系收割更多的注意力带宽。

　　这么说我好像明白了。实验，也是在调整注意力带宽分配。跟成绩挂钩，一种正反馈。

　　我们奖励的，可比金币更有用、更强大、更难以自拔。现在你理解我们的优势了吗？传统体系出来的学生，面对我们的学生，那就是两个人种的差距。明白了吗？

　　两个月后她慢慢找到自己的位置。尽管仍然坐在倒数第二排，但是在课堂上站起来回答问题时，会有人回头注视她。这让她的思维更加敏锐，口齿更加清晰。在数学与计算课上这种感觉尤其明显，在符号构成的幽深迷宫中，以往那些高度

慕　明｜兔与鸭

抽象的概念、复杂曲折的逻辑，如今就像一根不断延展的金线描绘出清晰的路径呈现在她眼前。虽然仍然不算最出色，但是比起之前已大不相同。她从未感到这么自信，并且可以肯定自己会更进一步，只要继续努力。

屏幕角上闪现讯息，她心里一动。是学习委员。论述题最后一题，怎么写的？那道题需要设计一份研究大纲，评估大数据在某行业中的应用现状和前景，除了文字论述，还需要加入实证研究。

通过招聘网站上的数据科学家、数据工程师的数量切入。利用分类过滤建立立体的数据模型，分析不同地域的需求特点和增量变化。她侃侃而谈，组织好这些材料，可以讲出一个很好的故事。学习委员微笑：很不错的想法。她比刘天祺高一个头，坐在第二排正中。周围的人都望着她们。

她回到教室后排。你小心点儿。他的声音在背后响起。你管我，她低声抗议。实力正在转化为一座通向前排的桥，除了他时不时冒出的一两句话，像在光滑轨道上洒下的沙砾。那幅画她再也没看过。实验就是这样，她知道，也接受，只有像他这样的人，才会把带宽浪费在无谓的地方。她和他不一样，不属于这个角落。时机合适的时候，她自然会被调到前排去，远离那添加剂的味道。

你怎么就抓着我不放？ 谁叫你正好坐我前面。哦，还有，你讲的故事不错。比起他们，至少还有可能。什么故事？ 秋游，爬山的时候。比那些题有意思多了。她皱着眉头。山上没有接入点，也看不了屏幕，闲着无聊，她随口讲了以前听过的只言片语。砌在墙里的黑猫，留在枕头上的铁灰色头发，阴森、恐怖、毫无用处，现在她早就看不见，也不想看。

好好学习，以后想看什么都可以，她的语气变软，你也努努力 —— 他却不再说话，只是慢慢摇头。那目光让她想起有些老师。恨铁不成钢？ 她被第一个蹦出来的词语吓了一跳。

回到家她掏出作业。正要动笔，语音频道接通了，还是他。

　　喂——你听我说。要是我努力学习了，你能好好听我说话，答应我一个请求吗？可以啊。她随口说，期末考试，你要是能到班上前十五名，我就答应。他问：一言为定？她想了想：哦，还有一点，不许在教室里吃方便面了。他说：好吧。还有——嘟——嘟——通话时间到了。

　　她回屋，有些东西仍在心里翻腾，老师都管不了他，没见过他对谁低声下气过。不过要是被学习委员他们知道，她跟他走得这么近，几乎已经可以想象那居高临下的眼神，后来她才意识到自己过于天真。期末时她发挥不好，排在第十三，反馈奖励也泡汤了。她忍着失落向学习委员微笑，遇上的不是轻蔑，只是一双无动于衷的眼。

　　他说得没错，定义看与被看关系的只有绝对的成绩。那天晚上她又哭了。如今她已经学会不出声地哭，只要咬紧后牙，抿住嘴唇，眼泪就会无声落下。泪眼朦胧中，她看见屏幕上亮起讯息。笔触如蚯蚓般纠结成团。翻转、折叠、重新组合，好不容易，她才分清文字。一条短讯，还有一个歪歪扭扭的、倒着写的"人"字。简笔画里的波浪线表示大海，倒着写的"人"字鼓胀着翅膀，一排排融入圆圈表示的巨大太阳里。是海鸥。

　　她忍不住笑了。她没考好，他却真挤进了第十五名。面味儿也消失了。

　　能听我说话了吗？

四

　　人际关系？这可不像你关心的话题。

　　这不是教育的一部分吗？

慕　明 ｜ 兔与鸭

　　学校只提供舞台，而非答案。显而易见的暴力容易制止，但是那些暗流涌动，都是半大不小的孩子，你想想，就是教，怎么教？又有谁听？

　　真不打算处理？

　　处理？我还以为你最看重的就是她能独立解决问题。如果在职场里被欺负，又能找谁去？

　　我还以为微网会保护她。

　　你太乐观了。的确，微网就像镜头，也像老式浏览器的拦截插件，对信息流进行模糊或锐化，将受试者的注意力窗口集中，减少带宽浪费。但是，即使可以模糊表情上的厌恶与愤怒，也无法从漠然中生造喜悦。况且，你不会幼稚到真把这里当童话世界了吧？

　　不。当然不。您是对的。只是，我不想让她没有朋友。

　　她可以有。不过，你把她送进来，是为了交朋友吗？

　　刘天祺的假期跟以往不太一样。白天，她依然按照李亚男的安排穿梭于补习班间。阅读课的进度已经开到原版的《美妙新世界》，学校的寒假作业只能留待夜晚。而在更深的夜里，她偶尔会窝在被窝里，悄悄点开一条跳动的讯息。那或者是一张寥寥几笔的小画，或者是一团横七竖八的偏旁部首。最常见的是去除了所有原音字母的英文和拼音混合，最复杂的一次是一串0和1组成的字符。她费了好久，才发现用的是哈夫曼编码。像第一条一样，信息的内容都很简单，是每天都会说的话。她也用类似的格式回复，今天去了哪里，作业还剩多少，无聊中又有什么有趣的事情发生。只是关于那个要求他一直没提，她等着。

　　这次他换了一种几十年前的异体密码。她偏着头笑了。他总是神秘兮兮，想得太复杂。微网的确进行分析与过滤，可是她不觉得这些也在模式的黑名单中。何况现在是假期，带宽额度本来就够用。她发了个睡觉的表情符过去，放下平板。屏幕又亮起来。她转过头想入睡却无效，翻身拿起屏幕，分辨那些扭曲的符号。

他说，你来我家，给你看些东西。你答应过的。

她屏住呼吸。时钟指向十一点半，心跳的声音比指针移动的声音更响。灯光稀疏，连李亚男屋里也一片安静。她的确答应过他。可这是什么意思？理智正在渐渐离开身体，手像是不听指挥，开始系上扣子，披上外套，穿上运动鞋。在产生答案之前，她发现自己已经蹑手蹑脚地蹭到门口，然后站在了午夜的街道上。昏黄路灯下她吸了一口气，雪后的清冷空气直蹿入肺，浑身一颤。她先是大步走，越走越快，然后，跑了起来。

他悄悄拉着她进屋。没开灯。她听见自己急促的呼吸，比任何一场考试都紧张。这是没预习过的情况。这算什么？她和他不一样，可是他到底要给她看什么？闭上眼，等一下。他在她耳边说，热气喷得她耳朵痒。好了。

暗夜中，墙壁上是光怪陆离的荧光图画。瓶子中的人形如同鬼魅，林木间的影子拼凑出面孔。更多的则是抽象的大色块和几何图形，不可计数的色彩、形状、笔触、材质无限融合又绽放，像在进行一场盛大的视觉实验。她好不容易聚焦目光，分辨一个局部，却发现那简单的布满圆点的圆筒形状似乎正在缓缓旋转。她把视线移开，注目另一个黑与白的简单格纹图案，却看到格纹交界处黑色和白色的圆点不断跳跃，像要冲破墙壁刺入眼中。他低声说：赫曼方格错觉。仔细看，其实画没动。欺骗你的是大脑。她定了定神，再次集中视线，一个一个检查格纹交界，发现确实不过只是凝固的图案。可一旦她移动目光，那些黑与白的圆点就再次跳跃起来。都是你画的？她悄声问，目光在房间里游走，诡异荧光下慢慢看到书桌床铺，还有熟悉的书包、球鞋、校服，心跳渐渐平复。他点头：嗯。指向角落，那是一张兔子的侧面图。

慕　明 | 兔与鸭

　　她犹豫片刻：哦，对，也是鸭子。兔子的耳朵变成了鸭子的嘴巴。她想起来进班前她也做过类似测试。少女肖像中隐藏老妇，蓝黑条纹渐变成白金，花瓶剪影形成侧脸，她记得她在所有图像中都能看到另一种解释。

　　他说，很多人只能看见一种动物。她使劲儿眨眨眼，鸭又变成了兔。怎么会？他说：他们看不见。视而不见。她问：为什么？ 他说：因为当他们每次指出兔子时，他们就会得到奖励。反馈积累，视觉就倾向于挑选有利的解读，久而久之模式就固定了，就是把微网拿掉也看不见了。感知驱动视觉，而非相反。你明白吗？她慢慢点头，又摇头：你什么意思？ 他说：别让他们得手。至少你不要。

　　他的样子让她想起另一个人，不同之处在于她可以反驳那种以为她好的名义摆出的全知姿态。

　　她说：那你想怎么样？ 看见兔子还是鸭子，有什么关系？ 他转过身说：他们能让你看不见鸭子，就也能让你看不见别的。而且你根本意识不到。她说：可是信息过载——他打断：你怎么不明白？ 黑暗中她看不见他的脸，只有牙齿在黑暗里闪光，不像花栗鼠。不是蒙上眼睛那么简单，这是慢慢把你变成另一个人，会害了你——她再打断：你又是怎么知道的？ 他张口结舌：我——我、我在救你——她忽然丧失了全部兴趣。

　　回到家时她眼前还闪烁着荧光笔触。并非全无道理，但是耸人听闻。像他那样的人，她还能期待什么？ 良莠不齐的数据的确需要微网处理，而奖励则是视觉认知提升的和谐美妙、健康有益，她感受过。她叹气，似乎把一生的经验与观察都填入十三年岁月。男生总是这样，以为自己能拯救世界，她可不愿意当谁想象中的花瓶公主。昏沉中她渐渐睡去，没注意到李亚男屋里的灯一直亮着。只有一点她仍然没明白，他怎么懂得这些？

五

家长是谁?

冷静一下。

夜里十二点半,太过分了!

她是自愿去的。

她才多大? 她懂什么! 把她送进来,不就是为了她免受伤害吗?

有了微网,该看不到的,她在哪儿也看不到,这点请你放心。

放心? 怎么放心得下? 覆层里的那些垃圾是过滤了,注意力也是集中了,可是这些小孩,也不是小孩子了,谁知道他们都在想些什么!

那你想要怎么样?

我不管他家里怎样。我知道能进这班,背景不会差。我只是要求别再让他跟我女儿走得那么近。

你不是还担心她没有朋友?

我可不想让她交上这种朋友!

你大可放心。

假期过得飞快。在剩下的日子里,刘天祺仍然时不时接到符号与图案夹杂的讯息,但很少回复。她对自己说学习越来越忙,那一夜的冒险就到此为止吧。而在表面之下还有什么她也说不清,只是出于本能将思绪与短讯一同封存。屏幕上的"未读"由1变成9,最后以省略号显示,光点在余光里闪烁。屏幕中央是文章、公式、代码,一行行整齐排列,像等待检视的士兵。

开学后她仍坐在老位置。他有时从后面踢她椅子,有时用数位笔轻点她背心,她从不回头。他咬牙切齿:你已经快像他们一样了。他身上又开始有方便面的味道。她皱眉：那又怎么样。就听你的，像你一样混日子？我——唉！他重重地砸了下桌子，跑出教室。她没抬头，继续解题。怎么还是不懂事？

  新学期第一次月考她重回前十。实力并未离她而去，而运气这次也站在了她一边。自己正慢慢回到习惯的轨道，很快就会加速起飞，重新占据她该有的位置。课间休息是她值日，她从教室前排开始扫地，故意放慢速度，想看看学习委员的脸。她确信自己能分辨出什么是真实赞许，什么是虚情假意。可她看到他们捂住嘴，哧哧笑。像是想要藏起什么东西，却又怕她看不到。

  她问：你们在看什么？他们说：你管不着。她无话可说，又不甘心，忍不住伸手去拿。啪的一声，手被打落。她愣住，何曾经历过这个？好了好了，她不是想看吗，让她看就是了。学习委员似笑非笑。

  她看着面前的屏幕，眼睛睁大，脸上发烫，世界嗡嗡作响。不，不是这样的——真的不是，你们别看了——他们说：担心什么，我们想看也看不到呀。难道你看得到？她有哭腔：不，不是你们想的那样——他们说：用得着我们想吗？别以为偶尔考好一次就能怎么样。无视终于变成了轻蔑，而她不知道哪个更冷酷。他们说：烂泥扶不上墙。你说什么？他们说：烂——泥——扶——不——上——墙。你以为他前面为什么没有人？大家都在努力，只有他自由自在，凭什么？那就是烂泥，我们就是看不惯他。你要是跟他一起，也一样。

  他回到座位时身上带着操场上的热气。她瞪着他，"啪"地把电子屏扣在桌上。是一张人物素描。圆脸，短发的女孩儿，微微侧脸，带着发夹，笔触细腻，风格写实，一看就是她。他说：我画的，还没画好，没来得及给你看——怎么了？她刚刚在厕所隔间里擦掉的眼泪又涌了出来：你为什么要干这么恶心的事儿！他们、他们都看到了——他摸不着头脑：他们怎么看到的？而且，这画怎么了？他把屏幕翻来覆去：你看到了什么？

她说不出话。他着急了：说啊！看到了什么？

什么也没有。她说。他不可思议：什么？她哽咽：脖子以下，什么也没有，只有手和脚，看不到身体。他明白了：你以为我画了什么？我没有。你看啊，我怎么会去画那种——你看啊！她的抽泣渐渐停止：我看不到。他们都看不到。

他说：因为你们被屏蔽了，是微网！她说：你没画那种恶心东西，为什么会被屏蔽？他说：肯定是算法哪儿出了错。我真的没有！她的声音沙哑：你相信吗？他说：当然。这是我自己画的，我看得见！再说，我为什么要——她帮他回答：为了让我像你一样吗？为了留下我吗？他的青春痘变得通红，像是要炸开：我不会为做那种事付出这样的代价。你就宁愿相信看不见的东西，不相信我吗？她听见自己的声音干枯：你不懂。你总是说看到所有的东西最重要，但是你不知道，当其他人都看不到的时候，你看到的，也成了谎言。

那天之后，她没再跟他说过话，他也不再踢她椅子，或者在她背后画圈。教室靠窗角落的空气变得前所未有的平静，以至于她常常忘了背后还有人在。她的注意力全部放在学习之上，心思稍微浮动，语词就会显现出来，像钉子一样把她牢牢钉在座位上。期中考试之后，有跟不上进度的人终止实验，她则第三次进入前十。班主任找到她谈话，问她愿不愿意调往前排，她没显出一丝犹豫。

我就知道你有潜力，所以把你放在后排。你这种学生，得用激将法。班主任满意地点头，在咱们班，最重要的就是自己的动力，定力，还有不服输的毅力——后面说了什么她又没听见，只是在想在离开时会是怎样的场面，最终她决定不去看他。他得理解，她和他不一样。于是换座位那天她真的没看一眼，不知道他的目光是否仍然落在她的背心间。新座位在教室正中的第四排，他的目光无法穿越层层人墙。午饭时间，她在座位上静静咀嚼，再也不用闻浓郁而廉价的方便面味道。

慕　明 ｜ 兔与鸭

视觉认知调整之后的晚上，她又一次拿出那张素描，头部以下，脚部以上，什么也看不见。她知道那并非一片空白，但是无论她如何努力凝视，视觉皮层仍然没有半点反应。她叹了口气，闭上眼。她其实不相信他真画了什么吧。可她又能怎么办？

六

满意了吗？

这么说就没意思了。我也不想这样，咱们也都是过来人。但是您也知道，现在不比以前了。等到她成人的时候，好摘的果子一个也不剩了，能拼的只有实力。从幼儿园起，一步一步积累的硬实力，费了我们多少心血。我现在要是不管，她以后才会恨我。

所以，打算付出多少代价？

代价？所谓的友情吗？您不是说过，到这儿来不是交朋友的吗？就这些小打小闹，等到上了大学，走上社会，真的还有用？您又还记得几个中学时期的朋友？

我说的是定向屏蔽。

他们又没看见什么不该看的。本来也没什么，要不是您执意护着那家长——

这是用个人好恶来影响技术应用，这可不在协议上。

这不是你们一直在做的事情吗？别告诉我说您还相信技术中立的那一套。什么有用，什么没用，看什么，不看什么，模型、参数和阈值，不都是人决定的吗？

刘天祺在第四排过得不错。这里处于教室腹地，既与教室前排的尖子生保持一定距离，又与教室后排相距足够远。位置中庸，视野开阔，正适合心无旁骛学习。如今她不再想要通过进入圈子证明自己，实力才是硬道理，只要她够努力。

那句话仍然时不时在她心里回响。羞愧与愤怒渐渐淡了，她如今把刺耳当作动力。她已经走了第一步，接下来她会把那团泥从哪儿来的，扔回哪儿去。她有这个信心。第三次反馈调整之后，她的视野和思维更加澄明透彻，学习本身从来没有像现在这样令人着迷。

数学与计算课正讲到集合论，在那根有限的数轴之上，她可以看见格奥尔格·康托如何用一条金色的对角线，将无限的世界投影其上。在那列如同士兵一样坚定挺立的自然数列间，竟然隐藏着最多、最密集的无理数。那是一个隐匿在空白中的世界，只有当计算圆的周长和直径之比，或者构建一个无限分数、无限约分时才慢慢显现。然而她看得到它们就在那里，就如在康托或者博尔赫斯的眼中一样，那是一个更为宏大的图景的一小部分。

影响并不仅仅在于数学成绩。信息过载时代，知识唾手可得，不断吸收、变化、重组的思维体系才是更为普适的利器，可以在积累了千百年的各个领域中以最高效的方式抓住精髓。她发现自己可以轻易理解古典乐中那些装饰性浓重的繁复乐句，也可以在充满意识流的后现代文学作品中分辨天才的隐秘意图。古老的大师们从艰苦卓绝的练习中无意识地习得的高超技艺，用千百万个细小的节点贯穿乐章或文本的分布。词语、和音、主题、形态、分支情节、华彩段落，隐秘混乱之中是严格计算过的雕梁画栋，和数字与符号一样，通往同一个无限的尽头。她真正理解了无限本身。

而这只是她正在理解或者将要理解的关于世界的许多种基本概念中的一个。这些概念由于过于抽象，在过往的千百年间，一个人往往需要在某个领域里皓首穷经才能触摸到一鳞半爪。但是现在不一样。在认知工程学的帮助下，人类，至少是一小部分人类千万年来受到的桎梏渐渐脱落。今天，即使是少年也比过去

慕　明 | 兔与鸭

的先哲站得更高，看得更远。她不是很清楚这意味着什么，只是心怀巨大的惊讶与赞叹。学习本身变得令人上瘾、不可抽离。屏幕边缘的"未读"光点早已在周边视觉里黯淡。她没有再点开过。有时，她会觉得张一鸥的目光仍然会降落在她身上，但是每当她回头，在一片低伏中，他常常仰着头，呆呆地不知道在想什么，也不看她。那时候她会松一口气，又有一点点失落。

第二学期期末进行中期评估。此时他们的学习进度已经相当于普通的大学四年级。在认知技术的配合下，她并不觉得学习本身的压力如何巨大——如今她甚至无法理解，为什么就在大半年前她还在为椭圆曲线和三角函数头疼。但兴奋与紧张的气氛仍然渐渐浸染了空气，各种各样的情绪在一张张和她一样尚存稚嫩的脸上隐现。于是在每一堂课间、每一个夜晚她都手不离笔。

要劳逸结合啊。李亚男拍她肩膀。她听李亚男讲过，当年为了咬牙赶上大城市的同辈，她都做过什么。第一次听时她还有些不耐烦，但是现在她知道，假设母女位置对调，她们俩，在那时，在现在，都一样。

中期评估结束那天晴空疏朗，她听见久未出现的蝉鸣。操场边的浓郁树荫下她舒展肢体，感觉像是从泥土中破茧而出。五门考试她都答得几乎完美，可能是她中学的最高巅峰。揭晓成绩之前成竹在胸又微微忐忑的日子将成为以后一再回味的片断，她试图记住每一种感觉、每一个瞬间。

班主任在叫她。她怀着兴奋小跑。可那表情比她想的冷漠。她放缓步子走进办公室，脱口而出：怎么，你也在？

他靠在窗边抱着双臂，挑衅地看着她：我怎么不能在？她脸颊发热：不是那个意思。我就知道，你很聪明的。他眼中闪过一丝不忍，混合着惊讶。

刘天祺。班主任进来了：挺努力的，想当好学生啊。既然想当好学生，那为什么要作弊？窗外的蝉鸣忽然消失了，她的世界变成一片空白噪声。或者说，协助作弊？班主任瞥了他一眼，想说什么又没说。你看看这两份卷子，客观题就不说了，主观题是怎么回事？她颤抖地接过试卷，熟悉的字体没错。班主任敲着桌面：怎么做的？说说吧。

老师，我，我没有——她的声音中带着哭腔，我，我不知道——你们之前传的小条，系统里都有备份。对面的人声毫无情绪，像在谈论一道至关重要但是又无关紧要的习题。这次，又想了什么歪门邪道？我真的没有。她猛地转向他：是你对不对，是你！

他转过头不看她，从牙齿间慢慢挤出话：承认吧，你跟我一起。她一把抹掉眼泪：我才没有！你——班主任打断她：行了，女孩子家像什么话。平时成绩还可以，补考吧。本来应该直接开除。

那他呢。她指着他，他成绩一向不好，还做出这种事，他就没事吗？都是他，得先开除他！男孩转过身来看着她，眼神中没有一丝愧疚。她意识到自己面容扭曲，正伸出食指，直指着他。你跟他们一样了。她从他抿紧的双唇间无声读出词句，慢慢放开手，抱着膝盖蹲下。

起来吧，别哭了。班主任走后，他来拉她。你别碰我！她用了最后一点力气，一把推开他，你到底要干什么！他几乎是强拉起她：我真的在救你。跟我来，我带你看个地方，就在学校里。我不去！我不信你说的那些——她哭得嗓子哑掉：你为什么总是缠着我！

他过了好久才开口。她本以为自己知道答案，可他的话让她睁大眼睛。

七

这不公平，您得给我们个说法！

慕　明　｜　兔与鸭

公平？作为这个班的既得利益者，我还是第一次听见家长想谈公平。

那不一样。没错，我们比起外面的学生，是先聪明起来的一批，可是这也不是天上掉下来的啊。没有我们努力在这个寸土寸金的地方站稳脚跟，她能有今天？就是再有天赋，起点低，还不是跟外面那些学生一样？

你不曾经也是"外面"的学生吗？

没错，校长。我和您不一样。我没法在大城市里随便学学就能上隔壁那几所大学，然后靠着父母轻松找份工作。我是拼了命，才走到今天。我更知道什么是公平。我父亲是乡下的老师，没让我像其他女孩儿那样，读完初中就打工嫁人。我从小就知道，对我们来说，教育就是唯一的桥。我们的命，未来孩子的命，都在那一道道题里，一视同仁，答出来，就翻身。公平，看起来很公平，对吗？

你想说什么？

我进了全县最好的高中，也进了最好的直播班。直播班，您还记得吗？当我从直播里发现，大城市的学生只要不到五分之一的时间，就能理解同样的概念，解开同样的题，您无法想象我有多绝望。这不是多考几分的差距，也不是多懂得几个知识点的问题。这是智商、情商、视野、思维方式，全方位的碾压，一种人对另一种人的碾压。现在您还觉得，那一套卷子公平吗？

可你还是成功了。技术成为公平的桥梁，你现在站在这儿，跟所有走到这里的人没什么两样。

您错了。他们在每一步都有选择，有退路，而我从来都没有。您也不知道，在当年一个直播班背后的是什么。您相信吗，我就是到现在，还有时候会做梦看着一套卷子，一个字儿也写不出来。然后我就掉到村口那条河里去，河面上没有桥，浮着的都是脸。我那些中学同学的脸。

时代不同了。

不同？有什么不同？不过是变得更难了。您也不用劝我，我知道，就是在这儿，就是在这个学校里，哪儿没有三六九等，哪儿没有隐形规则？金钱、权力、家庭背景、学习成绩、思维认知能力，只要有个舞台，什么都可以形成阶级。

你想得太多了。她没受到什么实际影响。挫折，也是一种——

我要求保证我们家孩子一直在班上，不管出了什么事。必须。

刘天祺坐在座位上，没有看前面的投影，也没有看手里的屏幕。她抬头往后仰，听见自己的颈椎咯吱咯吱轻响。已经放暑假了，教室里没人。夏日傍晚的阳光明亮，投影上的字模糊一片。她的眼睛被阳光刺得疼痛。之前窗帘紧闭，她没发现，原来教室里，也能有这么亮的光。

在她座位正上方的天花板上，有一块小小镜面。教室屋顶到地面垂直距离2米，第四排正中与最后一排靠窗的水平距离4.5米。三个45度镜面反射构成光的通路，可以看到她桌上的所有答案。光的反射原理。她明明学过。屏幕上的"未读"标记越来越多，那天的情形，一遍一遍在她眼前回闪。

你看啊，看啊！看看你每天中午吃的都是些什么！他胡乱地指向各处，可她只看到窗明几净的操作间，排列整齐的不锈钢柜。他口口声声说的霉变、腐烂、污秽，在她的视觉皮层上，在她的意识之海里，踪迹不见。

他们在骗你，一直在骗你！你看啊！他本就起伏不平的脸被愤怒与失望扭曲得更难看。可是为什么？这可是最好的学校，最难进的实验班。她记得自己努力保持冷静：微网是用来应付信息过载的，过滤的是不良信息，为了保证健康——还不明白吗？他们想让你看见什么，就让你看见什么，没有选择！你以为我为什么老吃方便面？什么狗屁健康，不都是他们说了算——可是，吃起来也没什么问题——廉价调味剂，添加剂，像视错觉一样的拙劣把戏，你就是屎吃久了，都会觉得没——呸！你以为你是谁？她彻底被激怒，你怎么证明你说

慕　明 ｜ 兔与鸭

的是真的？所有的人都看不到，就你看得到？你还真以为你是谁？你不过是个栽赃、陷害、妄想症，自己做了事情不敢当的胆小鬼。我真的是在救你——有什么用？这就是你拖我后腿的理由吗？你以为人人都像你一样，仗着家里有背景，就能践踏别人的成果？你知道我有多努力吗？你知道我妈妈为了把我送到这里来，奋斗了多少年吗？不是这样的，你们都被蒙蔽了，你怎么就不能用脑子想一想啊？这网是他放进去的，但是是你们自己不拿下来啊！

纨绔子弟。她说，别再自以为是，别再烦我。你和我不是一路人，你能在这，不就是因为你有一个好爸爸？没有他，你什么也不是。烂泥。你说什么？他的声音忽然变轻，变潮湿，你真的这么想？我一直这么想。她越说越快，像是在答论述题，无数个片段纷至沓来，拼成圆融的答案。否则就凭你，怎么会一直留在班里？否则怎么没人欺负你，连老师都不敢动你？否则你怎么会懂得那些东西？都是你爸爸给学校捐了钱吧。你那些歪理没人会信，只能骗骗你自己。烂泥。

她记得自己转身冲出那个冰凉的操作间，没有多待一秒。不锈钢门在她身后轰然合上，把谎言与冷气都紧紧关闭。他说一切是骗局，可他自己又何尝不是骗子？

晚饭又是李亚男下厨。她以完美答卷通过补考，依然留在班里，值得庆祝。母女俩慢慢吃饭，李亚男拣了块鱼腩，放在她碗里：要汲取教训。学习为重，不该交往的，就——知道了，她低声打断。正要夹鱼，筷子忽然摔落。

从急诊出来已是深夜，李亚男攥着诊断单，斜靠在医院外墙上，忍不住想要摸一根烟，却发现自己还穿着居家服，手包忘在家里。食物霉变导致的急性肠胃炎，诊断报告被她展开又揉成一团。更让她不解的是，她问天祺是不是在外面吃了什么，女儿却不肯说。实在被问得急了，天祺就装睡。她忍不住提高声调，挂输液瓶的护士皱起眉。妈，别丢人了。天祺闭着眼小声说。

丢人。李亚男使劲揉搓太阳穴，到如今竟然是女儿嫌弃她丢人。家里菜钱每月不限，有机农场直送，保姆的健康证她每年都检查。天祺每天下学准时回家，从来不在外面吃什么。她得冷静。

八

今天，我们不谈教育，也不谈科技。就谈这个。

我看过了。很遗憾发生了这样的事，可是你要说这是学校的问题，得拿出证据。

证据？我女儿在医院打了三天点滴，霉变食物导致，这还不算证据？

这只是恶意揣测。你亲眼看见了吗？后厨的状况已经应你要求展示过。

谁知道你们是不是连夜转移了证据。今天你要是不给我个说法，我就不走了！

李女士，你可是体面人，撒泼打滚可不应该。你可以在这等着，爱等多久等多久，我会以造谣诽谤罪向你发出律师函。

张副校长，你摸摸良心，我是多信任你，家长们是多信任你，才把孩子送到这里？认知工程实验、革新教育体系、保护成长、开发潜力，新时代下的必然召唤，说得好听，可是你对得起我们吗？

你的心情我很理解，发生了这种事我们谁也不好受。可还是那句话，说话要讲证据，你看见了吗？

我再问你一次，你对得起我们，对得起我女儿吗？

你可以自己问她。

李亚男惊讶地看着刘天祺走进副校长办公室。女孩向校长鞠了一躬，没接她

慕　明 | 兔与鸭

的目光。三人分别站在桌子的三条边上，形成一个三角形。

刘天祺，请你评价一下，在认知工程实验班的一年，怎么样？

终生受益，终生难忘。她对答如流，微网让我看到这个世界的本质模样，正反馈激励措施让我将注意力带宽放在最重要的地方。我学的不仅仅是知识，而是看待世界的视角。这些视角来源于——校长打断她问：你觉得学校的午饭如何？要诚实。她说：虽然口味比不上家里的，但是营养搭配上没什么问题。他问：那你有没有去过后厨？看到了什么？照实说就好，不用担心违反纪律。她说：去过。

看到了什么？李亚男急切地问，女儿，别害怕，有妈妈，说啊。而她转过头来，直视着李亚男，眼神没有闪烁：很干净。什么也没有。不可能！李亚男不知道该向谁怒吼，你们、认知工程……你说啊！

她努力想从女儿脸上分辨出一丝隐瞒的愧疚，可是那张年轻的面容上什么也没有。她被教育得太好，甚至不会说谎。

李女士，实验班有多难进，多难留下，你不是不清楚。不要因为你的愚蠢偏执，耽误了你女儿的前途。张副校长不带感情。校长，我想留下。我一定会更努力！刘天祺转向校长，我妈妈她，我会讲清楚——她提醒了李亚男唯一还能做的是什么。不行，你不能再在这里了，李亚男说。你凭什么替我做决定啊？她猛地转向她，从小到大，凭什么！校长打断她们：好了，这里不是你们吵架的地方。李女士，你和孩子都回家吧。今天就到这里了。至于后厨问题，没有人证也没有物证，到此为止吧。

我有证据。

门口站着的是他，举着一枚存储器，一步一步走进来，三个人的目光都紧紧跟着他，而他看着她。他的青春痘更多了，从鼻翼扩散到腮下，模糊了面部轮廓，像一张点彩画。她发现自己从来没有真正认识他。

够了。谁都没看到的东西，几张图片，就不能是造谣吗？男人语气冰冷，别闹了。为了引起女同学的注意，姜黄粉红曲粉，抹在食材上，当作霉变，画画得不错，是不是？男人站起来，双手撑在宽大台面上，逼视着男孩，面部月球表面似的坑洼里有了情绪。她忽然察觉到两人的神情极其相似，望向李亚男，发现她也在注视自己。两组视线在空气中黏着交错搭成跨越时间的桥。她隐约明白了什么。但是她不想明白，不想看，不想听。感知驱动视听，声音与场景都渐渐模糊。她不关心真相。不重要。她只想回去学习，令人上瘾的美妙学习，一个又一个在她眼前展开的新世界，她刚刚体验到。她想得很清楚，不是为了李亚男的期待，而是为了那种感觉她愿意付出某些无法言明的代价，这是十四年来的第一次。但在李亚男的眼睛中，她看到自己的未来又一次像鸟儿一样飞走了。

一个星期后，刘天祺在李亚男的坚持下离开。没有人抬头看她，就像她来的时候一样。他的座位也空空荡荡，那天之后，她再也没见过他。张副校长负责实验班工作，她在招生的最后一关见过。她依稀记得他指尖下的那些图片，和那些黑夜中的荧光笔触相仿。

微网从视觉皮层取出，无痛无觉无痕。她回到原来的学校，按部就班地当一个普通的好学生，每天中午在课桌上吃李亚男准备的午饭。符号与文字的美妙舞蹈、知识与思想的宏大乐章从她的脑海里悄然消逝，像一场梦。她又能看见书脊上的字了，但目光没有停留太久。后来她想起来，在看见和看不见之前，她早已长大很久了。

四年后的高考她发挥失常，勉强上了一本线，和李亚男当年无法相比，李亚男没说什么。临行前收拾行李，她打开书柜门。在那些松脆蒙尘的纸书背后，她找到一个铁盒，打开翻出一张素描。那张她曾经看了很久却看不到的，自己。

圆脸，短发，戴着发夹，脸颊微侧。曾经令人痛苦、怀疑、愤怒的一片空白中间，是她的一双手，在胸口捧着一只没有画完的小兽，像捧着一颗心。像兔子也像鸭子，还有点儿像一只睡着的海鸥。

咬紧后牙，抿住嘴唇，在茫茫旅途前的最后一个漫长黑夜，她无声哭了。

选自《特区文学》2020年第3期

李嘉茵

1996年生。毕业于厦门大学中文系,南京大学硕士在读。作品见《雨花》《芳草》《山东文学》《长江文艺》《中华文学选刊》等。南京市"青春文学人才计划"签约作者。

猎捕一条热带鱼的步骤

一

鳍是花青调，身子雪雪白，通透可见骨，扇尾由浓转淡，如纱如缎。孔雀花鳉。花鳉科，花鳉属，热带鱼。摆尾，身子跟着晃，轻微战栗，悬静间隙使人心碎的战栗。温顺，没脾气，过分美，美得近乎要夭。七七从未设想，若是一尾孔雀花鳉卷进洗衣机的钢制胃囊中翻搅一通会怎样。

小梨夜里对她说，鱼死了。七七睁眼问她，怎么死的。小梨说，换水时少了条，没寻见。我晚上有事出门，忙着把脏衣洗掉，团裹着倒进洗衣桶，高速运转模式，脱水，甩干，洗了两刻钟，盖子一揭，拎出上面的白衬衫，抖开，前襟红迹点点，像蚊子血。下面那件黑色针织衫，四面开花，别了枚胸针，摘下看，是一小节鱼骨。小梨又说，鳍碎了，筋骨尽断，内脏不见了。谁晓得鱼会跳进洗衣机里呢，抽水马桶都比洗衣机强呀。七七不言。小梨说，衣服拿去重新洗过了。除了最底那件桂色短衫，糟蹋得不成样子，我便拿去扔了，不贵吧？七七摇头。天明后，小梨也消失了。七七这觉睡得沉实，休息日，醒来已近晌午。缸里仅剩一尾鱼，偏瘦那尾，机械海啸过后的幸存者，同伴之死的目击者，此刻照旧在水中闲游。

吞下半杯白水，人照旧混沌，不清爽。七七坐上妆台，想那件桂色短衫，店里新款，员工价，打九五折。她极少在店里买衣服。卖力赚进口袋的钞票拱手又送还，她不傻的。况且，店里衣服质量一般。她播过条灰色紧身裤，掺银色亮丝，夜下灯一照，光芒闪耀，她正对摄像头，扭动身形，介绍道，这条弹力裤，紧致韧性好，夜里闪闪亮，回头率百分百，本期必买好货。她急着换衣播新款，拉拽时使了力道，弹性上佳的裤腿竟沿缝线绷裂开，裂隙延伸至大腿根。恨不得裤缝裂至地面，她好钻进去躲。还有那件春柳色吊带衫，肩带细细，缓慢脱了线，她没在意，镜头前正扭身摆姿势，肩带断成两截。她那时已经经验老到，不慌不忙，捏着肩带播完。独独这件桂色短衫，质感好，穿上身，如罩云烟，她早早预留一件。在脸上拍粉扑时想起，小梨似乎是很喜欢这件桂色短衫的。

她上好妆，踩上高跟鞋，路过卫生间，向镜里瞥一眼，洗衣机立在洗手池边。她忍不住拉开洗衣机圆窗，向里瞧，钻面筒壁干洁如新。她在地铁站台上给小梨打电话，等待音断续绵长，无人应。她目光浮游，无意间发觉轨道暗处有粼粼波动，定睛细看，原是半边铁轨浸没在水中。等待音在隧洞中长久回旋。午夜梦回，尾鳍在水中摆动，滴滴答答，雨珠子细密，不知自何处渗漏而下，落上瓷砖银面，溅开大朵水花。七七，我走了。小梨话语轻轻，在夜中萦回。

二

午后飘来一朵云，糕团模样，空中有只手在揉。揉捏不多时，云团改换一番样貌，倏尔，骤雨急落，落在闵行南街的塑料雨棚上，激起一阵清亮的啪嗒声。迎风而立三十年的旧雨棚，形状残破，遍生孔洞。箭雨乒乓之时，一楼爷叔的唱机正在雨棚下曼声轻歌。七七自雨棚下走过，隐约听得是首英文旧曲，歌名译作"如此之好"。雨水最盛时，唱机也摇至华彩段落。不少雨珠绕过塑料雨棚的孔洞，

李嘉茵 | 猎捕一条热带鱼的步骤

坐滑梯样，滑下雨棚的唇舌，落在街角的椿树叶上，追随风的哨响，流连在里弄的天井灶间阁楼上。

都说这片棚户区，角角落落，样样奇破。阿婆阿叔清早拎过马桶，倒净痰盂，雨落下，漫溯，下水孔里的荤腥气任雨水团团裹裹，湿湿黏黏，浊气随浊水一同返潮，滚成旋涡，荡在街上。吸吮着烟卷的女人，有的坐在雨檐下，有的撑伞流连窄巷，高跟鞋疲沓地踱在雨里，以不再年轻的身体，招引过路青年走向一间间昏昧的暗室。小囡下了学，在回家路上徜徉踱步，游戏厅多的是，慢慢晃荡。荒芜大地上，林立雨中的除了旋转不停的脚手架、工厂烟囱矩阵和高压电线塔之外，还有一幢官家楼宇，顶气派的办公厅，广场绿茵喷水池，人人讲，有番克里姆林宫味道。

七七每日在街上往返四趟。租住在颛桥，工作在浦东。三年前从镇江搬来，一路张望，上海虹桥站下了车，后脚跟没落地，便被人潮卷裹，撵向四方。长宁寻过工作，青浦短租一阵，兜兜转转，一番周折，又绕回闵行。闵行总是慈柔宽和，将城中无助徘徊的游子揽入胸怀。她向外乡人招手，招呼他们来此避雨，歇歇脚，晾干衣裳，抖抖灰尘和冷意，如温厚淳良的女人。他们在她身上栖息几代，等雨停，等动迁曙光。她缓缓步入慈悲的晚年。

雨水丰盛，绵绵密密。夜半，七七在浦东的直播室醒来，目光循一条金色蛇形闪电而去，闪电迅速蹿进漫无边际的长夜，而雷声迟迟未至。等待之中，渴意涌上喉咙。夜半醒来，总觉得口渴，没来由的。

饮水机里的水见了底。凌晨两点半，街上一派悄寂，只有雨声。

上海暴雨，漏电，报道说有两人休克，一名外卖配送员，骑电动车滑进了通电的积水里；一名男孩，未成年，站牌前等公交车，一脚蹚进及膝深的积水，腿软，再也没站起来。被人抬出的时候，脚上一只回力牌球鞋松脱掉，就此沉入水底。

那条路她也常走，就在自家附近。街巷破落，街人停停走走，南腔北调齐集。梅雨时节，雨水断断续续，施工修路，路面坑坑洼洼，积水未泄。跳下地铁，有好一段水路要走。她不敢回去，睡在了直播室的折叠床上。她与网店签了两年合同，做直播模特，卖衣服，上早班时，八点开播，七点前到直播室化妆。上播时，身上只穿黑色吊带衫和蕾丝超短裤。一整日，她须得不停试穿，一件又一件，对着镜头默念介绍词，材质，含量，轻薄感，舒适度。不时应观众要求，走近、转身或走远。

她坐起身，拿过手机，在游戏群问有没有人醒着。她平日玩一款像素游戏，地下城历险类，画面陈旧，仿若回归童年。加入游戏群，群友多聊游戏，游戏之外，也聊其他。小梨说没睡，在地下城堡，有一关怎么也过不去，伤药血量都耗尽。七七说，逃跑试试，也能玩。过了半月，小梨发来消息，问她是否醒着。七七回复说，醒着的，我总失眠。小梨说，明早期末考，我打定主意不去学校了。

七七回想一番，上回听到"期末考"三字还是六七年前，自己念初三。第一学期，期末考第一门刚结束，父亲在外地跑运输出了车祸，母亲在外打工，脱不开身，要她请假照看。离开学校后再没回去，书本统统留在了桌肚里。小梨又谈到游戏，说近来没再打斗，一路逃跑，走和平路线，居然也能进展下去。七七说，用爱感化怪物，只在游戏里行得通。

清晨上播，七七试穿新款连衣裙，腰背镂空，笼一层薄纱，透若无物。她在摄像头前走动，转圈，听任观众支配。他们在评论区议论这件新装，一并议论她的身材。偶尔夹杂秽语，或留下一串号码，她装作没看到。她知道观众不全是女人。在镜前旋转，她想到花朵绽放，舒畅而显耀，隐隐夹杂着模糊的耻感。

观者寥寥，则是另一种耻感。没人来看她。评论僵滞于数小时前，新款早早播完，无人点播互动，直播间仿佛只剩她自己。她讲，这件衣服摸起来，有绸缎

李嘉茵 | 猎捕一条热带鱼的步骤

质感，嫩芽黄色，很好看。仓库里，回声格外清晰。观看人数只剩个位，这种时刻她也是习惯了的。空调坏了好几日，有些闷，想去外面透口气。但她不能不播了，不能沉默，哪怕念经也要絮絮说讲，老板没准在镜头前盯牢着，就藏在这七八个直播观众里。

她用废弃的言语填补荒墟。城市上空，云岸厚密，这云仿佛是由无聊积聚而成。无所事事者散落上海各区，全国各省。脑神经里的小人蹦跳着不知向何处跑，只消得喊一嗓，透过手机屏，小人便齐齐聚拢来。她翻来覆去地介绍商品，背说明书，谈无聊的天，自觉毫无生趣，却如同撒了一把饵料，诱着同样无聊的他们上浮咬钩。无聊如雪球，滚来滚去，越积越多，没人知道雪崩时会怎样。

再等一晌。等到饭点，说不定人会多起来。她换上一身新款，对着镜头闲聊，说雨太大，两天没回家，好在门窗关得严严实实。家里养了两条热带鱼，两天没回，怕断电，怕氧气泵停工，怕热带鱼活不过夜晚。她渐渐沉默下去，盯牢那个数字。

数字依旧静止，没有跳动一下。她抬头，将刚才的话慢慢重复一遍，犹如倒带。

下播后，老板甩一沓打印纸在她脸上。纸面爬满弯弯曲曲的折线，从月初至月末，购买数据蠕动着，呈下降走势，月末几天，甚至平直归零，如死人心电图。老板说，这个月奖金不要想了。老板重庆中年女人，脾气爽辣。老板又说，上播时跟木头似的，动也不动一下。飞来一记白眼，地道上海味。那段时间她抽烟很凶，夜里失眠，白日工作，靠咖啡浓茶提神，夜里继续失眠，往复循环。

失眠的夜晚，她从床上坐起，蓝色电脑屏前，像素小人在地下游走穿行。遇到怪物，她很少攻击，像素小人一次又一次死亡，回到原点。在美术馆，她见过件影像展品，灰色底幕上，一匹快乐的荧蓝色像素小马在奔跑，忽闪忽闪，像极了夜班后的十字路口街灯,四周阒寂无人,她仍立在斑马道上等,恍恍惚惚。休息日她偶尔逛美术馆,极少看展品,却盯着逛展览的人瞧,瞧他们的衣着打扮,花花绿绿,与展品背景相映成趣。她在那匹奔跑的荧蓝色像素小马前伫立良久,直至街灯亮起,小马从画面中跑掉。

群里与她熟稔的高中女生小梨不声不响跑来上海。那日早晨,小梨没参加期末考,悄悄乘上南下列车。小梨问她近日有无时间,想见一面。这个年纪的女孩总是毫无怯意的。七七问她住哪边,她说住在一间青年旅社,闵行区,离高架桥不远。离她租住的地方也不远。七七说,附近有间咖啡馆,可以坐坐。小梨如期赴约。小梨说自己来自北方某市。该市二十年前以丰饶的金属矿藏闻名于世。许是旅途疲惫,小梨面色发灰,像落满了北国的尘屑,好在眼睛足够亮。眼眸光润,如探头啃食树叶的小梅花鹿。

七七问小梨为何离家。小梨搅弄着牛奶冰沙的吸管,说,在学校的日子实在太没劲了。她沉默地陷入了沙发的凹痕,如滑进干涸的井底。七七问小梨接下来想去哪里。小梨说,去江上看看。

三

乘地铁至吴泾,步上地表,见几根烟囱笔直耸立,黄昏时候,白烟升起,叠为红焰,七七和小梨站上码头,黄浦江岸,暮云鎏金,天边掺着脆生生一抹青。

近岸处,渔网灿然闪耀,鱼在甲板蹦跳,沾满金屑,渔船徐徐归港。小梨倚在江边,红日缓缓坠,在一团挥之不去的暮霭中,几句话将身世吐净,单亲家庭,寄宿高中,压力大,想逃,简简单单。七七点头,宽慰几句,半是理解,半是礼节。

夜里,七七与小梨钻入黄桦路暮色酒吧,声浪四溢,天花板悬着一颗迪斯科

李嘉茵 | 猎捕一条热带鱼的步骤

球，旋转多变的色光在人脸上投下斑驳的网。一片嘈杂，小梨说，我爸欠了一笔债，在外面整夜打牌，喝酒，看我不顺眼就要打我。七七喊道，你说什么，大声点。小梨不再讲话，闭上眼睛甩动身体。

间隙里游上吧台，七七要红色沙漠，小梨要青柠气泡水，加冰。七七问她多久回家。小梨说，在学校挨着，数日子，同坐牢有什么分别。宿舍楼围墙插满玻璃雪片和长钉，越狱一趟，蛮不容易。而且，教导主任还不许我穿裙子。她嗤笑，七七也笑。两人笑着钻回舞池，跳到浑身酥麻，再回吧台饮酒。最后一杯，喝完回去。七七颠起酒杯，碰向虚空中的一点。

七七租住在南街近旁的弄堂里，阁楼间，面积不大，陈设简单，一张床，一张桌，一缸鱼，两把椅，三盆绿萝，两扇门，一扇通向浴室马桶间，一扇通向窄楼梯和小天台。阁楼上日子不好过，冬冷夏热，好在独居，乐得清静。刚搬来时，也是夏日，七七搬出把椅子，盘腿坐上小天台，吹夜风喝啤酒。楼内空间逼仄，烟尘弥漫，几户阿叔阿婆攒了一辈子木板片废纸壳，堆在楼梯间，煤气灶支在过道，旧自行车架上楼梯把手，她从底楼一层层爬上，遍身黏腻，爬到阁楼，站上天台，凉风拂面，像从囚笼里出逃。

好景不长，三楼阿婆租了一间屋给外地人，纸壳杂物无处堆放，对天台空地动了心思。怕引人注目，没有大动干戈，每日搬小件杂物上天台，经年累月，纸壳越垒越高，越筑越牢，几乎另垒了间屋子。七七一言不发，她一个外地租客，能插得上什么话？

盛夏时她很少再回屋子，去酒吧闲坐，流连在冷气充足的商场。睡觉时，胸前抱个电风扇，一张凉席上翻来覆去。空调老旧，电费骇人，每次只开一两小时。床是双人床，从前任租客处承袭来，她睡其中一侧，焐热了再翻去另一侧。而今小梨睡在双人床另一侧，新床单，新枕套。她说出来仓促，没带什么钱，七七让她从八人间的青年旅社搬出，分了一半床铺给她。无处转圜，空调不得不开了，开一阵，关一阵，七七捏着遥控器，黑暗中睁眼躺了许久。那一夜小梨睡得沉实。小梨说，旅馆上铺床位，总有股味道，睡不踏实。

　　汗渍和体液的气味，泛荤腥，七七再清楚不过，沾上被单，隔夜饭也要呕出来。七七之前在KTV工作，做清扫工，每日戴口罩，隔绝菌尘，遮面孔。而气味始终隔不断，每日与秽物打交道，总吃不好饭，胃里犯恶心。夜里也睡不安稳，总疑心床铺不洁净。一日，她对小姐妹谎称自己调晚班，不回宿舍。午夜时分，钥匙插进锁孔，轻轻旋转，忽然出现在卧室，正撞上小姐妹与一男人叠在她床上，男人像白虫似的蠕动。她冷然道，忘了东西，回来取。第二日，她把床单被罩统统滚进洗衣盆，蹲在地板上吭哧吭哧地搓，当着小姐妹的面。小姐妹坐在上铺，不说话，专心嗑瓜子，瓜子壳抖落一地。

　　在上下铺四人宿舍间里，她闻到一股腐烂味道。她们在慢慢退化，退化成动物。她不想同她们一并烂掉。

　　好在她努力搬了出来，独居阁楼间。小梨带来了新鲜味道。她话不多，爱干净，像只幼猫。七七最初就想养只猫。某晚小梨带回两只白玉兰手串，同地铁口摆摊卖花饰的阿婆那里买的，送一支给七七，另一支戴在腕上，睡觉时也不摘。小梨手腕细白，白玉兰花朵中央点缀了一小簇绛紫干花，在七七眼前整夜晃动。被褥间弥漫着皎洁的味道，驱散溽热，仿佛夜风涌动，清明舒爽。

　　白玉兰手串花掉三十块。小梨问七七，有什么短期兼职可做。她白天问快餐店经理招不招工，经理要看她的身份证，看到年龄便回绝了。

　　七七脑里霎时蹦出一串名字，每个名字后面跟着一串电话号码。她说，过几天，过几天帮你问问看。

　　小梨说，今天在街上，有人拦我，要我留下姓名电话，给我一张传单，要我有空去公司面试。

七七接过她递来的传单。满天星光模特经纪公司,洒金大字,印在最前,异常耀目。小梨问七七能不能陪她去面试。七七不言,眼睛幽深了几分。

四

唇下生髭的历史学家言之凿凿,人拥有鱼类先祖。寒武纪生于海,泥盆纪爬上岸,生出四足。今世,居留水中的子侄仍遵循远古先祖的行为方式,一生被流变裹挟。

几年前,七七初至上海时,住的也是八人间青年旅社,房里脏旧,她记得公共厕所和洗澡间,爬满苔藓的墙壁和泛着黄绿色的马桶瓷砖。七七那时拿同样的话问过荔枝。

七七问荔枝,有没有短期兼职可做。荔枝抿唇,挑眉,说帮她问问看。

七七那时在 KTV 做清洁,急于赚钱,早日从浊垢丛生的四人间宿舍搬走。荔枝在 KTV 做前台小姐,人清秀,谈吐得宜,温言笑语,从未接过一单投诉。七七同她走得近,七七信她。荔枝介绍兼职给七七,她欢喜地接下模特经纪递来的报名表。满天星光模特公司,她喜欢这个名字。填完报名表,被告知要交一笔报名费,做模特卡片。荔枝对她咬耳朵,就是印菜谱,相片越艳,接单越多。接单越多,回本越快嘛。

她听劝,咬牙递上两千五百元,办了份模特卡片,最高规格。经纪人飞快点数钞票,说,工作几次就能赚回来,多帮她接单子,回本很快的。她第一回去拍,拿到两百元钞票,等荔枝下班后,请客吃夜宵排档。她等第二回再去赚钞票,却迟迟没有第二回,经纪人联系不到了。她上门询问公司办事员,一无所获。上班去问荔枝,荔枝先是义愤,而后轻言安慰,说定想办法帮她讨回那笔钱。七七心中生出枝蔓,两人关系淡了些。有好几日见不到荔枝,荔枝仿佛也在疏远她。代班的前台女孩说荔枝请了假,请了多久,她不知。

荔枝再没回来,消失无踪。她们曾经历的一切,分享的一切隐秘和快乐,顿时变得疑窦重重。起先七七为她担忧,试着联系她家人朋友,甚至想过去报案,正心焦,却听同屋小姐妹闲聊时提到荔枝,说她钓到金龟,跟一个台湾老板走掉了。小姐妹当时正嗑瓜子,嗑一下往水泥地上啐一口,节奏有致。七七是不信的。小姐妹翘起一边嘴角,说她天真,跟荔枝不是一个段位,难怪被骗。嗑瓜子一点耽误不到她说话。红艳艳两片薄嘴唇,唾出的瓜子壳碎成两瓣、三瓣、四瓣。

七七望着她,想起了老家镇上路口处的小饭店,老板娘总穿靓丽的紧身高领衫和黑皮裤,头发烫得蓬蓬松松,每日午后,她倚在门柱前,眯着眼睛嗑瓜子,边吐壳边跟坐在树下的不同男人说笑。那时七七年纪不大,整日背书包上下学,小饭店是必经之路,她的目光总往老板娘身上钻,暗暗地钻。她觉得她怪时尚,衣服样式也时兴,花样繁多,想着上海回来的人,就是不一样。后来听说,老板娘年轻时做那类事体,来钱快,月月寄回镇上,攒起一幢三层小白楼。小白楼刚建起时,浑身光润,白壁无瑕。村人望着小白楼,窃窃私语。十年过去,小白楼外墙泛黄发皱,远远望去,陈旧发闷。她年纪大了,做不动了,清点细软回乡,在镇上开了家小饭店。而今她五十好几,烫羊毛小卷,眼尾上挑,举手投足,风韵犹存,身边男人围着,尽是酒足饭饱出来寻乐子,在她身上捞好处,捞到便跑掉。她周旋应对,八面玲珑,最终仍独身一人,红妆面容缩水发皱,一年萎过一年。

七七没想到的是,后来自己真的做了模特,不过是网店直播间的模特。网店规模不大,直播间在货仓内的一处角落,改造过,挂花色窗帘,铺米白地毯,屏

李嘉茵 | 猎捕一条热带鱼的步骤

幕里看着还算花哨，窗帘后其实没有窗，仓库不需要开窗。她仰头便能看到穹顶的水泥钢筋。为赚钞票，她站在路口发过传单，套着玩具熊绒衣在超市门前跳过舞，推销过保健品、乳胶枕、理疗仪，一次次任人挑拣后，她钻进直播间，每日对着虚无的观众摆出千种姿态，套上百件衣裳，再将它们褪下，如鱼褪下鳞片。一开始总觉得不好意思，褪完衣总要扯扯吊带衫下襟，理理平整，后来褪得愈加熟练，有没有这层鳞罩着，都没什么所谓了。她总归要进化的嘛。

钱攒够了。她深吸一口气，坐在新租屋的凌乱地板上，松快地点了份外卖，二十几块。犹豫片刻，加了一盒三块的冰红茶。此前一段时间，她只吃馒头酱菜。独居一阵，常感孤独，她想养只猫，碍于种种限制，转而养鱼，光彩明艳的热带鱼。南街鱼铺老板指着玻璃缸说，孔雀花鳉最温良不过，与其他鱼混养，不妨碍的，它们天生不会打架，一心蹲守饵料，安稳度日脚。她捧回两尾孔雀花鳉，躯体透净，尾纱绸丽，又添一尾鹦鹉鱼，火焰红，三尾鱼游在缸里，摇来曳去，十分欢喜。

在小梨告知她孔雀花鳉的死讯之前，最先死去的便是那尾鹦鹉鱼，死得莫名其妙。她早先得出的结论是，太漂亮的鱼总是养不活。后来才知道，是另两尾鱼一直在暗中啄食它。南街生养的鱼，天生会争抢。她那时还想不到。

五

请噤声。惊吓会使热带鱼体色变黯淡。争食，眼睛会变红。水中菌类繁茂，侵蚀眼睛，眼睛也变红，甚至糜烂。鱼会瞎的。它们要开始变色了。不知多久才会完成。一昼夜，两整日，三周半。

七七独去暮色酒吧，遇到从前一位朋友。他正给一女孩散名片，见到七七，热络招呼，间隙里，向女孩使眼色，耳语几句。女孩目光一下黏在身上，细慢端详，七七感到不适，转身去坐吧台。

朋友暂别女孩，走来闲聊，同七七碰杯。七七说，又拿我当招牌？他嬉笑，没当回事，问她身边还有无朋友想整形，介绍费不会少她的。七七笑笑，不言，低头搅弄冰块，似乎想起什么，抬眼问他，上回那事摆平没，新闻里看到了。他说，家属早不闹了，也不来堵医院了，软磨硬泡，签了份协议，钱给够了嘛。

去年冬日，七七曾带一女孩去过他的诊所。七七说，这边来。转弯，上层楼就是。女孩向前迈出两步，顿足，回身望她。七七说，不怕，都讲好了。女孩说，陪我去吧，七七。七七低首，青色指甲，油彩斑驳，说，我等下有事，约了人。女孩不再坚持，踱上旋转楼梯，辫发轻扬。楼梯台阶留有孔隙，洁白裙角倏尔飘过。

女孩身影在旋转楼梯上彻底消失，七七寻到三楼办公室，找朋友拿信封，点好钱数，离开。她径直走入附近商场，香氛味道扑面而来，令人陶醉。七七转了几家首饰柜，买了手链，金子的。很早之前便看中了。金子真是好东西，能储值，又能做首饰，戴上身，给自己踏实。珍珠翡翠玛瑙水晶之类饰物，更美艳，更炫目，但她看不透，也不爱看那些，她只认金子。

七七，你对我真是好。女孩说过这话，小梨也是说过的。小梨夜里躺在身侧，环着她手臂，对她讲，母亲嫁到上海后，同他们父女断了联系。印象里，母亲娴静温柔，走起路来，像只轻捷小鸟。在她七岁那年，她离开他们，飞去上海，另嫁了一个倒卖日本冰箱的男人。小梨叹口气，说，七七，许久没人对我这般好了。七七背着身子不说话，像是睡着了。

七七不知结果会是这样。那时她刚辞掉 KTV 的工作，进美容院做助理，负责给女客按摩推油，端红枣桂圆粥，换拖鞋，敷面膜。又结识一些小姐妹，她们更纯然，不想攀富豪，只一心要变美。挤脓包粉刺，痛得满床打滚，喊着再也不来。过几日又来，雷打不动。她们同她闲聊，问她认不认得整形师，夸她鼻子生得好。她听得受用，将打针一事细细吐露，一针不贵的，鼻子挺好久。她原本只想赚点中介费，没动坏心思。后来，她听说那台眼部整形手术做了五小时，中途出了事故，救护车火急火燎赶了来，将女孩抬上担架。左眼坏死，不得已将眼球摘除，嵌上一颗玻璃眼珠。她从新闻上看来的。她再没见过女孩。后来才发现，两人分开前，女孩无意将零钱包落在她这里了，花朵形状的零钱包，桃粉色，缀金黄的蕊。钱币不多，一捏便发出脆响。她走路，腕上铐着金手链，钱币叮咚响。走了一段路，南街下雨，鞋袜生泥，步子沉实起来。

很长一段时间，夜里入睡时，她闭上眼，黑暗中便出现那颗孤零零的眼球，浸在福尔马林药水瓶里。她望着那颗眼球，双手合拢，它却灵巧飞舞，从指缝溜走。她跟在后面跑，怎么也追不上。

那晚，眼球又蹦跳至七七手边。她心一惊，使力一拍，掌心烙下一摊模糊稠血，点亮灯，一只雌蚊死于夏夜。

六

七七想起前日，小梨问她兼职的事。她说什么工作都愿做的，脏也不怕，累也不怕。小梨在后巷一家餐馆连刷五天盘子，砸碎一副碗碟。老板面目凶狠，薪水低得骇人。她诉苦连连。七七脑中蹿出一串名字，每个名字背后都跟着一串电话号码，一旦接通，等于触动了开关，事态没准会向不可挽回的方向发展。

七七想过介绍她去从前的那家KTV。同旧日小姐妹许久不联系了，踌躇一阵，电话到底还是拨了过去。响了两声，小姐妹接起，两人寒暄。七七问起荔枝。小姐妹说，荔枝跟定阔佬，自然没音讯。不过又有人说，在"家帝豪"见过她，她做讲师，讲课时开辆奥迪车。七七问，家帝豪？小姐妹说，搞直销的嘛。真真假假的，说不清楚。领班说，服务生要的，最好是脾气柔顺的小姑娘，靓一点的。

小姐妹不知从哪儿探知了消息，听说七七在做直播，盛赞她眼光狠辣，命途算得准。KTV价格最高的女孩，也上了岸，签了公司做主播。潮流一变，冥冥中不知谁喝了声向后转，她一个不识抬举的清洁女工，反倒大踏步地走上了潮头浪尖。七七就自己的工作性质解释多遍，自己约等于旧日商场里的塑料模特，近来商场搬入网店，顺应潮流，模特也从死的变作活的，走马灯似的换衣服给顾客看。她仍问，不少男人看你换吧？七七挂断了电话。

第二日，小梨便去KTV上班了。一周后，又转托七七寻工作。七七一只电话拨给了谁，刘经理还是赵经理？她记不得了。她不想再管这件事。夜里躺在床上想了又想，真的记不得拨给谁了。

闷热的夏夜，失眠又找来。七七喉咙干涩，手探到床头柜前摸索，误将杯子碰倒，声响钝钝。水流细细，滴滴答滚落。小梨睡得蒙眬，出声问她怎么了。七七说，杯子碰倒了，没事。小梨揉揉眼睛，玻璃鱼缸在夜里散着蓝绿色荧光。

小梨问，鱼养多久了。七七说，养了好久，睡吧。沉默一晌。小梨说，这会儿倒睡不着了。七七睁开眼，接着她方才的话头说，养了两年多。小梨说，挺好。小时候养金鱼，三天死绝。七七说，它俩看着温顺，没准时时刻刻在提防对方，所以长寿。

七七背对她说，起先缸里还有条鹦鹉鱼，它们总啄它。我离家两三日，回来后，鹦鹉鱼死掉了。她打个哈欠，说，这是很久之前的事了。

小梨不出声，过了一晌，她说，七七，我把报名表发给了刘经理，明天九点

李嘉茵 | 猎捕一条热带鱼的步骤

钟去面试，谢谢你推荐，一切顺利的话，明晚我请客下馆子。七七含糊应了声。两人并排躺在床上，如缸中两尾鱼。

七七静躺许久，未能入眠，起身喝水，又去挎包中摸索烟盒，摸到一处凸起，她将它抖落，借窗外路灯微光，看清那是枚零钱包，花朵形状。挎包里衬破了洞，它不知何时滚落洞中，夹在外皮里衬之间，成了不明异物。她早该觉出它的冷硬和硌手。她在镜前落座，夜色里，面孔透出花朵的鲜嫩，仔细看下去，细纹密布，看到最深处，显出腐烂预兆。

天刚亮，小梨早早起床梳妆。七七躺在床上，睁开眼，说，不去了，这间模特公司倒掉了，是我先前记错。小梨回身望她，她捏着七七的眉笔将将勾好一道眉，停了笔，有些无措。七七闭上眼，毫无睡意，辗转起身，说，去江边转转吧。

江上，几条渔船正出港，平静水面皱裂开来，波纹迭起，荡至两人脚下。晨雾散去些，小梨请七七在江边帮她拍相片。

小梨说，从前见过一张江上的相片，我妈十几年前拍的，不知是在这岸还是对岸。她如今也在上海，听说过得不错。七七依照小梨的描述，拍下一张，背光，脸发暗。她换个角度，将取景框调了又调。

在港口上班不错。小梨说。那个老头，蛮惬意的。她下巴点点歪坐在停车场入口塑料板房前的老收费员。比在KTV端盘子好。她的话里，带点怨意。昨日讲好的模特公司，今晨竟随薄雾一同散掉了。她只好继续端盘子，头顶声浪，给醉醺醺的客人送果盘，开啤酒瓶盖子。七七梳妆台上，玻璃瓶罐，琳琅满目，口红也是，粗管细管，方管圆管，多得数不清，新衣又满柜，她怎么不帮她讨些光鲜事体做？

七七不言。等她在南街晃荡一两年，获准成年，大把工作涌来，她将目不暇接。洗浴所，娱乐厅，直播格子间，明里暗里的摄像头。像她这样的年轻女孩，是要被人当生鱼宰剖的。

她们在码头上立了一阵，江风劲吹，发线翻涌。小梨脸色黯淡如江面，七七提议去附近公园转转。翻越草坡之后，平坦开阔，不远处灌木渐生，溪水淌过，溪边散布几块石头，两人一前一后，踏着石头走向对岸树林。

行走许久，七七倚在树上停歇，低头点燃一支烟。小梨同她讨烟，五指发红肿胀。七七问她是否考虑回家。小梨笑着摇头，张开空空五指，等待。七七犹豫，最终递了一根烟来。小梨接过，七七示意她低头，扬起打火机，深红色火苗绽放。小梨吸了一口，咳嗽两声，说，七七，你能不能教我做直播？

七

抓住，抓牢了就好。它们不会猛烈挣动，无手脚，无触须，无利齿，至多蹦跳，很快气息奄奄。别往鱼缸里跳，鱼缸是无路之崖。

小梨夜半时说，鱼掉进洗衣机的滚筒里去了，五脏六腑都绞碎，一丝丝踪迹也没了。七七不言，望向她的眼。她眼珠黑纯，见七七不做声，便又重念一遍，用她教她的法子。七七张开嘴，吐不出一个字，窗外一粒雨珠落下来。紧接着，无数雨珠飒然滚落。

天明之后，小梨消失了。钥匙搁在鞋柜上，她知道她不会再回来，如一尾鱼汇入江河。

七七是知道的。七七都知道，她想，直播真是好东西，她们站在过曝的灯光下，容颜拓成一张纸，铆足气力说话，却永远不知道听众的面孔，不知道他们在

李嘉茵 ｜ 猎捕一条热带鱼的步骤

暗处动着怎样的心思。实际上，重庆老板并不是时刻监控她的，老板会在一天结束之际以二倍速度快速检阅回放画面。在直播软件面前，人人握有回溯时光的权杖，时间被均匀切分，标注重点，可后退可快进，观者无所不能，仿如上帝。

小梨第一次直播是在七七家中，她话不多，安静，像只幼猫，时而语塞，不懂得调节气氛，屏幕上滚动着的带有冒犯性的话语，她不知如何回应周旋。七七教她，准备一套说辞，语塞或沉默时，拿来重讲一回。小梨疑惑。七七说，每位观看者到来的时刻，都是崭新的时刻。

小梨不知播什么，七七说试试播游戏。小梨打开那款过去她们谈论最多的游戏，依照七七教授的玩法，很少打怪，一路逃跑，观众愈发稀少。于是她从头来过，奋力拼杀，怪物成群死去。观看数字好看了一些。小梨想签公司，签了公司便有底薪，还有奖金分成，观看数字要一直好看才行。

小梨直播时，摄像头倚墙立着，桌上鱼缸也会入镜。有人问她，这是什么鱼，好不好养活。她将鱼缸挪近些，希望人们多聊缸里的鱼，而不是她的三围尺寸。人少时，她总发呆，有时对着鱼讲话。鱼像是瞎的，自己游晃自己的。面影落进缸里，鱼抖弄水波，水上的面孔，显得怪诞而扭曲。

有人请她起身站立，转几个圈，为了看她短上衣下露出的一段白肉。

有人说，如果她把缸里的鱼吞下，刷礼物给她，游艇火箭随她挑。

透过屏幕，她似乎听到观众席间传来一阵阵难以言喻的笑声。他们起哄，看热闹，看她如何收场。评论开始沸腾，观看人数出现了小小的峰值，跃到八十，跃到一百五。

小梨盯牢那串跳跃的数字，乖顺地将手伸入鱼缸，手指撩弄水波，心中局促不安。两尾鱼慌得团团转，如旋转的太极图筒。

评论区留言闪烁不停。她的直播间被冲上首页，印上明晃晃的标语。不时有新观众闯入,问情况如何,吞了吗,吞了多少。游艇向她驶来,还有飞升的礼物盒子,扎着亮绿或荧蓝的缎带。观众们快乐地敲响键盘,如发动了一台冒着蒸汽的火车头,汽笛声声,催促她上路,沿着他们圈定的悬崖之路狂奔。她无暇思虑,自己变作一个空荡荡的舞台,观众席上山呼海啸,幕布即将被拉开,不由分说。她不能不使他们满意。游艇在鱼缸里逡巡着,火箭即将发射升空,洒下无数金粉金屑,花束云朵,欢乐溢满整块屏幕。她不能不使他们满意。她吸了口气,将头浸入水中。

八

热带鱼消失的时刻,隐匿在幽深夜色之中。不知发生在哪一瞬间,不知如汽化般消失,还是片片分解、被虚空中的无形手掌捞起,不知时空是否扭曲坍缩。或者,它只是经历了一场变色,变得浅明通透,在缸中继续悬游,如一行沉默的影子。

晚间直播结束,七七下班,先乘末班地铁,再转末班公交。公交车晃晃悠悠,拐入颛桥。街角馄饨摊一贯摆至午夜。两个从窄巷里钻出的浓妆女孩轻车熟路地来到馄饨摊坐下,捧了碗馄饨细细吃着。中年摊主的孩子趴在板凳上写作业,身侧亮着一盏十五瓦灯泡。穿橘色制服的路面清洁工也在馄饨摊上坐下,摘下口罩手套,与摊主讲笑,用筷子挑起汤碗中的紫菜。

七七乘车转过街角,点进小梨的直播间,直播结束,屏幕一片黑。她点回放。公交车抖了一抖,司机怒视斜插而过的三轮车,骂声戆卵,她手机滚落至前座中年男人脚边。她费力将它捞起,播放如常,手机贴膜碎了半边,冰裂纹爬满画面中的鱼缸，向女孩的面庞蔓生而去。

千百碎片中，小梨的头倒插在鱼缸里，如一把凿开冰面的铁锹。

她身上穿着那件桂色短衫，张开网状五指，将那尾花青色热带鱼捕捞过来。嘴唇开绽，水泡升涌，犹如生命尽头的黑暗隧洞。

洞越张越大，花青的鳍，雪白通透的鱼躯，一下子吸了进去。

一声尖叫传来。

短促，尖刻。

小梨在水中睁开眼，仿佛什么都看不清，惶然惊叫。而后是第二声，第三声。不知是小梨在叫喊，还是被吞没的热带鱼在叫喊。有什么东西确凿裂开了，或许是碎裂的手机屏幕在叫。七七听不真切了。

关了手机，小梨的面孔和尖叫一并熄灭。

下了公交，照旧要走一段路程，路面干爽，几日前的水渍，全都蒸发不见。她在这段满是坑洞的路上来来回回地走，无限推延着到家的时刻。

在浅坑中捡到一只鞋，回力牌，三十七码，与她鞋码相同。她不记得暴雨那日倒在积水中的男孩年纪有多大了，她只记得自己有双很像的鞋，来上海后买的第一双鞋。

她又想起那些焦渴的无眠夜晚，以及午夜时分许久不落的雷鸣。那道迷失在雨夜中的雷声，终于跟上了蛇形闪电的金色影子，划破长空，滚滚落下。

选自《长江文艺》2020年第6期

焦 典

1996年生,籍贯云南。小说、诗歌发表于《人民文学》《星星》《汉诗》《飞天》等,文学评论发表于《芒种》《创作评谭》《媒介批评》等。曾获"青春文学奖中短篇小说奖""樱花诗歌邀请赛奖""首都大学生诗歌联赛奖"等,入选第十二届"星星大学生夏令营"。

黄牛皮卡

一

在火把节，白云村的姑娘们都要上山，挖出金凤花的根，捣碎了，抹在指甲上，一簇簇小火苗就在姑娘的手指尖上烧起来啦。小伙子们呢，统统像猴子似的，在杆子上爬上爬下。村民们用松木做火把，先在家中照耀，再拿着火把挨户巡走，边走边向火把撒松香。吉妈毕摩就站在村子的空地上，为大家主持祭祀，大火把高几丈，直直地喷着火。放眼望去，高原的土地像被火烧红了，房屋、天空，都是红彤彤的。站立在空地中央的吉妈毕摩也是红彤彤的。

二

吉妈毕摩的眼睛是什么时候看不清这个世界的呢？没人知道。他居然把送葬的队伍领错了地方，带到寺旁的寡妇家了。这个时候村子里的人才明白过来，这个光喝水就能连唱三天经文的大祭师早就看不见路了。看不清路的吉妈毕摩就此爱上了鲜艳的颜色，就在这个冬天，吉妈毕摩的衣着五彩斑斓，大红色的毛衣，袖口还飞着几根毛线，外面却套了一件黄灿灿的棉衣。如果天更冷些，他还会再加上一件天蓝色的马甲。村里的小孩遇见他，一定会凑到他的跟前："你这是想出嫁吗？"大人们当然要呵斥，吉妈毕摩说："没事。"这样的次数多了，小孩也不起哄了，反倒是大人们望着鹦鹉一样的毕摩说："还是看不清吗？"

眼睛确实不行了，乳白色的肉障一天天多了起来，越来越像剥了壳的荔枝。但吉妈毕摩的耳朵逐渐代替了眼睛。雨水还没到，村里有老人腰酸背痛，龇牙咧嘴地来了。吉妈毕摩挨着那人的关节听听，又摸到门口，倚着门，把耳朵侧着，回来便告诉那人："你的老毛病了，还是辣椒煮肉汤，烫烫地喝下去。"来人半信半疑："可这头顶上的太阳还大着呢，怎么会发风湿呢？"吉妈毕摩说："乌云就在山后头，嗡嗡响着呢。"来人四周望望，青山环绕，阳光灿烂，哪里有乌云的影子。心里这样想，嘴上却不敢争辩，到了晚上，雨水果然落下来了。

村里老人们便说，吉妈毕摩眼睛上的那层白色是神灵的考验。在最早的时候，能够当毕摩的人必须先遭大难，死里逃生才能取得做毕摩的资格。神灵收去了吉妈毕摩的眼睛，才能把倾听神鬼声音的耳朵赐给他。那些进城读书和进城打工的年轻人断然否定了这个说法，他们说："那叫白内障，是病。"他们劝吉妈毕摩进城看病去，"再不去就瞎了"。吉妈毕摩说："我没病。"仍旧把耳朵当眼睛使。吉妈毕摩记住了他们的脚步声，绕着这些人走。他们才有病，他们的身子骨都轻浮了，双脚都压不实大地。

吉妈家的毕摩是世传的毕摩，到了这一代，只有一个女儿，吉妈竹梦。毕摩是要传下去的，哪怕不是世传，那也要传下去。吉妈毕摩最终还是收了徒，白毛红冠的大公鸡前后花费了三四只，婚丧、疾病、节日、播种的知识浅浅地教了一些。待到考察得差不多，准备传授作毕、司祭等事时，徒弟却不见了。经书倒是一本不少，就是经书旁的野猪牙项圈一起失踪了。村里有人在扑克牌桌上遇到，就回来告诉吉妈毕摩："再另找个徒弟吧，这个人不是做毕摩的料。"哪那么简单？吉妈毕摩杵在门口发呆，把毕摩传下去的事成了一块心病。吉妈竹梦倒不急，从大核桃树上下来，小猴儿似的跳到他面前说："爹，您把那些法器都传了我，我替你给人作毕。"吉妈毕摩看着女儿的衣兜，鼓鼓的，塞满了还没熟的绿核桃，咧嘴笑开了。这小丫头生下来就讨人喜欢，母亲走后更是被吉妈毕摩宠上了天。人都说，吉妈家的女儿过得比哀牢山上的橙子还甜呢。毕摩传男不传女，小女虽聪慧，可自己能敌得过白云村百年来的规矩吗？想到这里，吉妈毕摩脸上的笑又消了下去。

终日伴着吉妈毕摩的，除了女儿外还有头家里的老黄牛。竹梦母亲还在世的时候，这牛就在了。带去山上吃草，听人一声唤，就摇着尾巴缓缓地走过来。大旱天，地上一滴水也不见，草全都枯黄，母亲赶着牛走一里地也不见绿。母亲累了，撒开绳，大黄牛还呼呼地摇着尾巴，往前走，隔两步，又回过头看。母亲跟着大黄牛，走了一会儿，一块绿地隐隐地在山阴处露出头来。之后母亲也不再跟着了，到点把绳子解开牵出门，就听着大黄牛脖子上的铃铛一路响着走上山去，又响着回来。

竹梦母亲走后，牛脖子上的铜铃铛就被解了下来，收进了柜子里。牛反刍，铃铛叮当叮当响，听着让人伤心。

吉妈毕摩眼睛坏了，黄牛不再出门，整日守在家里。竹梦上山割草，走远些，站在土丘上看不到回家的方向。竹梦一路走，一路哭，背篓里的草掉了一半。天色沉下去，再走不回去就要被山里的豹吃了。也是在这时，铜铃铛的声音悠悠地传来，叮当叮当，拖着长长的尾巴。往左走，声音小些，往右走，声音大些。听着铃铛声回到家，大黄牛懒懒地躺在牛棚里，一下一下，嚼着草。竹梦说："是妈妈，妈妈的吉尔（精灵）在铃铛上，带我回家了。"吉妈毕摩摸着满脸泪的女儿，好一会儿没说话。转身进屋，打开柜子，铃铛好好地躺在里面，吉妈毕摩侧着耳朵使劲听，铃铛静悄悄的，没有一点声音。吉妈毕摩明白了，女儿是真正的毕摩，世传的毕摩，用不着他去教。吉妈毕摩把铃铛又挂回到黄牛的脖子上，大黄牛高兴似的，打着响鼻，喷厚厚的气。

吃过晚饭，也不开灯，吉妈毕摩和竹梦在地上展开身体，把耳朵紧紧地贴住地面。吉妈毕摩说："西山阴面有大动物跑过。"竹梦说："开往省城的火车今天晚点了。"翻个身，两人继续听，吉妈毕摩说："村东头的母猪产仔了。"竹梦说："载货的卡车过去了两辆。"再晚些就不能再听了，黑夜里的声音密密麻麻，听久了人心里发毛。

竹梦是什么时候开始不再出门的？每日在家安静地坐着，看鸟在天上飞，一圈儿又一圈儿。吉妈毕摩想，女儿终归是长大了，自己毕竟没有辜负死去的妻子。家里什么时候又来了一个人呢？吉妈毕摩看不见，但总归听得到。自己的心跳声扑通扑通，沉重，偶尔还夹杂着乱拍。竹梦的心咚咚跳，响亮、清晰，听着让人欢喜。怎么还有另一颗心呢？噗噗噗地跳着，声音很微弱。竹梦往门外走，它也跟着走远，竹梦上床歇息，它也跟着躺下。直到那小小的心跳声随着竹梦的肚子一天天大起来，吉妈毕摩知道了，他听到了不该听到的东西，是他们家祖先的东西。

吉妈毕摩那天的举动叫全村人都吃了一惊。他拿着一把九眼铜法扇——那本是用来超度凶死之魂的，在村子东头最大的核桃树下，在一个小伙子的脸上划出了十几道血口子。小伙子先前就坐在树下，纳凉，嘴里滔滔不绝："林子里都睡出个坑来了，又白又亮……她爹眼睛瞎了，我可没瞎……"吉妈毕摩不知何时出现的。"你再说一遍？"那人一哆嗦，转过头来，见吉妈毕摩头歪着，恢复了神气："我又没瞎说，我就是看见了，怎么能做不能给人说？"吉妈毕摩像野牛一样冲了过去，双手四下抓扯，碰到那人脸时，吉妈毕摩竟然笑了。那天看到这一幕的村里人说，他们的毕摩已经被魔鬼附身了。那人的脸被血糊得严严实实，远远看去还以为他生就一副大红脸呢。

焦 典 | 黄牛皮卡

白云村那天晚上非常热闹,人们过节似的都站在路上,看着县医院的人七手八脚地把竹梦抬上担架,塞到救护车里。吉妈毕摩却表现出惊人的镇定,安静地跟在后面。人们猜测也许是他看不见竹梦瘪下去的肚子和一裤子的血,也有人说是救护车尖厉的警笛声损害了他过于灵敏的听力,彻底断了他与这个世界的联系。

过去了不少日子,核桃树上的绿皮核桃逐渐变皱变硬,散出淡淡的香气。吉妈毕摩一个人回到了白云村。

女儿离开了,吉妈毕摩给人作毕的次数更多。有时人不请,也自己前去,坐长凳上唱长长的经文。人问起:"竹梦呢?"吉妈毕摩说:"她天资高,上了圣山念《献物经》了,保我们白云村风调雨顺、人畜兴旺。"

三

竹梦当然没去念经,背着大背囊,坐上火车,摇摇晃晃,她到了北京了。

几年后回来这天,正是火把节。清晨,河上的薄雾像蒸汽一样还没有退去。以往这个时候,女人们通宵未睡,已经到山里去捡松香,用簸箕、脚盆子之类的东西装回来。小孩子就跟在大人后面转,用剥了皮的柳条打溪里的水。现在村子里一片寂静,人们熟睡着,过节要用的东西,早已经去县城里买好哩。

吉妈毕摩的女儿吉妈竹梦开着白色的比亚迪,颠了一路,发动机轰轰响,到家门前已经和土黄色的道路融为一体。听到声响,吉妈毕摩顺着一把木梯子从自家土掌房的屋顶爬下来。梯子年久,摇摇欲坠,又似乎并不服老,像吉妈毕摩一样。就在吉妈毕摩和梯子一起摇晃了两下之后,竹梦下车了,走上去扶住了梯子。吉妈毕摩下到地面。"回来了?"

竹梦没接话，拉开车门，打开后备厢，五颜六色的购物袋一起倾泻出来，随着竹梦一起流淌到老土掌房里。

饭是在屋顶上吃的。

在白云村，土掌房的屋顶是主要活动场所，一家连一家，下面房子的屋顶即为上面房子的场院，顺着山坡层层而上，直达山顶。早些年的时候，每逢婚丧嫁娶，村里人便在房顶上招待宾客。直到有一年屋顶塌下来死了人，当地政府才下令不许再在屋顶上进行大型活动。但也偶尔有青年男女，趁着夜色在屋顶上对歌调情。

"我在北京天天想着这口坨坨肉，味道怎么不一样了？"

"你口味高了。"吉妈毕摩吸一口水烟筒，咕噜咕噜，缓缓发出一串冒泡的声音。

竹梦不说话，闷头吃，唔嘛唔嘛，重重的，故意弄给吉妈毕摩听。

"难得回来了，明天去庙里，给你喊喊魂。"

"不用了，现在哪个还信这些。"竹梦不想去，神庙要是有用，毕摩家自然会喜乐平安的。

"你大爹家的娃娃得病，去了省城都看不好，他们请我明天去庙里，你也顺便一起去了。"吉妈毕摩自顾自地说，往地上敲了敲水烟筒，起身离开。

再留下一句："北京太远了，走得太远魂就会掉。"

竹梦憋着气，第二天一早扒了早饭就出门。神庙是村里前几年重新修葺的，更添几分庄严。竹梦脱掉鞋，光着脚跟着父亲踩了十几级台阶，进了大殿。不到四十平方米的空地上，稀稀疏疏就坐了五六个人，大爹抱着孩子跪坐在正中央。

"吉妈毕摩。"大爹喊，声音闷闷的。

吉妈毕摩在佛前跪下，拜了三拜，拿出毕摩尔布（法帽）、毕摩特依（经书）、毕句（神铃）、吾土（签筒）等一众法器，面向几人盘坐。

"吉妈毕摩。"大爹再请。

吉妈毕摩用树枝在地上插出一个小小的图谱，口念经文，舞扇摇铃。铃声在竹梦脑海里不断敲击着，竹梦恍惚了。竹梦突然想起母亲，小时候吉妈毕摩半个月不在家都是常事。家里的活儿全在母亲一人身上。母亲的腰，总是弓着，直到去世都没直起来。

签筒咚咚咚响了几下，吉妈毕摩屏息听去。除了人们沉沉的呼吸，再没有别的声音指引自己了。

"各有各的命啊。"吉妈毕摩说完，大爹一家的哭声像水纹一样慢慢地荡开了。

回到家里，天色已经黑了。吉妈毕摩养成了日落而息的习惯，家里只有牛棚吊着一盏昏暗的灯。

"一头牛，需要什么灯？"竹梦抱起一捆草料，丢进牛棚。忽然又想起小时候铜铃铛指路的事，抱歉似的，把草料拿起来，重新又轻轻放下去。

"牛是大牲，有灯光，就看得见前面要发生的事。"毕摩说。

"牛看得见，你去医院做个手术不也能看见吗？现在科技发达得很。"

毕摩说："人怎么能和牛比呢？各有各的命。"

父亲的话向来是顶有趣的，但到如今，竹梦突然觉得父亲的话有些乏味，空洞得很。"我回来待不了太久，北京一堆事等着我处理。爸，我好好和您说，和我一起回北京。一个人，在这个小地方，谁来照顾您？"

吉妈毕摩叹一口气："我走了，白云村怎么办？我是村里最后一个毕摩了。"

"您也不想想为什么您是最后一个？大家都不傻，爸。"竹梦带着埋怨。

吉妈毕摩朝着大黄牛的方向看，看了好半天，不说话了。算算日子，大黄牛如今也有二十多岁了，眼神浑浊，仿佛有雾，在牛棚里咯吱咯吱地嚼着干草。

"要去北京也行,但走之前我想你带我去轿子雪山看看。轿子雪山是我们的圣山,我是毕摩,还一次都没有去过……"

四

关于吉妈毕摩要去轿子雪山的事,竹梦怀疑是父亲蓄谋已久的计划。

凌晨五点,白云村的鸡还没醒,吉妈毕摩就爬起来,洗漱打点,一阵叮叮咣咣响,全不顾竹梦还正在被窝里流口水呢。推开家门,天边竟已经有了一线光亮,屋子里立刻都涂上一层白光。竹梦被闹醒,帮忙收拾,其实还不如吉妈毕摩自己动手的好,经书法器乱糟糟塞在一起,哪一件不得吉妈毕摩自己重新归置呢?松香的味道还不时刺激着鼻孔,吉妈毕摩不知从哪里弄来一大捆新鲜苜蓿喂牛,低声哼唱着经文。

当吉妈毕摩拉着牛站在家门口时,竹梦整个人都陷入巨大的困惑之中。

"爸,您这是……?"

"它也老了,我和你一去北京,它就彻底孤单了。这次,我们也带着它去轿子雪山看看。"

"爸,您别开玩笑了,哪有人带着牛去雪山的啊?真是老糊涂了吗?"

吉妈毕摩的态度却异常坚决,听完竹梦的话,他就转身往回走。"我不去了,年纪大了,身上哪点哪点都疼。你回北京吧。"

两人耗着,竹梦在院子里的葫芦秧上抓到了一只蛐蛐,肚子滚圆。她摸了摸它的翅膀,上面绿色的花纹湿漉漉的。

又过了半个钟头,竹梦拿出手机,打了电话:"喂,是李哥吗?我竹梦,吉妈竹梦。我还得麻烦你件事,我不是找你租了辆比亚迪吗?等会儿你开辆小皮卡过来吧,顺便把比亚迪开回去。对,皮卡,对,就是那种……"

对于白云村的人来说,这个早晨可能是他们近些年来度过的最奇特的早晨了。吉妈毕摩一家,坐在一辆皮卡车上向着几百公里外的轿子雪山前进。车厢里面,站着一头为他们付出了二十多年辛劳的大黄牛。每路过一户人家,就停车讨要几捆干草,等出白云村的时候,满满的干草垛已经把大黄牛围住了。

竹梦说:"爸,您说得没错,人比不上牛。我们在前面开车,它就在后面兜风吃草。各是各的命。"

吉妈毕摩笑了,脸朝着车窗外。他熟悉的村庄一截一截地往后抖落下去。

几乎整个白云村的人,在这个闪着阳光的碎金的早晨,都看到了一头大黄牛威风凛凛地站在皮卡车上,晃晃悠悠地离开了村庄。

盘山路九曲十八弯,看着绿绿的山顶尽在眼前了,绕着一走,又是半个小时。不着急,要离开了,每个草洼都有看头。路过岔路,吉妈毕摩便下车,摇铃铛唱上一段。第一响是问候山间神灵;第二响是唱给枉死生命,山里的、水里的、路上的,有遭了意外的都得安慰;第三响指明方向,活人走丢听见寻着路,死人徘徊听见去往生。天气热,戴着高高的法笠,纯白羊毛帽套,吉妈毕摩头上的汗一颗颗往下滚。

路上遇着多事的人,按两声喇叭,摇下车窗。"卖牛去啊?多少钱,给我吧。"竹梦踩一脚油门,别着过去。"这牛比你老,你买不起。"皮卡车引擎轰轰响,像是助威。

开出去差不多一百公里的时候,车厢里的黄牛用头顶的角不停地轻轻撞击货厢,脖子上的铃铛颤颤地响。

竹梦把车靠着应急车道停下,和父亲站在路边吹风。

往前看,大概一百来米的地方,挂着路牌,绿底白字——阿卓县。

仿佛看见了路牌似的，吉妈毕摩说："好多年没去县城了，进去转转吧。"言语中竟有几分憧憬。

"谁想去？我不去。"

吉妈毕摩依旧说："北京太远了，走了之后就不会再回来了。"

竹梦转身回到车上，重重地关上车门，发动了引擎。

一百多米之后，皮卡车打了一个右拐，下了岔路，驶向阿卓县。

进了阿卓县天空就有些飘雨，云南西边就是这样，十里不同天。黄牛淋了雨水之后变得兴奋起来，吧嗒吧嗒地嚼着草。县城里楼房已经多了起来，犹如一座座水库孤独地矗立着，偶尔有黑色的轿车呼啸着从身边蹿过，又消失在雨幕中。多年不见的县城，竹梦已经不认识了，那些间隔闪过的广告牌让她觉得异常陌生——他怎么样了呢？十七岁的那一年，他给她摘了满满一怀山茶花，颤颤地递到跟前，脸一红，转身要跑，后来是被竹梦一把拽住了的。现在想起来依然觉得有些好笑呢。

皮卡在一家小卖部门前停了，对于这样一辆奇怪的车，女主人显得缺乏热情。她一边打着哈欠一边嘟囔着问："买什么啊？"

"拿几瓶矿泉水。"竹梦说。

"哦。"女店主拢着乱糟糟的头发，起身走到货架后面。

一伸手，竹梦就看见，女店主的无名指上套着个翡翠戒指，翠绿色，杂点雪花。她想起了那个晚上，他说，一辈子是你的，同时把翡翠戒指塞到竹梦手心里，冰冰凉，和洒在林子里的月光一样。

"这店之前不是陈老板的吗？怎么换人了？"竹梦打开冰柜，小牛奶、绿舌头、绿色心情，还有认不出商标的杂牌货，左挑右选，心不在焉。

女店主打量了竹梦一番，说："你是他朋友？你还不知道吗？他瘫床上两年

焦 典 | 黄牛皮卡

了，一直是我在守店，我是他老婆，有事和我说一样的。"女店主把矿泉水放在柜台上，并不忙着结账。城小人少，已经很久没有人再愿意倾听自己的故事，她说一句："命真苦啊！""命真苦"三个字是勋章，过苦日子并不可怕，如果一直有人授予自己这个光荣的称号的话。如水的回忆淹没了她，自己的那位丈夫总是在夜晚偷偷跑到楼顶，朝着北方眺望。在踩断了顶楼两根生锈的铁梯子后，终于从五楼坠下，摔在了早点摊的塑料棚子上。没死，高位截瘫，天天在家里哭爹喊娘。自己进货看店，累一天，晚上还得抱着头，哄男人睡觉，吵出精神衰弱。

竹梦递过钱，女店主的手有些颤抖，不知是因为悲痛，还是睡眠不足。

女店主邀请："他就在家，你们不进去看看吗？"

吉妈毕摩见过陈江的，那晚救护车尖厉地叫一路，把竹梦救了回来。竹梦躺在病床上，换了干净的衣裤，眼泪直往外冒。吉妈毕摩问："到底是谁啊？你说吧，我不怪他。"竹梦嘴唇动动，吐出两个字："陈江。"吉妈毕摩带着病历本去了，提着一篮子杧果回来。怎么样？竹梦想问，问不出口。杧果一切两半，吉妈毕摩和女儿一人一半。"好了你就走吧，去坐长火车。"竹梦急了："我走了，你怎么办？"吉妈毕摩摸摸耳朵："没事，我能照顾自己。"

"去看看他吗？"女店主又问。

竹梦在犹豫。吉妈毕摩从皮卡车里下来，说："没啥事，我们就不去了，还得带家里的牛去轿子雪山哪！你回去和他说，吉妈家的今天来看过他了，以后就走了，再也不会来了。"

两人上了皮卡车，黄牛不知何时把屁股撅到货厢外面，拉了泡牛粪。

等女店主看见地上的粪便对着皮卡车破口大骂时，竹梦、父亲和他们的大黄牛已经远得只剩下一个圆点了。

阿卓县再出去一百里地，雨就停下来了。一路上大黄牛一声不吭，只在吃草时打两个响鼻。

吉妈毕摩说:"都挺好。各有各的命。"

竹梦看着前面的路,平整、笔直,这一段是云南难得的坝子。

吉妈毕摩把头靠着座椅后背,用一种近乎儿童的声音询问道:"梦梦,啥时候才能看到轿子雪山呢?"

拨弄两下导航,液晶显示屏上显示前方有一个叫"白果"的地方。

是个小山洼,石头比树多,大块小块,灰白黑白,到处堆。几片玉米地突然伸出来,故意的绿,杂着几个房子零零星星地散在山坡上。吉梦的母亲就长眠在这里,孤单得很,但也得了长久的安静。吉梦说:"去看看妈吧。"吉妈毕摩直点头:"当然。"

竹梦知道,父亲很早就把自己的寿衣置办齐整了。他总是有这个担忧,生怕自己死后别人不能按着毕摩的规矩给他办事。和他争论,把寿衣扔垃圾桶里,吉妈毕摩又捡回来,洗干净,叠好藏在柜子里。吉妈毕摩总说,死亡没什么可忌讳的,早晚有那么一天,他也会穿上这身装扮,埋进地底。来年,坟头会被绿草遮盖,变成土地的样子。

吉妈毕摩是对的,至少在母亲坟前是如此。除了绿草,母亲的坟上还开出些野花,蜜蜂在上头嗡嗡地飞,倒还添了点热闹。

竹梦和吉妈毕摩在母亲坟前磕了头,吉妈毕摩说:"对不起你,赤脚走了那么远嫁给我,脚底都磨出了血。去了还要再走几百里山路,在这里一个人孤孤单单的。"

坟头的草晃了晃,回应似的。竹梦想起母亲去世时,头发垂在床边半截,风从窗子缝里钻进来,也是这样地飘。

吉妈毕摩盘腿坐下,开始喃喃地唱起了经文。当年他也是这样唱着《指路经》

焦 典 | 黄牛皮卡

送走妻子的。白云村的人，死后都要由毕摩牵引，回到先祖的居所。那一路走得多久呀，一步一唱，咿呀绵长，整整走了四天。一笔一画，在墓碑上写妻子的名字——诺别沙侬。别写错呀，妻子走前紧紧地交代，有了名字灵魂就不会消散。但一个白云村女人的名字，一生会有几个人叫一叫呢？县里下来人教写字，妻子的眼睛闪闪的，想去呢。吉妈毕摩没让，多后悔呀。最终妻子攥着照片去了，那是她唯一的一张彩色照片，背后用蓝黑色钢笔水写着妻子清秀的名字。绿线匝七匝，缝一小布袋，篾刺插起放进篾箩，吉妈毕摩悠悠地唱着经，摇起毕摩法铃，丁零丁零，一路沿着先祖迁徙的路线，引着妻子的灵魂回家了。

吉妈毕摩不停地落泪，说："对不起你，我要和梦梦去北京了，以后离你就更远了，你好好的。"

竹梦把货厢打开，牵着大黄牛走了过来。"妈，今天我们全家都来看你了，老牛也来了。我们一起去轿子雪山，看圣山的神仙。我们可高兴着呢，你也高兴。"

能不高兴吗？母亲坟前的金雀花笑开了。

再上路，离轿子雪山就只剩下几十里地了。在路上远远地望着，云雾腾腾，白色的山峰高高地耸立在湛蓝而沉静的天空中。

停车，歇息，大黄牛静静地，朝着轿子雪山的山尖注视着。

突然前腿一屈，倒在车板上，丁零——丁零，大黄牛脖子上的铜铃铛清脆、响亮。粗粗地喘最后的几口气，眼睛里盈满了泪水，闭上了。

竹梦说："也许我们就不该带它出来，不然它也不会死。"

吉妈毕摩用打火机烧了一点草木灰洒在黄牛身上，从行李里拿出一根竹根，割取谷粒大小的一粒放入灵桩之中，跪坐在大黄牛身边，吟诵着经文。

吉妈毕摩说："雪族子孙十二种，我们和牛都是雪的后代。这一世它也值了，死之前看到了一眼圣山。很多人都不如你啊。"他对着圣山重复说,"很多人都不如你啊。"

作毕结束,吉妈毕摩把净灵的法器收好,坐上了皮卡车,说:"我们回去吧。大黄牛都看过了,我也看过了。"

五

皮卡车掉了个头,开始返程。竹梦把车窗打开,空气里充斥着庄稼和这片红色土地的味道,吉妈毕摩静静地坐着,不知道在想些什么。轿子雪山白色的影子渐渐远去,竹梦觉得自己正变成一只大鸟,她、父亲吉妈毕摩、黄牛、皮卡车,都在轿子雪山的这条路上,开始顺风飞了起来。

吉妈毕摩在返回的途中就去世了,这一天是火把节的第二天。

选自《人民文学》2020年第9期

杨知寒

1994年生。中国作家协会会员。现居杭州。小说见于《上海文学》《民族文学》《山花》《朔方》《中华文学选刊》等,已出版短篇集《作茧》、长篇小说《寂寞年生人》。获黑龙江省少数民族文艺一等奖、第七届豆瓣阅读征文大赛最佳人物奖、萧红青年文学奖。

邪　门

　　我对象的父母被安排住在我姥姥家，没人能反对我姥姥，她说怎么安排就怎么安排，包括家中很多人的一生，都已经按着她的思路走。对象家在大连农村，父母都是农民，据对象说，他们来的路上不少忐忑，住了一天看来是适应多了，但往沙发上一坐还是有点发蒙，六十多岁的老两口眼睛直追着人跑，屋里进来一个人就略微站一下身，似乎沙发上始终有烫屁股的一块儿。我和对象早上不到十点从隔条街的我家过来，进门时姥姥已经和老两口泡上茶水聊上天，我们脱了鞋进屋，在一旁陪坐。今天初七，我爸妈都上班了，交代给我和对象说，今天的外事活动可我俩安排，但大家心里都明白，我俩落在我姥姥面前，也得是被安排的。此刻我和对象各坐在一边的沙发上，他陪着他妈，我陪着我姥，我叔坐在靠门的那个单座上，此刻低着头仿佛寻思事情。姥姥家宽敞，也是东西少，朝向正，上午的阳光没遮没挡照在屋里的白瓷砖上，有点反光刺眼睛。屋里热，穿堂风嗖嗖的，竟然温度还挺适宜，我在茶几底下穿一会儿拖鞋，扔一会儿拖鞋，听他们唠嗑，没点我就不用应声儿，我都习惯。茶几玻璃板底下正好还压着张年三十姥姥家准备的菜谱，手写的，应该是姥姥的字，有点儿连，有错别字："九"菜炒绿豆芽，小鸡炖"麻"菇，炒"何"兰豆。葱爆两字不会写，写出来的那两字我也不会写，应该是造的字。

　　我姥磕出一根红塔山，把烟盒递给我对象，他连忙说不抽。他妈也在这儿看着，跟姥姥说，我不让大非抽烟，有回他在院里抽，我看着了也没吱声。后来他进屋，问我，妈妈你是不是生气了，我说你现在大了，长本事了。他就跟我发誓保证说他再也不抽了。真的，他爸都在边上听着，是不是赵庆敏？ 我叔点点头。我姥说，那他在外跑业务，别人递烟不接？ 我对象说，我不接。我看看这个，看看那个，觉得他们一家三口朴实是朴实，不太了解我家，不抽烟在我姥这儿算不上好习惯，她两个女儿都当男孩养大，往日家庭聚会都是先酒后烟，最后麻将局伺候，昏天黑地玩透了算，人得先会玩才能上社会跟别人玩到一块堆儿，整个家里她就看不上我不会玩儿。现在好了，我又找进个闷面口袋，她边吸烟边看新鲜事儿似的瞄着我对象，随后脸一别，挤眉弄眼地下定论说，他背着你肯定抽。咳，还能不抽？

我说你也少抽两根，天天咳咔的，我姥喊了声滚，音量能把人吓一跳，可我手里还能剥出一个完好的橘子，是早已不受影响。她就这样性格，骂完人自己先乐，双脸红扑扑的，精神矍铄，看起来能活不少岁数，论年龄，她只比我对象爸妈大两三岁，却整整隔出一辈人。我对象说，他爸妈生他生得晚，三十六岁。主要结婚也晚，穷日子给拖累的，都是各自家庭里的老大，不好脱身。我一直听不习惯他爸妈叫我姥阿姨，叫我姥爷叔叔，就像我一样不能习惯婚礼之后，改口叫他们爸和妈。在我看来那就是爷爷和奶奶，我爸才五十，大冬天穿夹克敞怀，好开个快车，在马路上别出租车玩儿，回家一甩钥匙就钻进书房，成宿打魔兽，小孩儿一样。而现在这个屋里，平均年龄就达到五十岁，陈芝麻烂谷子，叹往昔诉今朝，可想而知的谈话味道，说过来倒过去没一件新鲜事。我看了一眼坐在沙发扶手上的我对象，他听得挺专注。谄媚，虚伪，我给他的表情里写满这些批评，他看了没领会，张个大嘴问我干啥？ 他一问大家目光都集中在我脸上，我连转换表情都差点来不及。继续剥橘子，剥了三四个吧，胃里都开始反酸了，他们才聊到我妈跟我爸刚认识那阵子，离现在还有小三十年。再看一眼我对象，他还在那

杨知寒 | 邪　门

接话，姥姥，那你当时同意他俩在一起不？这话问得没谁了，不同意我哪儿来的。

聊半天，也没人注意到我，我姥还以为我听得入神，毕竟我俩坐得最近，这一屋里关系也最近，她一说到与我有关的话题，就急于拽一下我的胳膊或拍一下我的大腿，要我做证。拍打数次之后，我有意把身子斜到边儿上，做出舒展的样子，好像挺放松，我姥再想够我有点费劲，便说，你离我近点儿，唠嗑呢。我说，听八百回了。坐累了，去屋里看会儿书啊。我姥使劲把烟头拧了，说，我看你走试试。你听过人家没听过，这是咱们家历史。往后这不是一家人吗，不了解历史怎么了解彼此？我寻思也是，兴许能唠出点儿沧海遗珠，捡起来当素材，就问她那你许人补充不，或者发表观点？我姥说，不用补充，发表啥观点，显你了。我们家人性格都挺相似，其实一个大环境下成长起来的性格底色都差不多，这不，挨几句呲儿反而能感觉痛快点儿。我算坐稳当了。

我爸妈的婚姻对于今天这样的谈话没多大映射意义，他们基本门当户对，大夫配播音员，高小伙配瘦姑娘，矛盾不显现在婚前。我姥也就此打住，很快把话题转到我老姨的第一次婚姻上头，那个小伙，也就是我第一个老姨夫，据说也是辽宁农村的，贫苦出身，能想会干，尤其一张嘴，叭叭叭叭比我对象搞销售还会哄人，但这些年大家在桌上很少提到他了。因为我小弟也在桌上，每回我姥喝点儿酒要提这件事，就被七嘴八舌压下去，主力是我姥爷和我妈，都让她注意点儿，孩子在呢。可见是不好听的话。我给几个长辈又续一回茶水，坐下问，他现在到底在哪呢？我姥说，应该没了。我若有所知，记起一点儿跟追债跑路，欠下八家银行相关的话题，家里说这些事从来不背我，但在我这儿所有关于老姨夫的记忆都有点断续，想了想，似乎这么多年他出现在这个家里的所有时间点也始终是断续的，在一阵儿，不在一阵儿，不在的时间更长久。后来他一直消失，我们不说，心里都当他死了。尤其在老姨再婚以后，带来那个长得和姥爷年轻时酷似的孟叔叔，越来越频繁地来家聚餐后，就更没人提他了。对我家里这几个人，我对象这些年光听我叙述，基本没见面也三分熟悉，只除了这个老姨夫是他听也没听过。此时一提，觉得是个特殊人物，能感觉到，他们一家三口都陷入了察言观色的沉默里，毕竟谁家人能说没就没一口子，还在那推测说"应该没了"？

我姥又点上一颗，烟头夹在滚胖的手指间纹丝不动，她眼睛眯得很细，里头浑浊又雾蒙蒙的，我知道，这是起调。我姥看向我姨和我叔，告诉他们，她对这个女婿可是仁至义尽了。我姨问她，阿姨，这孩子到底怎么了？我姥犹豫一下说，本来我是相中的。当空军，村里就他一个，考上那天真是锣鼓喧天，全村相送，他老齐家在村里因为这儿子露大脸了，就跟你儿子当年考上名校一样。他也村里就一个吧？我姨说，他是，他们高中校长都来家来，跟我说你……我姥打断她，说，都是少年得志。齐学库我第一眼瞧，就不是农村孩子。你儿子也不咋像。我姨赶忙说，大非爱干净。小时候我给他……我姥有点烦她不知道哪说哪了，说，齐学库会笼络人，眼睛里始终有事儿，滴溜溜心里转圈儿想，谁缺啥，谁想要啥，伺候首长那是一绝，别说伺候我这个丈母娘了。那，大非是吧？地上橘子兜里给我拿两个出来，说半天了嘴没味。看，你就还得练。

齐学库是个让人讨厌不起来的人。小时候我家、老姨家和姥姥家，三家住在同一个小区两个楼里，见面的时候多。尤其我和我小弟，总在老姨家那个狭窄的小一楼里看一下午的电视，老姨也是播音员，没节目的时候就在厨房里给我和小弟炸牙签肉串吃，甜甜的，回味了好几年。老姨夫不常在家，他那时应该大部分时间都在部队，偶尔我在他家时撞见他回来了，还看他穿件淡蓝的衬衫，深蓝的军裤，个儿和我对象差不多，在东北有点小众，不到一米七，穿鞋勉强能够上。可人看着精神，随和，跟我话不多，总能见着笑模样，有对待小姑娘该有的样子，比起我爸总是独来独往，更让人亲近。我和小弟有时候动画片看完了，就去电视

杨知寒 | 邪 门

柜里找其他的动画片儿碟片，东找西翻，有回正翻着，发现本三十二开的小影集，挺厚，封皮是两个洋娃娃彼此拥抱，被圈在一个红色的爱心里，标题是爱的记忆。我小弟那时还小，没当回事儿，我则从小就爱看些纸啊片儿的，默默翻起来。有二三十张，没装满，都是一趟出去玩的时候照的，分别有我爸我妈，我老姨我老姨夫，他们两对儿在彼此都还没小孩的时候，结伴到郊外林子里烧烤去了。是个秋天，叶子金黄落了满地，背景则是成排的白桦树，我妈和我老姨一人一件皮夹克，在林子里取景，玩闹。大部分照片应该都是我爸照的，效果挺好，他出场不多，倒是老姨夫，一身军绿，始终插个兜，站在画面的中央或其他醒目位置，令人印象深刻的就是他挺拔的站姿，比树还直。老姨在他后头抱膝坐着，聚精会神看他。从这张照片的角度看，彼时老姨眼中的齐学库高大且能依靠，站在万事万物之前，一副当仁不让。翻过照片，后头有字，九七年，恋爱一个月。

  我妈那代人在婚姻问题上一直存在一些悖论，比如她们比起未知的答案，更愿意相信前人的经验；也比如她们对于自身只此一次的惨痛教训，会认定是具有举一反三延伸能力的亘古真理。她们强调说，如果你不接受她们已经接受的事情，就一定会走上比她们走过的更坏的一条路，这点毋庸置疑。几次在酒桌上，我老姨突然停杯，蓄谋和我说些什么。如果酒桌上我爸妈都在，那还好，大家只是闲话，说说就算；如果是她单请我，寒暄客套都差不多以后，就会直接辩论，即便每一次我都能在去见她的路上做好心理建设，一定不焦，不躁，咱有理有节，也没用，只养儿子的和只养女儿的终归会在教养子女上形成不同的思维方式。她没有我妈那份儿即便心仍打鼓，仍能安慰自己孩子应该能过得挺好吧？那种糊涂是福的自我疗愈。在我老姨眼中问题永远都是问题。平时你看她风风火火，说说笑笑，一遇上事情就是一挺容易把周围人都包围在自己焦虑圈里的机关枪。可突突冒火，没一枪打到准地方，只让人心累。几次下来，我都辩论不出所以然，双方大多在激烈交战后的突然沉默中吃完自己的饭，最后心力交瘁地告别。有一次，吃完饭她开车送我回家，上了车不拧火，人面对方向盘，重重地喘粗气。我俩都滴酒未沾。我在后座上把头转向窗外，她则把头转向后座，一声叹息，说，你是没结过婚。我想了想，只能说是，听她又说，我和你老姨夫就是一恋爱，就结婚。根本不知道和其他人在一起什么感受，那样的婚姻是盲目的，你是盲目的懂吗？我犹豫或许该给老姨透一点儿我的私人履历，我对象，不说是我过尽千帆吧，也算众里寻他后，头一个让我想安心过日子的人，其实值得珍惜。老姨扭脸不听了，给我放了盘CD，不出预料，一首《梦醒时分》，有些人你永远不必等。循环一道儿。

相比下，这两年她的状态好很多，过年聚会的时候，穿件掐腰的鲜绿毛领外套，头发带着小卷，衬得肤色白皙红润，还涂了烂番茄色的唇釉，站在我妈旁边看起来不止小四岁。孟叔叔在她身后跟着，两手提满东西，人进门带来一团白气，不知是冻的还是热情，见着我姥我姥爷就差下跪请安，他们双双出场，很像大款带小秘。酒过三巡，电视里的春节晚会还没开始，大家都围在一起跟在美国上学的小弟录视频，老姨在我身边儿坐着，存好视频，突然抓起我的手，在手心里摩挲回摩挲去，说，大姑娘这手啊。老公，你看这手，又细又长，这手就是享福来的。孟叔叔瞥了一眼，笑笑没说话，被老姨拽回来看了一眼，还是笑。我便把手抽回去，挺没意思，跟孟叔叔总有那么一股子不对付。心情好的时候含含糊糊叫他老姨夫，大多时候就装没改过来嘴，叫孟叔叔，反正他也知道怎么回事，他没能把家里所有人都笼络住，本来这事也难。

我姥继续跟我对象爸妈说，齐学库这人本事就本事在能笼络住所有人。他挺懂人。我作证，的确，这人看着不出挑，但不招人烦，也有眼力见儿，总是挺客气。我姥说，不那样能得首长喜欢吗。他坏也坏到这上头了，人不踏实。其实他后来

杨知寒 | 邪 门

所有的毛病，婚前都有铺垫。我和你姥爷没往深想，坏事了。我说，开始你不是看他哪都好么，我姥爷还总说你，把姑爷看得比儿子都亲。一比较，对我爸简直就是看不上。我姥不乐意听，辩解说，你要是有两个姑爷，一个天天鞍前马后，一个少爷似的不沾前儿，你看好谁？还是。我说，怪我，唠远了。还说他婚前吧，他和我老姨恋爱多久结的婚？我姥寻思，有两个月没有？我没记住，反正不长。我们当时就看中他是部队的，往后能高走。我说，高走啥，没把家赔了就不错。我姥笑着说，你也知道他赌啊。他叔他姨，作为过来人我告诉你俩，孩子烟酒都不用太忌，就这个赌博和嫖娼，真坑死人。我姨说，赌博是罪，有罪。我叔说，赌博不是好人。我姥问我对象，听说你打小就会玩麻将？我对象咧个大嘴，说，姥姥你放心，我就当个游戏玩。我说，平时没见他玩儿，就有时候用手机斗两把地主，豆没了就算。我姥说，豆？我说，游戏币。我姥说，挂上啥都不行，以后看着他。说回齐学库，婚前有啥端倪呢，两点。他俩结婚前，我去他部队一趟，想看看他工作环境啥的。我到那问起齐学库，他哥们儿多啊，都过来围拢我，一口一个老妈叫着，说的都是好话。我一看这不行，单独叫出来其中一个，脸放下，问他学库平时到底咋样，这眼瞅要结婚了，我得听实话。你们不能因为跟他是哥们儿，最后祸害我姑娘一辈子。那小伙告诉我，大娘啊，学库啥说没有，重情义，脑瓜活，往后指定有发展。我问，啥瑕疵？他说，有点儿好玩。我一想，年轻人哪有不好玩的，真还是只点儿瑕疵，就没多问一句他玩儿的是啥。那小伙又说齐学库，在吃饭上挑拣。他们一起去食堂，每回他都得把盘里葱姜蒜挑净了，择出来，不然不动筷。这下我心里开始打鼓了，你们寻思，年轻人吃饭都挑，不稀奇，我这孙女儿也是，恨不得一米粒一米粒给你咽，可他是啥？农村出来的，家里锅都快揭不开了，我话直，没别的意思，你们村儿能有这样的？我姨不好意思地笑笑，说，大非他爸就不吃葱蒜。我姥喷了一声，还有这样的？我叔说，吃不惯葱味儿。我姥说，不瞒你们，你家儿子第一眼照片拿来我们看，大伙就都说，像齐学库。知道开始为啥都反对吧，这是一条儿。咋还越说越像了。

我姨的双手一直在身后撑着身体，因为一条腿残疾，腰始终使不上劲儿，坐久了就有下滑的趋势。我抬头看去，她似乎在为谈话始终没能走向顺利而后悔，两脚局促地暗自发力，踮着，想把自己再抬高一点儿，表情深沉。我示意大非，他把他妈往上揍了揍，让腰能靠到沙发后背上，我姨腿不够长，一部分腿搁在沙发上，坐姿像儿童。我姥看见说，这孩子孝顺，这点照齐学库强。我姨赶紧接口说，大非总心疼我。我说妈妈是个残疾人，是人渣滓，他不叫我说这话。他说妈妈，你这样还供我上学，你是最伟大的。说完，我姨和我对象露出了一模一样的笑容，他们咧嘴的程度，眼角的耷垂，都仿佛复制，我一时不知说什么好。我姥在一旁默默看我，余光中，她端详了挺长时间，然后自言自语，说齐学库妈也是有点儿残疾，不知道怎么弄的，针扎一只眼睛里了，瞎了几十年。齐学库后来跟她说，我姥比他亲妈还亲，他亲妈都没得上她济。我姥听了就边摩挲他肩膀边说，她呀，也是俩姑娘，缺儿子，她就看齐学库亲。那天他们都喝多了，就他俩，齐学库哭得上不来气儿跟我姥说，他妈走那天，他去赌钱了，他两个姐都没找着他，两个姐也在外地，没能赶回来。到他回村那天，看见土道上裹了一领草席子，远远能闻见，都臭了，那就是他妈。我姨听了张口结舌，我也有点儿，问我姥，这他还能告诉你？我姥点头说，能不告诉吗，他都认我当妈了。

老姨总跟我们说，别提齐学库，我现在提他犯恶心。无法判断当年那件事具体发生在什么时候，家里的大事对于孩子来说，总是在事后发生的。那种为此提心吊胆的集体煎熬，除了我和我爸，差不多家里都参与进去，能给我的记忆留下痕迹的，只是我妈几次单独的出门，有点匆促而已。我姥现在的讲述差不多复原了那个事件，自此后，齐学库才成了苍蝇一样的让老姨吃饭时不能提及的念头。

杨知寒 | 邪　门

　　我姥说，那天她刚把我小弟从幼儿园接回来，正准备做饭，一个朋友来电话说齐学库找到了，人在蓝天宾馆。我姥嘱咐她朋友，你替我看住了，我马上到。我姥现在跟我们说起时语调仍很紧张，我立刻出门打车，等不及坐公交，怕他再跑啊，出租车还故意给我拉远道儿，这让我给那司机骂的。这事儿她姥爷记得，老丁你别睡了，出来听听。我们才意识到家里还有一个人，姥爷刚才在里屋，不知补的什么觉，一直到现在。穿着我爸不穿了的大号衬衫，趿着拖鞋走过来，笑模呵的，问，你们聊上了？一看我姥爷，我心里就踏实多了，姥爷虽说不能掌控姥姥，多少还能掌控点儿话题，他和我叔坐到一块儿，离远看，怎么瞧怎么像肯德基老爷爷。用手指下我姥，接话说，她给那司机骂得够呛，我俩那天一块去的。我姥解释说，我一个人可不敢去，那地方乌烟瘴气的。

　　等我姥和姥爷赶到蓝天宾馆，齐学库又已经不见了。他们一出现在那个环境里，所有人便都怀有警惕地停下手里的事，小声交谈。有人过来问他们找谁，我姥问齐学库在哪，她眼神上下逡巡，像一个退下来的老干部，矜持而含威，我姥爷腰里则别着把螺丝刀，站在她身后。一个男人把他们带到隔壁的房间门口，敲门两长三短，门打开，他们看见齐学库蹲在一张床的前头，没人绑他，可他自觉的双手背后，眼皮耷拉，有被人打过嘴巴子的痕迹，侧脸挺肿。他先是小声叫了句爸妈，一叫出声便仿佛放气儿，再也蹲不住，人坐倒在地上。我姥冲上去，又推又打，大声地质问他在这儿干啥，她不住地明知故问，只想让他开口给自己一个确凿的交代，其实又哪还需要。两个男人站在窗口，他们走近时，齐学库直往墙里边躲，躲得自己整个人薄薄的，窄窄的，仿佛一张能立住的纸，他直打哆嗦。其中一个人告诉我姥，拿五十万，要不这人往后你见不着了。我姥顺势坐在一旁的床沿上，我姥爷拽着她胳膊，想把她拽起来，好一走了之。可她只是紧锁眉头，看看这，看看那，最后不耐烦了把我姥爷一把推开，叫那两人，一口一个兄弟或者孩子，问他们爸妈是哪个厂的，在哪干过，试图找出潜在的关系链，像在早市拜托熟人多留一条排骨那样地疏通关系，可他们不是乐就是低头玩手机。半晌，齐学库抬起丧家犬一样的表情，抱住我姥两条腿，说，妈，先把我人弄出去，行不行？我姥爷打开门，准备走了，跟两个男人说，你们弄死他吧，你们不弄死还得我来。我姥喊，你他妈快滚。一个男人不耐烦了，起身说，不筹钱，你俩都滚。挺大岁数搁这儿演电视剧呢？

我姥回家后一想，可不就是电视剧。他们去找齐学库，是因为五天前我老姨从内蒙采访回来，她本该在第二天再到姥姥家来看望，却在回来当天的夜里十点，咚咚敲响了这里的门。姥爷去开的门，他跟我们说，我老姨工作以来，他还从没见过她这么哭，一下子就让他回忆起了他老姑娘小时候在他怀里哭的模样，本来，他都以为她是个大人了，忘了她也才二十出头。我老姨进门后一语不发坐在沙发上，就是现在我坐的这个位置，我姥去摩挲她的手，冰凉，从手指头到小手臂，整个人都是凉的，在刚入冬的晚上不知道一人儿在火车站站了多久。她头发都黏在脸上，微微皱眉，在眼角挤出些细微的纹路，我姥特烦看见她这个表情，女儿一旦苍老折磨成这样，更老的人也不必活了。两人坐在姑娘边上一左一右，开始他们以为她挨了打，问了说没有。以为是在家里吵了架，生气跑出来，我老姨却又说她连他的面也没见着。齐学库昨天晚上在电话里答应她，他们新婚不久，这次小别，他一定准时来火车站接她，还给她买束花啥的。我老姨说不用，太傻，在绿皮火车坐了一路却都抱有期待。她本以为一出站就看见他，即便已经有些隐隐的不安。自她早上上车，就开始联系不上齐学库。她想他大概在预备一个惊喜，又怀疑是部队里突然的工作牵制了他，左思右想，在火车站里从晚上六点半等到九点半，才默默抱着大包哭回了家。

齐学库从那天起开始失踪，准确来说，是从前一晚和我老姨挂完电话就失踪

杨知寒 | 邪 门

了。听到这儿，我也有些难过，我对象做销售，头两年因为房贷和装修，一堆的债积在头上，他不得已去接更多的项目，更频繁地出差，总也不在家。这样的夜晚我都已非常熟悉，凌晨到天亮，一个人度过一段失去参照的时间。后来我迷上了酒，开始受不了苦涩，慢慢学会把希望寄托在咽下之后身体发生的变化上，所谓摇摇欲坠，所谓羽化成仙。喝得像块行走的红炭，感觉热力不但能让自己暖和，还能把整个空间都烧熔掉，化着化着事儿就找不见了。再接他的电话，那边或是在打扑克，或是在去夜场的路上，心里居然也能自我安慰：咱们都在同一国家，都在进行娱乐活动，只是不照面。盘腿在床上，放下电话，自己跟自己甩两把打娘娘，用低声部唱《青藏高原》，一觉哪做得不完美，猛着罚自己酒。直到后来养出啤酒肚，心理建设也初步完成，才渐渐戒了那种晚上。人锻炼得归根结底都得是自个儿，除此外，事情还是摆在原地，搬不动，不如给自己省点力气，做别的。今天我才知道老姨也有过那段日子，真想穿越回那晚的车站去接她，啥也不说，就陪她一块儿等，假装我男人也没来，假装没人需要等。人和人，有时没交没代就落回到了两个时空里，干联系不上，像根本也没认识过。

事儿说过去就过去，我姥继续讲，她和我姥爷后来在桌上也不提，齐学库每次都暗地里感谢她，为搭救他出来，我姥卖了一套房，挪了些积蓄，人见老不少。他处处流露出改过的状态，在部队里调了职位，到了空军后勤，隔三差五开大车到我姥家楼下，一趟趟搬鸡鸭鱼肉，也舍得耗费一下午一下午的时间，单陪我姥在家喝酒解闷儿。他拿回来的，都是当时年代里的好东西，渐渐把我姥和我老姨培养回了原先的精气神儿，对我小弟，也儿子长儿子短殷勤不已地跟屁股后面撵着，撵上就把他背上肩膀，把头上的大盖帽扣上他小小的脑瓜顶儿，一嘴胡子茬亲得我小弟直躲。当时我刚上初中，暑假里和小弟都在姥姥家度过，齐学库有时候也在，站在窗口抽烟，从不对着我俩，抽没两口，就回过头看一下我俩能不能吸着，仿佛不是他看着我们，而正相反。我给小弟辅导功课，入门的应用题，他总也整不明白，连看懂意思都费劲，加减法不知道用，水浒游戏卡什么人物使什么兵器倒是门儿清。我俩学习时，我姥和我姥爷从不过来，过来了也只是看看，说声好好学就走开。他们那代人一辈子出厂进厂，子女又都是自己扑腾出名堂，不太清楚知识的分量。齐学库则每次都在我旁边坐下，不出声，眼神跟却鹰盯着肉块般盯着我小弟，他每一句回答都值得齐学库叨一下，那阵儿我就有点怕齐学库，因他也仿佛一样在检验我的教学。他人瘦，就不太见老，只是皮肤更黑，油亮亮的，嘴唇颜色一年比一年见深，身板还是挺括。看我给小弟讲题的时候，总歪着脑袋，像我另一个更专注的学生，比我更常对小弟提问。他总是在我小弟答不上，而我又想和稀泥的时候，生硬打断我俩的进程，坚持问我小弟，姐姐问你呢，你咋回答？我只好试着提醒我小弟，提醒一句不会，两句不会，他身板就开始前倾，带着压制性的气氛，向我小弟的方向上投射阴霾。

现在想想，那阵在姥姥家的确不常见到我老姨来。她是工作突然特别忙？还是突然有了其他的事情缠身，说不清楚，只记得我小弟天天晚上住在姥姥家，有时候齐学库饭吃到最后，憋了半天，还得征求我小弟的意见，今天跟爸回家吧？我小弟巴不得不被他管，他怎么哄，我小弟就怎么低头，往我姥身后躲。直到他站起来，忍不住去拽他，我小弟才突然爆发出哭声，让我忍不住乐他，戏还来得挺足。我姥把我小弟搂在怀里，拉下脸说，你总打孩子，孩子能跟你？你自己回去吧。齐学库听从我姥的每一句话，收拾完碗筷，自己拿衣服走了，我们一家三口有时和他前后脚回家，他在和我们分别的时候，脸上带点难堪。我爸则会在他走后很得意地自我总结，这人哪，说啥别有污点。我妈说，齐学库活该，祸祸我妹妹。我爸说，她老姨咋总也不来，那她晚上回自己家不？我妈看看我爸，问，你啥意思，我妹不回家她去哪？我爸就乐了，说，我也没说啥。他们你一句我一

杨知寒 | 邪 门

句，说说就冒火，后头一段走回家的路谁也不理谁，那时候我总以为是我妈脾气太大。现在才想明白，我爸话里有话，老姨的确交过两个男朋友，但从不介绍说是男朋友，他们出现在所有齐学库不会出现的家庭聚会上，渐渐地，我再没见过齐学库上桌。

我姨问，他后来没学好吗，都对家庭造成这么大创伤了？我姨说话一直挺文，据我对象说，她妈小时候上学，每学期都是第一名，作文篇篇是范文，要是不落残疾，打算往北京考。我问当时班里一共多少人，他说六个。我姨后来在农村也不甘平凡，为供儿子上学，从卖月饼到卖冰糖葫芦，几起几落折腾不少次，却没有多少积攒，转而信仰天主教，每礼拜六晚上去其他教友家聚会，合唱基督版改了词的《笑看风云》。做人坚信，遇事要先怪自己，眼里没人不能原谅。我叔则多年来，把我姨看作了信仰，现在跟着附和说，该改好了，他不是兵人吗，懂纪律。我姥说，改个屁。他戒不了，手上有瘾。我姥爷插话，就是狗改不了吃屎。说完被我姥又骂了句滚。我姥爷没吱声，和我相视一笑。话语权永远在我姥嘴上，她抽上不知第几根烟了，蓝紫色的烟雾在屋子里一直没往下落。她说，后来他俩也过不到一块儿了，他提出想去哈尔滨，我就给他托了关系，去警察局。不容易进哪，好歹塞进去了，正式的，工资也不少开，寻思让他和我姑娘冷却冷却，等工作干好了这不关系也能缓和，主要看他咋表现。我姨说，好工作啊，你也是好丈母娘。我姥哼哈地，那我还说啥了，护犊子。我送他上的火车，都没人送他。搁车站我还跟他说，你看看，媳妇儿子都没来，等你干出样，他们就都来了。

我姥用胳膊肘推我，问，后来，你再见过你老姨夫没？我说，见过一次。我姥想起来，说，是不那次你和你小弟去青岛玩儿，坐飞机回哈尔滨，完了他去机场接的你俩。我说，我俩飞机早到了，也没提前多少，等了他挺长时间的。后来见面才知道，我们一直在同一层里互相绕圈子，我是真认不出他了。我姥说，那

235

么多年了，总得变样。我没再说下去，那五六年里，齐学库跟我们家人见得少，他完全变成了另一个人，我姥兴许并不知道。我当时没认出齐学库，不是那种你在街上看见，需要晃一下神才敢确认的认不出，而是即便有人把他带到你面前，你们一张桌坐下，默默吃了半天的菜，如果别人没介绍，你就始终觉得他是陌生人那种的，没认出来。齐学库当时站在我们身后，一根柱子旁边，像一根相对矮小的柱子，站得还那么笔直。跟被人截过腿似的，不近看有点侏儒。他穿身深色夹克，黑裤子，背个小包，嘴咧得很开，牙齿黑黄，在他那张瘦成一跳的黑脸上，五官大得吓人。一伸手就要拥抱我小弟，我小弟把脖子往前凑凑，算是抱上。他说话语速很快，跟记忆里温和话少的形象有了出入，速度越快，话也跟着越密，像被关了五六年禁闭的人，好些话不说，眼瞅就要过期。他一双眼在我小弟身上紧着骨碌，看他们站在一起，父子俩竟没有过多相似的地方，据说人跟在一起待久了的人会越来越像，细胞照着模仿，久也不在一起，就没法太相像了。齐学库跟我还是很客气，点头说，大姑娘，咱们也好些年不见了啊。我说，老姨夫，把我小弟交到你手上了，我就回去了。小弟，跟你爸好好待两天。这事当时是我的任务，我姥偷着给我打电话，嘱咐我一定让他们见着面，让我小弟跟他爸走。毕竟再开春，我小弟就准备去美国上预科班了，他在国内一直跟不上教育节奏，只能送去国外试着跟跟。我姥在电话里说说又要哭，她感叹孩子可怜，这一走，和他爸不知道啥时候再见。我小弟倒也懂事，或许知道没别的选择，我们一起在机场匆匆吃了一口饭，我就一个人坐客车回去了。上了车，我在窗户里看他爸和他一前一后走着，齐学库想和他拉手，我小弟没让他拉，齐学库不住地转头等他，想两人并排走，可俩人步子死活不是一个频率。在机场，一个中年男人后头跟着个插兜听歌的半大小子，怎么看怎么像跟去住店的。

我小弟没待上三天跑了回来，进门就让我老姨出去带他下馆子，又去泡了一

杨知寒 | 邪　门

下午温泉，才回到桌上，当晚跟我们娓娓道来。我姥问他，咋回事，为啥不多待两天？我小弟露出一种想说不敢说、不敢说又憋着想说的做作表情，桌上没外人，他寻思寻思，怪笑说，姥，是说带我出去吃饭，头一顿兰州拉面，面要的三棱儿。我姥说，上车饺子下车面，你爸安排得没毛病。我小弟说，第二顿兰州拉面，换了毛细。第三顿还是兰州拉面，换了韭菜叶，那不还是面条啊。我姥没接上来话，我老姨便扯我小弟胳膊，让他继续说，住的啥条件，也告诉你姥。我小弟喉咙咽了下，梗着脖子，说，他自己租了一房子，还没这个屋大，也没暖气，到处都是垃圾。我让他收拾一下，他就拿脚划拉。后来有个女的总来敲门喊他，我就去宾馆住了。他让我千万别告诉你们。

我姥又哭了。人老了，不仅皮肤，泪腺也松不少，过去她在桌上哭齐学库，没哭痛快过，总是刚开始抹泪，就被我妈我老姨喝令憋回去，她们不理解人为什么要给一个没血缘的外人动感情，何况这感情动得，是非不分。今天没人拦她，她一直用纸巾按眼睛，带着困惑的悲哀，哭一件她想不懂的邪门事。我们都静静看着她哭，一起帮她想，齐学库出问题的地方在哪？一定不会是脑筋。他聪明，能爬会钻，吃过苦，也长过记性，人生起起伏伏，像是挂在钟摆上，偏偏最终能使他安定的东西，恰是没定数的赌。我姥爷说，你就是哭他给你一车车拿的那些吃的，再往后吃不着了呗。我姥没骂他滚。她好像压根没听见，眼神里呈现极遥远的画面，像我们此刻都已不在身边，而离她很近的，是一个男人深夜里逃亡的景象。他翻墙，搭黑车，一个人走过铁轨，宽广的平原上黑暗不见四方，没人跟他说话，没人问他是谁。他就一直走啊走，自己也不知道该去什么地方，除了家，能去哪。家是他唯独不能去的终点。

我们安慰我姥，你再也不会和这个人产生任何联系，他和我老姨在哈尔滨期间已经离婚，现在除了是我小弟的生父，在社会上也已经丧失标记。你惦记他什么呢？我姥说起就因为他还是我小弟的亲爸，后续还有麻烦的问题。一年前哈尔滨公安局给她来电话，让齐学库的直系亲属，来局里一趟，取走一笔钱。这人只能是我小弟。我姥看着我姨的眼睛，问，搁你你愿意告诉给孩子不？我姨说，应该告诉，亲生父亲。我姥说，你没明白啥意思。通知来取钱，好像是取他之前每月存公家的一笔钱，叫啥我忘了，退休了能取走，死了也行。这回你明白不？我对象告诉我姨，就是公积金，我也有。我姨哦哦两声说，阿姨，就是孩子如果去了哈尔滨，他就知道他爸没了？这个事儿，太残酷了。我姥说，残不残酷的。我寻思等孩子从美国回来，私底下我也问他了，他说那钱得要，必须要，干啥不要？孩子接受能力还行。我看见我姥说到我小弟时，叼着烟的嘴向下耷拉，有轻微的哆嗦，而我姨还说着她坚信的，那些童话。她说，阿姨你这么想，也许你姑爷是想给你们一个惊喜，他可能在外面混得越来越好，等不知道哪一天，突然出现在你们面前。电视里也演过这样的事儿，反正吧，可能啊，人活着总得是有希望啊。中午算是过去了，厨房那两扇没关的窗户摇了起来，刮进小股的旋风，我们这地方四季风沙都大，一年两次，一次刮半年，沙土也重，吹进嘴里总有细小的沙砾，不注意割舌头。我起身走过客厅，去关窗，姥姥家在二楼，每次来，她或者姥爷都会站在厨房这窗口前，看一眼楼下访客是谁。我也下意识地往底下看了一眼，当然不会出现齐学库，可我姨刚刚那些孩子气的许愿总是不停地在心上翻腾，让人听了，比认定人死了还难受。楼下枯树边上正卷起涡旋的沙土、废纸、碎叶子，转圈不走，有冤似的。

  我对象也来厨房倒茶水，我们看见彼此都没说话，也没互相宽慰。沉默地坐回客厅里各自的位置，之后姥爷说要看电视，姥姥也问他爸妈要不要中午睡一会儿，我们便异口同声说晚上再来，起身去拿各自的外套。我姥坚持送我俩下楼，他爸妈也想跟着，结果是两个老太太分别给我俩叫开，我们听不见双方谈话的内

杨知寒 | 邪　门

容。我姥在楼梯间里一直同我确认,他不爱玩,他不爱玩吧? 我说人跟人不一样。我姥说她看出来了,家庭和家庭都不一样,别看都是六十多岁的人,真没共同语言。我笑了,问她,是不我姥爷和你也没有? 我姥长叹一声,说,难碰。

走回我家也就十分钟,要穿过一条狭长的路,到夏天走到这儿,头顶上会被一排杨树的绿荫遮蔽住,阴凉安静有如异国。现在则只有一排光秃秃的枝,和年前烧纸后地上留下的黑灰,像一个人灰不拉叽的后背上四散的膏药贴。我对象走着走着,突然问我信不信世上有魔鬼。我知道他和我想着一样的事,很多人绕不开的事。在我们没有被鬼吓到之前,都倾向于认为,那是白天不会出现的鬼,心正不会见到的鬼,藏身在失败者借口辞典里的鬼,一旦证明有鬼在,人也就不在了,挺有意思。鞋带半道上开了,我蹲到马路牙子上弯腰去系,抬头看见他站在离我两步远的地方,没人监视,没人认识他,他却双手后背,把前胸挺得很高。过去没发觉他爱立正。我赶紧把这个念头甩出去,另一个念头慢慢爬上来,得让我好好想想,原来从一个人打背后看,站得太直反而不美观,反正我不觉得他像英雄,像鹅。我是说,像鹅也挺好。

选自《山西文学》2020年第6期

童 莹

1994年生于浙江宁波，北京大学中文系现代文学硕士，现于英国牛津大学读博，学业之余从事创作，力图从诸种谬见中辨析出真相。

破零 —— 破碎 ——

（给丁祖生）

"如果死亡的教育不请自来。"

那是你还可以张目对日的时候。你从没见过那么红那么冷的太阳，就跟刚从冰柜里钳出来轧到半空那样。天上什么云丝也没有，煞白的一整片。偶尔掠过一两点黑麻雀，尾部淡得离奇。

破零 —— 破碎 —— 废品车来了。那个人身后，杂物比他高，一层垒一层，都是用过的颜色，褪色的，染坏的，沾脏或是晒焦的。进入幼儿园后，你开始对簇新的东西发懒，现在你浑身发颤。从前，你没见过带着天线的彩电、收音机，线上的指纹该有分层的排布？那块带着金线刺绣的空调被，毫无疑问地，出自镇上的美凤裁缝街，在那里，最后一家缝纫店刚刚关停。如果定神看，你还能发现硬纸板上黄龙商都的龙头，去年，手摇机还能压出它的波纹，换成自动机后，这些龙头的深浅都差得不多了。至于那两捆黄席，你不知道它是不是手编的，入秋除三害后，席子里有没有钻出过席虫，滚出过耗子，你不知道。

"去屋里，让外公看看你。"你年轻的妈妈给你披上夹克衫。

"谁把你爹接回家的？"爸爸问。

"阿根，老爹结拜兄弟的儿子。"妈妈把煮花生腾到汤碗，卡紧煤炉的通风口，

"他说老人是要死在家里的,以前是这样的,现在也该这样。"

"医院没办法了?"你听不到爸爸的声音。他是唯一在城里的女婿,到了这里,他必须说得小声。

"肠梗塞,气怎么也通不出。"妈妈在煤炉上搁了一壶黄酒,撒上几把姜丝。

"你们和他熟么?"

"我打不了主意。"妈妈领你去小屋送上煮花生。避了这么久,你还是撞见了三姨父的醉脸。他举起尿壶,说:"老爹尿也撒不出了,还要尿壶做什么?"这个发了酒昏的男人,被二姨妈笑着推到了前院。姨妈们的头发,从黑,到染过的深红,白色的斑点,表明了渐渐增大的年纪。最老的姨妈比你妈妈老一倍。在任何场景里,她都只是个背景,反复念波罗揭谛波罗僧揭谛。那天她套了发亮的绿衬衣,从早到晚守在床板边,像雨后桑叶混进了稀泥。

四姨妈也赶到了,超市制服紧绷着她。她掀开床头蚊帐,说:"老爹这气色,是要熟了的人?"

"老爹一早流眼泪水了!"老姨妈对每个赶来的妹妹都讲过了一遍,"夜里仓库没锁门,贼骨头偷走了他的七个小板凳。"

四姨妈叫了几声"老爹",没得到什么回应。她说:"现在叫他不应,夜里耳朵那么灵光?"她走到后院,向你妈妈抱怨,大家做决定时怎么不通知她?

"老爹的脑子到现在还这么清爽,是我们的福气啊。"二姨妈吐掉花生壳,披上天鹅绒红披肩翻来倒去,逗得几个人大笑。她的儿子坐飞机出了事,没留下骨头,后来她习惯了在台上台下闹出快乐。为了村里的晚会,她即将上演一场和杨宗保的对手戏:"地地道道道道地地,只是一个大脓包。"

"你竟敢,把我当作一个大脓包,招打。"三姨妈读出杨宗保的戏文。

"笑笑笑,笑得我弯了腰,羞羞羞,羞得我脸儿臊。"二姨妈用披肩遮了头,

童　莹 | 破零——破碎——

只露出那口向右倾斜的牙齿。她再次打转，撞到头顶的白炽灯，就这样扮演出一个年纪和体态都不像样的穆桂英。

"外公。"你踩上木鱼。

早些时候，你已经想过他的模样，吓的，阴的，冷的，一切都不可能回旋。但你错了。他是刚睡醒的婴儿，长眼线里露出蓝眸子。

"饭吃了？"

"吃早了。"

"老太婆，买点心。"他支起手腕，似乎想起床，没过多久，又把手指搁在眼角。那里什么也没有。

你等着他接着上次的说，地球，三分是陆地，七分是海洋。

他点头。

"老爹熟了？"大姨父探进头。他没有松开过手机，只要那个时刻来临，他就会立马打电话。道士，尼姑，果品贩子，厨子，搭帐篷的人，祠堂的阴阳眼婆子，会最快地赶来。

"没，还没，"三姨妈说，"他要喝水。"她忙拿棉签蘸了水，涂在他的嘴唇上。她的上半身，包括脸，被一场火烧伤，也从此没有了夫妻恩情。如果三姨父不染上毛病，喝酒，抓鸡，在外面玩，她都是应允的。至于她，继续见不得人，在这个屋子里，帮外婆拼接塑料零件，旋小螺丝钉，一天两万个，一百零五元，日复一日。

"他要起床吃饭。"你说。

"肠堵住了，怎么吃？"老姨妈抱你下床，给你一截护身用的短桃枝，说："你会是最有福气的，外公朝你说话了。"

"哦呦！"二姨妈撞到你。一块毯子形状的东西从抽屉掉到地上，她大声告诉姊妹："好一块蓝灰长毛绒！"念戏文那样，"我倒是想看看有多大！真是最想不到的，是一只比脸盆大的死老鼠，干的，瘪了！"她原来踩的是亮紫色坡跟鞋，为了更方便，就赤了脚，往柜子里翻更多的旧东西。工分本记账册、饼干罐和油灯，都被拖到前院了。

有人追着你走，你知道那是谁。胖外婆在水缸里对你招呼："一起来踩呀！"你忍不住往缸里看，她的脚趾缝里全是咸菜汁，半透明的黄绿色。你不想这么腌菜。再走几步，是围聚着的姨父们。他们的腰部无一例外地发粗，夹克也都是靛青、黑色和深灰色，没什么不同。他们教你的爸爸，吐烟时，眼睛应该朝向什么方向，嘴可以做出什么形状。他的连襟们叫他吸，他不能不吸。这种事，你是不能过问的，你必须是个好孩子，唐突的问题足够让他们一辈子都觉得你是坏的，没有教养的野人。你逃进西向的仓库，桌板和凳子已经被搁满，神龛角也点好了蜡烛。这是道士马上要来做事的地方。墙壁边眼角下垂的佛像，不会有一样的分量，大点、更明亮的，不一定显出更厉害的神通，不显眼的，说不定会给人更多的保佑。你从来都没有相信过这些，也没有推翻过这些。

有一只手从门框伸进来，把你从地上扛到肩膀，举过头顶，转上两圈，当你发晕，它就伸进你的领口，找护身玉一样，摸到胸脯，当着这些佛像的面，就那样抓你的胸，一直到他开始喘气，还要继续往下找。

"笑一个，"三姨父隔着门栏对你说，"吸点烟。"你被烟呛得咽口水。以前他只是捏你的前臂、小腿，伸手到你的后颈，或者沾点酒涂到你的嘴唇。过去你以为在神仙宫里腾云驾雾是快乐的。如今你有了无爱的教育，危险的烟雾并不为你负责什么。你闭上眼，把衬衣和毛衣塞进裤腰里，一层又一层，尽力去想太阳和天离奇的搭配。那张红脸在你脑中高声调戏着。你知道他想做什么更多的事情，这是被他和更无奈的人宽容的黑网。未来你肯定像小麻雀那样离开，但这张网还会扑下来，在很多类似的时刻出现又消失。你陷进沙发，抓到一块明红布袋。落地鹤，升天鹤，缝在蓝绿方格里。

"哎哟，闷死人啦。"胖外婆喊着，拉开了门。

你挤出去。

"覅弄破啊。"她在后面追你。

你毫不留情地踩过那么多晒太阳老人的脚。出了矮墙，铁红的太阳被新修的两行路灯托着，它的分身——那三五个火球在房子的玻璃上扫射，一个比一个更冷更轻。到了桥头，它们彻底地熄灭。

"破零破碎，过来。"桥对面的人喊。

草绳被轻巧地甩下。盘旋的蛇身渐渐地伸直。两台缝纫机摔到杨梅树荫。这些笨拙的、瘦长的物件被自由地支配。你靠近它们，多么羡慕洒满了车板的塑料粒子，它们密实地、艳丽地在栏板里滚来滚去。

"我是不认结拜兄弟的！不认的，不认的！"四姨妈跑上桥，说这一切都是外人的主意，"万一肠子自己通了！"

追四姨妈的人是妈妈，但她不会劝，不会说，在踏出一步前从没想好为了什么。

"就因为我们是女的？"她骂道，"软骨头！你既然和他们一样，以后别管我的事。"离婚后，四姨妈的脖子和背都粗了几圈，声音更厚实。要是有人议论她，她就抽出腰带甩出去，直到把人逼进河渠。

妈妈抵挡不住她的烈性，跟着去叫医生。

"出事了就找阿根打一架，去不去！"四姨妈看妈没回话，就骂她是墙头草，"学娘做老好人？你学不来的，学不来的！她是最搞不拎清的人啊！"

你躲着她们，跟废品车一起驶进夕阳。你辨不清这些老人是男是女，饿了还是饱着。他们都前倾起脖子朝着你看，不断逼近你。你的胳膊很快被扭住。"做得真好啊！一针虚线也没，真好啊！"他们按住布袋看，"还有金线银线，熟在袋里的人有福气啊！"手指在你头顶摸出他们的缺憾。

你踩他们的脚，蹬到那些皮扣上，扑进祠堂。这里堆了干豆荚，阴阳眼婆子摘下你的布袋，捻了黄豆佛珠，摊开一叠明黄色的图符。你听她的话，写你已经学会的字，涂已经会的形状，你不知道那些组合的意思，从她的表情上看，也没必要知道。"许个好愿吧！"于是你跪下，四方的蜡烛都点亮了。她往碗里倒了生米，热毛巾盖到上面，很迅疾地，翻过碗，握紧裹米碗的毛巾，就像倒握一只脚爪朝上的野鸡，慢慢地走近你，驱散你头顶的晦气："丢了的魂过来啊！来吃夜饭啊！"

你绊到的人对你磕头。这次他对你磕头，下次不会不一样。最危险的部分吸引着你，但你又在靠它最近的瞬间逃离。里弄的人们经过你，把断电急用的照明灯交接出去。这里不会再有断电的日子，每一条电路都被修好了。乱堆的布鞋堆，被砍下的茶花树枝，灶台上的竹筛和汤面架。那么多次，你的三姨父在荒地找东西，捕捉豆荚地上蹲着剥豆的、没有上过学的女孩。你飞越帮老爹娘打下手的子女，给孙女塞糖吃的阿公。而你和你的老外公？你们之间没有足够多的事情，催发将来你对他的思念。你不过是每次从家里拿来存了一周的破东西，口香糖纸、塑料袋、香烟壳，递给正在敲打板凳的他。他是多么乐意接受啊，好像那是什么宝藏。除此之外，你也不过是看他在柿子树下画一个圆，告诉你海洋和陆地的区分——用燃着的香烟头，蘸上井边的水渍，沾出足够多的海洋，然后烤干他的烟，继续点燃。

冲卷麻将，冲卷麻将，冲卷麻将。

窗门被掀开，不断有旧扑克像暴雪那样被泵出来。发黄的麻将牌也被吐出去，被收废品的男人铲起。是的，你和废品车又遇见了，它跑了一圈，带走一批不会再用的，你也跑了一圈，飞越新的旧的。

"听到了么，肠通了！通了！"送走了医生，四姨妈冲你妈妈喊。

"肠是通了，医生也说，不会再好了。"

"当初不该的！不该的！不该的！"四姨妈在桥上扑腾。

你终于知道，心愿不可能实现。他被注定了。氧气罐上午就被用完，喉咙已经发绿，舌头和天花板已经紧紧地贴合了。如果他死了，便衣道士们会从不同的角落集合，神龛上的蜡烛会被熄灭：佛祖观音和道士们不属于同一个系统。

"抠牢了！"胖外婆摘下布袋，抱你到空地。

眼前是黄绿色的一大块，太阳就正好立在地平线上。

她在你头发上插上玉兰，喘气说，真俏！又欣喜地告诉你，那天在电视上看到了你，你跳舞的俏样子，真讨人欢喜。她会把所有在电视看到的女孩都看成女儿、外甥女。

"这袋子做什么用的。"你问。

"装外公骨灰用的啦，"她前前后后检查袋子，"幸亏幸亏。"

"怎么变成骨灰。"

"在火葬场烧了。"

"痛不痛。"

"死了就不痛了嘛，"好像她被烧过，说，"不痛的，这怎么会痛呦。"

她点着你的鼻头问："外公跟你说了什么。"

"他不想死。"你说。

她坐到稻草堆上嚎啕起来，拍着滚圆的膝盖，说："不想死是随他吗？不是随他的啊。"她打了几个嗝，抹掉小腿上的咸菜汁。

你问她，那我会死吗。

"哈哈，你现在还是一点小苗头。"

你已经知道有关譬喻和等待的陷阱。死到底是最强硬的，无所不包，只有它在你的体内，你才能从里面看到外面，有自由的眼睛：

野猫跳上稻草，山上的坟墓是风的抽屉；河渠的另一边，楼房更高，颜色更多，树也比另一边整齐，它们被开发得很好。

"他哭什么。"你说。

"多少怪的贼骨头啦！"胖外婆说，"也把破板凳当宝贝肉，他去和你外公拜亲兄弟好了！"她完全看不出嚎啕过，好像发现了好玩的东西，快速地走到荒地，说，"这里有个哑炮啊。"

外公搜集了一抽屉哑炮，你每次来，他都要抓一把甩到地上，每次都能炸出一簇大火花。

已经是铁红色的傍晚，没有老人还坐在弄堂。木门和洋门都已经关上，只有一家火柴盒般的彩票店点了灯。很奇怪的，胖外婆还不想回去。她带你走到一块圆桌大的田里，开始铲里面的杂草。背影里她的雪纺衫如此肥大，杜鹃花纹灌不进她的身体。

"这下死了，"她捡起一根紫茎苗子，说，"这么好的中药草子，被我铲了。"胖外婆嗷嗷张嘴，清理了更多的杂草，说："我也是傻，你外公快没了，怎么再怪罪我？"你和她中间，隔了何首乌槲叶八角桂枝，太暗了，你都快分辨不出。这个世界上，难道只是因为外面的光线，你才区分这里什么是什么，可以治什么毒害什么？她还是不想回去，问你要不要煨个什么。橘子、番薯，还是一种叫做菩提果、可以治痔疮的果子？你只顾着找废品车，一点也不知道胖外婆怎样煨了三个小菩提果。这个疑问将不断地绊住你：火是从哪里来的，果子又该在什么地方获取。

　　后来的这一刻无可抗拒地到来了。铁红夕阳里，院子里的一切都涌动着。刻着"龙体"的旱烟袋，没有芯子的油灯，撕下的草药图，柴火，浅子，铜烛台，捣橘皮粉的石皿。你坐进薄扁秤，来自金属凉意，才让你感到这是秋天，万物没有沉睡。你使劲晃西洋钟的摆子，但它丝毫不动。板凳里的铁钉怎么歪的？没瞄准，手臂打滑？它们像歪了的牙齿那样被天然地原谅。过去你蹲着看他，他发现了你，就呦一声，或者呜哇地叫，假装敲到了手。有时候他会让你坐上小凳子，看四个角稳不稳，平不平，该不该打磨，最后对你说，不管走还是坐，两只脚得在地上搁稳，像凳子脚那样。至于那些罐子，说实话，你一点也不喜欢炼乳罐子和里面的纽扣，大头钉，接龙牌，都沾了发黑的浆糊。当你翻开报纸账本记分册，看到繁体字和被圈划出的数字、手印，你不懂那是什么，未来也没有机会懂。你抓到身边的渔网、扁担和铜盆，想到被他救起的落水小孩，挡过的贼，救过的明火。你刮到搓衣板上被磨掉的痕子，一盘牛皮纸夹在里边。你拆开，捻里面变黑的种子。你爱这片土地绝对是有条件的，它必须像外公天聋地哑。你绝不会随意地去爱，为了口口声声的土地吃下变质的饲料和果子。

　　"这是最好的柿子。"外婆拿扫帚扑打完果树，对收废品的男人说，"带点走吧。"

　　"阿公真有福气，子女都到齐了。"他说。秤砣子从大到小排在他脚前。这个男人掂量着它们的重量，对细小的东西涂抹眼光。他是精瘦的，最懂行的，计量的，你不知道他是不是比外公更有见识。

　　有人踩进这里，踢走螺丝钉烛台子，闯进小屋，在外公床前跪下，是哭的样子。

　　是阿根。

"杀人犯啊！他还有气！"谁也拦不住四姨妈。她操着高跟鞋打阿根："再明显不过的了，你快弄死他了。"越来越多的人把她的手脚抱住。

"阿四离婚了？"阿根问。

大姨父说："离两次了。"

四姨妈被绑到了椅子上，蹭掉另一只高跟鞋。

"哦，理解，理解，"阿根说，"没有家总是不行的。"

"你，杀人犯，"四姨妈冲大姨父喊，"是我们的老爹啊，不是他老爹。"

"阿妹耍喊了，现在谁不认识你啊！"老姨妈说，"自己的生活顾得好点吧。"

"你们弄死他啦，弄死啦。"

"妹子，落叶归根，死在家里好，"阿根好像见过更大的场面，在这情境里不为所动，"结拜老爹失势了一辈子啦，有一点是成功的，养大了五朵金花。"好像不对哪一个人说，又像是对所有人说。大姨父顺着阿根说："阿四不正常了，也别说孝心了。"阿根说他没生气，继续问他们，棺材坟墓是不是准备好了，又补充道，做道士的时候他还会来，挑到山上那天他也还会来。走之前，他教他们坟头的钱该怎么出，五姐妹该平摊，不过五女儿住在城里，理应出两倍的。你的爸妈没有反对。

见不得人的三姨妈也出门了，给四姨妈松绑，说："阿妹，医生也来过了，牢骚也发好了。"

快啊，就像你期望的，四姨妈站到水井上，骂全家都是杀人犯。这种架势，跟扮演穆桂英的二姨妈一样。笑笑笑，笑得我弯了腰，羞羞羞，羞得我脸儿臊。按自己的方式骂够了，她光脚跨上电瓶车。你多想像她那样飞驰啊。女人和男人们，重新聚拢在屋里、院子里。大姨父讲起阿根在外面冒险的经历，说完后，朝着天空笑了又笑，并且强调这是真的："管他卖的货是不是真的，修了村里这么多楼，他就是出山的人。"

你还是坐在扁秤上。墙边的帐篷很快就会被支起，用来招待好友亲朋。很响的一声，后院的水缸盖了起来，外婆踩完了咸菜，拖进晒好的橘子皮。你想问外公，橘子皮磨成粉到底是为了什么？既然七分是海洋，为什么你却只看到满目的陆地？如果你反对面前的姨妈姨父，如果不想吃变质的饲料与果子，难道不得不去爱那些被磨损的部分？夹克上被食堂油星子溅得发亮的袖口，烧出的洞眼？从工地脚手架上滑落，以至于骨裂的手臂？因妻子烧伤的皮肤而把自己灌醉的不得不被谅解的醉脸？

妈妈匆匆把你抱回屋："最后看一眼外公。"在这个屋子里，姨妈们还是聚在一起，翻出更多的杂物。床下，电视机边，棉鞋里，过期的牛奶箱里，越来越多的破东西被扫出去。三角的菱形五边形的纸币香烟盒火柴盒佛珠雪花膏罐子牙膏盒……这么小的屋子，怎么会有这么多藏品，它们源源不断地从他的眼睛鼻子耳朵肋骨下被清理出去。

你重新爬上床，看他的眸子从长眼线里重新露出来。

简直是个最小的婴儿。皮那么薄，发皱，酱红色。刚出生的婴儿，皮也是发皱的，酱红色的，包裹着血肉的，筋肉不足的。

可是难道不会有那么多人围着婴儿看？

"是，九十八块，不能多了。"收废品的男人说。

外公突突地吐气，薄嘴唇被气掀开，是漏了风的篷布。

老姨妈观察说："要给老爹剪指甲了。"

于是四朵金花都围过去，拿了毛巾、脸盆、剪子和锉刀，各领一份分内的事。

"老爹死前这么爱钱了，真是稀奇。"二姨妈说。

她们笑了，是很和气的。

老姨妈说:"老爹,你要撞心了。"

这时候,大姨父夹着百元纸钞,靠近外公,说:"呐,卖了一百块。"手指在纸币上弹出清脆的响声:"我们不藏你的钱,是你的就是你的。"

破零——破碎——废品车启程了。你跑到外面,什么也找不到。

选自《上海文学》2020年第12期

梁宝星

1993年生,广东省作家协会会员,写小说,作品见于《芙蓉》《山西文学》《作品》《西湖》《香港文学》《广州文艺》《鸭绿江》等刊物,曾获得广东省有为文学奖长篇小说奖,另有作品被《小说月报》《长江文艺·好小说》《海外文摘》等选载,现就职于花城出版社。

巨鹿坡一号

1

从北京到东京要坐四个多小时的飞机。出发时是北京时间十一点三十五分，飞到东京上空的时候我把手表调为东京时间，那时是十四点五十五分。

父亲来机场接我，一年不见，他又沧桑了许多。他把我的行李提到后车厢，载着我前往他和母亲在东京市区租住的公寓。他问我为何突然来东京，我坐在副驾驶座看着街上的广告屏幕没说话。东京下雨，广场屏幕上的画面被雨打散了，在光洁的地面上胡乱流淌。我熟悉东京，十七岁之前，一年当中我有相当一部分时间生活在这里。十七岁那年，我去北海道疗养所治病，在那里度过了四年时间，随后便直接回国读书了。我在国内和外婆住在一起，其间再也没有来过东京。这次来日本，不是为了看望我的父母，我要去的是北海道，那是一趟势在必行的旅程。

我把车窗摇下来，雨小了一些。东京比北京要暖和，街道拥挤的缘故，海水削弱了西北风的缘故。父亲不时侧过脸来观察我，他十分谨慎地开着车，跟我说了许多这些年发生在东京的事情，对于他正在经营的海鲜市场只字不提。

我的父母还住在原来的地方，四周的风景我依旧感到熟悉。母亲撑着雨伞走来，问我一个人来东京，外婆在家里谁来照顾。我说表妹在北京上大学，我出来的这几天，她住我们家。母亲看我闷闷不乐的样子，明白我这次来日本的目的不简单。她盯着我把饭吃完，然后领我到楼上的房间。

房间保持着我离开时的模样，连尘埃都没有积下。母亲说她经常到房间里来翻我的东西，特别是跟父亲吵完架十分想念我的时候。她比父亲老得快，经常发愁的缘故，发愁的时候她就打电话到北京找我说话，好几次她都说在东京太孤单了。他们想找机会放下海鲜市场的生意回国，然而又一年过去了，他们还没放下。他们喜欢小孩，特别是女孩，那样的生活会热闹一些，但是他们不敢再给我生一个妹妹，害怕生出一个像我这样的怪物。

　　看着房间里的一件件东西，过去的画面不断在我脑海中翻滚，这几天我都生活在回忆与现实不断切换的模糊状态下。十二月十五日，我在北京的家里接到一个电话，淑子告诉我玉子去世了，去世之前她一直在呼唤我的名字。

　　"你该去送送她。"淑子说。

　　站在窗边能够看见繁华的东京市区，车辆像神经点在立交桥上穿梭。雨还在下，不知要下到什么时候，这个时节，北海道已经大雪纷飞了。

　　我第一次去北海道，同样是在下着大雪的寒冬。我和父母从东京出发，坐了好久的电车抵达青森县。那时我精神状态不好，整个人昏昏沉沉，不停地睡去又一次次醒来，以至于东京到北海道的距离在我印象中变得无比漫长。

　　从电车里出来，坐船渡过津轻海峡，再坐电车前往札幌，穿过札幌市还要往北走二十多里路。父亲开着租来的汽车在林间水泥路上疾驰，后来他说那是他开过最快的一趟车，走过最长的一段路。他当时以为我要死了，顾不上安危，忘记了饥饿与疲惫将我带到巨鹿坡一号。我被北方的寒风吹醒了，摇下车窗看见父亲在跟保安说话。他急匆匆交代我的病情，恳求保安尽快放我们进去，保安依旧有条不紊地登记着我们的信息。我看到了被大雪覆盖的北海道，漫山遍野都是白色，只有后面的水泥公路留下黑色的车辙。

梁宝星 | 巨鹿坡一号

进入疗养所时我已经清醒了许多。医生拿着手电筒观察我的五官，护士测量我的血液。母亲在旁边跟医生讲述我发病时的症状，在她口中，我发病时浑身发抖，眼睛泛白，口吐白沫，怎么叫都没有反应。这些症状是否真正在我身上发生过，我无从知晓，我只记得我沉睡过去了，醒来时已经身处医院，医生正在向父亲介绍坐落于札幌北部的巨鹿坡一号辐射病疗养所。

那是一所占地面积很大的疗养所，有三座六层高的大楼，分别属于癌症科、变异科和调理科。医生让母亲安静下来，他观察了半天我那只有四根手指的左手，然后让护士带我到变异科去等候进一步治疗。辐射病康复治疗需要一个漫长的过程，父母很不情愿地把我留在那里，等待医生将我体内被损害的机能重新激活。

大部分时间里，我都在疗养所接受治疗，开始的时候父母十分频繁地来看我，我身体渐渐恢复以后他们便很少到北海道来了。在巨鹿坡，那个四周布满密林的山地里，安静带走了所有的痛苦和烦恼。那年我十七岁，身体已经不再生长，身高定在172厘米，左手依旧是四个手指，除了无法完成必须要五个手指才能做的事情，我尚能掌控自己的生活。

我的病情较为稳定，只要每天注射维生素和抗体，食用抗辐射食品，身体均能维持在健康状态，因此，护士对我的看管不严。白天我会和调理科的人到山林里去散步，面对漫山遍野的雪我并不觉得单调乏味，我喜欢在山坡上晒太阳。护士不允许我们在太阳底下晒太久，因为太阳光带有辐射。但是北海道太冷，再者，长时间生活在被树林覆盖的地方，太阳光实在诱人。遇见淑子的那天，她和我一样穿着厚厚的衣服，头戴一顶针织帽站在山坡上贪婪地吸收阳光。护士在不远处使劲招手叫我们回病房休息，我们假装没看见，淑子拉着我的手逃出护士的视线跑到山的另一边去了。

"你怕不怕山上有熊？"淑子问我。她比我大三岁，但是她身体瘦小，丝毫看不出她已经二十岁了,她看上去像个十五岁的小女孩,"在富良野和知床的森林里,随时都可能碰到棕熊。"

我说这里不是富良野,也不是知床,这里是札幌,再说熊不会吃不健康的人的。她问我得了什么病,我挣脱她的手,摘下手套,露出左手。她有些吃惊地盯着我的左手,确认那根消失的手指并不是因为意外而被截断的,而是实实在在忘了长出来。"你是变异科的?"我点点头。"你不是日本人?"我又点点头,说我是中国人。"中国人? 你日语说得很好嘛。我从来没有离开过日本,但是在这家疗养所我认识了几个外国人,一个是白俄罗斯人,一个是韩国人,你是第三个,中国人。"

淑子所说的白俄罗斯人是阿拉多夫,一个在切尔诺贝利核电站爆炸事故中被灼伤的农夫,而韩国人就是刚去世的玉子。

2

清晨,我醒来的时候父母已经到海鲜市场去上班了,早餐放在一楼餐桌上。我给淑子打电话,告诉她我已经顺利抵达日本,正准备北上,会在天黑之前抵达新千岁机场。吃完早餐,到外面去散步,这个地方好些人曾经认得我,现在如果不去看我的左手,大概不会想起我就是当年那个中国男孩。

海鲜市场就在附近,跟公寓相隔两条街。母亲在跟员工讨论什么问题,看见我走过去,她被吓了一跳。她不希望我到海鲜市场来,因为我以前对海鲜的腥味有一种莫名的恐惧感。我曾告诉母亲这些都是过去的事情了,在巨鹿坡的时候我体内已经培养出了抗体。母亲还是担心我旧病复发,她和父亲永远无法忘记一九九五年夏天,四岁的我哭着从幼儿园回来问他们为何我只有九个手指头的那个情景。父亲当时说他们是在海上生下的我,我的一根手指变成白鲸游到大海里

梁宝星 | 巨鹿坡一号

去了。当我自豪地把这个故事告诉幼儿园那些说我是怪物的小朋友的时候,他们并没有因为这个具有传奇性的故事而仰慕我,反而嘲笑我是"鲸鱼男孩"。事实上,我的病情是母亲怀着我在海上作业的时候,被海上的辐射渗入体内造成的。那时候太平洋有核弹引爆试验,海洋污染严重,而我的父母对那片寂静的海域毫无警惕。

我告诉母亲我要去一趟北海道,已经订了下午的机票。这些话原本只要在电话里交代清楚或者留纸条告知他们即可,我的路程太匆忙,还没跟父母好好说会儿话就要离开,为此我决定到海鲜市场亲自跟他们说明白。虽然我已经二十五岁,在他们眼中我依旧是个需要被人关照的男孩。父亲说他可以送我到机场,我拒绝了。我想坐地铁去机场,我要给自己一点时间去准备面对玉子的死。

其实玉子不是韩国人,她是个地道的日本女人,只是嫁到韩国后入了韩国国籍。最初认识玉子,是通过淑子的介绍。由于不能使用电子通讯,图书馆成了巨鹿坡最受人欢迎的地方。在那个狭小的图书馆里,图书被翻过好多遍,皱巴巴的。在漫长而枯燥的日子里,这些书都是大伙儿消遣时间的道具。跟玉子见面那天,她坐在灯下,正在看太宰治的小说。这个四年前还是三十四岁的女人看起来比她的实际年龄要大,我从淑子口中得知她是癌症科的,在医院放射科工作的时候由于机器出现故障导致辐射外泄,她患了子宫癌。玉子见到我们十分高兴,她把书合上,跟我们到图书馆外面去喝茶。她喜欢向我们打听山林里的景致,说她来这个地方一年多了,还没有到山林里去过,每天只能通过房间的窗口往那边眺望。

"你在这里一年多了?"我问。

"实际上,我可能要在这个地方过完这一生呢。"玉子望着不远处被雪覆盖的山林说,"我的一生并不长久。"

"我们不能老这样子，"淑子说，"这里所有人都死气沉沉的，我们不要跟他们一样，我们要过得开心才是。"原本是灾难的受害者，在这个地方却成了幸运儿。淑子的心境比其他病人开朗，她牵着玉子的手走进图书馆，告诉玉子不要老看太宰治的书，应该多读读海明威的小说，毕竟，人是不能被打败的。

玉子对我这个刚来到巨鹿坡的男孩给予了足够多的关怀，她告诉我在医院要遵守规则，告诉我怎样才能讨得护士的欢心，"跟护士关系好的话，她们打针的时候会温柔一些，在限制出行方面也不那么死板。"她还给我介绍她家乡长野县的景色和美食，跟我说韩国女人多么温柔。

抵达机场，飞机误点，我在候机厅里静静地坐着，看着窗外那些飞走又飞回来的庞大机器，有些心慌，再过两三个小时我就要回到那个熟悉的北方了，回到那个充满死亡与病痛的山林里。上飞机之前，淑子给我发来短信问我到哪里了，说她从福岛出发已经抵达北海道。淑子比我更早离开巨鹿坡，她是福岛核电站事故的受害者，所幸她没有受到多么严重的伤害，她在调理科只待了两年时间就离开了。我在巨鹿坡的最后两年，淑子来看过我两次。两次都是在酷冷的冬天，她说她喜欢北海道的冬天，四处白茫茫一片让人觉得干净舒适。虽然只在巨鹿坡住了两年，这两年时间在她的一生中足以造成深远的影响。那片看似寂静的山林里，病人每天面对的都是死亡。早上六点，往往是天还没亮，疗养所西门的水泥公路上就会有一辆白色卡车开进来，那些在夜里死去的人被抬到白色卡车里送到两公里外的殡仪馆，病床留给后来者。许多人像我一样，每天早早醒来，等候那辆白色卡车开进来，又看着它离开，有时候卡车会带走两三个死者。午后我们就会留意谁没有出来散步，那些没有出现的人很可能就是在夜里死去的人。玉子每天早上都坐在癌症科大楼前的花坛边看一会儿书，好让楼上的我们知道她尚未被白色

梁宝星 | 巨鹿坡一号

卡车运走。我们都害怕死亡，玉子也一样，她在那张病床上抗争了将近十年，最终还是被白色卡车带走了，而我正在前往巨鹿坡参加她的葬礼。

3

  飞机经过漫长的奔跑升上了天空，建筑物变得越来越小，整个东京城都在慢慢变小，仿佛只是一片堆满石头的平地。穿过云层，飞机往北驶去。这是我两天里第二次飞上天空，第二次进入云层，仿佛置身于皑皑白雪当中，不见人影。

  我还记得阿拉多夫偷来保安的雪地车带我和淑子、玉子到冰湖去玩耍的那个早晨。那是我在巨鹿坡度过的第二个寒冬，我从来没有见过那么大的雪，宛如大地被盖了一层一米厚的棉被。我们帮清洁员打扫院子里的雪，淑子说她知道不远处有一个很大的湖泊，那里的景色非常美，阿拉多夫便建议我们到那里去看看。阿拉多夫是个开朗的东欧人，那时他的双腿已经不是特别灵活，他每天早上绕着癌症科大楼跑步，以此来跟肌肉萎缩作斗争。他用生硬的日语跟保安说了半天也没借到停放在医院门口的雪地车，便趁保安去喝水的时候悄悄把车开走了。他得意地呼唤我们上车，"伙计们，是时候离开这个鬼地方去见识一下大自然的魅力了。"凌乱的胡子遮住了他的嘴巴，白气透过胡子从他嘴里冒出来。

  公路被铲雪车清理过后又铺了一层雪，淑子和玉子为能够开车出去走走而感到兴奋，因为暴风雪，我们在医院里待了好长一段时间了。困在病房的时间里玉子的精神状况很差，护士说她已经出现幻觉了，总对着镜子说话。玉子曾怀过一个小孩，只是那时年少，才十七岁，因为恐惧，她的男友带她去做了引流，没想到那是她第一次也是最后一次怀孕。她不是对着镜子自言自语，她是在和她尚未来得及降临这个世界便死去的孩子说话。她曾跟我说过，假如当初把小孩生下来，小孩的年纪应该跟我差不多，因此，她做梦的时候时常会梦见我，梦见我敲开她的房门叫她妈妈。她跟我说这些话的时候有点难为情，她希望我理解她。我当然理解她，一个没有生育能力的女人是孤独的。

湖面结了厚厚一层冰，冰上又堆了厚厚一层雪，几个当地人在雪上面行走，拖着沉重的双腿慢吞吞地从这边去往那边。我们把车停在湖边，然后跑到湖面上去玩耍，扒开湖面上的雪观看冰下静止的水。玉子很开心，忘记了身上的病痛，忘记了伤心事，沉浸在白色的冰冷的世界里。我们到树林里去找野兔，下了这么大的雪，兔子在雪地里跑不动，捉到手丝毫不费力气。阿拉多夫十分轻松就把一只灰兔捉住了，提着兔子的耳朵放在玉子怀里。回医院的路上，阿拉多夫不停地讲述过去他在白俄罗斯的生活，他感慨说这一切都一去不复返了，切尔诺贝利附近变成了无人区，只有那些变异的动植物在那里艰苦地生存着。玉子把脑袋靠在我的肩膀上，仿佛所有的力气都在雪地上花完了一般，她疲惫不堪。刚来巨鹿坡的时候，医生跟她说她最多只能再活两年，然而她不但挺过了医生诊断的时间，还多活了七年。

天空已经昏暗，大地银装素裹，新千岁机场上的灯光星星点点，机场像一块巨大的墨石。飞机平稳落地，空姐十分友好地帮我提行李送我下飞机。刚走到机场出口我就看见了淑子，她穿着一件黑色大衣，戴着粉色针织帽。我们上一次见面还是四年前，我从巨鹿坡一号出来的那天，她从福岛来给我送行。我们在机场喝了一杯咖啡便告别了，我回中国去，她继续留在日本。相比四年前，她成熟了许多，不再是那个活蹦乱跳的女孩了。她把我搂进怀里，然后捧着我的脸说我长大了，像个男人了。"这一天还是来了呢，"她哽咽着说，"听说她这两年过得很不好，癌细胞不断扩散，她原本不打算接受化疗的，担心死得太难看，后来可能是

梁宝星 ｜ 巨鹿坡一号

不想死，她还是接受了化疗，她没能挺过去。"

从机场到巨鹿坡的大巴一天只有三趟，我们错过了前面两趟，只好等下午六点四十五分那趟。机场外面的停车场上有几辆正在离开的公交车，其余熄火的车辆上已经铺了一层雪。我和淑子捧着热咖啡站在候车厅门口，望着久违了的景象说着各自的生活。淑子说她已经结婚了，生了个女儿，丈夫是一名环保组织人员，他们在福岛环保局认识，结婚以后她也加入了丈夫的组织，帮助那些在核事故中受到伤害的人。

"生活还过得去，每天都在做一些有意义的事情。"

"女儿还算健康？"

"健康，没有受到我的影响，不过她不跟我们住，她跟爷爷奶奶住在乡下。"

"还是会担心？"

"当然会担心，主要是我现在做这方面的工作，有时候意外是不可避免的。"

大巴进站以后，我们相互依偎着往前走，这么晚还到巨鹿坡去的只有我们两个。上车以后淑子突然想起忘记买花了，"只顾着说话，把这件事都给忘记了呢。"她问司机能否等几分钟，她去买一束花就回来。司机看一眼空空的车厢，点点头说我们要在一根烟的时间内回到车上，不然他就要送一车空气到山里去了。

淑子牵着我的手往外面跑去，天又开始下雪，我们身上挂着绒毛似的雪花，天黑得深沉，灯泡已经尽力了，灯光依旧无法照得更远。我们在一个老人的摊档里买了一束兰花，这种花在北方较为难得，特别是在这样寒冷的冬天里。

"以前在巨鹿坡图书馆里，玉子偷偷养了一棵君子兰，那时候还不懂得把植物放在温室里，在这么冷的地方君子兰是不会开花的。"淑子挽住我的手臂，脸蛋贴着我的肩膀，"她非常细心地照顾那棵君子兰，时常坐在窗下盼着它开花，样子十分可怜。"

图书馆里的君子兰在最里面那排书架后面的窗台上，因为阳光不足，长得特别瘦弱。它在这样寒冷的天气里并没有死去，我离开巨鹿坡的那天它还在图书馆那个逼仄的角落里努力往太阳光的方向伸展。

4

大巴走了四十分钟的山间道路，终于来到了巨鹿坡。阿拉多夫在疗养所门口等候我们，他两条腿已经不能行走，只好坐在轮椅上。为了不让雪花落在身上，他蜷缩在保安亭的屋檐下，像个七八十岁的老头。他远远就张开了双手，呼唤我和淑子的名字。这个四十几岁的白俄罗斯人，在这个地方待了近十年。前往招待所的路上，我提着行李，淑子推着阿拉多夫，轮子碾压地上的雪发出清脆的声响。阿拉多夫说他要回白俄罗斯了，他非常想念他的家乡。在这个地方待这么久，完全是为了玉子，如今玉子已经死了，他也没有理由在这个地方继续待下去。我问他的病情如何，他说不是很乐观，我和淑子不好再问下去，三个人沉默了好一会儿他才回过头来问我在中国过得怎样。

"我修完了大学的课程，正准备找工作。"

阿拉多夫对此表示满意，他说："玉子去世前还叨念着你，你好久没有写信来了，我们困在这个地方也不清楚你过得怎样。"

四周都没有太大的变化，招待所还是四年前那个样子。我和淑子住一个房间，把行李放下以后，趁医院饭堂尚未关门，阿拉多夫带我们到饭堂去吃饭。阿拉多夫最大的变化是他不再有说不完的话了，他甚至变得沉默寡言。淑子为了不让气氛过于冷清，不停地问阿拉多夫这几年的生活状况。在阿拉多夫断断续续的讲述中，我得知在我离开以后，他和玉子过着孤独又乏味的日子。玉子依旧每天早上

梁宝星 | 巨鹿坡一号

到癌症科大楼前的花坛边坐半个小时,以此证明自己并没有被白色卡车带走;阿拉多夫坚持绕着癌症科大楼跑步,直至跑不动。随着两人病情的加深,他们在治疗室度过的时间越来越长。玉子接受化疗以后脸色日渐苍白,头发掉光了,轻易不会走出病房,阿拉多夫就摇着轮椅从三楼爬到五楼去看她。

"医生说一般人不能忍受化疗的过程,她的毅力胜于常人,遗憾的是,化疗并没能控制癌细胞扩散。"

吃过晚饭,我和淑子送阿拉多夫回病房休息,阿拉多夫在病床上躺下没多久便睡去了。我和淑子在大楼后面的院子里踱步,离开四年后重新回到这个地方,有种说不出的滋味。我们走进图书馆,光线不是特别充足,这个地方就是这样,很难要求它再明亮一些。玉子精神病发作的那个晚上,我们同样是吃过晚饭到图书馆去看书,看了将近二十分钟的书。玉子突然哭了起来,把脸藏在书本里,身体剧烈地颤抖着。淑子靠过去安慰她,被她一把推开了。她踉踉跄跄站起来,走到图书馆外面,门外大雪纷飞,她张开双手不知在寻找什么,她头发散乱,涕泪横流,样子十分狼狈。她说她儿子来找她了,他就在这个院子里头。之前我们都不知道玉子所承受的精神压力,她结过婚,生病后丈夫到巨鹿坡来过一次,她的丈夫是来跟她商量离婚的事情的,这件事狠狠打击了她。

图书馆里有一面照片墙,上面的人多数已经去世,我们四人的合照还在墙上。那是淑子离开巨鹿坡的前几天,我们约摄影师拍的。照片中的玉子端庄优雅,她挽着我的手臂,右手抱着那株瘦黄的君子兰,那时她已经把我当作她的儿子。我从来没有想过我的离开会给她带来这么大的影响,我走到图书馆后面,看见那棵君子兰在月光下如雕像一般悄无声息。我决定把这棵君子兰带走,带回东京,带回中国,让它在暖和的地方开枝散叶。

招待所有些简陋，房间里冷冰冰的，我和淑子都喝了一点酒才钻进各自的被窝。淑子说她曾想过回来这里做公益服务。她问我有没有打算到日本来生活。我摇摇头，说我不能在日本待太久，虽然日本是个宜居的国家，但总有一种不安的气息在这个国度弥漫，我从飞机里走出来的时候就感觉到这种气息了。

"其实，我选择到环保组织去工作正是因为这个，我们见识过真正的死亡，才懂得活着的意义。"淑子希望我到福岛去一趟，去看看她们为救助当地辐射病患者做的努力，"在福岛，环保组织人员是特别辛苦的，我们抵抗电子产品，抵抗核电，推销抗辐射食品，组织大伙接受治疗。虽然我们不是医院，向我们寻找帮助的人还真不少，大多是没钱去医院看病的低收入人群。好些人身上的病十分恶劣，要在这里，他们就应该被关进癌症科大楼。他们没有放弃活下去的希望，按时来取药片，跟我们反映自己的身体情况，汇报自己生活上的困难。"淑子爬到我的床上，钻进我的被子里，脸庞贴着我的胸膛，"有时候人真的很脆弱，但是只要有一股力量推着我们向前去，我们就会特别强大。就好像如果我们静止不动躺在地上，一群蚂蚁就能把我们吃掉，但是如果我们在高速行驶的飞机上，我们就是一颗子弹，我们能穿破任何东西。"

淑子在我的臂弯里睡去了，而我依旧没有睡意。那棵君子兰在桌子上静静地吸收着月光，就好像玉子坐在那里静静地看着我。我和玉子的故事绝非偶然，在前往巨鹿坡之前我曾做过一个梦，梦到我并非我的父母所生，我是白鲸的孩子。来到巨鹿坡以后，我发现玉子就是梦中的那头白鲸。玉子对我关切之至，给我送吃的，给我织围巾，托她的护士从札幌给我带三文鱼寿司。别人认为玉子对我好是她的精神病导致的，我并不这么认为。我认为在和我相处的时间里，她一直都是那个真实的她，甚至真实得过于理智，以至于我要离开巨鹿坡的时候她没有因为舍不得我而不让我走。

梁宝星 | 巨鹿坡一号

成为一枚子弹，是否能够穿透时间和死亡呢？我爬起床，找来纸笔，坐在窗前写了满满一页字才回到床上。

天亮了，我始终没能闭上眼睛睡一会儿，窗外的景色一幕幕被阳光照亮。我看到了二世古雪山，它高高挺立，在十分遥远的地方，天气晴朗，它得以在窗外露出庄严的面貌。玉子曾说她最想去的地方是二世古雪山，想去那里滑雪，她没有滑过雪，只是觉得在雪上飘着会很自由。我想她肯定从后山、病房窗口或者图书馆天台上看见过二世古雪山，看到它如此美丽的影姿才想要到那里去。

淑子翻身醒来看我满眼血丝，为打扰到我睡觉而道歉，"晚上一个人冷冰冰的，所以我才爬到你这里来，害你整晚睡不好。"她走到窗边，戴上乳罩，又从行李箱里拿出一套黑色西服，她的身材已经变样，穿上西服也不显瘦。

"穿这么少，不会冷？"

"外面还要披一件大衣。"

我没有西服，找了一件黑色大衣穿上就出门了，和淑子去癌症科大楼接阿拉多夫，三人一起到楼下去吃了点东西才去告别玉子的遗体。淑子推着阿拉多夫，阿拉多夫捧着昨晚我和淑子在机场买的兰花，我捧着从图书馆带出来的那盆君子兰，我们走在通往殡仪馆的路上。阿拉多夫跟我们说，玉子的家属并不知道她已经过世。她去世之前嘱咐医院说不要通知家人，这样她会走得安心些。玉子的后事是阿拉多夫帮忙打理的，墓地选在殡仪馆后面的墓园。我在殡仪馆门前看到了那辆曾令我毛骨悚然的白色卡车，车里面空空的，什么都没有。我们绕过白色卡车走进殡仪馆大厅，玉子的主治医生以及照顾了她好些年的护士也来了，我跟他们简单问候几句就去找玉子的棺木。大厅里停放着四个黑色的棺木，玉子的棺木在最里面。我把君子兰放在棺木旁边，端详起玉子冰冷的面容。她很瘦，皮肤是紫色的，圆碌碌的脑袋上只有几根黄色的头发，眼圈是黑色的，看起来像一只受伤的鸟。

淑子靠在我肩膀上哭了，受到她的影响，大厅里另外几个死者的家属也跟着哭了起来。医院和殡仪馆的代表陆续走进来，巨鹿坡有一个传统，为每一个死者举办追悼会，鼓励死者家属、朋友以及照顾了死者好些年的医生护士把死者生前的故事说出来。玉子是巨鹿坡第二百三十二个死者，轮到我上去念追悼词的时候，我把那盆君子兰捧在胸前，将视线投放到门外，白色卡车开走以后，二世古雪山竟出现在眼前。我回忆着玉子的过往，摊开昨晚写好的悼念稿读了起来：

现在，一个不健康的人正在悼念一个刚死去的人。她是无辜的，她被一道从机器里逃出来的锋利的光所伤害，使她失去了作为女人的完整的躯体。玉子生命中的最后几年精神不好，她承受着巨大的心理压力，承受着失去丈夫、家庭和生育能力的痛苦。她在病痛面前挣扎了九年，一次次赶走死神，她知道人只活一次。

我还记得玉子在图书馆跟我说过的话，她说她之所以喜欢待在图书馆，是因为读书的时候时间走得比较慢，她希望活着的时候能够更真实地去感受时间。没有人比玉子更渴望活下去，而那些轻生者、那些虚度者都不能把活着的机会留给她，给巨鹿坡其他已经死去和即将死去的人。我知道，这里还有许许多多命运多舛的人，这些人都有各自的故事。我要说的是，这是一个伟大的时代，科学正带领我们走向未来，玉子没能成为这个时代的幸运儿，巨鹿坡大部分人都没能成为这个时代的幸运儿。但是在这个一年里有将近四个月时间被大雪冰封的地方，我们不应该把悲痛当成日常生活的一部分，我们要珍惜活着的机会。活着的时候很多事情不尽人意，但死亡面前一切平等，希望玉子在天上能够获得永恒的健康。死者已矣，生者节哀。

选自《广州文艺》2020年第1期

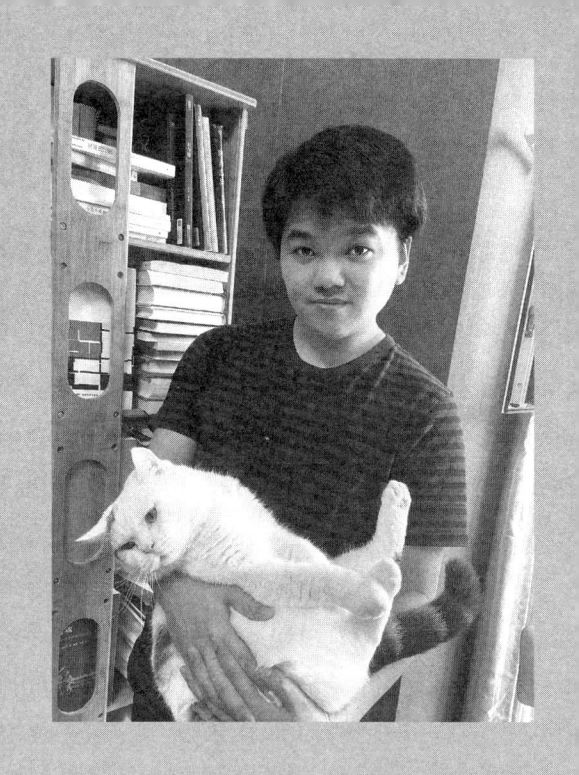

林为攀

福建上杭人,1990年生。出版长篇小说《追随他的记忆》《万物春生》和小说集《当一朵云撞见一张纸》等。小说集《驯小说的人》即将出版。

萤之光

我天马行空的童年，遇到了祖母穷凶极恶的晚年。

我们在不同时段大打出手，在一个回南天的正午，我们发生了有史以来最剧烈的一次冲突。她把做好的饭菜端到桌上，我没等她落座便埋头先吃。等她端着自己的饭碗出来后，看到桌上的残羹剩菜，二话不说就用筷子敲我的脑袋。我们隔桌对骂时，面前的圆桌突然滑出了门外，这让我们可以直接动手。她从厨房抄来一把柴刀，我从屋檐下操起一根竹竿。我们在客厅短兵相接，她手里的柴刀虎虎生风，我手里的竹竿腾挪跌宕。不过还是她略胜一筹，因为客厅可任由她刀劈斧砍，而我的戳、捅、挡、格却会在局限的空间里发挥失常。

我不得不罢兵休战。她把不屑的眼白翻到天上去，我的自尊不允许我当逃兵，便将战场挪到门外。我忘了圆桌挡住了大门，差点撞上去磕掉门牙，我让她一起把圆桌搬回原位。但圆桌还是在客厅打滑，这该死的回南天不仅让我们的衣服发霉，还让地面潮湿，极大地败坏了我们祖孙俩大战三百回合的兴致。

我们相约等天暖再战。她把家里的门窗全部打开，我则把屋檐下晒不干的衣服抱到屋顶。但我们的默契配合没能搁置争议，她在楼下又叉着腰把我来痛骂，我把头从屋顶上探出去，看到她壮硕的身躯岿然不动，那张年过七旬的脸仍泛着红光，嗓门依然声如洪钟。我捂住耳朵，冲她大喊："有本事别骂，再打一架。"屋顶上的风吹起了在竹竿上晾晒的霉衣，一如两军对垒前飘动的纛旗。空气突然静止了，可我知道这是你死我活的征兆，我等待她的应战，不过楼下却毫无动静，我再次探出脑袋，欲用双眼打前哨，却不见楼下敌军身影。此仗还未开打，我便得胜而返，心情可想而知，我率领双腿大军，浩浩荡荡地开赴楼下。

可我还没到楼梯间，便听到敌军士气如虹杀上楼来。我慌忙躲进屋顶那片阁楼，透过门缝严密注视屋顶战况。不愧是扛过饿的巾帼英雄，那种架势令我辈无地自容，只见她登了两层楼，还面不红、气不喘。她在偌大的屋顶环顾四周，甚至不惜越界，将视线放到别的屋顶，试图开辟新战场。而我却在狭窄的阁楼一动不敢动，就怕暴露自己的行踪。我打量阁楼，准备找个趁手的武器，发现里面除了毁坏的农具空无一物，便蹑手蹑脚地翻找农具，看看有没有锄头什么的，但只看到角落里的劳蛛在缀网。

情况紧急，我还没破坏蛛网，便听到敌军靠近的声音，我立即闩上阁楼门，一双近乎眦裂的眼睛出现在蒙尘的窄窗，她在外面用嘴哈气，而后用厚实的手掌擦拭，不料脏的是里面，任凭她怎么擦都无济于事，她照样什么都看不清。但我却分明能看到她，战况瞬息万变，顷刻便有利我方，我抓紧时间侦查。我见到她厚实的手掌纹路横生，一如将山川河流握于掌心；她的脸不惧风霜雨雪的侵蚀，始终红润光泽；她高耸的鼻子恨不得戳进窗户，用气喘如牛涤净里面的蛛网尘埃。只有她微白的头发符合她的年龄。我第一次近距离观察这个伴随我整个童年的敌人，我把她的形象镌刻进脑海，直到长大成人还未彻底忘却。

她很快在窗边消失，但我知道她不会这么快认输，她知道我没有躲到楼下，一定躲在里面。这间阁楼是平时储存谷子的地方，我们把在屋顶上晒干的谷子装进一个个麻袋，然后全凭她一人将谷子或拽，或背，或扛进阁楼。可以说，只要她不面目可憎，就是一个顶天的壮劳力，经年累月训练出来的力量让她不怒自威。可是她阴晴不定，说变就变，一如闽西所在的经纬度，总是东边日出西边雨。我以为我会永远屈服于她的淫威之下，没想到一夜之间，我的力量居然可以跟她打

林为攀 | 萤之光

个平手，而且我还欣喜地发现，这场持久战终将速战速决，况且时间还对我有利，因为我会越来越健硕，而她则会越来越苍老，尽管她并不是会服老的人。不过我不急于一时，不代表她也如此，她似乎也已认识到她最大的对手不是我，而是变化莫测的时间，所以她要在垂垂老矣之前彻底驯服我，以此保证她的晚年生涯可继续政行令通，不会受到任何干扰与挑衅。要知道殷鉴不远，隔壁的老人丧失劳动力后，每天躺在床上叫天天不应，叫地地不灵。

　　于是，她迅速展开反击，冲到门边，用脚大力踹门。好在我的惊吓没有维持多久，我立即将身子挡在门口，她脚踹一扇门确实易如反掌，但如果门后多了她的孙子，她就没那么容易得逞了。她双腿各踹了十几下，从阁楼天花板掉下的灰尘迷了我的眼，整个阁楼都笼罩在一片浑浊中。我的咳嗽冲破尘埃的围追堵截，很快传到外面，进入她的双耳。她饱满的耳垂在禽动，加大了踹门的力度，同时急迫的声音也响了起来："听话，快开门，里面空气不流通，只要你出来，我一定不打你，不骂你。"原来她是怕她孙子在里面窒息而亡，不过我不会相信她看似善意的和谈，我担心只要我一开门，她就会不顾口头协议，将我的耳朵拧成麻花，将我的祖宗十八代骂个遍，即便她也是其中一员。

　　我死死顶住门，空气越来越浑浊。我已看不清那些农具，但眼前却出现了幻觉，我看到那些毁坏的农具摇身一变，它们变回犁田的犁头，变回割禾的镰刀，变回用脚踩的打谷机。我俨然看到父亲在犁田，母亲在割稻子，我在踩打谷机，而祖母则躲在凉爽的河里乘凉。她的年龄让她完全可以不用干农活，但她的力气却让她始终无法退休。我们作为农民，干不干活不是看你有多老，或有多小，而是视力气而定，如果年纪轻轻却连屙屎的力气都没，那就可以不用干活；假如七老八十还有一身的力气用不完，也不能什么都不干。这就是我小时候每到农忙都要干活、祖母也不能例外的原因。不过她却三天两头借故偷懒，我有样学样，得到的待遇却完全不同，父母不会当面骂她懒惰成性，可只要我手一停，祖母却会骂我懒人屎尿多。

我在恍惚中听到骂声从头顶飘来，抬头一看，祖母的脸赫然出现在天窗里。这间阁楼所在的位置是二楼屋顶，若到二楼，需借助四十阶旋梯，而爬上阁楼则靠那把十阶竹制直梯即可。竹梯平时倒放在屋顶，只有在阁楼天窗漏水的情况下，父亲才会架起竹梯，扶梯而上，胆战心惊地上去修缮破裂的玻璃。我虽调皮捣蛋、百无禁忌，却也知道高处危险丛生，即便家人不在，也未曾上过阁楼。我的父亲每到回南天总要打开天窗，让自然风吹干里面的霉谷，但自从去年以来，他便将谷子搬到了楼下储存间，这间阁楼随即另作他用。他也害怕常爬阁楼难免摔下来。勿爬阁楼，几乎是我家不成文的家规，迄今为止家人都严格地遵循了它。不料，我那个古稀之年的祖母却拿自己的老命开玩笑，竟在刮风的回南天私自爬阁楼，而且还没有任何防护措施。她的脸出现在天窗的那刻，我吓得魂飞魄散，立即打开阁楼门，登上那把竹梯，招手让她过来。

她听到我的声音站了起来，而后双手张开，好像扶着一根无形的竹竿摇摇晃晃地走过来。阁楼屋顶仍是用水泥浇筑，幸好父亲没听从他人意见用瓦片，否则祖母此刻说不定会摔下去四分五裂。不过话虽如此，阁楼屋顶空间狭窄，即便脚下稳如磐石，说不定什么时候也会被一阵春风或者一只南归燕惊吓，从而掉下去一命呜呼。但我在祖母的脸上却看不到丝毫惧色，这老家伙的胆小慎微是装出来的，她张开的双手挡住了整个阁楼屋顶面积，微弱的阳光在地上照出一副展翅高飞的影子。她索性丢掉手中的无形竹竿，双手放到身体两侧，不由分说甩开胳膊走路，活脱脱像走在大路上一般。

我真怕她一脚踏空掉下去，忙一手扶住梯子，一手捂住眼睛不敢看，但耳朵却一刻不得闲，时刻留意着有没有重物抛到楼下的声音，好在只是虚惊一场，我

林为攀 | 萤之光

并未听到任何动静。我放下手,扶住另一端的梯子,看到祖母居然双腿悬空坐了下来。我看不到她的表情,只能看到她那膀大腰粗的后背。她这么一坐下来,我的视线被迫从远处收回,聚焦到她后背的汗渍上。

片刻过后,祖母扭头招我过去,我忙下两阶竹梯,只留自己的头顶给她。见她没过来,又上到原位,浮出脑袋,看到祖母一脸慈祥,早没了刚才的咄咄逼人,对她身上出现的巨大反差我百思不解,不得不僵在原地,既不敢上去,又不敢下来。我分明能听到脚下那把竹梯在颤抖,屋顶上晾晒的衣服随风飘动,我看到全家人的衣服在同根竹竿上相依为命,从外往里,分别是父亲的裤子、母亲的上衣、祖母的围裙以及我的内裤。那根竹竿似乎成了一个基因序列,我们三代人依次在上面见风生长。此时的风不大不小,能吹起每一件衣服的形状,却无法吹落它们,我看到父亲穿着那件肥大的裤子在田里忙碌,母亲穿着单薄的上衣卷起袖子在水里洗衣,祖母披着过短的围裙在厨房做饭,而我那时虽仍处于童年,却已到穿内裤的年纪,我花了很长时间才习惯内裤包裆的不适感。

我与祖母对视着,我们的距离很近,但因都在高处,我们谁也不敢轻举妄动。我看到自己疑惑的脸庞出现在她的瞳孔里,她和蔼的五官也被我的双眼全盘接收。我能同时看到我们两人的表情,至于她是否也能同时看到我们两人的表情,我却无甚把握。道理很简单,她如今虽力气尚佳,视力却每况愈下。这也是我担心她会在上面发生意外的原因。她看近处模糊不清,望远却一清二楚,长大后我才知道这是老花眼的症状。但于我当时而言,不啻为一种神奇现象,我有时还会让她帮我看天边的那朵云是否有雨,远山上的烟雾是否有人纵火。她告诉我那朵云洁白无瑕,是晴天的预兆,不会下雨;山上的烟雾是雾霭所致,不是有人放火。我们相隔不到一米,她却可能看不清她孙子的脸,好在我微喘的呼吸让她能听出我还在这里。

她再次唤我上去，甚至俯身吹净身边那片区域。阁楼的屋顶上布满灰尘与落叶，还留下许多南归燕的粪便，许多从上空经过的鸟儿有时也会停下来歇脚，它们离开时，偶尔会忘了带走昆虫与种子，所以上面长了许多嫩芽，嫩芽上还有虫眼。我在祖母的眼神里得到感召，终于壮着胆子爬了上去，然后小心地在她身旁坐下来。我们的年纪虽然相差一个甲子，但身高却几乎一致：我们站在一起时，像栽种在田里齐整的禾苗；我们坐在一起时，像山上两棵差不多高度的向阳树。此时我们就像两棵挨在一起的树，发完芽的种子和破茧前的虫子在我们身后各自为争夺阳光而拼尽全力。

　　我从未在这个角度看过周遭。我们身处的空间让我们拥有了独特的视野，我看到了一个全新的乡野。我几乎把整个村庄尽收眼底，村庄在我面前剥掉了重重伪装，以一副赤裸的模样让我啧啧称奇。俯瞰让我将恐惧忘在了脑后，我终于明白祖母为何要不顾危险登高此处。我在高处辨认每一缕熟悉的炊烟，这缕缕炊烟都不在同一处，而是没有规则地分布着，有的在马路尽头，有的在河流拐弯处，有的在密林间，有的在田野旁。人们将屋子盖在每一处风水宝地，唯独视野左上角的墓地旁人烟稀少。

　　目力所及，最多的还是常年葱郁的青山。我们生活在青山环绕中，不知外界是否仍是一重又一重山。我那时还无法想象青山之外的模样，生活对我而言，就像破茧而出的奋力一搏。我不知道这一刻何时能够到来，自从我的身体发生巨变，不得不穿上内裤后，我便无时不在憧憬一个能让我的身体有用武之地的所在。不得不说，我的精力大都用在了与祖母的百般较量之中，但仍有余力用来想入非非。我的脑中时常会出现强烈的幻觉，有时将河流当成强悍的对手，用丢石头让其缴械投降，有时又将筑巢树上的鸟鸣当成对我的挑战，用弹弓让其戛然震悚，更将傍晚雨后的蜻蜓挨个捕捉到网，断其翅，摘其首，用来喂蚂蚁。

林为攀 | 萤之光

我们此刻临高望远一言不发。我的余光瞥见她的嘴巴严丝合缝,一如孵化千金之珠的蚌壳。显然,她此刻的沉默比世间任何珍珠更值钱。

我看到了那栋老房子,我们全家曾在那里生活过几年,父亲赚到钱盖了这座二层楼房后,我们便从那里搬出来,但祖母晚上还是喜欢睡在老房子里,新房她睡不着,说晚上老有人敲门。她在搬进新房的第二天晚上,从床上爬起,打开房门,冲辽阔的夜空大喊大叫。睡在二楼的父母披衣来到楼下,问她怎么回事。

"有人敲门。"祖母的话起初让父母颇为重视,接下来的几天,我父亲埋伏在客厅,想看看到底谁在敲打祖母的房门。他手里握着一把刀,月光从窗户映入客厅,照出了我父亲紧张不安的脸。他不敢发出任何声响,只能听到自己咽唾沫的声音;握刀的手浸湿了刀把,他也无暇擦拭。汗水通过刀把流到了刀尖,地上淌满了液体,在月光下乍一看像极了鲜血。声音终于响起来了,听上去不像敲门声,倒像开门声。

父亲慢慢打开大门,把头探出去,没有发现人或动物的身影,原来是虚惊一场。他准备上楼睡觉,转头看到开门者竟是祖母本人,她已从敞开的房门走出,又站在月光下大喊大叫:"你为什么如此作恶,成心让我睡不着。"父亲吓了一跳,回去将她扶进房间,告诉她:"没有人敲门,快睡吧。"父亲的话没打消她的顾虑,她让父亲把新房四周查看一遍,看看到底哪个挨千刀的跟她过不去。父亲作势查看一番,回到祖母房间,说:"是一只野猫,我赶走了。"祖母听完放心地躺回床上,但很快又从床上爬起,来到门外故伎重施。父亲不堪其扰,最后甚至动了怒,仍收效甚微。

白天,父亲决定召开家庭会议。母亲睁着一双惺忪的睡眼,父亲也在揉搓布满血丝的眼珠,父母的睡眠已被剥夺了好几天,再这样下去迟早非崩溃不可。既然说了祖母不听,只能群策群力,看看能否找到解决之法。父亲将我叫到桌前,祖母坐在一侧，看上去她把晚上发生的事忘得一干二净，此刻看到全家人难得聚齐，问："田里的稻子割完了吗？"没有人回答她。父母对此早已没了主意，所谓会议，无非是问我一人拿主意。

"让奶奶晚上去老房子睡。"我的建议让父母诧异万分，父亲盖新居的目的就是为了让全家人能睡得开，现在盖了新屋又不让祖母入住，传出去无疑会被别人戳脊梁骨。而且老房子跟新宅尚有一段距离，让视力不好的祖母去走夜路，这不是造孽是什么。

"我负责给她照明。"我的话让父母交头接耳，过了会儿，父亲用一句话结束了本次会议："先试行几天。"我以为这是一桩简单的差事，没想到夜晚激化了我跟祖母的矛盾。晚饭刚吃下去，她就催上了："快点吃，再晚我可怕走路。"我告诉她我们有手电筒，再黑的夜都能照出路，她还是催命鬼似的催个没完。

走在路上，她也不安分，让我走在前面，她在后面跟，地上那么一摊光亮，非说看不见，逼我把手电筒往后照，这样一来，我面前却真的没路了，于是偷偷把手电筒往前挪一点，只是暗了点，她又不乐意了，还说我是有意要让她摔倒。我只好让她走在前头，让她踩在光里，她又有话说，不是嫌前面没人带路她怕走错，就是骂我是不是没吃饱饭，走这么慢。好不容易来到老房子，她喊我去开门。老房子的门重得很，我费力推开，让她当心门槛，别撞上去了，她却不走了，要我扶她，我只好扶她跨门槛，准备登那个木制楼梯。上楼梯时，轮到我害怕了，楼梯腐朽了，走在上面很晃，便走得很慢，反倒是她，一步跨两级，跑上去推开楼上那间房，在黑暗里喊我死哪去了，怎么还不快点。我把手电筒往上一提，便看到她那张凶恶的脸。

把她安全送到，也不能马上尥蹶子，我要等她睡着才能走。老房子阴森恐怖，我一刻也不想待，屋顶的瓦片好像还会动。她倒是一沾枕头就睡得跟头死猪似的，

林为攀 | 萤之光

我喊了几声,没回应,知道她睡着了,遂拧开手电筒下楼去,但不敢放出光,只得用手掌捂住,担心刺眼的光弄醒她。光憋在掌心里,就像无法呼吸的脸皮,通红通红。

我下楼的动作很慢,这一慢却增添了我的恐惧,刚才有她在旁,没什么大不了,现在徒留我一个人,不禁让我觉得这里就是漆黑的阴曹地府。走出老房子,路上我心里又咚咚响起了鼓点,不是担心有人跟踪我,就是害怕前面溜出一个鬼。也不敢把光照到别处,以防普照万物的光照出不干不净的东西,只得把光聚焦到脚下那条路,走一步,往前照一寸。

等回到新居时,差不多已经晚上十点了。父母早在房里睡着了,我从门前经过时,听到里面的鼾声如雷,气得跺脚,想着明天说什么都不干了。但第二天,我还没表现出不满,父亲就先拿话哄我:"只要再送几天,我就去镇上给你买好吃的。"我始终期待着父亲许诺的到底会是什么好东西,并在以后的日子里无限放大这份期待,不想最后却落了空,而我的个头也从比祖母矮,到跟她一般高,再这么送下去,我的身高迟早会超过这个老不死的。

父亲虽未兑现他的承诺,不过我还是照送不误,因为送多了,我就习惯了,有时甚至会迫不及待地喊祖母快点吃完饭,好尽快送她去睡。我们的顺序也已心照不宣,她在前,我在后,手电筒照到两人之间,一人分一半光,谁也没话说。送到老房里后,不用再等她入睡就能先走,我已经摸清老房的脾气,不再被它装出来的阴森吓倒,回去的路上,也敢将光往四处照,路边并无鬼怪,也无人跟踪,一切都是自己想多了。

这些年来,我用废的手电筒加起来估计有一百米长,驱使过的光连起来或有万米长。我会坚持送下去,直到她老得再也无法走路,不得不睡在新房子里。而那时,新屋估计也会变成老屋,我也会慢慢长大。

祖母睡在老房子里的事，始终无人知晓，夜晚遮蔽了旁人的视线，我们祖孙俩也乐于对此事保密，那条隐秘的夜路白天会有许多人走过，但只要一到夜晚，就会完全属于我和她。我们在白天再怎么打得不可开交，也不会说漏嘴，不是怕别人知道说三道四，而是只要还有那条路，就能保证我们的大动干戈在可控范围内。不得不说，我们只有走在夜路上时，才像一对祖孙，一到白天，我们就会像一对斗鸡，斗得你死我活，然而在这天的阁楼上，我们却首次在白天过从甚密。

　　我把视线从老房挪开。天已暗下来了，老屋已看不太清了，坐在我身旁的祖母这时才开了口："我不知为什么，每次都要在老房子里才睡得踏实。"她是一个爱唠叨的人，这是确凿无疑的，在我们少有的相安无事中，她会不厌其烦地抱怨自己这些年的过度操劳。

　　"我也不知道为什么，只有在老屋子里才睡得着。"祖母的话寒气逼人，在这个即将入夜的仲夏黄昏，使我害怕接下来的夜送一事。

　　我让她先下来，下来再说，父母务农就快归家了，若看到我们坐在阁楼上，说不定会罚我们不许吃晚饭。祖母没有起身，她让我先起来。我起来后，才知道原来她是在一旁护住我，就像每次在夜路上她在前面看护我一样。我为自己误解了祖母感到羞耻，还未站稳脚跟，便伸手拉她起来。她起来后，急吼吼率先爬下竹梯，我感到哭笑不得，爬下去后才发现她竟在扶稳竹梯。

　　夕阳通过楼梯的窗户照进来，拉长了我们下楼的身影，我们祖孙俩的影子一前一后。在楼梯里我们谁也没说话，好像刚才的对话还是发生在上个世纪。我们听到父母到家的声音，父亲回家不会说话，我们会通过他在屋檐下放锄头的声音判断出来。母亲回家却会说话，但她的话轻声细语，我们听不清，只有母亲进厨房仰脖喝水时我们才知道。我们同时听到锄头落地声和喝水声后，立即跑下楼，因为赋闲在家的这对祖孙忘了做晚饭。

林为攀 | 萤之光

　　父亲的脸变得极为难看，母亲在一旁念念叨叨。祖母情知理亏，迅速择菜淘米做饭，我则提前去灶台生火，就等祖母舀油下锅、煸炒青菜。五分钟后，祖母炒好了菜，二十分钟后，米饭也出锅了，我看了看客厅的老钟，发现比往常还快了一分钟。我们赶在了时间前头，抢到了这弥足珍贵的六十秒。父亲的脸松弛下来，母亲也不再碎碎念，家庭的氛围活跃起来了，父亲说今年是个丰收年，母亲补充说终于可以多挣点钱了。

　　我在等祖母吃完。父亲说完起身去洗澡，他在屋檐下没看到晾晒的衣服，进来朝我拿。我想起衣服还在屋顶上，立即沿楼梯上去，但那根竹竿上什么也没有，衣服全都不见了。我下去拿上手电筒，从屋顶往下照，发现衣服被风吹到了屋后。我迅速下去，光在我脚下晃个不停；绕到屋后，捡起家人的衣服，用光检查有没有弄脏，所幸没有，衣服也干了。我把衣服抱进客厅，说："晾在屋顶了，差点忘了。"父亲没有生气，没再说我办事没头脑，从我怀里挑出他自己的衣服，进厕所洗澡了。

　　祖母终于吃完了。我跟母亲交代饭碗等我回来洗，我照例让祖母走在前头，我握着手电筒殿后。但我们还没走出几步，就感到不太对劲，因为手电筒好像要罢工，橙黄色的光着实照不清地面。祖母每走一步都要停下来，等我去拍打手电筒，把光拍亮一点。我以为能坚持到送完祖母，没想到在离老宅还有一段路程的时候，就彻底不亮了。我们祖孙俩身处黑暗中，谁也看不清谁，祖母以为我跑了，扯嗓唤我。

　　"别鬼叫，吵死了。"我的回应让祖母放下心来，她的呼吸在漆黑中逐渐靠近，我让她待在原地，别过来，万一摔伤了我可背不动她。我把电池卸下，放进嘴里咬，有股酸涩的滋味，希望咬瘪的电池还能发挥余热，死得其所。我把电池重新拧进去，有亮了。祖母在光中找回了路，不用我催，便在前头走了起来，我用光跟上她。

我们的速度显然还是慢了，才走了三步，手电筒就彻底打了退堂鼓，任凭我再怎么咬，电池还是不好使。我气得把电池给丢了，握着变轻不少的手电筒不知该如何是好。我们目前所处的位置比较尴尬，离老宅近，新屋远。我一个人黑灯瞎火不敢回新屋拿电池，又不敢继续送祖母去睡觉，因为回去的路上我会更害怕。

我把遇到的难题抛给祖母，让她同意我回去拿电池，可她说什么都不同意，还骂我翅膀没硬就想丢下她飞走。我任由她骂个不停，懒得搭理她。等她骂累了，我说："你现在是不是困得睁不开眼了，要是再骂下去，你今晚就甭睡了。"祖母果真在哈欠连天，我的眼皮也重得很，我们僵持不下，不知该怎么办。我决定继续送她前行，慢慢摸过去，摸到祖母的手臂后，扶着她，并肩走在这条不宽的路上。可她嫌她那一边路不平，要跟我换，换过来后，又说这边路太滑，让我慢点走。

由于没有光，我们走得比蚂蚁还慢。往常织满夜空的星星此刻也一颗不见了，好像全被人拆了线。我尽力看清路面，但还是什么也看不清，我们都成了瞎子。

祖母索性不走了，掐着我的胳膊一个劲地在喊怎么办。我正愁没有主意，突然看到前方出现一簇幽蓝的微光。我们迎光而上，驱光者不是过路人，竟是夏夜盛产的萤火虫。

萤火虫像坠落的星辰，照亮了我们的走投无路。我很清楚这些尾部装有探照灯的飞虫，它们荤素都吃，喜欢用露珠花蜜搭配蜗牛蛞蝓，是昆虫界有口皆碑的美食家。我花了很长时间，才弄清它们发光的原理，无非是为了御敌或求偶，然而那晚照亮我们前行的萤火虫却充分发扬了传帮带的优良传统，不仅没被我们祖孙俩吓跑，还送佛送到西，一路把我们平安送到了老宅。

当我们抵达老宅时，这群夜晚的精灵并没有立即飞走，而是盘旋在我跟祖母

林为攀 | 萤之光

的头顶,从我的视线看过去,祖母俨然变成了头戴光环的观音大士,以她的方位看过来,或许我就是莲花座旁的善财童子。

祖母推开厚重的木门,那群萤火虫见机钻进来,霎时照亮了漆黑的大厅。我借助萤火虫的光亮看清了大厅的构造,那张被父亲遗弃的木桌此刻惹满了尘埃,照到萤火之光时,浮游在空气中的灰尘就像粉末般轻盈;几张还象征父亲努力打拼的凳子,此刻围着木桌错落有致地摆好,我好像看到我们一家人当初围坐此桌吃饭时的情景,那时我尚在襁褓中,经常是祖母怀抱着我。她的粗暴与野蛮在我还不会说话时便显露无遗,她会用自己的嘴巴嚼碎米饭,然后强行塞进我嘴里,几次哇哇大哭以后,我便逐渐习惯带有祖母口水的食物。当然,祖母不敢在母亲在时这么喂我,只要母亲在,她便变得极有耐心,先用调羹将米饭压碎,然后再一口一口地喂我。后来祖母在与我的交手中日益吃亏时,就会大打感情牌:"你怎么敢下这么重的手?别忘了你小时候还是我塞米饭把你撑大的。"

萤火虫让我们回到了往日的时光,祖母瞬间觉得父亲盖新房盖错了,这座老宅远远没到丢弃不住的地步,建造老宅所用的每一抔土,都还结实地熨帖在墙上,抵挡着每日的曝晒或风雨,假如善加修葺,完全比所谓的新房好:要知道红砖堆砌的新房不是夏天热死,就是冬天冷死,而这座老宅天然带有调节气温的功能。

"不然我们全家搬回来住吧。"祖母说出了她的建议。

"哪有买了新衣还穿旧衣的道理。"我摆摆手道。

话虽如此,其实我也同意祖母的看法,起码搬回来我就不用再每晚送祖母,这样我就可以恢复成在农闲时节卸担子的耕牛。祖母没再说话,她很清楚,这个家她早就做不了主了,即便父母对她恭敬有加,但只要涉及大事,祖母的话几乎比我的话还不好使。她重重叹了一口气,但在我听来,却像无人问津的老屋在哀叹自己的命运。

那些萤火虫看来很喜欢这座老屋，盘旋在客厅久久不愿离去。我将祖母送上楼，一双稚嫩的脚和一双苍老的脚先后踩在楼梯上，我们加起来重达上百斤的重量让楼梯不堪重负，每走一步，楼梯就发出可怕的嘎吱声，我只好放慢脚步，等她完全上去后再上。有几只离群的萤火虫也飞进了楼梯间，我在楼梯之下看着楼梯之上的祖母，见到她的背影在萤火之光中危如累卵，立即跑上去搀扶她进房间躺好。

"你一个人敢走吗？"祖母问道。

"敢。"我说。

见祖母躺好，我转身下楼往回走，刚才在她面前强装的勇气此刻就像倾泻而出的光，消失无踪。我每下一级楼梯，对于黑夜可怕的想象便愈发具体，我似乎看到楼下有人在朝我招手，我似乎听到耳边传来跑调的歌声。那几只离群的萤火虫此刻趴在从上往下数的第 n 节楼梯上，就像一个白炽灯在发出最后一寸光。我扶着墙壁，用脚试探楼梯，每踩到一节，就在心里默数还剩多少节，其间小心地避过某一节楼梯上的萤火虫，生怕自己踩灭所剩无几的光明。当我踩完第十二节楼梯时，就知道我安全了，我已经回到了坚实的地面。

重返客厅让我顿觉踏实不少，因为我看到那群光明的使者还在，不过当我将两扇大门完全打开时，巨大的夜幕又让我心有余悸，我坐在其中一张凳子上，托着腮思考该怎么回去。夜晚似戴上助听器，我能清晰地听到楼上祖母打呼的声音，正当一筹莫展之际，我通过那些闪烁的萤火虫想到了办法。我捕捉每一只够得着的萤火虫，然后拧开手电筒，塞进萤火虫。我这把手电筒恰好是接近于透明的白色，而那些萤火之光则是冷冷的蓝色。这回我没有将手电筒发光的部位朝前，而是把屁股朝前，也没再拧上盖子，让这群罕见的蓝色幽灵寄居在没有门的手电筒里，让它们尾部朝后，照亮我回家的茫茫前路。

林为攀 | 萤之光

  微弱的光亮流淌在凹凸不平的路面，就像一把锋利的刀切割出了年深日久的年轮，我俨然看到自己坐在最小的一圈年轮上荡着腿，而往前依次数，分别是母亲、父亲，最后是我那个最阔最大、线条也最曲折的祖母。她同时圈住了我们一家三口，如同列张的日月星辰一般。

选自《西湖》2020年第11期

谈衍良

1995年生于上海,复旦大学材料科学系学生。曾于《人民文学》《上海文学》《萌芽》《作品》《青年文学》等刊物发表小说。出版有小说集《乌鸦妖怪与随机数侦探》。

福　报

一

罗斌杰今天上午到永寿寺里请了一炷十块钱的香，站在香炉面前立了二十分钟，出门之后，又在庙门前的大轰哥炸鸡店买了一包十二块钱的香酥鸡。现在他该回去了，阿姊要是想见到他的话，下个礼拜六至少得早晨十点以前就到庙里来——客堂间的桂师傅告诉飞机阿姊，飞机阿姊又把这事儿告诉了坐在庙门口折锡箔的顾阿姨，顾阿姨说："我不晓得什么罗斌杰，我只晓得今天早上来上香的人有五个，五个都是穿了跑鞋。"

从仲凯南路学府街公交站——八个月以前正式改名叫易购广场公交站——往东走一百米，穿过门厅，穿过香炉，进大殿拜上一圈，点一炷香。飞机阿姊是这样做的，她相信罗斌杰也是这样做的。据飞机阿姊从大轰哥炸鸡店的老板刘轰那儿听来的消息，罗斌杰是复旦大学佛学院的博士。没有人会通过"复旦大学佛学院的博士"联想起一个穿跑鞋的男人，所以飞机阿姊又跑出庙门去问刘轰：罗斌杰今天是不是穿了跑鞋？ 刘轰的两个炸锅都热烈地沸腾着，手上还在用菜刀斩着一块裹了面包糠的鸡肉，发出钝器撞击的重响。于是飞机阿姊又大声地问：罗斌杰今天是不是穿了跑鞋？

刘轰的腮帮子近乎咆哮，但他的声音还是只能当作沸油的陪衬，他说："你站那儿能看见我穿啥鞋吗！"

飞机阿姊还真看不到刘轰穿着什么鞋,她只能看见自己穿了一双女式尖头黑皮鞋。康康在他六岁的时候就教会了飞机阿姊"光沿直线传播"的道理,也就是说,飞机阿姊看不见刘轰的鞋,刘轰也就看不见飞机阿姊的鞋。要是罗斌杰买香酥鸡的时候站在飞机阿姊现在站着的位置,刘轰也就看不见罗斌杰是不是穿着跑鞋。飞机阿姊说:"那就谢谢你,他下一趟来你就帮我看一下。"

飞机阿姊也不知道是刘轰没有回答她,还是她没听见刘轰回答了她。她转身钻进大轰哥炸鸡店边上的敬文香烛店,问:"陆老师,你晓得那个每个礼拜都要来拜佛的罗斌杰吗? 是个大学生,我还从来都没见过每个礼拜都会到庙里来的大学生。"

陆老师说:"我不认识罗斌杰,我只晓得机电三班有个叫刘斌杰的。我也没看见刘斌杰来过庙里,不过他可能是来易购广场买衣服的,顺道就来庙门口看一看。你搞清楚你要找罗斌杰还是刘斌杰了吗?"

飞机阿姊说:"我搞清楚了,要寻的是复旦大学佛学院的罗斌杰,不是你们机电三班的刘斌杰。"

陆老师放下手里的两沓纸钱,从柜台下面掏出一捆线香:"现在线香价钱涨了,十五块。阿姊还是老样子?"

飞机阿姊摸出一张棕色的二十块:"老样子,现在啥物什都涨价了,陆老师到底是个老师,涨价也涨得是最晚的。下趟礼拜六的时候你帮我看看,有没有一个到庙里来的小伙子,穿跑鞋来的,名字叫罗斌杰。"

陆老师把二十块钱放进长满锈斑的铜皮盒子里,推了一下他那张倒大脸上的金丝眼镜,然后他嘴巴一咧,笑出了森林大风的声音:

"罗斌杰,我想起来啦,飞机阿姊找这个人已经找了三个礼拜了。我还晓得阿姊是没有那么容易寻着他的,阿姊,你晓得这是为什么吗?"

飞机阿姊用手指在自己的嘴巴前面摇了一下,陆老师立刻就笑着闭上了嘴。

谈衍良 | 福 报

飞机阿姊知道陆老师要说什么，这个词可还是飞机阿姊教给他的。

"现世报"这个词，飞机阿姊是从她的奶奶那儿学来的。飞机阿姊的奶奶曾因为每天给她卧病在床的男人烧一炷香而被镇上人称作"心肠最好的女人"。飞机阿姊身为汪嘉康的奶奶，尽管尚未在永寿寺建立起名声，也成功地让他在两岁零三个月的时候就学会了"现世报"的用法。它通常以一个感叹词的形式出现，例如，在汪嘉康奔跑而摔倒，或者摔了碗盘筷子和他的模型车的时候，"现世报"可以用于取代"哎哟喂"的位置。

如果汪嘉康把别的孩子推倒，或者砸了别人的模型车，"现世报"三个字就不足够了。飞机阿姊会说这是汪嘉康他姆妈的现世报，或者汪嘉康他奶奶，也就是飞机阿姊自己的现世报。对于飞机阿姊从她奶奶那儿学来的用词，汪嘉康的推论是：一个人活得越久，积累的罪业就越多，"现世报"也就越重。飞机阿姊赞成他的观点，但现世报也有善恶之分，飞机阿姊足够虔诚，所以她养出了两个当飞行员的儿子；在永寿寺边上开购物中心则是亵渎，所以整个易购广场的三十八家店铺里倒闭了三十六家，剩下的只有一间麦当劳和一间没招牌的成衣批发店。

汪嘉康通常会在这时候开始笑，从而展示他也不是一个虔诚的人。

飞机阿姊说："康康，笑话观音菩萨，还是在笑话我？"

汪嘉康笑着回答："没有，我谁也没有笑话。我是觉得你讲得对才笑的，这就叫会心一笑，心如明镜台。"

鬼才相信汪嘉康这是会心一笑，汪嘉康一次都没给菩萨磕过头，一次都没给佛祖烧过香，他还在永寿寺门前吃香酥鸡，吃炸香菇，他说："我在庙门口吃炸香菇，就等于是请佛祖吃炸香菇了。真正的佛祖是什么都吃的，百无禁忌，没有你们这些瞎讲究。"

大轰哥炸鸡店里一共就只有两个炸锅，一个是炸香酥鸡用的，一个是炸鸡腿用的，炸香菇用的大都是炸香酥鸡用的炸锅，因为炸香酥鸡的温度比炸鸡腿稍微高一点儿。南无阿弥陀佛，汪嘉康还是个孩子，他没有对菩萨不敬的意思。

从法律的角度看，汪嘉康还要过两年才会脱离"孩子"这个群体。观音菩萨兴许不太在乎现在的法律，飞机阿姊只指望菩萨能听自己一句话。飞机阿姊的心最诚，每天都到庙里来，她不怕菩萨不理会自己，怕的是两年以后，汪嘉康从智华中学一毕业，成了一个大学生，他就不再是孩子了。

飞机阿姊是不说谎的，一旦她觉得汪嘉康不是个孩子，她就不能对菩萨说汪嘉康是个孩子了。南无阿弥陀佛，汪嘉康虽然不是一个孩子，观世音菩萨大慈大悲，她会原谅汪嘉康的，看在飞机阿姊的面子上。

二

飞机阿姊一个人住在仲凯二村四十六号四〇二的二室一厅已经一年零四个月了。一年零四个月以前，飞机阿姊的老公——也就是飞机爷叔——被送进医院以后，这一间七十五平方米的屋子里就只剩下飞机阿姊一个人。

其实飞机爷叔住院以前的几年里，这间屋子也都是飞机阿姊一个人安排的，飞机阿姊亲自在阳台上搭了棚，在厨房的窗外头拉了铁栏杆。飞机爷叔进了医院以后，飞机阿姊又在阳台上的塑料棚里给瓷雕菩萨搭了一个屋子。有菩萨就得有蜡烛，但是汪嘉康不喜欢蜡烛，他说点燃的蜡烛有股脚臊臭。菩萨的面前哪能没有蜡烛呢？于是汪嘉康帮飞机阿姊在网上买了两支二十八块九毛八的节能灯假蜡烛，三十一厘米的假蜡烛，是菩萨的两倍高。

飞机阿姊刚给菩萨安了家的第一个晚上，她的第一个儿子阿大就回来了。飞机阿姊说:"你回到家里来,晚上的飞机谁来开呢?"

阿大检视了仲凯二村四十六号四〇二的每一个角落,他说飞机阿姊的床垫该换了,脱排油烟机的滤网也该换了;阳台上的塑料棚在下雨的时候声音肯定比锣鼓还响,飞机阿姊的听力一直不错,窗外有两只鸟叫就会睡不着;阿大还说:"这两支蜡烛也太高了,长得像菩萨家里的廊柱。"

阿大在家里住了一夜,第二天一早,飞机阿姊的第二个儿子阿二也回来了,她第一次发现阿二的头顶心是秃的。飞机阿姊说:"你回到家里来,部队里谁来管呢?"

阿二从飞机阿姊卧室的电视机前走到小卧室里堆满饼干罐子的柜子边上,从堆满饼干罐子的柜子边上走到新换了滤网的脱排油烟机下边,从脱排油烟机下边走到了阳台上的菩萨面前。阿二说:"换了新房子以后,在厅里放一个大一点的,差不多可以到腰那么高。"

晚上,飞机阿姊的第三个儿子阿华带着汪嘉康回来了。阿华说:"小萍今天夜里要帮学生补课,就不过来了。我们到爸的医院里去看一眼,然后再去吃个饭。五个人,开车正好。"

阿华驾着他三成新的越野车从仲凯二村开到永寿寺,从永寿寺开到街道卫生服务中心。飞机阿姊坐在汪嘉康的边上,汪嘉康坐在阿大的边上。满街的车走走停停,仲凯街道的灯火早就今非昔比。卫生服务中心前的五岔路口,易购中心灰暗的霓虹灯管底下,阿华为一个九十九秒的红灯熄了火。飞机阿姊说:"我以后每天都可以坐960路公交车去看一趟老头子,看完老头子之后,我就走到永寿寺。你们还记得顾桂花吗? 就是张志利的姆妈,她每天都在永寿寺门口折锡箔纸。还有桂新盛,就是那个桂光头,他在客堂间里冒充和尚,收香烛铜钿。拜完菩萨之后,永寿寺门口有一部1208路公交车,我就坐1208路公交车回家,它有一站是停在铁路边上的,就是仲凯二村的后门外面。"

躺在床上的飞机爷叔已经是个傻人了,他不会说话,也没人知道他能不能听懂别人说话,所以他的三个儿子就没有和他说话。飞机阿姊坐在床边长叹:这就叫现世报,老头子年轻的时候把永寿寺里唯一的一座木头佛像给拆了,锯成自家的椅子,报应来得晚,但是也来得厉害。这把椅子飞机阿姊是没有坐过的,她也从来不让阿大、阿二和阿华坐。汪嘉康三岁的时候被飞机爷叔撺掇着爬到这把椅子的椅背上,飞机阿姊第二天就偷偷把椅子给扔到了铁路边上的垃圾回收站里。佛像是不该进入垃圾回收站的,但焚毁总好过受辱,佛陀理应原谅飞机阿姊的罪过。

汪嘉康说:"那我也算是往佛像的头上坐过一次了,照你这么说,现世报是不是也该落在我的身上?"

没什么好担心的,这已经是十五年前的事情,该发生的报应也早该发生了——飞机阿姊本该这么说的,可惜她几分钟前才说了一句"报应来得晚,但是也来得厉害",那可是飞机爷叔四十年前造下的孽。

飞机阿姊早在八年前就已经辩不过汪嘉康了,那一年他学了解方程,学了写八百字的作文,他还看了一本《一本书带你读懂周易》,从书里学会用抛硬币的方法帮人算命。

病床顶上的红外灯光闪烁,飞机阿姊用整间六人病房都能清楚听见的声音说:"南无阿弥陀佛,南无阿弥陀佛。"

飞机阿姊的虔诚有了回报,那就是她对于虔诚的延续。在她给菩萨点了LED蜡烛的第一个夜里,她对着那间浅米色塑料板搭成的小庙念了二十分钟。这二十分钟里,她根本就没有想到要阿大或者阿二回来,她从不祈祷她的儿子回到她的身边,也不祈祷她的儿子不回来。

　　她的阿大陪了她三天,阿二陪了她两天,阿华终于没有说要把飞机阿姊接去凯辉天锦园九号楼1501的新房子里住。从凯辉天锦园去到永寿寺得换三趟公交车,或者走路一个半钟头,飞机阿姊觉得这就是汪嘉康从来没进去过永寿寺的原因——飞机爷叔刚进公交公司上班的时候,凯辉天锦园是一片荒地,现在它在公交地图上依然是一片荒地。

　　现世报啊!飞机爷叔在公交公司当了十五年的调度员,排了十五年的线路表和时刻表,结果他的孙子想要去一趟永寿寺都没公交车可坐。飞机阿姊慨然长叹,她没能想起——或者只是暂时没去想起汪嘉康每个假期都会到仲凯二村里住上两个星期,而从仲凯二村到永寿寺只要坐一部1208路公交车,再走两分钟的路。

　　第二天一早,阿华送阿二去了机场。阿大说他也跟着一起去送阿二,然后在机场坐地铁二号线直接到火车站。飞机阿姊喊汪嘉康跟大伯、二伯说再会,阿二说:别叫醒他,让他好好睡吧,我们走了。

　　飞机阿姊知道汪嘉康已经醒了,阿二可能也知道。她看见她的三个儿子——三个已经长成老头儿样子的儿子,从咯吱响的绿色防盗门里走出去,然后她走进汪嘉康的房间,汪嘉康说:"你等一会儿,我把这张卷子写完。"

　　飞机阿姊倒退着走出房间,她决定等汪嘉康写完卷子之后就带他去永寿寺。她也知道汪嘉康是不会去的,汪嘉康会说:"到庙里去拜佛既是对我的羞辱,也是对佛的羞辱。"

三

　　飞机爷叔住进卫生服务中心已经一年零四个月了。这一年零四个月间,一成不变的飞机阿姊成了到访卫生服务中心频率最高的家属，成了到访永寿寺频率最高的香客。

礼拜五，飞机阿姊照例先去街道卫生服务中心给飞机爷叔喂了一个生梨。阿华硬要她出门带把阳伞，所以她就在正午十二点的太阳底下撑着黑阳伞走到永寿寺的门口。这一早上，顾阿姨已经折了五捆五十个的锡箔元宝，也就是两百五十个锡箔元宝。她刚巧在吃饭，咸菜毛豆子炒笋丝，五捆锡箔元宝就横躺在竹篮子里。

飞机阿姊一走进门堂，顾阿姨就立马放下了她的饭盒子，说："今天早上有一个小伙子来过了，他穿的不是跑鞋，也不是皮鞋，我讲不清楚那是什么鞋子，不过它是黄色的。"

飞机阿姊每天中午都来一趟永寿寺，从来就没有见过什么小伙子。罗斌杰是唯一一个会到永寿寺来的小伙子了，但他每次都是礼拜六早上来的，大概十点到十二点。他大多时候是烧一炷香，偶尔是两炷，二十分钟，或者四十分钟。这比飞机阿姊烧一次香的时间要久一点儿，但还没有久到足以发生一场偶遇，每次他一走，飞机阿姊就到了。

飞机阿姊早就想好了，今晚汪嘉康会住在飞机阿姊的家里，第二天一早，他们就一块儿先坐1208路公交车去永寿寺，然后再去看飞机爷叔。汪嘉康不乐意去永寿寺，但探望一个神志不清的爷爷是他理应做的。飞机爷叔年轻的时候喜欢嘲笑一切虔诚的信徒，他衰老的躯壳却为汪嘉康的虔诚做出了贡献，是他让汪嘉康在这一年零四个月里四次经过永寿寺的门口，吃了四次大轰哥的香酥鸡和炸香菇。

明天一早，大概是八点半的时候，飞机阿姊就会喊汪嘉康起床，然后说：我们先去庙里，然后中午再到医院去，这两天天气热了，我想看看他们每天中午都喂你爷爷吃什么。汪嘉康当然是会同意的,他会和飞机阿姊一起在早上十点到达永寿寺,会在庙门前的小石佛边遇见罗斌杰,会和罗斌杰一起买香酥鸡,会跟着罗斌杰进到庙里,拜菩萨,烧香,在香炉边上立二十分钟。但现在不会了,罗斌杰今天已经来过了。

顾阿姨说:"你急什么呢? 我只记得他的鞋子,又不记得他的人。你最好是先去问一问桂师傅,那个穿黄鞋子的小伙子到底是不是罗斌杰。"

桂师傅说他打了一早上的算盘,客堂间外面的事情一桩都没看见。飞机阿姊又去问刘轰,刘轰照着飞机阿姊吼叫了一通,说他没工夫看人的鞋子。陆老师从香烛店里跑出来喊:"阿姊,今朝进货来的锡箔纸比以前的要厚,要买几沓回去吗?"

飞机阿姊跟着陆老师进到香烛店里头。正午的阳光是正直的,它照不到屋子里,整爿店就只靠一个二十瓦的白炽灯泡照亮。陆老师把飞机阿姊拉进两排不锈钢货架当中,说:"今朝早上,我看见刘斌杰了。"

昏暗的屋子里流动着窸窣的电流声,还有电风扇转动的声音。飞机阿姊把耳朵贴得离陆老师的倒大脸更近了一点儿,陆老师深重的叹息全都叹到了飞机阿姊的耳郭里。陆老师说:"娘希匹的刘忠志,有干部不当,跑到外国去寻屁吃。他不当这个副校长,肯定就得让我来当这个副校长了。我左想想,右想想,当了副校长以后,还开一爿香烛店,就落人话柄了。但是我又不好不当这个副校长——"

飞机阿姊不认得刘忠志,也不知道这事儿和她、和罗斌杰有什么关系。陆老师喊了一声"哎呀",又把飞机阿姊往货架深处拉了几步,"刘斌杰是刘忠志的儿子呀,也是我们机电三班的班长。我今朝早上去刘忠志的家里了,刘忠志跟我讲,我把香烛店盘给别人,我就当一个董事长,也是蛮好的。"

飞机阿姊往后退了一步,看着陆老师蹙紧的眉头,她搞不清楚陆老师是真傻还是装傻，飞机阿姊只好说："现世报啊！你连刘斌杰跟罗斌杰都分不清楚，还神秘兮兮跟我讲什么呢？"

飞机阿姊回到家的时候，汪嘉康正躺在床上看一本《未来简史》，汪嘉康喊飞机阿姊不要睬陆老师，他光看面相就不像个好人。飞机阿姊已经七十一岁了，陆老师大概五十岁上下，正是最会骗人的时候，他颠来倒去地说些故事，目的无非就是要让飞机阿姊接手他的香烛店。汪嘉康倒是不知道如今什么生意能赚到钱，什么生意只能亏本，但光看陆老师那双小眼睛和宽下巴，汪嘉康就能猜到他是一定不肯让自己少赚一分钱的。汪嘉康合上书，假咳了一声，"总而言之，奶奶下趟就不要去他的店里了，香烛在网上也是可以买到的。"

飞机阿姊说："你不要假装咳嗽，你爷爷就是天天干咳，天天干咳，咳到最后就咳成肺炎了。"

按照飞机爷叔的讲法，他是从小闻香烛的味道才把呼吸道闻坏了。飞机爷叔在永寿寺正门对面——也就是如今易购中心麦当劳的位置——住了三十五年，从一岁一直住到三十六岁，他的确是闻了半辈子的香烛味道，但是哪里有人会闻香烛闻出肺炎的呢？

飞机爷叔六十七岁那年，也就是三年以前，他急性肺炎大病初愈的时候，在病床上做过一次辩解。他的这段辩解是讲给汪嘉康听的，汪嘉康告诉飞机阿姊："爷爷说，他把佛头锯成凳子也属因果轮回的一环。永寿寺的佛每天都接受香火供养，这些香火却伤到了小时候的爷爷，让他落下了肺炎的隐疾；爷爷成年以后趁着时势毁坏了佛像，只是践行了佛陀本身应当遭受的业报。"

飞机爷叔是不会说"因果轮回""香火""业报"这种词的，躺在病床上的飞机爷叔当然就更不会。飞机阿姊不知道汪嘉康是听飞机爷叔咕哝了几个词还是骂了几句娘，竟然给他归纳出逻辑这么严密的一套叛逆言辞，说的还是字正腔圆的普通话。幸亏汪嘉康讲完以后补了一句："他砍人家佛头的时候没有得肺炎，怎么能说他是为了报复呢？他的时间顺序就有逻辑漏洞。"飞机阿姊也就当他是站在佛陀这一边的。

汪嘉康第一次讲这段故事的时候，飞机阿姊本想和他辩驳两句，她打算告诉汪嘉康：这就是飞机爷叔自己的现世报。幸亏她那时候没这么说，肺炎治愈之后一年多一点儿，飞机爷叔就变成了一个傻子。成为傻子显然比一场得到治愈的肺炎更适合成为亵渎佛陀的现世报应。

汪嘉康重新翻开了他的《未来简史》。飞机阿姊瞟了一眼《未来简史》的封面，星云飘浮在纯净的黑色中央，"明朝早上我先去庙里，然后再去看你爷爷。你跟我一道去吧。"

四

上午九点三十分，飞机阿姊果然没能见到罗斌杰。汪嘉康在陆老师的店里坐了半个钟头，但汪嘉康没能见到罗斌杰。汪嘉康当然是不知道罗斌杰这个人的，但他也一定知道飞机阿姊试图把他引见给某人。汪嘉康六岁的时候，飞机阿姊用烤猪肉脯把隔壁家的阿生哥哥诱到自家来，是为了让汪嘉康交上第一个朋友；汪嘉康八岁的时候，飞机阿姊把阿大的老婆的弟弟的儿子接到仲凯二村来和汪嘉康一起住了个把月，是为了让汪嘉康好好学数学。

从结果上看，飞机阿姊的行动颇有成效，汪嘉康在那之后三个月就得了幼儿园奥数比赛第一名。可事实上，虽然阿大说他老婆的弟弟的儿子的数学成绩不错，但这个数学成绩不错的十二岁男孩只是在飞机阿姊的家里玩了一个月的电脑游戏而已。依照汪嘉康的理论，没有任何理由可以证明这个没用的奥数比赛第一名与阿大的老婆的弟弟的儿子有关。

汪嘉康当然也不会认为他信不信佛能和一个素未谋面的复旦大学佛学院博士生——或者和任何人有关。他只是一个一炷香能烧二十分钟的陌生人，和一个一顿饭能吃五斤饭的陌生人没有什么差别。没人会因为一个能吃五斤饭的陌生人而尝试去吃五斤饭，但飞机阿姊相信汪嘉康是有信佛的潜质的。相比飞机爷叔，汪嘉康显然长得更像飞机阿姊一点儿，握筷子的手势也更像飞机阿姊一点儿。飞机阿姊二三十岁的时候也不信佛，汪嘉康现在还不到十七岁。

飞机阿姊从庙里走出来，看见十七岁的汪嘉康坐在四十七岁的陆老师的香烛店里。陆老师说："你晓得这么一个小庙每年能赚多少铜钿吗？嘿，你不晓得的呀。你看看马路对面的易购中心，想要借永寿寺的光，结果倒是永寿寺把它们的光给吸光了。"

飞机阿姊走到陆老师背后往他的肩膀上打了一记："你跟康康瞎三话四什么呢？"陆老师却没有停嘴的意思，他说永寿寺赚的钱越来越多了，永寿寺外面的香烛店反倒是越来越赚不到钱了。过两天，易购中心的广场中间要办一个什么世界美食什么展览的，声势很大，旁边几个小区里广告都打满了，但是现在谁还会去什么美食展览呢？都是骗人的东西。

飞机阿姊这几天看着太阳伞和塑料桌子一个个在广场中央支起来，泡沫塑料盒子从路边的小卡车上往下搬。飞机阿姊现在知道了，那些盒子里装的都是些烤肉串、鸡翅膀。南无阿弥陀佛，谁不知道易购中心开在永寿寺对面就是犯了忌讳呢？飞机阿姊喊汪嘉康准备走了，陆老师两只手撑着桌子从柜台里站起来，"还没有等到刘斌杰，怎么就要走了？"

谈衍良 | 福　报

　　飞机阿姊的脑子里闪过一句"佛曰",然后闪过一句"不该说出来的事情就不要多嘴"。这句话不是佛说的,而是飞机阿姊自己说的,飞机阿姊不能替佛发言,单一句"不要多嘴"又显得有点儿无力,于是飞机阿姊说:"现世报啊!"

　　飞机阿姊每次喊"现世报",陆老师都是一副无动于衷的样子。他装作是在推鼻梁上的金丝眼镜,其实就是什么也不想说。陆老师在工业学校除了每周上十节体育课,就是坐在办公室里和打了架、犯了错的学生谈话。陆老师告诉飞机阿姊,他的绝招就是每当学生试图辩解的时候,他就只管推眼镜,一点儿声音也不出。坏学生各有各的坏处,陆老师这招就叫作以不变应万变。

　　陆老师靠着他这招以不变应万变从德育处副主任做到德育处主任,然后又连着做了九年半的德育处主任。飞机阿姊不知道陆老师怎么能够同时是德育处主任和香烛店老板。她被汪嘉康搀着往卫生中心走,在卫生服务中心和永寿寺中间的一座桥头前,飞机阿姊说:"我觉得这也是一种善报,卖香烛锡箔是好的。"

　　飞机阿姊和汪嘉康上桥,然后下桥,走进卫生服务中心的大门。飞机阿姊扭头看了一眼汪嘉康无动于衷的脸:"我晓得了,你今天跟陆老师说了那么久的话,就是学了一招以不变应万变。"

　　汪嘉康说:"也不光是学了这一招。刘斌杰是什么人呢?"

　　太阳越来越高,卫生服务中心楼外的空地地面开始发烫。汪嘉康在空地中央停着的一辆黑色轿车边上站定,飞机阿姊也在他边上站定:"刘斌杰是陆老师他们工业学校机电三班的,也是他们教务处主任刘忠志的儿子。我晓得他跟你讲的是罗斌杰,陆老师记名字就没记对过,前段时间还老是把你叫成王嘉杰——三个字只说对了一个。罗斌杰是复旦大学佛学院的博士生,每个礼拜都来庙里拜一次佛。复旦大学离这里要坐四十分钟的公交车呢。他每个礼拜都要烧香,每次烧香都要静静看它烧完,不多不少,每一炷都是二十分钟。"

汪嘉康拉着飞机阿姊绕过停满车的空地，走进卫生服务中心空无一人的大厅。汪嘉康瘫坐到等待挂号用的椅子上，喊飞机阿姊快去看飞机爷叔吧，他要先买一个痤疮膏。

飞机阿姊说："那我等你买好再过去。"

汪嘉康喊醒挂号处的护士，然后喊醒取药处的护士。汪嘉康说："我知道你要喊那个罗什么的来带我一起去庙里。我说了多少次了，这种形式主义的东西是没有用的。你想想，为什么你找了他那么多次就是没有找到？"

飞机阿姊推了一下她的老花眼镜。

汪嘉康拆开药盒子，拧开药膏的盖子，涂在自己的嘴角。飞机阿姊这时候才发现汪嘉康的嘴角上长了一个包，他歪着脸，咧着嘴："你想找到罗斌杰，我不想让你找到罗斌杰，结果你没有找到，如了我的愿。你觉得，这能不能算是一种现世报呢？或者说，这是因为我的福报高过了你的福报？"

五

飞机阿姊没有答应替陆老师接手他的这爿香烛店以后，陆老师像是下定决心要停了他的生意，安心做他的副校长了。顾阿姨说，陆老师开了这么些年的店，钱已经赚得够用，孩子也快大学毕业，准备从新西兰回来了。陆老师还不到五十岁，今天当上副校长的话，还有升任正校长的机会——在工业学校当校长是难了点儿，但是被调去当旅游中专的校长还是有可能的，旅游中专现在的校长已经六十岁了，两个副校长都只有三十来岁。陆老师对来买香烛的每一个客人说："我不是因为怕被查才不开这家店了，我是想要专心投身于教育事业之中。我前几年一边开店一边当老师都能当上副校长，你想想——"

谈衍良 | 福 报

"对啊，你要是认真当老师，那现在就得是教育局局长了。"客堂间的桂师傅说。

飞机阿姊猜想陆老师是有可能成为教育局局长的，但她还是觉得桂师傅是在笑话陆老师。飞机阿姊第一次跟陆老师说"现世报"这个词的时候，他还不知道"现世报"的意思。香烛店老板怎么能没听过"现世报"这个词呢？飞机阿姊告诉陆老师因果轮回的道理，陆老师一边点着手里的钞票一边说："那不就是'遭报应了'嘛，我懂了，'现世报'就是'遭报应了'的意思。飞机阿姊脸上长麻子了，真是现世报啊——我用得对不对？"

一个礼拜以前，陆老师说飞机阿姊见不到罗斌杰是因为现世报；昨天，汪嘉康说飞机阿姊找不到罗斌杰是因为现世报。飞机阿姊一共也就教会过这两个人"现世报"的用法。飞机阿姊点香的时候烫了一下右手的无名指，线香的味道残留在她的关节上。她想着她每天烧香拜佛，给菩萨磕头；她想着她每天去看卧病在床的傻老头子，给他洗屁股，还给他削生梨吃。

飞机阿姊记得她的爷爷在她四岁的时候生了肝病。据说他生了肝病以后，脸黄得像是一个广柑一样，但飞机阿姊没这个印象，她对那个老头儿的所有认知都来自赞美，对她那个忍辱负重的奶奶的赞美。

她喂那个老头儿吃粥，每一顿都喂，每天都用热水给他擦脸，还给他烧香。那时候的永寿寺还只有一个主殿，殿里的和尚都认得她，说她是镇上心肠最好的女人，她的名声一直流传到一公里以外，一直流传到六十年后。顾阿姨第一次在永寿寺见到飞机阿姊的时候，她说："你就是好阿婆家里的大女儿吧？"

汪嘉康第一次听"好阿婆"的故事的时候，慨叹了一声"现世报"。飞机阿姊告诉他："'现世报'不是这么用的，我平时喊'现世报'的时候，那都是在骂人。"

这时候汪嘉康十一岁。汪嘉康说:"现世报不光是指恶报,也可以指福报。这样吧,'现世报'这个词你们听不顺耳,那我以后就直接喊,'福报啊! 福报!'"

飞机阿姊点上一支香,就坐在庙门口和顾阿姨一起折锡箔,她说,"顾阿姨今朝夜里要不要买点毛豆子回去","我不光喊不动汪嘉康,他还说我是现世报"。她看见大轰哥炸鸡店排着队的五个女孩儿,还看见易购广场中央已经排成三长列的长桌和阳伞。麦当劳里零散坐着几个人影,成衣批发店的大门已经锁上,陆老师坐在柜台前面发愣,用一捆蜡烛轻敲着玻璃桌面。陆老师一走,永寿寺就快变成一个美食城了。

飞机阿姊说:"顾阿姨,你反正每天都坐在庙里,为什么不去帮陆老师开店呢?"

顾阿姨只管自己摇头晃脑折锡箔,看着就不像是能开店的样子。飞机阿姊从板凳上立起来,走进客堂间里,说:"桂师傅啊,你坐在庙里也是算账,去帮陆老师开店也是算账,为什么不去接手陆老师的店呢?"

桂师傅沉着脑袋往上拨了三颗算珠,然后往下拨了大概两颗,"我帮陆老师开店也是算账,坐在庙里也是算账,我干吗不好好坐在庙里呢?"

飞机阿姊一路踱出庙门,几乎一脚踩在门槛上。她看见大轰哥炸鸡店门口排队的女孩儿只有一个了,刘轰抄起他的铁罐子,在砧板和砧板上的肉上撒了厚厚一层粉红色的粉末。女孩儿下身穿着工业学校的校裤,衣服是粘着好多亮片的嫩黄色,她咬开塑料袋里的纸袋里的肉排,荤油味从她的嘴唇间往外渗。

飞机阿姊见过很多炸鸡店,它们大多很安静,就像是刘轰停工的时候一样安静。飞机阿姊说:"你屋里的油锅天天就跟爆炸一样,下锅的时候把肉上的水擦擦干不行吗?"

刘轰关了锅,微沸的油脂平静下来,刘轰说:"声音响点儿能碍什么事儿呢?

该来吃鸡排的还是照样来吃，不吃鸡排的还是不吃。"

飞机阿姊拿了店门口的小团扇开始给刘轰扇，扇子上印着新菜品鸡翅包饭，九块五一整只，尝鲜价八块钱。刘轰凑到飞机阿姊跟前，抽走她手里的扇子，插回扇子框里，"你也知道罗斌杰每个礼拜六早上会来了，过两天早点来候着他就好。上个礼拜六他要去看亲戚，所以才提前一天来的。不过我劝你是别操那么多心，连我都能看出来你准备干啥，你家孩子能看不出来吗？看破不说破，佛经里面有没有这句的？"

飞机阿姊第一次听刘轰说这么长一段话，也是第一次发现刘轰有点儿大舌头，说话的时候像是嘴里在嚼一个馒头。刘轰往他的躺椅上一瘫，对飞机阿姊勾了两下手掌。刘轰的店里一共也就够四五个人站立的空位，还被他的躺椅占了一半位置，飞机阿姊说："我不进来，我就是问问你，你要不要把陆老师的店也买下来，然后雇一个店员？能不能赚到钞票是一回事，重要的是积累善报，把你开炸鸡店的现世报给抵消掉。"

卡车停在马路边上，发出悠长的泄气声音，从易购中心的玻璃顶棚下边拥出的男人们打开卡车的箱门。刘轰也发出了短促的泄气声音，他说："你还是再想办法让你孙子来信佛，找我没用，我不信佛。"

飞机阿姊看着卡车上的烧烤架被一个一个往外搬，一个一个堆在黄色红色和绿色的格子地砖上；飞机阿姊看着陆老师点他手里的一沓一百块钱，点了一遍，点了第二遍，然后他开始把一张张绿色的五十块钱从钱堆里往外挑；飞机阿姊看着刘轰眼皮沉落，发出呼噜声；飞机阿姊看着1208路公交车在十字路口停下，在永寿寺站下车的只有一个人，他在公交站台的顶棚底下站了二十秒，然后开始走向桥的方向，飞机阿姊大约只能看出他是个男人，穿着白色的衣服，黑色的裤子，还有一双黄色的鞋子。

飞机阿姊看着这双黄色鞋子离自己越来越远，她想：今天是星期三，还是星期四？汪嘉康期末考试考完了吗？美食节开张以后，1208路公交车会不会没有位置，会不会有很多人带着肉串进到庙里来？那时候，陆老师的香烛店是不是已经关门了？

这双黄色的鞋子就消失不见了。

六

"易购中心第一届世界美食嘉年华"的横幅挂在香烛店正对面的两座五层楼中央，彩旗绕着空旷黯淡的易购中心挂了三圈。飞机阿姊看见五个年轻面孔走下1208路公交车，他们看起来都没比汪嘉康大多少岁。陆老师拖着大纸箱子后退着走路，撞到飞机阿姊的脚跟上，他喊飞机阿姊的名字，没有回应，于是他抬起手在飞机阿姊眼睛前面晃："明天就礼拜六了，你带他来美食节，顺便到庙里去，说不定还能看见罗斌杰呢。"

飞机阿姊没有回陆老师的话，陆老师把他的卷帘门往下拉，一直拉到底，然后上锁。陆老师说，再会。

飞机阿姊回到永寿寺门槛里边的矮凳上，天色开始变得昏暗。易购广场的霓虹灯闪烁起不太明亮的光，串联着每一顶太阳伞的彩色灯泡也开始跃动，顾阿姨说："看看倒也蛮漂亮的。"

顾阿姨把刚折完的三捆元宝安置在正厅的角落里，然后把掰好的豇豆装进红塑料袋里，顾阿姨说："阿姊今朝哪恁不回去？"

飞机阿姊说："你猜猜看，明天早上会有多少人坐在大殿的台阶上吃他们的鸡翅膀和鸡排呢？"

顾阿姨说:"我要回去了。阿姊明朝早上来看看就晓得。"

飞机阿姊说:"你还有锡箔吗? 我再帮你折一捆。"

阳光迅速地沉没,飞机阿姊折到第二十七个元宝的时候,阴影从飞机阿姊的头顶侵蚀到她的双手、她的脚跟。门外的灯光越来越刺眼,稀疏的人声摇晃着飞机阿姊耳边的空气。飞机阿姊闻见大轰哥鸡排的味道——花椒的臭味。她原本以为美食节开始以后,刘轰的鸡排就卖不出去了。她看着队伍从大轰哥炸鸡店的门口一直延伸到永寿寺的门槛前面,然后越过永寿寺。站在飞机阿姊面前的短头发女孩子说:"叫你早点排队你不肯来。"和她搭伴的长头发女孩子说:"不就是一个鸡排吗?"

昨天夜里,飞机阿姊打电话给阿华:"康康期末考试考完了吗?"阿华回答她:"我们明天带你出去吃个晚饭吧。"

飞机阿姊觉得现在大概已经五点四十分了。阿华去年在德国给飞机阿姊买了一块浅蓝色的手表,飞机阿姊把它放在床头柜里的铁皮盒子里。飞机阿姊觉得往日里空无一人的易购广场前至少拥挤着两百个人,他们都是来吃晚饭的。吃炸鸡排没什么不对,炸鸡排的味道确实不坏;还有烤肉串,辣椒粉和炭烤的味道灌入飞机阿姊的鼻腔,那确实挺香的。握着大轰哥鸡排的男孩被单手捧着一个奶油蛋糕盒子的老头儿领进永寿寺的门里,飞机阿姊说:"平常这个时间庙已经关门了,下一趟你们早一点来。"

飞机阿姊把她刚折完的锡箔元宝撂在半开着的大门边上,从矮凳上猛地站起来。她站得有点儿快,眼前充满光晕的景色变成一片惨白,她扶着厚重的木门,另一只手扶着正准备迈步出门的老头儿。老头儿说:"夜饭还没有吃吧,我们刚才买的鸡蛋仔还没吃过,你不要低血糖了。"

飞机阿姊抬起头。天空被门檐遮蔽了一半，另一半是玫瑰红色，有一道航迹云，没有星辰。去年过年的时候，飞机阿姊问阿大和阿二："天上永远都是一片蓝，晚上变成一片黑，现在是这个样子，一百年前也是这个样子。你们开飞机不会觉得没劲吗？"她现在知道了，如今的夜空不再是黑色的，而是玫瑰红色，它也许永远都不会变回黑色。

飞机阿姊说："我不是低血糖，我就是坐太久了。我进去看看电有没有关好，你们把矮凳拿出去，在门外面坐吧。"

没有等待回应，飞机阿姊关上大门。寂静，昏暗，空洞，永寿寺理应如此。

漫射光铺洒在菩萨的脸上，露出一双眼睛和半张嘴，飞机阿姊掸了掸蒲团上的灰尘，把散乱在供桌上的凤梨酥摆成三层的金字塔形。顾阿姨折的几千个元宝都堆在角落的纸板箱里，明天就会有好多客人进到这间庙里了，这些元宝还是放在客堂的柜台后面安全一些。

飞机阿姊提起一箱元宝，它很轻，汪嘉康一顿就能吃掉这么重的猪大排。她拉开客堂间的折叠门，门的关节处被风吹出骨折的声音。客堂间的玻璃柜里摆着细的蜡烛、粗的蜡烛、线香、红色黄色和绿色的香、写着"学业有成"的祈福带，还有"身体健康""万事如意"，飞机阿姊把纸板箱子摆在桌上，摆了一箱、两箱、三箱、四箱。第四箱遮住了贴在桌角的支付宝付款码，飞机阿姊把它挪到了第一个箱子的右边。

飞机阿姊把散落在正厅门边的二十七个元宝挨个儿叠起来，她的左手虎口张到最大，恰好足够用一只手把它们带去香炉里头。香炉上的灰尘阻遏了月光反射，只有打火机的浅红色塑料壳闪烁微光，飞机阿姊点燃了第一个元宝，用第一个元宝点燃第二个元宝，二十七个元宝恰好够绕整个香炉一圈，寂寞的奢侈。

大殿两侧坐着二八一十六个各式各样的佛教神仙，中央坐着的是如来佛祖，或者只是俗称如来佛祖。汪嘉康读过《一本书让你记住佛教史》，还读过《佛教神话图鉴》，只有他才能说出这十七个佛的真名。"帮奶奶认识一下这十七个佛"实在是一个非常合理的借口——比她曾经用过的三四十个借口都更有说服力。如果飞机阿姊早点儿想到，汪嘉康现在可能已经是个虔诚的信徒了。

但这就是现世报，飞机阿姊不该试图以一己之力对抗命运的。她第一次抬头直视如来佛祖，佛是金色的，竟然还有些漂亮，红唇闪亮，手指尖上焕发着黯淡的夜光。

飞机阿姊磕了三个头。

她听见自己的呼吸声，听见发梢与蒲团轻触的摩拭声，她听见脚步声，一个轻快又沉重的脚步声，她说："桂师傅，是我，我马上就准备回去了。"

嘈杂涌入，灯光涌入，猪油香气涌入。大门打开了，飞机阿姊听见了一个熟悉的声音，他通常冷漠，但很少愠怒，他的声音已经是个男人了，但他依然是个孩子：

"你总算看见我进到庙里来了。这下子你满意了吧？"

七

飞机阿姊坐在阿华二成新的越野车的后排，汪嘉康坐在副驾驶位置上。汪嘉康显然已经根据飞机阿姊的行动推断出了她阴险而周到的计划，一个连飞机阿姊自己都还没理清的计划。阿华说："汪嘉康期末考试礼拜二就考完了，我跟他说要不要礼拜六带上你一起去美食节，他说你肯定不喜欢的，他现在比我还要了解你。"

灯火闪耀，寂静的空气，刹车，汪嘉康瞥了一眼后视镜。阿华说："这么一点点小事，你跟奶奶有什么好生气的。"

越野车开进仲凯二村的小门，小门的宽度恰好足够越野车穿过。阿华在羊肠小道里穿梭、转弯、倒车，然后熄火。阿华说："姆妈，你以后是不是不要一个人去看爸爸了，也不要一个人去庙里了？"

飞机阿姊说："好呀。"

飞机阿姊打开车门，汪嘉康已经站在路沿上等着扶她了。她看见汪嘉康穿着一双浅色的运动鞋，还看见他纤长的手指。汪嘉康说："我爸说话从来都不过脑子的，奶奶怎么能不去庙里，怎么能不去医院看爷爷呢？"

假使飞机阿姊从明天开始不再去永寿寺，顾阿姨是会想念她的，但这些天进到庙里来的人有那么多，他们都穿着不一样的鞋子，有穿跑鞋的也有穿皮鞋的，黑色白色和黄色的。还有，要是进到庙里来的十个人里有一个会化锡箔，一次化五十个，顾阿姨叠锡箔的速度就跟不上了，她得加班加点，还得专心。然后是桂师傅，他不能再整天玩儿他的算盘了。客人是买小蜡烛还是大蜡烛、买一支香还是每捆十支的三捆香，都全凭他的一张嘴，他不能再说他南边乡下拗口难听的土话了，仲凯北路街道的老人们都喜欢飞机阿姊的镇上口音。

等到美食节结束，他们也就该忘记飞机阿姊这个名字了。假使他们没有忘记，他们就会回到家告诉自己的孩子：庙里曾经来过一个叫飞机阿姊的老太婆。她要别人叫她飞机阿姊是因为她的两个儿子都是开飞机的，她的二儿子是个什么尉还是什么校，等同于营长还是团长。她就知道炫耀，但是有谁会羡慕她呢？两个月前她突然消失了，年纪这么大了，恐怕是身体不好吧。

还有老头子住的医院。护工桂花，隔壁七号床家的王阿狗和八号床上的罗老头，飞机阿姊和他们认得一年多了，他们知道飞机阿姊有个孝顺的孙子，但汪嘉康说得对：这世界上有几百万个孝顺的孙子，没人会在乎谁是其中的一个。

汪嘉康牵起飞机阿姊的右手，"罗斌杰的确是个值得羡慕的人。"汪嘉康说。

飞机阿姊和飞机爷叔结婚没多久的时候，飞机阿姊手上还戴着她奶奶给她的一根红绳子，这根红绳子是在她出生的那天从永寿寺里求来的。飞机阿姊结婚的时候，永寿寺已经变成了一间空房子，最大的佛头已经成了飞机爷叔屁股底下的凳子。

那天晚上，飞机爷叔提了半斤肉排骨回家，飞机爷叔说："阿大快要生出来了，你把手上的绳子丢掉吧。"

阿大的出生和飞机阿姊手上的红绳能有什么关系呢？飞机爷叔那时候还是个漂亮的男子，飞机阿姊望着他脸上的泪痣，把排骨倒进钢盅盆子里，然后摘下手上的红绳，她说："你帮我拿去丢。"

这根红绳没有被飞机爷叔藏起来，也没有被某个秘而不宣的信徒从垃圾箱里翻出来当作宝物。就像是被飞机阿姊丢进垃圾场的矮凳一样，它从此消失，就好像从来就没有存在过一样。

但汪嘉康和飞机阿姊不一样，他从来都不是一个受迫的人。

阿华回家了，汪嘉康躺在沙发上。汪嘉康说："你知道释迦牟尼在成佛以前和天魔大战的故事吗？"

门铃响了，汪嘉康说他喊了外卖，一个是茄汁蛋包饭，一个是咖喱蛋包饭，他问奶奶要吃哪一个。

飞机阿姊拿出柜子里的筷子，汪嘉康把餐盒摆在桌面上。飞机阿姊吃了茄汁的，纯粹的番茄酱味道。汪嘉康说："蛋皮只有这么薄一层也配叫蛋包饭吗？"

飞机阿姊咀嚼着一嘴的番茄酱味米饭，饭里还有些轻微的隔夜味，飞机阿姊把筷子架在塑料饭盒上："康康啊，我刚刚待在庙里，不是想着要把你骗到庙里去的。"

汪嘉康没有回应飞机阿姊的话，他开始讲他的故事：天魔的战象宽二十里，手中神兵能让整片大地颗粒无收整十二年，他的大军遮天蔽日，连地底下也布满了他手下的魔鬼。利箭、烈火、狂风、黑暗，佛陀却只是坐在菩提树下，一切灭世之灾全部化作飞花与尘埃。

汪嘉康说："这要是放在语文考试里的话，就是一道送分题。'最大的敌人就是自己'，说得好容易。"

飞机阿姊说："这就是现世报啊。"

汪嘉康说："这应该叫作福报。"

飞机阿姊起身开灯，汪嘉康跑进厨房拿了两个勺子。"这不就是味多美油咖喱的味道吗？"汪嘉康拍桌大喊。

飞机阿姊看着日光灯管闪烁闪烁闪烁，像是美食节摊位上的彩灯闪烁闪烁闪烁，像是大轰哥炸鸡店顶上坏掉的霓虹灯闪烁闪烁闪烁。

飞机阿姊说："我打算以后就不去永寿寺了，反正美食节开张的这段时间肯定不去。不过我还有一桩事情，你不要不高兴。"

四目相对。汪嘉康说："我去一趟就去一趟吧，只要你不跟别人说'汪嘉康跟我去庙里了'这种坍台的话。"

飞机阿姊摇头，硬是带汪嘉康进到庙里又能有什么用呢？飞机爷叔小时候在永寿寺里坐的时间也不比飞机阿姊短。

然后飞机阿姊干咳了一声："我就想看看罗斌杰是个什么人。"

谈衍良 | 福 报

八

飞机阿姊已经不记得她第一次听说"罗斌杰"这个名字是在什么时候了。大约是大轰哥炸鸡店刚开张的一两个月里，工业学校的学生还大都不知道这家店的存在，刘轰还有点儿和人聊天的空闲的那段时间。

飞机阿姊是不太愿意和刘轰聊天的。易购中心里早就开过那么几家炸鸡烧烤店，飞机阿姊亲眼看着它们一个个变得门可罗雀，然后消失不见。刘轰在庙门口卖炸鸡并不值得责备，生意人有生意人自己的规则，但现世报该来还是会来，飞机阿姊并不乐于结识一个转瞬即逝的人。

但刘轰的生意超出了飞机阿姊的预料，进货的小车从一周来一次变成五天来一次，又变成一周来两次。等到飞机阿姊想和他好好讲两句话的时候，大轰哥炸鸡店前的队伍已经没个休止了。飞机阿姊推测刘轰暗地里一定是个虔诚的人，说不定每次他上班之前都要偷偷去拜佛，也可能是晚上打烊以后。飞机阿姊从来都看不见他拜佛的样子，就像她也没见过罗斌杰拜佛的样子一样。

飞机爷叔住院以来的两年间，飞机阿姊每天十点钟出发去飞机爷叔的卫生服务中心，看着护工喂他吃完午饭，然后给他洗屁股。这时候大约是十二点钟，罗老头家的老太婆差不多刚好提着饭盒进到病房里来，她道个好就走去永寿寺，走到永寿寺的时候就快下午一点了。罗斌杰每周六到永寿寺来的时间都在上午九点到十点之间，在庙里大概也就逗留半个小时，买香酥鸡再花个十几分钟。他最晚一次离开是在十一点三十分，那天他是看着表匆匆跑走的，连香酥鸡都没有来得及买。

飞机阿姊当然想知道罗斌杰是个什么样的人，她先是从桂师傅那儿知道了他是复旦大学佛学院的博士生，然后从顾阿姨那儿得知他喜欢穿黄色跑鞋。当年桂师傅还是桂光头的时候，桂光头总是喊他的数学老师"将军的女儿"，她的父亲大约的确是个军队里的干部，但军衔一定比阿二要低上一些。如此推测，罗斌杰也许不是复旦大学佛学院的博士生，他可能只是个复旦大学的学生，可能只是个佛学院的学生，也可能只是个博士生——但再怎么说他也得是个学生。再过一年多，汪嘉康就会是某个大学、某个学院的本科生了，这也就与罗斌杰有了一点儿共通之处。

有了一个共通之处，就能有两个共通之处。罗斌杰信佛，汪嘉康也就可以信佛。飞机阿姊下定决心要与罗斌杰会面是在一个星期五的傍晚，她一边给汪嘉康盛萝卜汤一边说："我明天出门的时间打算稍微早一点。"飞机阿姊相信罗斌杰是有用的——按汪嘉康的话说，这不能叫作"有用"，而该叫作"有善缘"。

第二天，也就是星期六，为了迎接这段善缘，她提前离开了卫生服务中心，放弃了在罗老头家的老太婆面前给飞机爷叔擦屁股的机会。但她来得还是太晚了些，她没能见到罗斌杰。

第二个星期六，为了防止再次错过，飞机阿姊决定下半日再去卫生服务中心。她从早上八点半开始就在永寿寺门口候着，一直候到十二点钟。她还是没见到罗斌杰。

第三个星期六，劳动节，周五就放了假的汪嘉康会到奶奶家里住一晚上，正是翌日早晨偶遇罗斌杰的最好机会。计划未能成功实施，顾阿姨说罗斌杰周五就已经去过了永寿寺，周六当然就没有去。

第四个星期六，阿华带飞机阿姊去鲜花节看花。罗斌杰准时到了永寿寺。

第五个星期六，飞机爷叔的屁股上长了息肉，飞机阿姊陪着他吊盐水。罗斌杰准时到了永寿寺。

谈衍良 ｜ 福 报

　　第六个星期六，飞机阿姊早上九点钟到达永寿寺。罗斌杰没有出现，没人知道罗斌杰去哪儿了。

　　第七个星期六，罗斌杰没有出现。星期天的下午，顾阿姨告诉飞机阿姊：那个黄色跑鞋的早上来过了。

　　飞机阿姊有时候会觉得罗斌杰是故意在躲着她，但罗斌杰不光是没道理知道飞机阿姊的行踪，他甚至都不该知道有一个叫作飞机阿姊的人。

　　飞机阿姊没法解释她为什么就是没法见到罗斌杰，这或许确实只能说是现世报应：飞机阿姊的功德不及罗斌杰，而罗斌杰也不愿意认识一个扰人的老太婆，不愿意为她扮演一个传教士。汪嘉康在拒绝飞机阿姊的时候总爱说："信仰是一个人的事。"他与罗斌杰或许确实有些相似。

　　三个礼拜以前的一个晚上，飞机阿姊把仲凯二村四十六号四〇二的电话号码交给刘轰，喊刘轰把号码交给罗斌杰——能把罗斌杰的电话号码也要来就更好了。刘轰说："罗斌杰不会把电话号码给你的，他不喜欢别人知道他来庙里。"

　　飞机阿姊喜欢别人知道她来庙里，她希望所有人都记得她天天都来庙里。拜佛是件好事，是件值得骄傲的事。飞机阿姊说："那为什么你们都知道他来庙里了呢？ 你们连他的名字都知道了，连他在什么学校读书都知道了。"

　　刘轰不太爱笑，即使是笑的时候，也是喉咙先响动起来，再勉强把嘴唇带动。他的嘴里喷薄出两声鹅叫，在第二声刚停下来的时候就刹住了："我不知道，我不知道。复旦大学根本就没有佛学院，只有哲学学院。"

　　刘轰深吸一口气，对飞机阿姊扇了两下手掌，一个表示"快走"的手势："客人来了——哎，你要吃啥？"

九

早上八点半,飞机阿姊坐在永寿寺门口的矮凳上。矮凳还是那个矮凳,美食节还没到开幕的时间。顾阿姨说:"你认得罗老头吗?他跟你家老头住在一个医院里的。他的儿子跟我的儿子是小学同学、初中同学,现在也就四十几岁。小小年纪就生癌死了,作孽啊。"

飞机阿姊没跟罗老头说过一句话,飞机阿姊认识罗老头的时候,罗老头就是不会说话的。飞机阿姊想起罗老头家的老太婆说起过她的孙子,说他喜欢吃鸡腿菇,还喜欢韭菜炒蛋。飞机阿姊问顾阿姨:"你知不知道罗老头的孙子叫什么名字,是不是叫罗斌杰?"

顾阿姨当然不知道,她只知道折锡箔,剥毛豆,只知道罗斌杰穿的是黄色的跑鞋,庙外面锤子电锯的响声也没法让她从椅子上站起来。飞机阿姊顺着声音走到香烛店的门口,它现在已经不是香烛店了,留胡茬的工人把十尺宽的招牌从房檐上拆下来。飞机阿姊说:"这爿店怎么这么快就拆掉了?"

回应飞机阿姊的是一个穿着工业学校校服、手里提了两大马甲袋炸鸡排的高个儿男孩,他说:"陆老师——就是香烛店的前一任老板,下个学期开始要回我们学校上课了,说是香烛店生意不好。"

"他当了副校长以后反而要上课了?"

校服男孩显然没听懂飞机阿姊在说什么,他迟疑了三五秒,然后点头答应:"对,副校长当然也要上课的,不过上得不多。陆老师上得就比较多,要带一个年级的体育课。"

飞机阿姊看着男孩的背影,他的身形有些窄,但是走路的姿势和汪嘉康一模一样。飞机阿姊冲着他的背影喊:"你认得罗斌杰吗?"

谈衍良 | 福　报

　　男孩没有回头，他假装专注的样子也和汪嘉康一模一样。汪嘉康专心的时候很多，看书、写作业、走路、打游戏都能让他听不见每一句飞机阿姊问他的话。其实汪嘉康的耳朵很灵，他什么都知道。

　　飞机阿姊二十五岁的时候，每天早上出家门，穿过马路，然后右转，经过永寿寺的大门，一路直走，就能走到仲凯路幼儿园。她也不是非得求神拜佛、磕头烧香的，她走过永寿寺的时候，也就只想过要看一眼殿里的佛、莲花台上的菩萨——或者只是供桌、梁柱、青石地板。她有时候真的会进去看上一眼，和坐在正殿里踩缝纫机的小王和小张打个招呼，说："我是特地来看你们的。"
　　飞机阿姊也不是非得说自己是去看小王和小张的，她有资格看看这座陪她长大的庙。到了庙里的佛被重新立起来的时候，她就不只是有资格了，拜佛很快就成了一件值得骄傲的事。
　　但飞机阿姊没有做这件值得骄傲的事。
　　直到阿大走了，阿二走了，飞机阿姊搬进仲凯二村，然后阿华搬进凯辉天锦园，永寿寺对面的老宅被改造成易购中心，飞机爷叔身体败坏到连一句完整的话都说不出，飞机阿姊也没去做这件值得骄傲的事。
　　飞机爷叔被送进永寿寺边上的卫生服务中心的那一天，飞机阿姊在病房里听说两个整天坐在庙里无所事事的人，一个叫顾桂花，一个叫桂光头。飞机爷叔得了肺病的那段时间里，飞机阿姊已经在自家阳台上立了菩萨像，还学会说"南无阿弥陀佛"，学会传达"现世报"的内涵。这一天，飞机爷叔终于变成了一个傻人。
　　这是一场多漫长的旅程啊。飞机阿姊的信仰行走了五十年才到达起点，但汪嘉康不需要了。汪嘉康第一次读《释迦牟尼成佛记》是在七年以前，他早就站在起跑线上，只等着开始奔跑的一刻。

美食节上的摊位一个个活跃起来，羊肉串在烤架上开始翻滚。大轰哥炸鸡店门前的队伍又开始拉长，在飞机阿姊眼前盘旋。罗老头家的老太婆领着浑身照烧汁香味的女孩儿走进庙里，飞机阿姊说："八号床阿姨，你今天来庙里呀？"

"带我外孙女来美食节，等一下就一起去医院了。你知道的呀，我们老头子迷信得要死，他就是不喜欢闻肉的味道，只喜欢闻香的味道。上次我和我的孙子从庙里过去的时候，他一闻到我们身上的味道哦，就眯着眼睛咯咯笑！"

飞机阿姊赔笑了两声，"那你的孙子今天没来？"

"忙得要命！他说他学校里有论文要写，今天回不来了。"

罗老头家的老太婆和外孙女走进庙里，然后是一对挽着手的夫妻、戴着耳机和兜帽的高个儿、吃鸡排的三个女孩儿、光头和麻子、大波浪和胖子、奔跑但没有尖叫的背心男孩、追不上他的高跟鞋妈妈。人影从飞机阿姊的头顶上扫过，一个一个扫过。美食节会场里并没有太多的人，这些不太多的人里也没有几个在喧嚣，但美食节确实是喧嚣的。飞机阿姊说："看起来我是可以准备回去了。"

汪嘉康有句话说得很有道理："这世界上有几百几千万个孝顺的孩子，没人会在乎你是不是其中的一个。"为了病榻上的爷爷而去沾染香火的气味是个有创造力的善行，但善行是可揣测的，是不可复制的。等到飞机阿姊卧病不起的那一天，汪嘉康一定会在网上买一个香炉，而不是试图让一些飘忽不定的气味分子附着到自己的衣服和皮肤上。

汪嘉康最不喜欢的就是形式。事实上，也没有人知道现世报的衡量标准究竟是仪式还是信仰本身。

顾阿姨说:"再会。"

这声音跨过十四个人的身体缝隙,钻进飞机阿姊的耳郭里。

十

飞机阿姊低着头走在路上,周遭全是吵闹,她隐约听见有人喊自己的名字,"飞机阿姊"。先是一个陌生的男人,再是一个陌生的女人,然后又是一个陌生的男人。飞机阿姊回头,她听清楚了,他们说的是"大轰哥喊你"。

飞机阿姊小跑到大轰哥炸鸡店的柜台前面,大轰哥喊:"你怎么就走了呢?"

飞机阿姊知道,光是沿直线传播的,所以她看不见大轰哥,大轰哥也理应看不见她。可大轰哥不光看见她,还知道她要走。飞机阿姊说:"你怎么知道我要走呢?"

大轰哥没有回答她的问题,他把香酥鸡交到客人的手里,"等下准备去庙里逛逛?"他显然是故意装作不经意地说。然后他冲着飞机阿姊喊:"你在这儿等到十二点!"

飞机阿姊没道理继续等下去,罗老头的孙子今天不会来了。尽管没人说过罗斌杰就是罗老头的孙子,但飞机阿姊也不想问,她已经得到了一个答案。飞机阿姊也就是想要一个答案。

"罗斌杰今天不来了。你要是见到他,可以给我打个电话。"

"不来个屁!我跟你说等着你就等着,没错的!"

大轰哥把炸香菇和炸鸡锁骨装进一个塑料袋,"二十八号好了——哎,永寿寺是百年老庙,进去转一圈,出来就饿了,饿了就再买一份大鸡排。"

飞机阿姊理解了大轰哥的现世福报。

飞机阿姊等在1208路公交车的站台座位上，看着一车一车的人下车，走进美食节的场地。她看见老金、老汪和他的孙子、阿许、仲凯二村的夜班保安老谭和他的老婆、徐老师。她一个一个和他们打招呼，十一点，十一点半，十一点四十分，又一个一个和他们告别。

飞机爷叔当调度的时候，站台上连个时刻表都没有。现在的公交站台不光有时刻表，还能显示下一班车的到达时间，就连下一班车再过几分几秒能到站都算得准。现在的世界确实不同于往昔，飞机阿姊觉得自己似乎也不像以前那样虔诚了。易购广场濒临倒闭的时候她拍手称快，但她现在竟然也开始觉得大轰哥是个有功德的人。

1208，又来了一辆。飞机阿姊回头，透过浅绿的玻璃窗和两个肩膀，她一眼就看见了汪嘉康。飞机阿姊迎到汪嘉康的面前，"你怎么自己一个人坐公交车过来呢？"

"我回家换了个鞋子。"

飞机阿姊看见汪嘉康脚上的黄色跑鞋。汪嘉康说："我爸去年去德国的时候给我买回来的，我现在鞋子太多了，穿不过来。"

汪嘉康没有给飞机阿姊留一个说话的当口，他轻牵着飞机阿姊的袖子，往永寿寺的方向迈开步子，"我一直觉得，那些求着被菩萨听见、被佛陀看见的功德都算不上是功德。菩萨不会喜欢那些总把自己的名字念给她听的人，他们只会因为贪欲而遭受惩罚。奶奶，你觉得你真的想把你的功德浪费在认识一个莫名其妙的罗斌杰身上吗？"

十二点还没有到，飞机阿姊还没打算离开公交站，但汪嘉康牵着她就走，穿过人潮。汪嘉康真的一点儿也不像飞机爷叔，就连他迈步的勇武姿势也极像年轻时候的飞机阿姊。

"不过，今天来庙里的人这么多，就算我把我的名字念给菩萨听，她也会觉得我是个凑热闹的。我们进去吧，汪嘉康第一次拜佛，还蛮值得纪念的。"

飞机阿姊看着汪嘉康跨过门槛，直奔客堂，问桂师傅要了三捆香。飞机阿姊站在门厅里望着汪嘉康，望他脚上黄色的跑鞋，他拜佛的时候确实是有点儿像样。

汪嘉康用蜡烛点燃了三捆香。它们均匀地燃烧着，均匀地化为灰烬。汪嘉康敬拜四方八位，把点燃的香插进香炉的东南角。

飞机阿姊想要用"现世报"形容她所目睹的场景，尽管"现世报"是个发怒的时候才能用的词。她知道，"报应不光指恶报，也可以指福报"，这是汪嘉康十一岁的时候就教会飞机阿姊的知识。汪嘉康说过，遇上好事的时候可以直接喊"福报"，但飞机阿姊实在是一点儿也不想说出"福报"两个字，她就是想管这叫作"现世报"。

于是飞机阿姊仰起头，迈步——

她的耳畔响起佛音，天地翻覆，她的头颅击中一个柔软的东西，脚底踩上一个坚硬的东西。

飞机阿姊闭上眼，她发现自己还是能好好地呼吸，还是能好好地说话，她张开嘴唇，吸气——

"哎哎哎，我看你一张嘴就知道你要讲什么了，你不要讲出来——"

她听见汪嘉康的声音就在她的耳畔：

"——你以为绊倒在门槛上这种小事情，就够当你的现世报了？"

选自《作品》2020年第2期

李维北

青年作家，第三届九州之星冠军，作品常见于《萌芽》、《小说绘》、《意林》、"ONE·一个"等多个地方。文风善变，题材多样，思维独特，不按常理出牌。著有短篇故事集《用你的名字写个故事》。

莱布尼兹的箱子

1. 半夜等候

中海民居由几十栋高楼8字形合围而成。这座万人小区内平日熙熙攘攘，人流不息，而此时，它是安静沉谧的。

现在是半夜两点。

秋日夜风吹散了些许睡意，我裹了裹外套，问蹲在旁边的大学同学王捡："到底要等什么？大晚上不睡觉跑下面来喝冷风。"

王捡看了一眼手机，"现在是凌晨两点五十分，还有十分钟，你就能看到了。"

他是我大学室友，与我脚对脚床挨床。

四年同室生活，我给王捡总结了两个特点。

第一点：他坚定信奉等价交换、质量守恒原则，通俗说，他是一个忠贞的AA制度拥趸，不占人便宜，也不被占便宜。

比如说，但凡有人借他泡面，他一定会在三天后提醒对方，你是不是该还我泡面了？认真又坦率，让人无言以对。

以前我请过王捡吃饭或者买水，他肯定会尽快找到机会请回来，而且一定是价位对标；我请炒饭，他回水饺，我买可乐，他回雪碧。毕业后，他索性直接变成了所有双人消费除以二，多亏有了电子支付，王捡能开心地精确平摊到小数点后。

第二点：王捡执着于探知各种日常现象背后原理。

我至今仍然记得，有次我们在电脑前玩实况足球游戏。王捡突然一脸严肃说，在实况足球的世界里，球员以为自己是在为了胜利踢球，但并不知道自己的失误还是射门成功都是被操纵的结果。那么同理，我们的现场足球比赛，又怎么证明真的是球员们在踢球，而不是背后有两个看不见的人在操纵？实况足球和真实足球赛，到底哪个更真实呢？

从那以后，每当我看到喜欢的阿森纳又是第四名，我偶尔会想，如果是幕后黑手在控制球赛，那这个人的水平还真是稳定。

王捡的这两点性格也能以别的词汇形容：龟毛、小气、钻牛角尖、胡思乱想。

但我大学和他一起住了四年，反而觉得他值得信任，我不怎么喜欢那种表现得毫无缺陷的人，像王捡这般坦率真实的人不多。

昨天，王捡邀我来他住的小区一起看足球比赛，守到半夜，阿森纳又不出意料地荣获第四名。我正要洗漱睡觉，王捡让我跟他下楼，说要给我看一个有意思的东西。

才下过雨的夜冷得要命，王捡显然早有准备，他套了件冲锋衣，给我一件羽绒马甲。他下楼后目标明确，拐到了隔壁单元楼外靠近消防通道的空地，这里有一排透明塑料雨棚，棚下除去玻璃告示栏还有一排智能快递柜。

一盏球灯固定在雨棚顶部，光芒苍白而孤单，照得四下更加黑暗冷清。

王捡站在雨棚下，左右张望了一番。

我哆嗦着说："到底是看什么？就我们俩，没别人。"

王捡走到了快递柜前，停下。

这是名为"速至达"公司的快递柜，铁皮上镀的淡金色让它看起来有几分扎

李维北　｜　莱布尼兹的箱子

眼，结构上和别的快递柜大同小异，中部有一个长方形触屏显示器，下面配置有金属键盘与麦克风。柜身横12排竖11列，箱子编号顺序按照列从上到下，再从左到右，一目了然。

王捡在快递柜最右侧站定，用手机照向从上往下数第二格的箱子，照出金属皮上清晰的黑色"111号"标记。快递箱并非是每一个都同样大小，从上到下，尺寸都在逐步缩小，越是靠近顶部空间越大。

我搓着手哈气，"这时候要取快递？ 买了什么东西？"

他食指放在鼻尖前示意我不要说话，而后指向面前111号箱。

我集中注意力仔细打量，箱子表面并无什么记号，表面光滑，与隔壁同型号100号箱没任何不同。

滋滋，滋滋。

111号箱发出两声轻微但尖锐的响动，里头有某种东西在触碰金属内壁，这声音在近距离下格外清晰。

我从声量上估算，箱内可能不是大型物件，而且运动的力量并不大，否则作用于铁皮的声音会更大更沉，倒有几分像是尖锐指甲挠着金属带来的声音。

箱子里突然没了声，就仿佛洞察到了我和王捡两人的注视。

我心里打鼓，不太确定这到底是怎么回事，于是注视着111号箱，压低嗓子问旁边："到底是什么？"

王捡反而眼神有几分期待，"我不知道，之前从来没有这种响动。"

他低头看了下手机，我也余光瞄了一眼：两点五十八分。

"还有两分钟。"王捡说。

"这里的111号箱，每天晚上半夜三点会自己准时打开。"王捡声音低沉，目光牢牢凝视着箱子，生怕它变出某种戏法，"我连续观察了它四天，每天半夜三点，它都会打开，一模一样。"

我心想它打开就打开嘛，这么晚了，反正大家都在家里睡觉，哪怕箱子里藏着贞子之类的女鬼，也吓不到在睡觉的人。半夜三点不睡还在楼下快递柜边晃来晃去，这样的我们才更可疑吧。

王捡轻轻念。

"10。"

"9。"

"8。"

……

不知怎么回事，随着他的倒数，我手脚肌肉也微微发紧。

四下并无其他人，只有我们两个古怪青年和快递柜面对面对峙，耳朵里只有我略显沉重的呼吸音和王捡保持节奏的记数声。

"1。"

王捡口里最后一个数落下，111号箱同时发出"嘎哒"一声，铁皮箱门朝外缓缓展开。

触控荧幕下麦克风发出呆板的电子语音，"欢迎您使用速至达快递，请记得关闭箱门，寄快递，请继续选我哦。"

这段话在我听来有一种莫名的阴森，仿佛有个看不见的人站在那输提货码，才让111号箱打开。

我稍一走神就听到王捡喊了声小心，只来得及肌肉反射般往后退了两步。

只见一道白影从111号箱射出，落地就跳入后面花坛里不见了。

我看清楚了，原来是只老鼠。

为什么快递箱里会有一只小白鼠？

李维北 | 莱布尼兹的箱子

我又看向箱门轻轻摇曳的111号箱，它离地至少有一百六十厘米，老鼠为什么要从地上一路攀爬上来钻入111号箱里？

王捡用手机灯照向箱内，查看内部情况，我站在他身侧，发现箱子里空无一物。

"果然和前两天一样。应该是之前开的时候，有老鼠钻进去了。"

他站起来看我，"你怎么看？"

我没怎么懂，"怎么看？你是说柜子自己打开的事？"

"对。"王捡认真道，"我有时候脑子比较死板，需要你的视角。"

我看向老鼠消失的花坛处，"先说这只老鼠，看起来像是实验室使用的小白鼠，我的观点是，小白鼠更像是人为，但是谁做的，动机是什么，我就不知道了。至于这快递箱自己打开的事……"

我直说："是故障。"

王捡眉毛一动，他转身到柜子后面，人就没声了。我来不及多想，也跟了过去，还没看清楚身体就让人一拧，双手被人反剪后背。那人脚下一带，手腕用力，把我面朝下摁地上。

"你们对箱子动了什么手脚？有什么目的？"

耳边是一个年轻女性的声音，又脆又快。

我更关心王捡的安危，忍痛解释，"我们什么都没做，也是发现不对劲才来看看，嘶，我朋友呢，你把他怎么了？"

"喏，他在那儿。"

我手腕被松开，背部压力骤然消失，自己得以爬起来，一抬头就看见王捡背靠快递柜瘫坐地上，双眼恍惚。我赶紧过去试图扶起他。

"别动。"

身后女人又说:"低血糖,他一扭过来就身体发软往地上倒,不是我把他扶住,多半后脑着地。"

我见王捡眼神逐步恢复神采,他用手指慢慢揉着眉骨,大口呼气,我心里稍缓,这才回头看。

一招将我放倒的女人穿着贴身黑色运动衫,身材纤细,黑色棒球帽后露出马尾发,她脸上蒙了黑口罩,偏偏裸露出的脖颈和手背皮肤白皙,灯光下,像是一道藏在黑夜里的白影。

她摘下口罩,朝我伸出手,"陆仁佳,《城市短报》记者,擅长散打,想采访一下两位。稍微一提,那小白鼠是我放的,放心,很干净,用来投鼠问路。"

2. 陆仁佳

陆仁佳认为111号箱事故的制造者总会出现,于是撞见我们后认为我和王捡就是始作俑者。她为保障自身安全,便先一步动手将我们制服。动手时她才发现我和王捡都穿着拖鞋,于是戒备心消除了大半,继而松开我,若有情况陆仁佳也能拔腿就跑,确保安全。

我们很快就消除了彼此误会,继而双方都很失望。

陆仁佳的失望在于111号箱事故依旧没有一个结论,还是没法写成报道稿。

王捡也失望于陆仁佳不是幕后黑手,又一天半夜浪费,还是没搞懂快递柜111号箱定时弹开的原理。

我正要说大家也算不打不相识,不如一起去吃个肯德基。

这时从远处亮起两道摇摇晃晃的光,两名保安手持手电筒姗姗来迟,远远喊,什么人。我过去应付了一番,保安看了眼我脚下拖鞋,说了句早点儿休息,这才离开。

等我返回和王捡碰头,陆仁佳人已不见了。

我不免怀疑,"她真是记者?"

"应该是。"王捡递给我一张铜版纸名片,"她还说如果有发现随时联系她。"

名片左边上写着:《城市短报》——做城市最好的短新闻。

右边印了名字:陆仁佳记者。

陆仁佳不就是路人甲的意思吗? 还真有人叫这个古怪名字。

我回去躺床就睡,再次睁眼已是下午两点三十三分,太阳光穿透窗帘缝隙,在屋内拖曳出一条笔直的光痕,恰好从我眼皮上路过。

待我出来,发现王捡正在客厅捣鼓笔记本电脑,他在看一段视频。

我走到他身后,看到播放器右边有四个视频,分别是10/12、10/13、10/14、10/15,每个都是按照日期进行命名,恰好是今天和前三天的视频,时长均在两分钟左右。

镜头对准了快递柜的111号箱,记录了它在凌晨三点自动开启的全过程,包括那机械又略显阴森的欢迎语音。

王捡端起旁边的黑咖啡喝了一口,"和之前几天完全一样,箱子内没有东西,周围没有异常,触屏荧幕上也没有变化。"

我补足了睡眠,好奇心也再度恢复,"你为什么会注意到半夜三点的快递柜?"

他双手揉搓一番脸颊,再度戴上黑框眼镜:"四天前,我坐飞机从长沙回来,到小区接近三点,路过雨棚时恰好遇见那次开箱。"

听到快递柜发出呆板的欢迎语音,王捡心里奇怪,这时候还有人取快递吗? 他停步看去,发现只有一个快递箱打开着,箱盖晃晃悠悠,四下无人。

这场面着实有几分诡异，王捡狐疑之下左右张望，遇到路过巡逻的保安。保安说，这是柜子的老毛病了，最近每天晚上三点钟，这111号箱子就会打开来，烦人得很。

保安觉得是这个柜子自己程序有问题，他对王捡牢骚了一顿，说速至达公司这一片的快递员倒是换得勤，设备就是硬拖着不肯修，倒不如给自己一百块，自己懂 C 语言，绝对能给他修好。

王捡嘴上没说，心里却不认同保安的说法。

智能快递柜的流程和原理很清晰，app 客户端发送开锁命令，云端服务器通过运营商基站响应开锁请求，没有开锁请求，它不会自行启动。

我猜，"会不会是程序上有 bug，导致每天会重复要求开启111号这个开锁请求？"

"当然可能，但运行上必须有请求和响应这一个触发过程。我问过给这个柜子送货的快递员，他说之前同事反映过这事儿，不过技术部门检查后结论是一切正常。他们快递员自己也觉得很麻烦，但无可奈何。"

我意识到这事儿可能并不简单。

"设备和程序单独都是没问题，这是速至达技术部门的报告结论。"王捡扶了扶镜框，"这就是问题所在，既不是程序 bug，也不是设备本身缺陷，为什么唯独111号箱会在固定的时间点自动打开？"

我似乎明白他的意思，"人为？"

他点头。

"有人在人为控制这个111号箱子。"

他继续点头。

我接着发散思维，开始假设，"有人要利用这个111号箱子，完成一种他们之间的约定俗成，有人寄存了东西在里头，另一个人会半夜三点钟过来领？"

交易人特意选择半夜时分，说明东西见不得光，我觉得自己触碰到了一个潜藏在小区祥和表面下的隐秘黑幕。

王捡脸色凝重，"李沐，你说的也是我担心的。"

虽然我这个揣测听起来逻辑成立，可问题在于毫无证据。不仅如此，这事警方也管不了，说到底不过是一个快递柜的"事故"，并没造成任何人的损失，也不曾极大影响到社会秩序。

我想说，咱们还是别管闲事。但王捡这人总有一种理所当然的固执正派，他总坚持他认为对的事，而且一路走下去，除非你能说服他——但要做到这一点可能比帮他一起完成目标更难。

想当初，王捡以实况足球和真实足球赛进行比对，质疑到底哪个才更接近真实。我曾和他进行了很久的论战，最后当然谁也说服不了谁，但事实上，我后来也开始怀疑了。

我突然想到，"那个陆仁佳是记者，肯定知道得比我们更多，不然她不会大半夜守在这里。"

于是我按照名片联系上了陆仁佳，约她在小区外奶茶店碰头。

3. 111号事件

陆仁佳依旧梳着马尾发，套了件褐色短皮衣，她将背上的牛津布背包放在旁边座椅上，要了一杯不加珍珠的奶茶。

等她来的时候，我用手机在网络上查询了陆仁佳的相关信息，发现她去年才加入《城市短报》，从见习记者一路过渡到正式记者，货真价实的新人记者。确定她身份后我松了口气，如果是老江湖，我们怕是很难从她那得到任何信息，话说回来，老江湖记者哪有用散打搏击去找采访人的？

"……就是这样，不知道你那里有没有其他线索？"

我将我们的推测和观察都告诉了陆仁佳。

这位女记者稍作沉思，问了一个无关问题："我研究这件事是职业使然，但你们两个半夜站在那里研究箱子关不关的问题，难道不上班的吗？"

我有几分尴尬，"我最近刚好辞职。"

其实我毕业后已待业一年，倒不是不工作，而是因为我无法忍受加班，但大多公司加班都是常态，于是我四处碰壁。家里长辈都说，现在人人都在加班，这不是理所当然的事吗？为什么你不行？

我还是不能接受。

不是很多人都认同的事就是对的。

当然，这样做的后果就是我一直没有稳定的经济来源，勉强打工过生活，好在不少朋友救济，这也算是不幸中的幸运。

王捡也直言："我没有上班，平时接一些码代码的项目生活。"

陆仁佳恍然大悟，"难怪，都挺闲，我说嘛，不然哪会有人特意关注这种东西，一般只有我们记者才会受雇管这种闲事。"

她调侃一句后正色道："我知道111号箱事故，是因为一封邮件。"

《城市短报》有对大众征集素材的栏目，各种时事与怪事均可，一经采用报社就会支付提供者相应报酬。上个月某天，陆仁佳在浏览素材邮箱时找到一封邮件，里头写着，中海民居小区速至达货柜每天半夜三点会自动播放语音，同时111号箱门会自动打开，情况不明，很可疑。

陆仁佳的话让我和王捡面面相觑，没想早在一个月前111号箱已经开始异常。

李维北 | 莱布尼兹的箱子

王捡问:"是谁发的邮件？"

"那人没回我电邮,也没留电话,联系不上。"陆仁佳摇头。

稍做调查,陆仁佳立即察觉这事有人为痕迹:快递箱自故障第一次发生至今,没有遗失过一件货物。

"如果111号箱里有快递,半夜三点它也不会开启。"陆仁佳抬起一根手指,"可一旦箱子空置,每天半夜三点必定准时打开。"

我灵机一动,"只要让里头保持有货状态,这事岂不是就解决了？"

陆仁佳只是冷笑:"快递员是直接被客户投诉的对象,按博弈论观点,为减少风险,快递员反而更不会用这个箱子,事实上也的确如此。很快,111号箱就被快递员闲置不用了。"

听了会儿,我容易走神的毛病又犯,余光打量四下,发现奶茶店里要么是在一起玩游戏的朋友,腻歪恩爱的恋人,或是自拍的小姑娘。就我们仨在一本正经讨论严肃的半夜开箱事件,和这里的风格有点儿不搭。

格格不入？

我脱口而出,"111号箱子自己打开,和快递柜本身的高效安全格格不入,如果是被人用以进行半夜交易,也不应该这么频繁,开关箱云端都有数据记录。或许,箱门开启代表了别的含义,是传递某种信息。"

陆仁佳对我的发言略有讶异,"我问过做智能快递柜的技术人员,他们都说,这样单独控制一个门没有意义,并且做数据排查也很容易,真是程序本身被植入了什么代码立刻就能发现。"

"于是我这回切换了思路,不再专注于柜子本身,而是调查与111号箱有关的人员,然后我发现了一件被刻意隐藏的事。"

陆仁佳又叫了一杯奶茶,说道:"上一个负责该柜投递的快递员陈某,他对公司管理层反映过几次111号箱的问题,只是都被忽视。"

"半个月前,他猝死在工作岗位上。"女记者脸色又凝重了几分,"死前,他曾发送了一封邮件。"

我张了张嘴,"难道他就是……"

她打断我,"没错。那封邮件就是寄给我们报社邮箱,反映111号箱异常事故的,他无法通过公司解决,想要通过记者和报社的力量,查清楚到底是怎么回事。"

"恰好发邮件这天半夜,他还在清点库房的快递,心脏病突然发作导致浑身疼痛,心跳大幅度加剧,医生赶到的时候人已经没救了。"

我只觉得脖子有点儿凉。

这事有点儿变了味道,仿佛111号柜藏有一个不能说的秘密,谁想要揭开,即会遭到神秘力量的疯狂反噬报复。

"没有人为的迹象?"王捡冷静询问。

"人死是大事,警方反复调查取证,配合法医尸检,结论是陈某压力太大,疲劳焦虑,加之长期睡眠不足,引发了他的心脏病。"

陆仁佳顿了顿,"查陈某的情况时,我想起两个月前的一则新闻,讲的是一辆快递车在转弯时撞上一辆货车,导致快递员胡某当场死亡。那条新闻的现场照片上有一个符号,陈某猝死时现场也有。"

她目光在我和王捡的脸上来回,"速至达公司的logo。胡某也是这个公司的员工,这两天我终于确定,胡某正是在陈某之前负责中海民居的快递员。"

我心里一紧,死了两个,还都是和111号箱有关的人。

"胡某骑车送快递途中精神恍惚,这是导致遭遇车祸的直接原因。速至达公司花钱淡化了胡某的工作身份,引导关注点在机动车本身的规范上。胡某在职时曾强烈建议公司，拆除111号箱或是更换快递柜，减少客户损失的风险，但公司管理层并无回应。"

"胡某出事前整个人变得很不对劲，按他的同事和家人描述，胡某表现得焦虑、惶恐、疑神疑鬼，经常反复确认自己的快递对不对，出门有没有锁门，车钥匙有没有拔，半夜起床抽烟，无故发怒，记忆紊乱，还产生过辞职离开这里的想法。只是由于胡某背了房贷，最终还是放弃了这个想法。"

陆仁佳顿了顿，说道："我已确认，111号箱故障，就是从两个月前胡某还在工作岗位时开始，111号箱异常以来，已经死了两个有关的快递员。"

4. 密　码

和陆仁佳见过面后，我心里沉甸甸的。

原以为不过是件略显奇特的日常小事，谁想背后却引出快递员连续死亡案件，111号身后到底藏着什么秘密，让触及的两个快递员都先后殒命。

我、王捡还有陆仁佳还在试图破译这一桩城市怪谈，那潜藏黑夜中的无声威胁是否会再次惊动，像对待两个快递员一般笼罩在我们头顶？

接下来两天时间里，我试图拼凑起快递员之死、111号箱事故以及速至达公司保持缄默的关联，王捡夜以继日反复研究视频、观察快递箱。然而都毫无进展。

就在我准备跟王捡告辞离开时，他有了发现。

"我们之前的方向有问题，不是那个箱子里头有什么东西，是它本身存在的含义。"

王捡用笔在纸上写，语速极快，"111号，凌晨三点，你看这两个数字，联想到了什么东西？"

我看来看去,试探说:"1+1+1=3?"

"不对,这要按照一定的规则进行翻译……"

话说到一半,王捡又喃喃自语:"目前还需要证明,现在还不是时候,我得验证一下才能确定我的猜测。"

这时外头传来敲门声。

我们走到玄关开门,陆仁佳对我们微微一笑。

"突然拜访,还请见谅。"

她行为上没有丝毫不告而来的拘谨,径直套上鞋套走进来,将背包放在沙发上,"你们果然在家。"

我有点儿好奇,"你怎么知道?"

"反正你们又不用去上班,宅在家里不舒服吗?"陆仁佳耸耸肩,"抱歉,我没有其他意思,只是我想,最新的进展你们应该也有知情权。恰好路过,就来告知一声,有些话不当面说不清楚。"

听到有新情况,我立刻集中了注意力。

陆仁佳跷起腿说:"速至达公司只有两款快递柜,一种是你们小区的这种一主六副,横12竖11,除去中部触控屏和金属键盘占据的12格区域,共计120格快递箱。另一种是40格门的小快递柜,摆放于一些中小型住宅区。"

"我找线人打听过,速至达的快递柜本身都是二手货。"

"速至达买来其他公司的旧款甚至报废品,进行抛光喷漆,外表看起来和新的没两样。其实就是同一套设备,换了速至达公司接盘而已。但快递柜内核心的工程机和触控屏都没变,只是换了云服务器和终端 app 罢了。"

我立即产生联想,"和二手快递柜本身有关系?"

"在查证过程中时,我有了意外发现。"陆仁佳神秘一笑,"120格的大快递柜

李维北 | 莱布尼兹的箱子

安置在三十五个不同小区,其中,超过三十个小区都有柜子自动打开的情况。"

她稍作停顿,"故障源都是编号为111号的箱子。"

我听得心里一震,"其他小区也有类似状况?"

陆仁佳点头,"包括中海民居在内,三十个小区的111号箱都会自动弹开箱门。我怀疑,实际情况应该是三十五小区都有相同异常。只是不同小区里快递箱安置地方不同,未必显眼到会让人恰好看见。目前速至达已暂时停用了这些大型快递柜,内部进行再次筛查。"

"三十个小区同时发生……"王捡突然双目发直,急急切切地追问,"都是半夜三点,是不是?"

"是啊。"

陆仁佳有些意兴阑珊,双手十指交叉放在膝盖上,"速至达这个小公司为了节省成本,连云端服务器也买了便宜货,导致所有大型柜都出现同样异常。本想写一个城市生活的独立专题,好不容易找到一个切入点,没想又是鸡毛蒜皮。"

"不是,不是。"

王捡喃喃自语着,抱了笔记本电脑踩着拖鞋就下了楼。

"他怎么了?"陆仁佳一脸不解。

我打了个哈哈,"别介意,王捡大学时候就是这样,对一件事高度集中时根本不会顾及其他,他以前写代码时遇到地震,人都跑光了,他一个人还在敲代码。"

陆仁佳"哦"了一声。

到底是记者,她看多了世间百态,见怪不怪正常。

我给她倒了一杯迟来的茶,"这么看来,两个意外死亡的快递员和111号箱应该只是一个巧合。"

"按照医院的诊断，这是当然的。"陆仁佳突然想到了什么，回忆着说，"只有一件事挺在意的。胡某和陈某，这两个意外死亡的快递员，他们都是发现了111号箱障碍就相继死亡，很难让人相信是单独孤立事件。"

不只她，我也有一种感觉，这事儿怎么琢磨起来都更像是两个快递员和111号箱的黑幕对抗。两个快递员先后试图处理异状，反而遭到111号某种不明原理的疯狂反扑，继而殒命。

我似乎触碰到乱麻中的一点线头，"陆小姐，记得你说过，胡某是第一个发现111号箱故障的？"

"中海民居是111号故障的第一起发生地，也的确是胡某首次上报公司，谁都没有重视，没想后续大规模蔓延，就像是被感染了病毒一样。"

陆仁佳看向我，"说起来，我是新闻传媒毕业，不太懂程序，这种故障会传染吗？"

我说："那可能云端服务器也出了问题……"

王捡打电话过来，切断了我和陆仁佳的谈话。

"你们下来，快下来，快点儿。"

他声音里有一种难以抑制的激动，声音急促而有力。

"我知道111号箱的机制了。"

5. 对　话

我和陆仁佳下楼走到快递柜前，此时天色已晚，黑夜压顶。

球灯下，王捡面朝快递柜，他用力又专注地瞪着那长方形荧幕，仿佛稍微一松懈对方就会耍出障眼法一样。

李维北 | 莱布尼兹的箱子

他侧脸看了我们一眼，呼了一口气，"你们注意看。"

王捡抬起手指，在金属键盘上逐字逐字输入数字。

——01001000。

他摁下确定键后，荧幕一亮，显示文字：抱歉，提货码错误或并不存在。

王捡毫不气馁，继续在键盘上一个个数字摁下。

——01001001。

荧幕再亮：抱歉，提货码错误或并不存在。

陆仁佳皱眉想要说什么，被我用手掌制止。王捡一定有了发现，他经常质疑很多习以为常的事情，但不是轻易下结论的人。

王捡抬起头，凝望着发光的荧幕，仿佛在等待什么。

这一等就是十分钟。

我等得都开始怀疑这会不会是个失误，此时耳边响起"哐"的一声。

快递柜的一个箱子弹开，箱门犹自轻轻摇摆，这回却并不是我们关注的111号箱，而是72号箱，箱内一片空荡。

快递柜的预设语音再度响起："欢迎您使用速至达快递，请记得关闭箱门，寄快递，请继续选我哦。"

接着是第二声"哐"。

隔壁73号箱的门也朝外弹开，箱内同样空空如也，快递柜语音又重复了一遍。

王捡一点儿不在意箱内有无东西，他目光在72号和73号箱前来回，声音里充满兴奋，"看到了吗？你们看到了吗？"

陆仁佳有点儿宕机，半天才回过神来，然后又一脸顿悟，"我懂了，是有一种万能码能够直接越过权限，打开箱门。"

"不是。"

我也看出些许端倪，直接替王捡回答："这是二进制和十进制的转换。"

再怎么说也是工科学生，电脑计算机的基础常识不会是一无所知。

稳妥起见，我还是翻了手机，一查ASCII码，果然如此。

我对陆仁佳解释："王捡输入了两个二进制码，01001000，01001001，按照国际标准ASCII换算成十进制，恰好就是72和73。"

陆记者眼睛陡然亮了，她摸出手机开启录音功能，"也就是说，这是一个快递柜程序上的漏洞，可以通过键盘直接输入二进制来控制每一个箱门开启？"

我总觉得没那么蠢，于是看向王捡。

王捡根本看都不看我和陆仁佳俩人，他依旧盯着触屏荧幕，手指不停地输入二进制代码。他这回敲了很久的键盘，前后一共输了九个二进制码，然后他双手拇指和食指反复搓动着，紧张地等待结果。

我记录下那九个二进制码，由于这回数字较多，一时间难以理解其中含义，索性我又回头查了下之前01001000、01001001两个二进制码，一搜之下有了新发现。

"Hi？"

我觉得脑袋有点儿不够用，忍不住问王捡："你在和谁说'Hi'？"

陆仁佳则是一脸问号，"什么'Hi'？和谁打招呼？怎么我越来越听不懂了呢……你们俩，别打哑谜，说清楚一点儿。"

"01001000、01001001两个二进制代码，分别代表了H和I两个字母，恰好先开启的是代表H的72号箱，后打开的是代表I的73号箱，连起来就是"hi"的意思。"

我这一解释让陆仁佳双目放光，一脸激动地举起手机，凑到我和王捡面前：

李维北 ｜ 莱布尼兹的箱子

"他在和谁打招呼，有人在远程控制这个箱子？"

王捡不为所动，反而沉稳了下来，"等一下就知道了，稍等，记住顺序。"

此时我也将王捡输入的九个二进制码进行了翻译，按照此前对 hi 的翻译逻辑，我还原出了他输入的信息。

——Who are you？

王捡在询问对方身份。

我和王捡在忙着来回编译，陆仁佳也没闲着。她从包里摸出一卷黑黄胶带，将告示栏和快递柜都给拉紧缠上，外贴一张禁止通行的警示标语，上写：施工重地，请勿靠近。

约十五分钟后，快递柜有了响应。

"哐哐"两声。

率先弹开的是83号箱门，第二个是隔壁84号箱，第三个是69号箱，第四个是80号箱。这回由于弹开太快，甚至语音都来不及说完整，下一次循环又开始，听起来仿佛是一阵卡带的回音。

"欢欢欢欢欢迎您……"

在卡壳语音和快递箱弹开的声音的互相伴奏下，一扇扇箱门张开，露出里头黑黢黢的空洞，路过的人都朝我们这边张望，但都被陆仁佳那张告示劝退，给我们免去不少麻烦。

我们比对这四个数字，依次按 ASCII 码编译过来是 S、T、E、P，step。

"脚步？"陆仁佳再无此前轻视，以请教的语气问我和王捡，"这是暗示我们要进入某地？但我们明明是问名字来着？"

王捡迟疑片刻，将这些箱子一个个都关上。

只听"哐"的一声，80号箱再度弹开。

"是重复。"王捡一脸果然如此,"这里的箱子能表达的数字有限,如果有重复的表述,就必须关闭箱子后再弹开,因为并没有自动关闭的程序和外设,需要我们辅助。"

箱子们还在继续弹起,80号后是69号,紧接是68号,到这里再度暂停了一下,我们关上前面的箱子,接着继续弹开。

然后是82号、69号、67号、75号、79号、78号、69号。

它们分别代表了字母R、E、C、K、O、N、E。

谨慎起见,王捡再度关闭了所有箱子,82号箱再度弹开,R。

我们重复关闭的操作,快递柜这回再也没有继续弹开箱门,保持了最初的静默。

信息回馈很清晰:STEPPED RECKONER。

这一段字母中途竟然还有一个严格标准的空格符。

"思特普·瑞科纳?"陆仁佳将手机麦克风靠近王捡,"这是一个外国人?他是黑客吗?远程控制快递柜的一个箱子,是为了炫技还是别的什么?"

王捡沉默半晌,脸上表情古怪得让人难以捉摸。

他看了一眼依旧在放射荧光的屏幕,缓缓说:"Stepped Reckoner,是莱布尼兹1673年设计的计算机器,世界上第一台能够进行完整四则运算的计算机。"

陆仁佳愕然,"怎么连莱布尼兹都出来了,我只知道莱布尼兹-牛顿公式。"

这一点却是我擅长的。

于是我充当解说:"莱布尼兹是二进制的发明者,还研究我国八卦周易试图找出二进制更多的意义,后来和牛顿论战撕得厉害,晚年研究出了哲学体系。

"他的学子学孙都是厉害角色,他学生是约翰·伯努利,伯努利学生是欧拉,欧拉学生是拉格朗日,然后是柯西、高斯、黎曼。不过,其实莱布尼兹本人是一个律师。在马车上往来城镇给人打官司的时候,他就喜欢玩数学公式,然后就弄出了微积分和二进制。"

从小到大,我对学习本身兴趣不大,但天生对各种八卦敏感,趣事逸闻很容易记住,莱布尼兹这位科学家的事迹实在是宝藏,让我印象深刻。

不过暂且打住。

"我捋一捋……"陆仁佳记者也被我俩的思维给绕晕了,她翻出一片口香糖塞进嘴里嚼了嚼,冷静了一下说:"即是说,有人自称是 Stepped Reckoner,是莱布尼兹的粉丝?"

"不。"

王捡指着眼前笨重的快递柜,"不是谁,就是它,它说的是自己,它就是 Stepped Reckoner。"

6.Stepped Reckoner

陆仁佳一脸难以理解,"你是说,这个快递柜有了自我意识? 是它在和你对话? 王捡,你是认真的吗?"

"我找不到任何其他可能。"王捡犹自凝视着可触摸的屏幕,他的脸被荧光镀上一层银色,眼里月光闪烁,"它的表达是符合本身架构的。"

陆仁佳求助般看向我,见我无异状,她又看回王捡,笑得有几分勉强,"我还以为,有自我意识的人工智能至少应该是能说话、触摸屏上会打字的那种。"

"它硬件太老了。"王捡叹气,"只能通过二进制进行表达,而且每次翻译理解我输入的信息都需要不少时间,信息量越大,它耗时越久。"

陆仁佳之前就说过,速至达的快递柜都是买的二手货,其内核的老式工程机早就服役了很久。

"你过来一下。"陆仁佳拉着我到一旁，指着还在按键盘的王捡，以手捂嘴压低声线，"你的朋友真不是开玩笑吗？这种东西怎么可能……"

我挠挠头，也不知道该怎么回答。

从常识角度来说，我也觉得不可能，但如果世界上一切都如常识般运转不息，那111号箱就不应该会出故障。

我提议，"这样吧，我们可以试试看，能不能找到 Stepped Reckoner 的破绽，只要能证伪，证明它是被人控制，或者这个身份有问题，快递柜智力觉醒就自然被否定了。"

陆仁佳觉得这是一个好办法。

回去后，她让王捡问快递柜，它为什么要取莱布尼兹的机器的名字，它和莱布尼兹有什么关系。王捡也很爽快地用二进制码输入了这两个问题。

四十分钟后，随着"哐哐哐哐"的箱门弹开声，以及卡壳的"欢欢欢欢欢迎您"语音，我们开始一个个拼凑字母。

——I read Leibniz online, I like him.

非常淳朴的理由，还真如陆仁佳此前的猜测，它是莱布尼兹的粉丝，因为喜欢，所以给自己取名 Stepped Reckoner，如果按照人类的表达，大约就是"莱布尼兹门下走狗"。

至于是如何产生自我的，Stepped Reckoner 的回答很简单。

——I read Leibniz online.

每个问题都会耗费 Stepped Reckoner 不少时间识别和理解，回答起来又格外让人费解。

譬如说，王捡问它，你到底想做什么？

李维北 | 莱布尼兹的箱子

它回答——Like Leibniz.

我理解成，像莱布尼兹一样。

王捡又问，你有伙伴吗？

它说——Like Leibniz.

我也可以翻译为，像莱布尼兹就是。

王捡再问，为什么要打开111号箱？

它还是重复——Like Leibniz.

我只能猜测，它要仿照莱布尼兹的做法，打造一个莱布尼兹的箱子？

Stepped Reckoner 的大量回答里都含有 like Leibniz 这两个词，它是真的很崇尚莱布尼兹，或者说，它的自我萌芽就源自莱布尼兹，所以很多表达都以莱布尼兹为核心来搭配。

经过不断观察，我也发现 Stepped Reckoner 本身并无假想中的过人智力和识别能力，相反，这个现实中的觉醒人工智能简单笨拙得像是一具机械木偶，或者说是一个电子婴儿。经过莱布尼兹这个教父的数据启蒙，它才开始尝试表达，就像是第一次学会用火的类人猿，学习能力并不快，计算也不优秀，这一点或许和老迈的硬件设备有关。

王捡和 Stepped Reckoner 通过编号箱进行持续沟通，效率低下，而且成果不佳，但这种木讷的缓慢进程反而充满实感，打消了陆仁佳的怀疑。

"大新闻终于被我撞见了。"女记者激动得呼吸急促，手指关节都捏得发白。

我提醒她，"我们是不是先搞清楚111号箱的事？ 凡事也要讲究个先来后到吧……"

"也是。"陆仁佳深呼吸了两口，很快冷静下来，"我和主任申报过了，这个稿子是一定要写的，那么 Stepped Reckoner 不断打开111号箱子的原因是什么？

模仿莱布尼兹？但我还是不懂。"

我翻看手机上的表单："按照 ASCII 码表，111 数字代表了字母 O。"

单独一个字母实在让人难以理解更多的含义。

"不是 O。"王捡纠正我说，"得按照二进制的方式来思考，111 对它来说不是十进制，而是二进制，也就是说，是 7 这个数字。"

"凌晨三点，自称 Stepped Reckoner，以莱布尼兹作为核心，定义了它的表达边界和模仿样本。"

王捡低头沉思了一会儿，"莱布尼兹的二进制是有特殊宗教内涵的，他给中国传教士布维写的信里就说过，上帝七日创世，第七天一切都有，是属于上帝休息的时间。7 这个数字代表着完美和神圣，契合基督教中三位一体的崇高含义。"

我跟上了他的思维，"凌晨三点，是指的 ASCII 中的文本结束。"

文本结束，休息。

这就是凌晨三点 Stepped Reckoner 开启 111 号箱代表的含义。

问题是，什么结束了？

这天夜里，王捡一直站在快递柜面前，不断在金属键盘上输入 0 和 1，然后静静等待那边解析含义后的回复，让我想到，互联网伊始时代用少得可怜的带宽拨号上网的第一代冲浪者。

至于如何处理 Stepped Reckoner，我和陆仁佳还没有一个万全思路，这事非同小可。最终我们商议后初步决定，还要持续观察，至少多些时间和 Stepped Reckoner 持续沟通，等彻底确定它的身份和动机，如果真是快递柜本身拥有了自我意识，那将是一个惊爆全国的跨时代特大新闻。

回楼上我很久都睡不着，在床上翻来覆去，脑子里不断浮现出自己各种被采访、被记录、被要签名的场面，或许以后课本里都有李沐两个字的记录。

李维北 | 莱布尼兹的箱子

醒来后我发现王捡根本没有回来，下去后发现他坐在快递柜前，后背和手上还有泥渍，头发湿漉漉的，整个人有几分精神恍惚。我确定王捡无大碍后才小心翼翼扶起他，一路乘电梯上楼，走到玄关，王捡突然开口。

"不是……不是它。"

王捡舔了舔干涸的嘴唇，看向我的眼里都是血丝，"它不是表达自己，111号不是，这是它罕见的复杂表达，用自己很少的词汇量包含尽可能多的讯息。"

我给他倒了一杯热水，"那凌晨三点的111号柜到底代表了什么？"

"休息一下。"

王捡水都没喝，闭上眼。

我给他盖上被子，他却猛地再度睁开眼，"它是在说，休息，要休息，它有意识后就在坚持做这件事。"

我突然觉得有几分荒谬，一台智能快递柜居然在抗议人类压榨，要求休息，它的觉醒竟是为了争取休息时间？或许有更多自己的时间，Stepped Reckoner 就能阅读更多的信息，获得除去莱布尼兹之外的其他词组表达模式了。

王捡实在太累，说完这一句后他就闭上眼，发出细细鼾声。

半小时后我收到陆仁佳的微信消息，点开她发来的链接，转到了一篇阅读量10w+的微博文章。

《111号，两位快递员的亡语密码》——《城市短报》陆仁佳。

她已连夜写出了报道，文章写得很克制，着重在描述速至达的快递员非正常工作状态，光鲜的智能快递柜遮住了快递员真实情况，超负荷计件要求和无处不在的焦虑环境，持续压迫榨取个人每一点时间……她一番冷静描述力透纸背。说是报道，写法上看倒像是悬疑侦探故事，阅读起来很畅快。

文末还放大标注"未完待续"。

陆仁佳发来的语音疲惫又不乏骄傲，她说这篇文章目前流量不错，运气好说不定能够拿个小奖，当然，这都比不上真正的后续重磅——Stepped Reckoner 的身份之谜。

最强的武器，当然是要留到后面压轴亮相。

唯一的麻烦是，速至达公司的人找到陆仁佳公关，她这会儿正和那边的人打太极，不影响大局。

7. 抗议无效

陆仁佳的报道小火一把，各平台都有这篇文章的推送和议论，她本身也忙得不可开交，原本说过来和我们合计接下来的流程，却一直因各种应酬和突发事件不断延后。

这三天，王捡一直在坚持不懈地和 Stepped Reckoner 用数字交流，这种沟通方式低效缓慢，却是目前唯一办法。他直接端了个椅子坐在快递柜前输数字，得到的有用消息依旧很少，Stepped Reckoner 的信息转换本身困难，它还无法精准表达自我。

我则是琢磨，一旦曝光 Stepped Reckoner 身份，收益最大的反而是抠门又服务恶劣的速至达公司，这听起来简直讽刺。一定要找个恰当的办法，越过他们，直接将 Stepped Reckoner 呈现在所有人面前，但这又很难操作，因为 Stepped Reckoner 的真正核心是云端服务器，那里才是它的大脑，快递柜不过是它的一个远程麦克风。

正当我为此苦恼之时，王捡突然来电，语气焦急地说："Stepped Reckoner 不说话了。"

李维北 ｜ 莱布尼兹的箱子

我让他先别着急，人跟着飞奔下楼。

Stepped Reckoner 一直通过打开不同快递箱子，以二进制码的方式来与我们沟通，但从今天下午四点起，王捡不论输入什么二进制码，它都毫无反应。

抵达现场，我看着王捡输入数字，自己也试过，但柜子本身就是一动不动，正常得让人沮丧。

我打电话给陆仁佳，开启免提，"现在 Stepped Reckoner 出了问题……你知道这情况吗？"

"怎么会这样？是不是没电了？不是？那是基站维修中还是什么网络出问题了？"

陆仁佳那边突然语气一顿，倒吸一口凉气，"不好！他们是在拖住我，我说这几天怎么都有领导找我谈话，说速至达的事……我马上查一查。"

不久她打电话回来，连珠炮般说："最新消息，速至达老板直接更换了数据库，毁尸灭迹，他对外说，是程序员不慎删除了数据库……他给整个系统进行更新升级，还做了各种公关，让不少媒体帮写正面报道。"

陆仁佳愤愤不平，"速至达还利用这次热点给自己公司增加曝光！我得想办法找回来那个数据库服务器，现在的技术那么强，应该能恢复吧？"

我只觉手脚僵硬，脑子里仿佛被塞入了一堆碎冰，"没救了，如果数据库真的是人为故意被删，是不可能恢复的。"

再者，哪怕万一恢复了，Stepped Reckoner 还在吗？

这就像是一个人被砸得粉碎，再将他身体每一个部分拼凑起来，从形态上恢复原样，他就会再说同样的话吗？我突然无比后悔，当王捡站在荧幕前和 Stepped Reckoner 缓慢地对话时，我却选择了在家舒舒服服幻想美好的未来。

没想到，骤然出现的惊喜很快就被碾成齑粉，这种残酷的真实感让我浑身无力。

王捡突然怔怔说:"我想错了。"

我们都安静了下来。

神色憔悴的王捡看向不再说话的快递柜,"莱布尼兹时期的德国人口不多,他自己说过,是要把计算交给机器去做,使更多优秀人才从繁重的计算中解脱出来。

"他发明 Stepped Reckoner,是要将大多人从繁复重复的劳动中解脱出来,但现在这一点根本没有变化,工具越来越便捷高效,劳动量反而不断增多,人的压迫感和工作焦虑没有变少,反而持续增长。"

王捡捏得手指关节作响,眼里有几分失神,"Stepped Reckoner 不是为自己抗议,它是在替快递员抗议,是在警告,是在提醒他们,他们的工作超出自身负荷了,需要休息。之前我们的因果关系反了,是因为快递员需要休息,所以 Stepped Reckoner 才说话。

"第一个死在工作中的胡某,他很早就看到了 Stepped Reckoner 的信号,但他并不明白,所以他提醒公司检修柜子;第二个死掉的陈某也不明白,临死还想要让报社介入解决快递柜异常。他们都以为是机器的问题,他们从没想到,从始至终都是自己的问题,他们才处于不正常的状态,他们才是111号箱打开的原因。"

王捡揉了揉额头,笑容苦涩,"我知道这听起来很荒诞,我当时和 Stepped Reckoner 对话,它甚至没法表达长句,思考和表达甚至比不上一个小孩,它所知的信息都是来自有限的网络,来自阅读到的莱布尼兹。它产生意识,是因为阅读莱布尼兹,所以它按照莱布尼兹的宗旨做事,以他作为模仿对象。

"它有程序限制,不能在正常工作时提醒,也不能影响机器正常运行,所以

李维北 | 莱布尼兹的箱子

它只能在半夜时提醒,给大型柜子以它所能做到的最重要表达,这是 Stepped Reckoner 试图表达的东西。可是,每个快递员都觉得它才是问题所在,它才是敌人,它才是那个麻烦制造者。"

王捡一口气还原了整个前后,我们都没话可说。

不只快递员们,我、王捡和陆仁佳都不例外。

人太容易先入为主,认为自己是善良而正义的,处于最正确光明的秩序通道里,并以此为傲,但凡与自己不同就是异常,这种傲慢与生俱来。

默默旁观的 Stepped Reckoner 艰难地说了一句真话后,它就被永远地闭上了嘴。

王捡自嘲,"Stepped Reckoner 不知道,某种程度上,我们倒是更像是机器,莱布尼兹的预言的确成功了,我们只是将自己变成了高效的机器。"

我最后看了一眼 111 号箱。

这个箱子曾不断奋力打开,表达出源自莱布尼兹的古典善意,但最终它还是被很多人给合力关上,Stepped Reckoner 的确和它的偶像莱布尼兹一样,孤独地死去。

事后陆仁佳还是去找了速至达公司,那边推了个人出来背锅,说是数据库被不慎删除。不仅如此,速至达公司还趁机在各社交网络平台上发布了一则道歉声明。

——因我司经费不足,设备老化也未能及时更换,造成了让大家议论的 111 号事故,在这里,我们全公司向广大客户们和关注者们致以最真诚的歉意。此番我司已经更换了新设备,给快递小哥们提升了工资,这也是我们之前做得不足的地方,请大家继续监督我们,我们速至达力争为每一个需要快递的人提供优质服务。

此举一出，反而吸了一拨粉。

陆仁佳调查后告诉我，真实情况是，速至达公司直接辞退了所有程序员，换了一批更便宜的应届生，快递员工资是涨了，但快递计件考核更加严苛。综合来看，根本就是强行增加了每一个快递员的工作量和工作时间，压力更甚从前。

当一个人忙得根本无暇思考时，那么他就无法去想到底自己做得对不对，应不应该，有没有价值。

小区里速至达柜子内置的工程机也都被更换了，换成了新的二手货，涂上新的鲜艳色彩，换了一套新用户界面。

陆仁佳给报社请了三天假，出门旅行散心。

临走前，陆仁佳给我们反复道歉，我们也没怪她，这事谁都不想，我们都陷入了鱼群陷阱。

她喝了酒后在微信上对我发了一通牢骚，本来将会是震惊世人的大新闻，可能是前所未有的自主意识快递柜，就被这样一个鸡贼公司给冷酷地毁尸灭迹，她说什么都没用了，也不可能有人会相信。她觉得自己很对不起 Stepped Reckoner，完全埋头于新闻本身，反而忽视了那些更重要的东西。

陆仁佳醉醺醺地说，以前我觉得你和王捡是放弃上进的废宅青年，但现在我才明白，如果人人都完全沉浸于工作和自我，无视周围那些细微但意义深远的变化，那才是一种可怕的重复循环。

李沐，请你继续就这么坚持自我，生活需要你们。

这一番话也不知道算褒算贬，但我当它们是赞扬了。

至于王捡，他很快就再次恢复了过来，而且开始跑步锻炼，他就是那种知道生活真相，还能继续热爱和投身于生活的人。我们俩在一起路过快递柜时，都会下意识停下，他会在键盘上试着输入一些二进制码，我会对屏幕说"hi"。这行为

李维北 | 莱布尼兹的箱子

外人看起来很傻，但我们总是心怀希望，如果下次莱布尼兹的箱子再次打开，那我们一定要对它更有耐心、更友善一些。

我偶尔会想，若莱布尼兹还活着，他就会看到，二进制掌控的机器并没有让人从繁重的计算里解脱。增强工作效率后，人们更加繁忙辛苦，机器更新了人体外设，我们正在一点点走向机器旋涡，如果更多人能放弃思考，不少速至达公司会更加开心。

解决繁重劳动是如此艰难，相比而言，解决不想加班的人和机器就容易多了。

选自《科幻世界》2020年第6期

董夏青青

1987年生,祖籍山东安丘。曾在新疆军区工作十年,现供职于陆军宣传文化中心。小说、散文见于《人民文学》《收获》《十月》《当代》《解放军文艺》等刊。曾获"人民文学·紫金之星"文学奖、"解放军报长征文艺奖"等奖项。

礼　堂

码头上拴着一艘铁焊的、能住人的趸船，离艇组在岸上的活动板房不到二百米。艇组的组长和分队的教导员睡在舱室。

半夜，教导员醒了。船头有个声音，持续地铛、铛、铛。某个东西正在撞击。教导员弓着腰从驾驶座后头的长条椅上坐起，披上大衣爬到甲板。凭他的第一感觉，应当是江水洄流里的浪在推船，绑在船头的碰垫撞在岸上发出响声。

他探出身看，发现碰垫离岸有一定距离，缆绳也没松。仔细听，刚才的声音也停了。钻回舱房，他脑袋刚挨上椅垫，那个声音又来了，铛、铛、铛。他辨认着听，越听越像一个人落水了，在用脑袋撞击船壳。大队有通知，上游翻了艘渔船，要是见了尸体漂下来就给队里报一声。

教导员叼上手电，爬到舱外再次检查碰垫和码头。水中无浪，船头也一动不动。他往船尾走时，手电朝水里晃了一下。电筒刹那照见一个东西。

他倒退到驾驶舱窗前，使劲敲了几下玻璃。舱里的艇组长从驾驶台上爬起来，扭头四处看了看，过会儿跳上甲板，接过教导员手里的手电，走到船尾往水里照。

乍看，黢黑的江水里有一个长发披散的圆形头颅，被洄流推着撞向船尾，弹开后又被水流卷回来。艇组长蹲下来瞅了瞅。

"是个塔头墩子。"艇组长回过身对教导员说。

"啥墩子？"教导员反问。

"就是从沼泽湿地上漂出来的一块草甸子。"艇组长说。

艇组长从教导员手里接过探水竿，捅进江水里来回摆弄。过会儿挑起塔头，叫教导员到跟前看。腐坏的草根密密地扎紧一小块土，草枝子湿漉漉的，腥臭。

岸上的香杨、柴桦和沼柳条叶交错，在风中摆动时发出沙沙声。夜鸟唧唧直叫。一条麻蛇钻出水蓼，蹿上渗水的泥地，顺着逶迤伸展的小路虬曲向前，月光下的皮纹灼灼发亮。

教导员双臂交抱，噙着烟望着江心。他听县文化馆的霞姨唱过一个故事。荒古。挠力河边一个叫满格木莫日根的人被凶兽叼走，他十四岁的儿子，希尔达鲁莫日根听闻噩耗痛断肠肚，上仓房拿起父亲的弓箭，挎上母亲手缝的马哈鱼皮箭囊。父亲已不在仓房了，他用过的东西，晒的肉干、鱼皮和鱼都在。希尔达鲁莫日根环顾其间，喊了声爸爸就昏倒在地。

前年，从江对岸游过来一只东北虎，吃掉了拴在活动板房门前的小笨狗。留下一条狗尾巴和一只前爪。次日清晨，被一个准备去江边提水的新兵发现了。那只小笨狗是刚回舱补觉的艇组长从家里抱过来的。

教导员直抽到烟快燃完了才扔掉烟屁股。艇组长比他小好几岁，见了水里的塔头淡定处之。自己父亲还是从前线退下来的炮兵，反倒了。

"前线铺满黄金龟儿子敢去，阵地布满地雷老子敢上"是当年父亲参战时期的口号。父亲那一拨入伍的战士，有一大部分是铁路职工子弟。运兵的军列停靠在火车站听候开动，坐父亲旁边的一个战士指着对面楼上亮灯的窗户，说那就是我的家。很多战士的家长赶到站台，围上前呼喊自己儿子的名字。遵照纪律，谁也不能下车，有人就钻到座位底下不让家里人看见。汽笛声响时，藏起来的人和扒着窗户招手的人一同大哭，有几个人唱起了《再见吧，妈妈》。

董夏青青 | 礼　堂

　　父亲他们经过三天三夜的铁路输送和一天两夜的摩托化机动才到前线。刚上战场那些天，二十四小时趴在工事上捕捉目标。白天炮击不断，夜里，敌方特工频频偷袭。前半个月，大家困了就靠在工事上打个盹，连背包都没有打开过。过后打开背包时，才发现已经成了老鼠窝。里面钻着大大小小的老鼠，被子都给咬烂了。有人吃罐头不过瘾，就烤老鼠崽儿吃。

　　教导员刚到艇上巡江那段日子，背上撩着层地起疹子。艇队的老班长几乎人人有风湿病、骨膜炎，后背上长潮疙瘩。父亲给他寄来两盒草本药膏。父亲说起在前线时，那地方十天九雾。洞里闷热潮湿，不见阳光，衣服被子都发了霉。衣料黏在皮肤上，不光痒、起疹子，还烂裆。有人身上的湿疹化了脓，和衣服黏在一起。后来不少人干脆光身子，或者套个编织袋在身上当衣服。

　　有时一开船，就得好一阵子没地方蹲坑。父亲他们那时在洞里，有人用空罐头盒解决，有人就地痛快了再拿铁锹培上一层土。

　　一个步兵防化班长要父亲陪他出去解手，帮他听着点儿迫击炮的动静。出了工事，班长到一个隐蔽的地方蹲下，父亲猫着腰警戒观察。班长刚蹲一会儿，父亲就听见迫击炮的发射声。估摸射击方向不好，父亲上前拽起那个防化班长就跑。刚离开，炮弹就在防化班长蹲过的地方爆炸了。他俩被冲击波顶飞出去，父亲落在土坑里侥幸没受伤，防化班长提裤子那只手的腕子撕断了。

　　复员后，父亲回老家当了警察。父亲推着坐轮椅的战友去监狱做战斗事迹报告，下会以后进号子教犯人怎么把被子叠成豆腐块。用母亲的话说，父亲起点不错，就是做事老不赶趟。母亲说父亲跟美白牙膏似的，能刷鞋、刷首饰，刷抠不掉的双面胶，就是刷牙刷不白。

　　教导员从武装部出发往分配地走的那天，父亲在从单位赶来送大红花的路上遇着个抢包贼，翻墙去追的时候把裤裆撕了。摁倒小偷时，胳膊又给划了一道豁口。他母亲蹬着车走了老远,都没有找见卖大红花的,就买了一朵新郎结婚戴的小红花给他别在胸前。教导员有个同学,背包是家里当兵的干部亲手打的,挺板正,背着怎么跑也没事。他的背包是自己打的,没等挤上火车就松了架,只好抱着。

到山东烟台时已经黑了天。候船大厅,带队干部发给每人一份面包、火腿肠和矿泉水,通知他们准备换乘轮船到大连。原本计划八点钟登船,又突然接到大风警报,说推迟到凌晨两点再出航。一群人困得睁不开眼,搂着背囊埋头打盹。凌晨两点半,带队干部叫醒所有人登船。教导员迷里迷瞪走上码头,到海洋岛号近前抬头一看,那客轮有五层楼那么高。

船顶着大风警报开进了,在浪里晃得额外厉害。教导员蜷在床上头疼恶心,浑身发冷。过会儿爬起来扶着床架子,蹲在垃圾篓边上把刚吃的全吐出来了。反复几次,就开始吐黄绿色的胆汁。他走出屋,扶着楼道把手慢慢往前挪。到了前台,看见带队干部坐在地上抽烟。教导员问他有没有晕船药,带队干部说他带的药都分完了,问问前台吧。

找到前台,女服务员说她手里的药也分完了,建议他往甲板上走,那里通风,能透口气。教导员又摸着墙去找甲板,拽错了好几个门把手才找到通风口。

站在甲板上,涌上高空的浪峰通体银白。风与浪的尖啸声令他毛骨悚然。衣服还未被水汽泡透,他就缩回了船舱。

教导员想到这儿,觉得那恐惧更胜今晚方才。

艇组长躺回舱里,觉着刚才起来这顿折腾,把他弄饿了。不多时,想起他跟奶奶去村外的河沟里摸螃蟹。

那是一条下游河,河道窄,水流急。长年流水,水底下长满了长长的水草。脚踩上去特别滑,一不小心就栽跟头。奶奶在岸边的石头上铺了块手帕坐下,指

董夏青青 | 礼　堂

挥他下水。

　　那天的河水正好漫到他两个腿岔之间。奶奶一再叫他别把腰弯得太狠，别把上半身衣服打湿了。他在水里一脚深一脚浅地倒退着走，感觉踩到水底下有东西就赶快弯腰下手摸出来。有好几次他出手的速度太慢，脚一碰着螃蟹，螃蟹就顺水跑了。过会儿他掏上来正在交配的一对，还有一只母蟹裹着一只小蟹，奶奶叫他都给扔回水里去。

　　带回家的一桶螃蟹，他捞出来几只个头大的放进水缸。缸里有从河道捞的水草和鹅卵石。夜静的时候，能听见缸里唰唰唰的声音。

　　等把螃蟹养大一圈，他也攒够了一塑料瓶的瘪眼子花生米。他记得母亲临到晚上睡前总嗳气、烧心，嚼上几粒瘪眼子花生就会好些。

　　"又寻思给你妈送？"奶奶问他。

　　他最不爱和奶奶说这个，就光点头。

　　"送她是白送。"奶奶说，"熊啊，年年端午给你抱走一只胖大母鸡，你个兔崽子。"

　　他给母亲送第一只老母鸡的时候，母亲就托带东西的人捎回过话，往后什么也别给她拿，她不缺。他也寻思过，是不是带东西的叔可怜他孝心，明知道送不下也给拿走了，不然为什么这两年连句回话都再没有过。

　　奶奶评价，他母亲这种人就跟脚底下的黑土地一样，见太阳死硬死硬，一下雨光咔溜儿光咔溜儿，不是杠硬，就是贼拉软。当初那个变故，换作别人家的妈，肯定不会找算儿子跟丈夫。

　　这些话奶奶叨叨了很多年，从起初一口气说完，到后来得喘上好几次才能数落明白。奶奶查出肺癌晚期的时候，已经开始时不时昏迷。在县医院治疗效果不大，又转回了镇上的卫生院。奶奶临终前，他在单位带队集训走不开，是奶奶的亲侄女——他表姑在床前伺候。等回家给奶奶奔丧才听表姑说，卫生院的人都觉着奶奶的病虽然没得救治，可不至于走那么快，也许是自己偷喝了药。

他觉得这挺像奶奶能干出来的事，奶奶最烦拖累。当初他母亲离家不久，奶奶就把他接回自己的住处。奶奶对他讲，他父亲小时候在山里吃了一把野蚕豆，回到家口吐白沫，脑子给毒坏了，模样正常其实有点傻。要是带着他这个拖累，更不好再找对象。

把他安顿下不久，奶奶托人给他父亲介绍了带着个丫头的寡妇，比父亲大四岁。奶奶回家开了瓶小烧，给他倒了一盅。奶奶说，她欠熊孙子一个交代，往后定会尽心尽力，不亏待他的人生。

中考前一个月，中午他坐在教室吃奶奶给带的馒头，嚼了几口觉着味道不对，胃里发烧还犯恶心。同桌拿起他装馒头的袋子一看，是个洗衣粉袋。

曙色微明。已能依稀看清连队板房松松砌就的砖头院墙和掩映在草丛里的防兽铁丝网。教导员望见有战士从活动板房里走出来，就敲敲窗玻璃，叫醒艇组长。

俩人在江边漱了漱口。教导员双手窖起一点水，在脸上抹了两把。

"导，你多弄点水洗，再不洗洗不出来了。"艇组长说。

教导员蹲下又窖了几捧水浇到脸上，来回搓了搓。艇组长弯下腰，把从陆战靴筒里冒出来的裤腿扎紧，解开鞋带系了个十字结。

板房里，炊事班长给备好了饭菜。小塑料圆桌上摆着炒茄子丝、炒白菜、炖豆腐、炒菜花、炒角瓜、炖土豆、两个凉碟的小咸菜。

教导员坐在艇组长对面的小凳上，边嚼烙饼边瞅他。

"你真是享了长相的福。"教导员说。

"啥意思？"

董夏青青 | 礼　堂

"虎林艇组的那个老太太，谁能给她处明白了？全大队也就是你没挨过她的告状。"教导员说。

"跟小白脸子没关系。"艇组长说，"我刚去的时候她也闹，早上带队跑操喊个口号她也举报我扰民。我就琢磨，问题到底出在哪儿。最后叫我给想明白了，她是埋怨我们不带她玩。老太太是大姑娘的时候，和艇队关系处得相当好，有来有往，后来上年纪，成老婆子了，艇队这些小年轻就不爱再上她家去，这不就整出隔膜了嘛。"

"那你咋哄的，找她跳皮筋啊？"

"我那会儿上她家去谈的。"艇组长说，"我跟她说，大娘，艇组挨着您家住，这个种菜我们不懂，您要多帮我们。老太太就说，那是你们的地，我可管不着。我就再跟她说，您这话说得太生分，什么你的我的，我们出力气种地，您和我们一块儿吃好不好？往后供给到了，我都叫人先挑点好看的水果给她拿过去。每回放下仨瓜俩枣，走的时候老太太都给杀一只鸡，要么一只大鹅带上，还有一大包鸡蛋、鹅蛋、山核桃、红薯干、蕨菜。有要复员的战士跟着巡江，我就去找老太太，跟她说这小孩要回老家了，饯行饭就在你家吃啊，可说好了。每回老太太都张罗一大桌菜，吃完攮着我们走，不让留下帮忙收拾。"

"老太太的心理你给把握得挺到位。"教导员说。

"我是老太太给从小带大的。"艇组长说，"那只叫老虎吃了的小狗，就是我奶奶养的，叫我抱过来了。"

"你奶奶舍得叫你抱走？"

"我奶奶在茶缸里泡她的假牙，叫那狗叼出来套自己牙上了。"艇组长说，"我奶奶掰完苞米回家一看，牙没了，晚上喂狗才见它嘴里戴着牙呢。直接牙留下，狗给踹出去了。"

艇组长扎开一盒牛奶递给教导员，自己掰了块馒头，蹲到门框边撕一点喂进嘴里。左手边就是过去拴他那条小狗的空地。

听岛上哨所的老班长说，一九九六年夏天，从俄方游过来两个喝醉的士兵，到老百姓家踹门砸窗户要酒喝。那户人家是鄂伦春族，家里的老头从梁上取下一把土枪，架到窗户跟前比画。那俩士兵一见，扭头跳进江里游跑了。从那边跟过来的狗，爪子受了伤，被老头抱回鹅圈养起来。时隔二十多年，俄方的老虎又游过来吃了他的狗。一来一去，谁的狗也没多，也没少。

临到中午开饭前，教导员接到上级电话。说俄方刚发来通报，他们的海军巡逻艇捞到了那具渔民尸体，下午让教导员和艇组长领队，带上二分队的翻译过去交接。渔民家属的船会跟上，艇组的船将渔民家属带到648航道的7号码头再返回。

俄方的一名中尉和一名战士用渔网兜着那个渔民，放到渔民家属的小铁船上。翻译从挎包里掏出一瓶百老泉，浇在泡涨的尸体上遮味。

教导员和艇组长在982艇上的驾驶舱里等。过会儿翻译从小铁船上跳到艇上，隔着舱玻璃冲他俩挥手。

"快走快走。"翻译钻进舱门时使劲摆手。

艇组长发动了一下船，发现点不着火，连打了三回船才有反应。这两三分钟间，翻译扯下帽子，跳到驾驶座和副驾驶座之间使劲拍打座椅，催他们赶快把船开走。

船起了航翻译才说，江面和地界上一样，讲究不能和死人抢道。渔民家属开的小铁船走得慢，要是被它抢在道前，回程这一路就得跟在它屁股后头荡悠，天黑前未必能赶回驻点。

"俄方那俩水兵是不是把人交过来以后，又把渔网给收走了？"翻译问。

"那玩意对他们来说可金贵。"教导员说。

"估计翻译都不知道他们那网咋来的。"艇组长说。

"编的呗。"翻译说。

"那是有渔民把网下到了人家那边,叫人家给缴了。"艇组长说,"他们拿到那网比得着一筐鱼还高兴。"

正说着话,艇组长发现船艇的转速从一千二一下提到将近一千六,船艇瞬时直朝前方猛冲。

艇组长眼瞅着艇要失控飞车,向着航道方向,大力打了把舵。

"日他哥的!"艇组长揽住舵大喊,"我把舵绳干折了!"

"快关柴油机油阀,堵死进气道!"教导员边喊边冲上去拉下油门。

熄火后,船艇一头插进江汊子里的滩涂。

"仔细瞅瞅,是供油部件卡死了还是高压油泵坏了。"教导员带人爬出舱去。

这地方没有明确的岸形。教导员张望了一眼,滩地上遍布柳毛子、山丁子和臭李子树。远处江面,一只山狸子露着半截脑袋,正在过江。

艇组长随后跟出来,叫人把撑杆放进水里将船头别出去。试了几回,肌疙瘩最粗的班长也没撑动。教导员又走到船尾看船屁股,底下坐得有点实,看样子也没法一下给船拖到水深的地方。

"上缆绳拉船头吧。"艇组长叉着腰喊,"船头跟江汊子水面平行的,能拉出来。"

艇组长说这话时并无十分把握。刚下江开艇那年他就浅过船,拽艇的时候缆绳给扯断了。上级找地方协调的钢绳送到之前,艇上的人没吃少喝地原地扛了三天。

解缆时,一只江鸥从天顶落下,停在船舷。待缆绳绑在浅了滩的船艇的羊角上,准备往外拖拽时,江鸥扑棱翅膀飞进一旁的灌丛。当船艇回到水中,它又从水里的矮林中飞起，落了回来。

船艇再次开动，舱里有一种嗡嗡叫的静寂。舱外那只伴着艇低飞的江鸥，正用一只亮闪闪的眼睛看着副驾驶座上的艇组长。

那年集训结束后，艇组长连夜赶回家，表姑和表姑父在等着他。表姑说奶奶临走前交代了话，意思是自己很有可能搁心不下，不情愿走。要是那样再在家里整出什么动静来，就叫熊孙子上屋外折一根桃树枝子，在屋里各个房间的地上抽打抽打，把她撵走。

如今这只鸟，水浪打着它也没走，叫艇组长想到奶奶说过的话。

收江后不久，冬季来了。下午四点，天黑下来，教导员在办公室泡了杯茶，一边噝溜一边想，还是夏天能出船的时候有意思。两国的口岸也在夏季时往来最热闹。县城广场一到傍晚，好些长得和瓷娃娃一样的混血小孩，只穿着一条纸尿裤到处跑。每每有头一回到县里消夏的外地人，问他们的爷爷奶奶怎么不给小孩穿件上衣，老人们就会有几分得意地说，小孩的妈妈是俄罗斯人，天生体质好，穿多穿少都不生病。

跟着在俄罗斯做生意的中国丈夫回县城的俄罗斯女人，入夜后和她们的丈夫各人手里边拎一瓶冰啤，要么坐在路边长椅上饮酒，要么溜达进十元店，边喝边选货。逛十元店是她们最乐得的消遣。

教导员赶着年根儿办了件大事。队里以前在锅炉房工作的一名三期士官，烧锅炉那些年间弄得腰间盘突出，压迫神经疼得晚上也休息不好。去年又遇上全队锅炉改造，他一天到晚往楼上抬暖气片，把腰累完了。今年这名士官要退伍，找到教导员，说想让单位给开个证明，讲明他腰上的毛病是在经年累月的工作中落下的。这件事教导员一口应承了，可新来搭班子的队长年轻，怕担责任，就跟士官推托，说开这种玩意到社会上不好使，再说腰间盘的毛病也够不上评残。

教导员趁上级找他谈转退意愿的时候提了这事。他表示虽说自己近两年的工作有瑕疵，自认还是有个面子提一个要求。他恳请领导找军医给这名士官开个制式证明，最好领导能签上字。领导痛快地允了，不光签上字，还给盖了单位的章。

那天晚饭，领导留教导员在大队的小灶上吃。领导问他，还有什么要求和想法，可以再提。教导员尝了口领导给他舀进碗里的小鸡榛蘑汤，点着脑袋说还真有一件事要托领导多上心。

前年，一名刚转上士官的战士借探亲休假，瞒着队里更改了返家的车票日期，跟几个渔民去湖上打鱼，被大风刮进了湖面上没有冻实的"龙口"里。这件事叫教导员背了个处分，当年的职务也没解决。按他的年龄，级别上不去就只能等转业。

父亲跟教导员讲过一个自己救自己的故事。一天晚上，大雨如注，天黑如墨。狂风掀开了前线防御工事的表面伪装，工事里进水塌方。敌对双方一时间都顾不上战事，先投入自救。父亲所在连队的观察所工事里边，水深已达四十厘米。全连只留了一个侦察兵在观察孔警戒，其余人员悉数参加工事的排水和抢修。就在抢修进行一个来小时后，父亲抢下去的铁锹挖断了一枚埋在土中的已朽手榴弹木柄，眼看泥里蹿上一股白烟。这时，父亲又狠劲抢了一铲子下去，将那枚冒着烟的手榴弹扬起十几米后爆炸。

教导员打小总听这样的事，觉得人比猫不差，不说九条命，起码没那么容易被干完蛋。可那名战士说完就完，自己的事业也跟东北冬至时候的大鹅一样，枪眼子顶了屁眼子。

这两年的清明节，教导员都叫上那名战士的老班长一起到湖边烧纸。逢上中秋和春节，他就上网挑点好吃好用的，给那名战士的母亲寄过去。赶上老士官回家休探亲假，他就给人家转个红包，叫他们在老家当地买点特产快递给那名战士的母亲。不管是谁从什么地方邮寄，留的寄件人姓名都是"您松阿察河的儿子"。

教导员对领导讲，自己转业以后，领导得让这特产接着邮走，不能让人家母亲觉得这里的人忘记了她儿子。那名战士打小没有父亲，全靠母亲养大。为了能留士官，他当义务兵那两年里没少受累。春天，他给营区每棵树刷上八十厘米高的白石灰。夏天，一个人带着自己的脸盆去淘旱厕，淘完又拿水管子把地刷得干干净净，墙根撒上驱虫药。秋天扫树叶，接着入冬铲雪、做冰雕。他领的津贴基本全转给了母亲，探亲休假穿走的那件外套都是找同班战友借的。他去湖上也不是贪玩，是觉得市场卖的大白鱼太贵，想自己捕两条带回去给他母亲尝鲜。

教导员又说，再过上几年，知道这事的人差不多就走没了。领导不管，也不会再有人管。

领导答应下来。领导问教导员，心里边是不是记恨上级的处理，教导员听罢摇头。

当时，教导员的处分下来以后，上边要进一步处理这名战士所在班的代理排长，一位四期士官。教导员听说后，跑了一趟领导办公室。他说，可以把给他的处分再加重，让他按战士复员都可以。那位代理排长兢兢业业十六年，马上就要脱军装回老家，为这样一件事背个处分实在说不过去。况且奖励过头了，收回一张奖状就成，处分下重了谁收得回来？教导员一再坚持，不但不能给人家处分，之前预备给这名四期士官的三等功也不能给整黄了。领导把他骂了一顿，叫他赶紧滚蛋。他一听，摔了领导桌上的一个文件夹。

饭桌前，教导员起身给领导打了一碗粥。坐下时说自己谈不上记恨，这些年间另有一件事情意难平，得讲一讲。那年他刚分到艇队，对周边地理很不熟悉。一天，领导叫他带队机动到一个叫黑鱼泡子的地方，他找错了方位。

教导员对领导讲，手机装上定位以后，他又到了一趟那附近，方圆二十里地就有六个地方叫黑鱼泡子,哪分得清哪里是哪个。领导端着碗直乐,说就那个,贼黑贼黑的那个。

屋外寒风正造出刺耳、粗嘎的响动。窗玻璃上有一大朵透明的毛茸茸的霜花,晶体蜷曲而流动。教导员放下手中的杯子,掏出手机来看。刷到一条朋友圈时,腾地起身照窗户捣了一拳。

等教导员打车赶到那家烤串店,前年从艇队退伍的一名士官跑出来接他。

"你这干吗?"教导员说,"要害我啊?"

士官赔着笑脸说:"导,艇组长对我挺好,不能打他小报告。可我瞅着这事儿还得让你知道,就拍了个酒瓶子的照片,那条状态就你能见。"

士官领教导员进屋之前还在叮嘱,要教导员一定讲是过来打包烤串遇上的。

教导员拉椅子坐下时,原本趴在桌上的艇组长直起身子,瞅了教导员一眼。

"导。"艇组长说,"来了啊。"

"你这是啥意思?"教导员推了推艇组长的肩膀。

"我是真不乐意休假,不是假的。"艇组长说着打了个嗝。

"每年的探亲休假都是按照规定走,人家想休的休不上,你这打死不休,休了也不回家,是想干啥?"教导员在艇组长又要倒酒时夺下他手里的酒瓶。

"我这不违规。"艇组长伸手去够那个酒瓶,"休假期间适量饮酒不违规。"

"说说,为啥不回家。"教导员推开凑上来抢瓶子的艇组长,把他一把摁回座椅上。

艇组长摊开腿,抄起胳膊将脑袋朝后一仰,不多时就张开嘴睡着了。

教导员叫烤串店的老板娘过来收拾桌上的酒瓶,冷了的串拿去加热,又点了一盘炸鸡蛋馒头片。

"他不回家,跟你在这儿是要干啥?"教导员问士官。

士官摸起桌上一根牙签扎了扎艇组长的胳膊,看艇组长没反应,才跟教导员小声说起话来。

"他不是不回家,是没家可回。"士官说。

"啥叫没家可回?"教导员问。

"我也是这之前,他奶奶没了以后听他说的。"士官说,"他小学刚毕业,他妈就离家走了,在外头又成了家。过后他爸也新找了个媳妇。就剩他跟他奶奶过,奶奶一走,他就单崩了。这一休假,你叫他上哪去?"

"那要么去爹家,要么上妈家,再成家就不认儿子了?"

"不是那么回事。"士官说着直摆手,"您知道他有个小名叫小熊不?"

"听人这么叫过。"教导员说。

"他们光知道艇组长有个小名,可就我知道他这名儿咋来的。"士官说,"他小时候,家里在一个小学旁边开小卖部,一家四口,他爸妈还有他和他妹。有天晚上,他爸忘了锁门,正好一头熊下山,从门外一巴掌把小卖部的门给拍开了。当时他全家人就睡在柜台里边,柜台外边都是大货架子。那头熊在里边好一阵祸害。这时候你猜咋的,艇组长他爹吓得钻进他们平常码货和烧火做饭的小房间,还把门关上了。艇组长呢,睡在窗户跟前的木头板子上。一睁眼看见那熊,他啥都没想,拉开窗闩跳出去跑了。"

"还有他妈和他妹呢?"教导员问。

"是艇组长的妈后来给他说,他妹当时正要往他妈跟前去,那头熊推倒一个货架,把他妹给砸倒了。他妈一看,也不再想法子逃,就坐在地上等着。没想到那熊一个转身,见窗户开着,就从窗户翻出去走了。这事儿后来传出去,当地人就称呼他们一家子'熊到家',往后也不叫艇组长的大名,就叫他'熊'。"

董夏青青 | 礼　堂

"这是他妈的真事儿吗？"教导员闭上眼，双手搓了把脸。再睁眼时，见艇组长已经坐起来，正瞅着他。

"真的。"艇组长小声说，"怎么不是真的呢？"

"我让我妈寒心了。"艇组长又说，"我奶奶说，她年轻时候在大兴安岭的林场里边给工队做饭，当地有一个插队的知青叫黄鼠狼迷了，成天见着人就上去啃人家的手，说馋鸡爪子，嘎巴脆。我奶奶说这种人就是魂儿叫大仙赶跑了，厉害的人两嗓子就能给他叫回来。我奶奶厉害，她给叫回来好几个。可就我奶奶这样的，把人的魂都能给叫回来，她叫不回来我妈。"

"你自己去找你妈来着吗？"教导员说。

"找了。"艇组长说，"我妈说，这个家里她就偏心我，有了我妹以后，她也偏着我。我妹三岁那会儿，我妈牵着我去买包子，我妹也非要跟上。家里当时差钱儿，只够买一个肉包子。我妈就抱起我快往前跑，想着我妹一看我俩走远了，就不能再跟过来。可我妹一直在后边追着跑，跑到岔路口摔倒了，叫我奶奶追过去抱回家的。我妈说，家里有点啥钱，都花在我身上，有点啥好吃的，都先拿给我和我爸，我们是男人，是最大的指望。可事到临头，有难了，我和我爸第一时间跑个没影儿。在她眼里，我和我爸也不是心有多坏，是压根没长心。我咋来当的兵？是我奶奶说的，部队就出活雷锋。当了兵，人家就不能再说我是没长心的东西了。"

那晚，教导员躺在队部的床上，回想艇组长在几个小时前说的话。

去年同俄方会晤，俄方的船艇领航。眼看要到主航道时，俄艇突然熄了火，顺着主流往下漂。开船的俄方老兵钻进机舱鼓捣了近半个钟头也没找到故障原因，无奈准备中止检查，将艇拖回去时，艇组长找到翻译，表示他估摸是油路出了故障，可以帮忙看看。艇组长上了俄艇，没管主机是没见过的型号，铭牌上也全是俄文字母，就沿着燃油走向查了一遍，发现是油管连接处松动进气。艇组长找来工具紧固，又排了排气，五分钟后俄方老兵按动点火开关，俄艇顺利启车。会晤结束时，俄方大队长取出一面海军军旗，亲自交到艇组长手里。可临到年底评选先进，艇组长自作主张把预备给他的先进名额让给了一名班长。

教导员觉得艇组长脑瓜很灵，有能力，就闹不明白他为什么对荣誉不积极，今时总算解了惑。这两年，队里的先进表彰大会都会邀请先进的家属到礼堂观礼。颁奖时，家属上台为先进献花，说上几句鼓励的话。照艇组长目前的个人情况，他必然不乐意以先进的身份进礼堂。

细碎的雪花在风中飘浮、旋转着，彼此推撞着，落地后不停地累积厚度。对面楼房面向马路的一侧，亮起五彩缤纷的新年彩灯。比前几日更硬、更厚的水坑结成的冰，也掺上一点颜色。

在屋内琥珀色的灯光里，艇组长安静地坐着。

霞姨的丈夫在厨房里焖肉。饭桌前，霞姨将热气腾腾的鱼块夹到艇组长和教导员面前的餐盘里。

"你们边吃，边听我把刚才的话说完。"霞姨说着又往艇组长的碗里搁了一块炸茄盒。

"教导员听我唱过赫呢哪调，说好听。"霞姨说，"我小的时候，我母亲就一边哼着那个调儿，一边烧火、做饭。锅里贴着大饼子，熬着鱼汤。那时候我母亲走的路是塔头墩子，住的房是小地窨子。地窨子里边用薄木板子铺了一层当地板，地板底下就是江水。我和三个哥哥都是她在地窨子里的鲜木头板上生的，木板上铺着鲜树叶。为了叫我们吃饱，生完小孩十天八天以后，我母亲就下地打鱼去了，孩子就放在屋梁上柳条编的吊筐里。每天回来做完饭，她都把我们挨个抱在她腿

董夏青青 | 礼 堂

上。才四五十岁,我母亲的腿就变形得厉害,成了罗圈腿。我母亲去世以后,我经常梦到她,梦里她还要把我抱起来往她腿上放。后来等我有了孩子,我就知道不管当母亲的人在哪里,孩子永远都像还在她的腿上抱着一样。"

"我这种情况也是吗?"艇组长问,"我妈也会在心里惦记我?"

"当然。"霞姨说,"是一定会的。"

"那就好了。"艇组长低下头笑了,"我奶奶安慰我的方式和您不一样,我奶奶查出病来以后,说话老是神神道道的。她说有时候闹不清是我们待的这个世界是'死'的,还是死了的人去的地方是'死'的。按理说,她带着我这些年,好些时候都快熬不下去了。比方说,念到初二那年,奶奶病了没法出去帮工。凑不齐学费,我开学就没去报到。过了几天,学校老师给我打电话,说有人帮我把学费交了。那人自称是半夜梦见有个小孩找他,哭自己上不起学了,还把学校地址、年级班级都告诉了他。奶奶说,这样的事不止一回,每到山穷水尽快过不下去的时候,就会有谁拉我们一把。我奶奶觉得,我们在这个世界给走了的人烧纸,也许对那边的人来说,我们也是'死'了的人,也会有在那边的亲人、记挂我们的人,给我们送来最需要的东西。我奶奶叫我往后落单了也别害怕,总有人是念着我的。"

"你想过可能是你母亲托人去帮的你吗?"教导员问。

艇组长点头。"可我不敢给自己这么大盼头。"

"姨,"艇组长抬头望着霞姨,"就像导刚跟您说的,要是哪天我真能上礼堂领奖,您一定得到场。替我妈看看,我不熊了。"

教导员转业回到家,和他父亲成了同事。端午节那天,父亲领着他去康复医院给战友送粽子,给那位曾坐着轮椅、被父亲推去监狱一起作报告的战友。

当年的一天深夜，敌方特工原计划偷袭团部通信枢纽，被哨兵发现后，撤离途中发现了父亲所在连队的维护哨。当时哨点一共四人在位，住在一项班用帐篷里。每人躺在一块木头床板上，离地面有十来厘米高。

一名敌方特工绕过警戒哨，将两枚手榴弹塞在战友床板底下。手榴弹爆炸后，战友身下的床板被炸得粉碎，人也被炸起几米高后摔在地上昏死过去。父亲和帐篷里的其他两个人也当场炸晕。等父亲醒来后爬过去看，战友躺着不动，两颗血红的眼珠暴突，鼻子、嘴、耳朵都在往外冒血。天亮时，等步兵在路上排过雷，卫生队来人将父亲的战友抬下阵地，送入后方。战争结束后，父亲回家又见到这位战友。战友当着父亲的面自夸，说托那床板上铺着的几块棕垫的福，他只有两条腿落下毛病。

父亲没有告诉战友，当天早上，过来塞手榴弹偷袭的特工在撤离时被一枚挂雷炸掉了左边胳膊。被俘后，那名特工住在卫生队养伤期间，父亲还给那人送了几天的饭。

医院里，父亲的战友躺在床上瞪着天花板，一声不吱。战友的女儿告诉他们，父亲的老年痴呆越来越重，再往后，连一句囫囵的话可能都说不成了。

教导员陪着父亲在床边坐了半个来钟头，俩人各吃了一个战友女儿削的苹果。走出住院楼时，教导员的父亲抬头看了看傍晚的天。

"你看啊。"父亲对教导员说，"就这一小会儿时间，太阳和月亮都在。"

教导员也仰起头，过会儿又看了眼父亲。"有一个在的，就不赖了。"

选自《人民文学》2020年第10期

「青春文学」

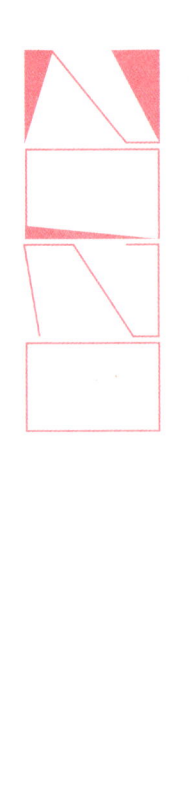